25 Jahre
Diogenes Taschenbuch

detebe

Das literarische Taschenbuch

William Faulkner

Griff in den Staub

Roman

Aus dem Amerikanischen
von Harry Kahn

Diogenes

Einmalige Jubiläumsausgabe 1996

Titel der 1948 in New York
erschienenen Originalausgabe: ›Intruder in the Dust‹

Umschlagillustration: George Catlin,
›Saint Louis from the River Below‹, 1832/33
(Ausschnitt)

Veröffentlicht als Diogenes Taschenbuch, 1974

125/96/43/1
ISBN 3 257 22908 9

Erstes Kapitel

Mittag war es gerade an jenem Sonntag, als der Sheriff mit Lucas Beauchamp beim Gefängnis anlangte, wiewohl die ganze Stadt (der ganze Landkreis vielmehr) seit dem Abend vorher wußte, daß Lucas einen Weißen umgebracht habe.

Er war da und wartete. Er war der erste; müßig, doch sich bemühend, mit etwas anderem beschäftigt oder zumindest unbeteiligt zu wirken, stand er unter dem Vordach der geschlossenen Schmiedewerkstatt gegenüber dem Gefängnis, wo es weniger wahrscheinlich war, daß sein Onkel ihn sehen würde, falls oder besser: sobald er wegen der Elfuhrpost über den Marktplatz zum Postamt ging.

Denn er kannte Lucas Beauchamp auch – so gut, heißt das, wie nur irgendein Weißer ihn kannte, besser wohl als irgendeiner, es sei denn Carothers Edmonds, auf dessen Besitzung, siebzehn Meilen von der Stadt, Lucas wohnte –, weil er im Haus von Lucas einmal eine Mahlzeit zu sich genommen hatte. Das war im Frühwinter vor vier Jahren – er war damals erst zwölf Jahre alt gewesen –, und das war so gekommen: Edmonds war ein Freund seines Onkels; die beiden hatten zusammen auf der Staatsuniversität studiert, wohin sein Onkel nach der Rückkehr von Harvard und Heidelberg gegangen war, um sich genügend in der Jurisprudenz zu vervollkommnen, daß er zum Landkreisanwalt gewählt werden konnte; und am Tag vorher war Edmonds in die Stadt hereingekommen, um mit dem Onkel eine amtliche Sache zu besprechen, und hatte bei ihnen übernachtet, und beim Abendessen hatte Edmonds zu ihm gesagt:

»Komm morgen mit hinaus zu mir und geh auf Hasenjagd«, und dann zu seiner Mutter: »Ich schicke ihn morgen nachmittag wieder heim. Ich gebe ihm einen Boy mit, wenn er mit der Flinte hinausgeht«, und dann wieder zu ihm: »Er hat einen guten Hund.«

»Er hat einen Boy«, sagte der Onkel, und Edmonds sagte:

»Geht sein Boy auch auf Hasen?«, und sein Onkel sagte:

»Kannst dich drauf verlassen, daß er deinem nicht ins Gehege kommt.«

So fuhren denn er und Aleck Sander am nächsten Morgen

mit Edmonds heim. Es war kalt an dem Morgen damals, der erste Kälteeinbruch des Winters; die Hecken waren bereift und steif vor Frost, und das stehende Wasser in den Chausseegräben war mit dünnem Eis überzogen, und selbst am Rand des rinnenden Wassers im Neunmeilenbach glitzerte funkelndes Filigran gleich Feenglas, und vom ersten Gehöft, an dem sie vorbeifuhren, und dann wieder und immer wieder kam, windlos herangetragen, der scharfe Ruch von Holzrauch, und in den Hinterhöfen konnten sie die schwarzen Eisenkessel schon dampfen sehen, während Frauen mit Sonnenschuten noch vom Sommer oder mit alten Männerfilzhüten und in langen Männermänteln Scheite darunterschoben und schürten und Männer in mittels Draht über ihre Overalls festgeschnürten Sackleinwandschürzen Messer wetzten oder sich bereits an den Pferchen zu schaffen machten, wo Schweine grunzten und quiekten, nicht eigentlich erschrocken, nicht verängstigt, sondern nur aufgeregt, als ahnten sie bereits, wenn auch nur dunkel, ihr ihnen von Geburt bestimmtes nahrhaftes Schicksal; beim Dunkelwerden würde dann die ganze Gegend vollhängen von ihren gespenstischen, äußerlich unversehrten, talgfarbenen, ausgeweideten Körpern, reglos bei den Fußflechsen aufgehangen, in einer Haltung, als strebten sie rasenden Laufs dem Mittelpunkt der Erde zu.

Auf einmal, er wußte nicht wie, war es geschehen. Der Boy, einer von Edmonds' Pächtersöhnen, älter und größer als Aleck Sander, der seinerseits größer war als er, obschon sie gleichaltrig waren, wartete am Hause mit dem Hund – einem richtigen Hasenhund, etwas Schweißhund, viel Schweißhund, ja vielleicht größtenteils Schweißhund, Redbone und Black-and-Tan mit vielleicht einem gelegentlichen kleinen Einschuß von Pointer, eine Promenadenmischung, ein Hungerleider, ein Niggerhund, dem man auf den ersten Blick ansah, daß zwischen ihm und den Hasen etwas wie eine Wahlverwandtschaft, eine Wechselbeziehung bestand, so wie sie nach der Volksmeinung zwischen Negern und Maultieren besteht –, und Aleck Sander hatte schon seinen Totschläger in der Hand – auf einen halblangen Besenstiel festgeklemmt eine von den schweren Schraubenmuttern, mit denen Eisenbahnschienen verbolzt werden –, mit dem Aleck Sander, Ende über Ende wirbelnd, nach einem laufenden Hasen werfen konnte, so haargenau, wie er mit der Flinte zu schießen verstand; und Aleck Sander und

Edmonds' Boy mit den Totschlägern und er mit der Flinte, sie gingen durch den Park und über eine Viehweide hinunter zum Bach, zu der Stelle, wo, wie Edmonds' Boy wußte, der Baumstamm drüberlag, und er wußte nicht, wie es geschah, was vielleicht einem Mädchen hätte zustoßen und allenfalls hätte verziehen werden können, aber doch sonst niemandem, wie er schon halb über den Stamm war und nicht einmal an so etwas dachte, er, der doch oft genug doppelt so weit auf der obersten Zaunstange gegangen war, als ganz plötzlich die bekannte, vertraute besonnte Wintererde kopfüber kippte und flach auf seinem Gesicht lag und er, das Gewehr noch fest in der Hand, nicht von der Erde wegsauste, sondern weg vom hellen Himmel, und er sich noch erinnerte an das dünne, helle Klirren des brechenden Eises und wie er nicht einmal den Schock vom Wasser spürte, sondern nur den von der Luft, als er wieder hochkam. Die Flinte war ihm auch entfallen, und so mußte er tauchen, noch einmal untertauchen, um sie zu suchen, heraus, wieder heraus aus der eisigen Luft, hinein in das Wasser, das sich auch jetzt nicht fühlbar machte, weder als kalt noch als nicht kalt, und worin selbst seine durchweichten Kleider – Stiefel, dicke Hosen, Sweater und Jagdrock – nicht einmal schwer wirkten, sondern nur plump, und er fand die Flinte und suchte wieder nach Grund, patschte dann mit der einen freien Hand nach der Uferböschung; Wasser tretend und sich an einen Weidenast klammernd, reichte er die Flinte hinauf, bis ihm jemand sie abnahm: offenbar Edmonds' Boy, da Aleck Sander gerade eben das Ende einer langen Stange zu ihm hinunterstieß, oder es war schon mehr ein Baumstamm, der beim ersten Stoß an ihm vorbei ihm die Füße unterm Leib wegschlug, so daß er wieder mit dem Kopf unter Wasser geriet und er beinahe den Weidenast losgelassen hätte, bis eine Stimme sagte:

»Nimm ihm die Stange aus dem Weg, daß er herauskann« – eine Stimme bloß, nicht weil es niemand anders sein konnte als Aleck Sander oder Edmonds' Boy, sondern weil es einerlei war, wessen Stimme es sei; und dann kletterte er, beide Hände ins Weidengeäst gekrallt, heraus, während die dünne Eisschicht gegen seinen Brustkasten krachte und klirrte, seine Kleider wie weiches, kaltes Blei, darin er sich nicht bewegte, sondern eher hineinzuschlüpfen schien wie in einen Poncho oder in eine Persenning: die Böschung hinauf, bis er zwei Füße in hohen Gummistiefeln sah, die weder die von Edmonds' Boy noch die von

Aleck Sander waren, und dann die Schäfte, aus denen der Overall hochlief, und er kletterte weiter, richtete sich auf und sah einen Neger mit einer Axt über der Schulter, in einem schweren schaffellgefütterten Mantel und einem breiten fahlhellen Filzhut, wie sein Großvater immer einen getragen hatte, den Blick auf ihn gerichtet, und da war es, daß er Lucas Beauchamp sah, seines Wissens, oder besser: tatsächlich, zum erstenmal, denn Lucas Beauchamp vergaß man nicht; schwer atmend, zitternd und jetzt erst den Schock des kalten Wassers spürend, blickte er auf zu dem Gesicht, das ihn bloß ansah ohne Mitleid, Bedauern oder sonst etwas darin, nicht einmal Überraschung, bloß ihn ansah, das Gesicht, dessen Träger keinen Finger gerührt hatte, um ihm aus dem Bach herauszuhelfen, sogar Aleck Sander geheißen hatte, mit der Stange aufzuhören, die das einzige Anzeichen einer Hilfeleistung von irgendeiner Seite gewesen – ein Gesicht, das seiner Schätzung nach unter fünfzig, ja sogar unter vierzig sein mochte, außer dem Hut und den Augen nach, und in einer Negerhaut steckte, aber das war alles gleich für einen vor Kälte zitternden, noch vor Schreck und Anstrengung keuchenden zwölfjährigen Jungen, weil das, was daraus hervorblickte, überhaupt kein Pigment aufwies, nicht einmal den Mangel der Weißen an solchem, nicht hochmütig, ja nicht einmal spöttisch, nein, nur unzugänglich und verschlossen. Dann sagte Edmonds' Boy etwas zu dem Mann, sprach einen Namen aus, etwas wie Mr. Lucas; und da wußte er, wer der Mann war, und es fiel ihm dessen ganze Geschichte ein, die ein Stück, ein Bruchstück der Landkreisgeschichte war, die kaum einer oder überhaupt niemand besser kannte als sein Onkel: daß dieser Mann der Sohn eines früheren Sklaven des alten Carothers McCaslin, Edmonds' Urgroßvater, war, eines Sklaven, der gleichzeitig der Sohn des alten Carothers war, und er stand noch immer zitternd, wenn auch jetzt ruhiger, da, wohl – wie es ihm schien – eine Minute lang, während der Mann, vor ihm stehend, ihn, ohne eine Miene zu verziehen, anblickte. Dann drehte sich der Mann um, und schon im Gehen, nicht einmal über die Schulter zurücksprechend und nicht abwartend, um sich zu vergewissern, ob die drei seine Worte gehört, geschweige, ob sie sich anschickten, ihm zu gehorchen, sagte er:

»Kommt mit mir heim.«

»Ich gehe zu Mr. Edmonds zurück«, sagte er. Der Mann

schaute sich nicht um. Er gab nicht einmal eine Antwort darauf.

»Trag seine Flinte, Joe«, sagte er.

So folgte er denn, und Edmonds' Boy und Aleck Sander hinter ihm, im Gänsemarsch den Bach entlang, der Brücke und der Straße zu. Bald hatte er zu zittern aufgehört; er spürte nur noch Nässe und Kälte, die auch mehr und mehr nachlassen mußten, wenn er bloß in Bewegung blieb. Sie gingen über die Brücke. Vor ihnen war jetzt das Tor, von wo der Fahrweg durch den Park nach Edmonds' Haus anstieg. Es war fast eine Meile; er würde wohl trocken und warm sein, bis er hinkam, und er meinte noch, er werde durch das Tor einbiegen, und selbst nachdem er merkte, daß er das nicht tat oder jedenfalls nicht getan hatte, schon daran vorbei jetzt, sagte er sich noch, der Grund dafür sei der, daß, obwohl Edmonds Junggeselle und kein weibliches Wesen im Hause war, Edmonds ihn vielleicht nicht wieder weglassen würde, bis er zu seiner Mutter heimgeschickt werden konnte, und er sagte sich das immer noch vor, selbst nachdem er eingesehen hatte, der wahre Grund dafür sei, daß er sich Widerspruch gegen den vor ihm herschreitenden Mann ebensowenig vorstellen konnte wie gegen seinen Großvater, nicht aus irgendeiner Angst heraus noch gar aus Furcht vor Strafe, sondern weil der vor ihm herschreitende Mann genau wie sein Großvater den Gedanken einfach nicht aufzubringen vermochte, daß ein Kind ihm widersprechen oder trotzen könne.

So stockte er also nicht einmal, als sie am Tor vorbeikamen, er sah nicht einmal hin, und der Weg, den sie einschlugen, war kein vielbegangener, wohlgehaltener, von Fußspuren bezeichneter Pfad, der zu Pächter- oder Gesindeunterkünften führte, sondern eine wüste Kerbe im Gelände, halb Bachbett und halb Fahrweg, eine Schneise, die, ebenfalls einen vereinsamten, unabhängigen und unzugänglichen Anblick bietend, einen Hügel hinanstieg, und dann sah er das Haus, die Hütte, und es fiel ihm der Rest der Geschichte, der Legende ein, daß Edmonds' Vater seinem schwarzen Vetter ersten Grades und dessen Erben auf ewige Zeiten das Haus und die zehn Acres Land, darin es lag, vermacht hatte – ein rechteckiges, seit alters und für immer wie eine Briefmarke im Mittelpunkt eines Kuverts mitten in der Zweitausend-Acres-Pflanzung sitzendes Stück Land –, das ungestrichene Holzhaus, den ungestrichenen Spitzpfahlzaun, dessen ungestrichenes, riegelloses Pförtchen der Mann, noch immer ohne stehenzubleiben oder einmal zurückzuschauen, mit den Knien aufstieß und, von ihm sowie, hinter ihm, Aleck Sander und Edmonds' Boy gefolgt, durchschritt, in den Vorgarten hinein. Dieser war wohl auch im Sommer ohne Gras; er konnte ihn sich vorstellen, vollkommen kahl, kein Kraut, kein Halm, der Staub allmorgendlich von Lucas' Weibsleuten mit einem Besen aus zusammengebundenen Weidenreisern zu einem Strichgewirr von Schneckenwindungen und sich überschneidenden Halbkreisen gekehrt, das mit dem vorschreitenden Tag allmählich immer mehr verunstaltet wurde durch die Exkremente und die dreizehigen Hieroglyphen der Hühner, ähnlich (der Vergleich kam ihm jetzt als Sechzehnjährigem) der verkleinerten Nachbildung einer Landschaft aus dem Zeitalter der großen Echsen, darüber nun die vier hingingen auf etwas, was kaum ein Weg zu nennen war, weil auch dessen Oberfläche aus Kot bestand, aber doch mehr als ein bloßer Feldpfad, ein mit Schrittspuren dicht übersäter Streifen, der schnurgerade zwischen zwei Säumen von in die Erde gesteckten Blechbüchsen, leeren Flaschen, Scherben von irdenem und Porzellangeschirr hinlief zu den ungestrichenen Stufen und der ungestrichenen Veranda, die ebenfalls von Blechgefäßen, jedoch größeren, eingefaßt war – leeren Galloneneimern, die einmal Melasse oder vielleicht auch Tünche enthalten hatten, und ausgedienten Wasser- oder Milchkübeln und einem Fünfgallonenkanister für Leuchtpetroleum mit abgeschnittenem Oberteil sowie der Hälfte von etwas, was einmal das Heißwasserschiff von irgend jemandes (zweifellos Edmonds') Küchenherd gewesen war, der Länge nach geschlitzt wie eine Banane, daraus im vorigen Sommer Blumen herausgewachsen waren und jetzt noch die toten Stengel und die trockenen, spröden Ranken darüber- und herunterhingen –, und dahinter das Haus selbst, grau, verwittert und nicht einmal so sehr anstrichlos als unabhängig von und unzugänglich für Anstrich, so daß das Haus nicht nur als die einzig mögliche Fortsetzung des düsteren, ungepflegten Weges wirkte, sondern auch als seine Krönung, so wie die gemeißelten Akanthusblätter das Kapitell der griechischen Säule bilden.

Auch jetzt hielt der Mann nicht inne, ging die Stufen hinauf und über die Veranda weg, machte die Tür auf und trat ein, von ihm und, hinter ihm, Edmonds' Boy und Aleck Sander gefolgt: in eine dämmerige, ja, nach der Helligkeit draußen, dunkle Diele, und schon konnte er den Geruch riechen, den er zeit seines Lebens immer ganz selbstverständlich als den Geruch von Orten hingenommen hatte, an denen Menschen mit auch nur einer Spur von Negerblut hausten, so selbstverständlich, wie es ihm war, daß alle Leute namens Mallison Methodisten seien; dann ein Schlafzimmer: ein kahler, abgetretener, anstrich- und belagloser Fußboden, in der einen Ecke mit darauf gespreiteter heller Flickensteppdecke ein breites dunkles Himmelbett, das vermutlich aus dem Haus des alten Carothers McCaslin stammte, und eine verschrammte billige Grand-Rapids-Kommode und dann für den Augenblick nichts sonst oder zumindest wenig sonst; erst später sollte er wahrnehmen – oder ihm einfallen, daß er gesehen habe –: den Kaminsims mit allerhand durcheinandergehäuftem Kram darauf, darunter eine Stehlampe mit handgemaltem Blumendekor und eine Vase mit Fidibussen aus gerolltem Zeitungspapier und über dem Sims die Farbenlithographie eines Kalenders von vor drei Jahren, worauf Pocahontas in mit Federkielen und Fransen verziertem Hirschledergewand eines Sioux- oder Chippewahhäuptlings vor einer Balustrade aus Karraramarmor über einem Garten mit steif-feierlichen Zypressen stand, und in der halbdunklen Ecke gegenüber dem Bett in schwerem goldbronziertem Holzrahmen auf einer goldbronzierten Staffelei eine Chromophotographie von zwei Leuten. Doch einstweilen nahm er das alles nicht wahr, da er ihm den Rücken zukehrte, und sah vorerst überhaupt nichts als die Feuerstelle – den mit Lehm verkleideten Feldsteinkamin, darin das halb heruntergebrannte Hauptscheit in der grauen Asche schwelte und glühte – und daneben auf einem Schaukelstuhl etwas, was er für ein Kind hielt, bis er das Gesicht sah und sich dann die Zeit nahm, das Wesen zu betrachten – weil ihm dabei in den Kopf kam, sein Onkel habe ihm noch etwas über Lucas Beauchamp oder in Zusammenhang mit diesem erzählt, und als er richtig hinsah, ward ihm zum erstenmal klar, wie alt der Mann sein mußte –, ein uraltes, winziges, fast nur puppengroßes Weibwesen, viel dunkler als der Mann, in einem Umschlagtuch und einer Schürze, den Kopf umwunden von einem makellosen weißen Tuch und darüber ein farbiger Strohhut mit irgendeiner Verzierung. Aber es fiel ihm nicht ein, was der Onkel gesagt oder erzählt hatte, und er vergaß gleich überhaupt, daß ihm in den Kopf gekommen war, es sei ihm etwas erzählt worden, und setzte sich nun fest in den Stuhl vor dem Kamin, wo Edmonds' Boy aus gespaltenen Scheiten und Kiefernspänen das Feuer herrichtete und Aleck Sander, auf dem Boden hockend, ihm die nassen Stiefel ab- und dann die Hosen auszog, und stand auf und schälte sich aus dem Rock, dem Sweater und dem Hemd, wobei beide sich um den Mann herumdrücken, an ihm vorbei- und unter ihm wegducken mußten, der grätschbeinig, mit dem Rücken zum Feuer, in Gummistiefeln und Hut, nur des Schaffellmantels entledigt, am Kamin stand, und dann war auf einmal, kleiner als er und Aleck Sander selbst noch in ihrem zwölften Jahr, mit einer andern der hellen Fleckendecken überm Arm, die Alte neben ihm.

»Ganz ausziehn«, sagte der Mann.

»Nein, ich ...«, sagte er.

»Ausziehn«, sagte der Mann. So zog er also auch die nasse Hemdhose aus, und dann saß er wieder auf dem Stuhl vor dem jetzt hell und hoch flackernden Feuer, in die Steppdecke eingehüllt wie in einen Kokon, vollständig umschlossen von dem unverwechselbaren Negergeruch, jenem Geruch, über den er ohne das, was er binnen einer nunmehr nach Minuten meßbaren Zeitspanne erleben sollte, bis an sein Lebensende nicht nachgedacht, keine Betrachtungen angestellt haben würde, darüber, ob dieser Geruch in Wahrheit nicht die Ausdünstung einer Rasse, ja nicht einmal eigentlich von Armut sei, sondern vielleicht der eines Lebenszustands, einer Vorstellung, einer Überzeugung, einer Hinnahme, eines passiven Sichabfindens mit der Vorstellung, daß von ihnen, die sie Neger waren, nicht vorausgesetzt wurde, die Einrichtungen zu besitzen, um sich richtig oder häufig zu waschen, oder sich selbst ohne die dazu nötigen Einrichtungen öfter zu waschen, zu baden; daß es eigentlich einigermaßen vorzuziehen sei, daß sie das nicht taten. Aber der Geruch besagte jetzt nichts oder noch nichts für ihn; es war noch eine Stunde hin bis zu dem Erlebnis, und es sollten weitere vier Jahre vergehen, ehe er es in seiner ganzen Weitschichtigkeit erfaßte und was das bei ihm bewirkt hatte, und er sollte ein erwachsener Mann werden, ehe er einsah, zugab, daß er sich damit abgefunden hatte. So roch er ihn also bloß und machte sich keine Gedanken darüber; denn er war ja an ihn gewöhnt; er hatte ihn sein ganzes Leben hindurch immerzu gerochen und würde ihn auch weiterhin riechen, er, der er ein gut Teil dieses Lebens in der auf dem elterlichen Grundstück im Hintergarten stehenden Hütte von Aleck Sanders Mutter Paralee verbracht hatte, wo er und Aleck Sander als Kinder bei schlechtem Wetter spielten und Paralee ihnen zwischen den Mahlzeiten im Elternhaus bei sich ganze Mähler kochte, die er und Aleck Sander mit gleichem Appetit verzehrten; er vermochte sich nicht einmal ein Dasein vorzustellen, aus dem dieser Geruch auf Nimmerwiederkehr verschwunden war. Er hatte ihn allezeit gerochen und würde ihn immerdar riechen; er war ein Stück seiner unentrinnbaren Vergangenheit, ein ausgiebiger Teil seiner, des Südstaatlers, Erbmasse; er brauchte ihn gar nicht aus seinen Sinnen zu verscheuchen, denn er roch ihn überhaupt nicht mehr, so wie der Pfeifenraucher den kalten Pfeifenrauch längst nicht mehr riecht, der ebensosehr zu seiner Kleidung gehört wie Knöpfe und Knopflöcher, während er da, in den beißenden Muff der Steppdecke gekuschelt, sogar ein bißchen einnickte, leicht emporfahrend, als er hörte, wie Edmonds' Boy und Aleck Sander aufstanden von wo sie, an die Wand gelehnt, gehockt hatten und aus der Stube gingen, aber nur kurz, dann sank er wieder zurück in den warmen Dunst der Decke, indes noch immer, stumm, den Rücken zum Feuer und die Hände im Kreuz verschränkt und, bis auf die verschränkten Hände, die fehlende Axt und den ausgezogenen schaffellgefütterten Mantel, genau so wie er ihn, aus dem Bach hochblickend, zum erstenmal gesehen hatte, der Mann in den Gummistiefeln und dem verschossenen Overall eines Negers, doch mit einer über den Latz des Overalls geschlungenen schweren Goldkette, stand; und kurz nachdem sie die Stube betreten hatten, hatte er wahrgenommen, wie der Mann sich umgedreht und aus dem Wirrwarr auf dem Kaminsims einen Gegenstand genommen und in den Mund gesteckt hatte, und danach hatte er erkannt, was es war: ein goldener Zahnstocher, so einer, wie sein Großvater immer einen benutzt hatte, und der Hut war ein abgegriffener handgenähter Biberfilz, so einer wie sein Großvater ihn mit dreißig bis vierzig Dollar bezahlt hatte, und zwar nicht gerade auf den Kopf gesetzt, sondern etwas schräg heruntergezogen über das Gesicht, das die Hautfarbe eines Negers, aber eine Nase mit hohem Sattel, ja mit leichter Krümmung zeigte, und das, was daraus oder von dahinter hervorschaute, nicht schwarz noch weiß, keineswegs hochmütig, ja nicht einmal spöttisch: nur unduldsam, unnachgiebig und in sich beschlossen.

Dann kam Aleck Sander wieder mit den inzwischen getrockneten und noch vom Herd warmen Kleidern, er zog sie an und stampfte in seine steifgewordenen Stiefel hinein; Edmonds' Boy hockte schon wieder an der Wand und aß etwas aus der Hand, und er sagte: »Ich esse bei Mr. Edmonds.«

Der Mann wandte weder etwas ein, noch pflichtete er bei. Er rührte sich nicht; er blickte ihn nicht einmal an. Er sagte bloß mit unerschütterlicher Ruhe: »Sie hat jetzt schon aufgetischt«; und er ging an der Alten vorbei, die von der Tür beiseite trat, um ihn vorüberzulassen, in die Küche; in dem hellen, sonnigen Viereck eines Südfensters stand ein wachstuchgedeckter Tisch, woran – er verstand nicht, woher er das wußte, da keinerlei Anzeichen, Flecke, schmutzige Teller darauf wiesen – Edmonds' Boy und Aleck Sander bereits gegessen hatten, und setzte sich hin und verzehrte seinerseits, was offenbar Lucas' Abendessen hatte sein sollen: Kohlgemüse, eine Scheibe in Mehl gebratenes Schweinefleisch, große, dicke blasse halbgare Teigfladen, ein Glas Buttermilch – Negerspeisen ebenfalls, auch hingenommen, ohne noch einen Gedanken daran zu wenden, weil es genau das war, was er erwartet, das war, was Neger eben essen, weil es offenbar das war, was sie mochten, was sie vorzogen, nicht (er war zwölf Jahre alt, er sollte ein erwachsener Mann werden, ehe ihn der erste staunende Zweifel darüber befiel) daß sie (mit Ausnahme derjenigen, die in weißer Menschen Küche mitaßen) im Verlauf ihrer langen Geschichte lediglich diese Nahrungsmittel schätzengelernt, sondern daß sie sie unter allen Speisen ausgewählt hatten, weil nun einmal ihr Gaumen und ihr Stoffwechsel so eingerichtet waren; danach, zehn Minuten später und darauf die nächsten vier Jahre lang, sollte er sich dann selbst einzureden versuchen, es sei das Essen gewesen, das ihn aus dem Geleise geworfen hatte. Doch er sollte es besser erkennen; sein Grundirrtum, sein Fehlurteil war von Anfang an dagewesen, nicht einmal der Förderung bedürfend durch den Geruch des Hauses und der Bettdecke, um weiterzubestehen über das hinaus, was ihn angeblickt hatte (nein, nicht einmal ihn angeblickt, sondern bloß herausgeblickt) aus den Augen des Mannes; als er schließlich aufstand, bereits das Geldstück, das Halbdollarstück in der Hand, und wieder in die andere Stube ging, sah er es zum erstenmal, weil er sich ihm jetzt zufällig gegenüber befand, das goldgerahmte Gruppenbild auf der goldbronzierten Staffelei, und trat hin und beugte sich vor, um in den dunklen Winkel zu spähen, woraus nur das Blattgold hervorschimmerte, ehe er noch wußte, daß er es tun werde. Das Bild war sichtlich retuschiert; wie aus der Kristallkugel eines Wahrsagers schaute ihm von hinter der runden, leicht prismatischen Glaswölbung her wieder unter der verwegen heruntergezogenen Hutkrempe das ruhige, unduldsame Gesicht entgegen über einem krawattenlosen Kragen, der mittels eines Kragenknopfes in Form eines Schlangenhaupts und fast auch von dessen Größe an einem gestärkten Hemd befestigt war, die Uhrkette hier über eine Tuchweste unter einem Tuchjackett geschlungen, nur der Zahnstocher fehlte, und daneben das winzige, puppenartige Frauchen mit einem andern bunten Strohhut und Umschlagtuch; das heißt: es mußte die Frau sein, obschon das Porträt keiner von ihm jemals gesehenen Person glich, und dann merkte er, daß dazu noch etwas kam: es war etwas gräßlich, geradezu unerträglich Falsches an dem Bild oder an ihr; indem fing sie zu sprechen an, und er schaute auf: der Mann stand noch immer breitbeinig vorm Feuer, und die Frau saß wieder in dem Schaukelstuhl auf dem alten Platz fast in der Ecke, dabei sah sie ihn nicht an, hatte ihn auch, wie er wußte, nicht angesehen, seit er wieder eingetreten war, doch sie sagte:

»Das ist auch wieder so ein Stückchen von Lucas«; und er sagte:

»Was«, und der Mann sagte:

»Molly gefällt es nicht, weil der Mann, der es gemacht hat, ihr das Kopftuch abgenommen hat«; und das war es: daß sie Haare hatte, es war, wie wenn man durch den hermetisch verschlossenen Glasdeckel eines Sargs auf eine balsamierte Leiche sieht, und er dachte: *Molly. Natürlich,* denn es fiel ihm jetzt ein, was sein Onkel ihm über Lucas oder über die beiden erzählt hatte. Er sagte:

»Warum nahm er es denn herunter?«

»Ich hab's ihn geheißen«, sagte der Mann. »Ich wollte kein Bild von so einer Niggermagd im Hause haben«, und nun ging er, die Faust mit dem Halbdollarstück darin wieder in die Tasche steckend und darin nach dem Zehner und den zwei Nickelstücken – alles, was er bei sich hatte – wühlend und in die Hand nehmend, auf die beiden zu und sagte:

»Ihr stammt aus der Stadt. Mein Onkel kennt euch – Anwalt Gavin Stevens.«

»Ich erinnere mich auch an Ihre Mama«, sagte sie. »Die frühere Miss Maggie Dandridge.«

»Das war meine Großmutter«, sagte er. »Der Mädchenname meiner Mutter war auch Stevens«, und hielt die Münzen hin; und in derselben Sekunde, da er verstand, daß sie sie genommen haben würde, begriff er, daß er damit um diese unwiederbringliche Sekunde für immer und ewig zu spät gekommen war, und er stand da, während das Blut ihm heiß und langsam, so langsam wie die Minuten selbst, in Hals und Gesicht stieg, stand für immer und ewig da, die täppische Hand aufgetan und darauf die vier Stücke schandbaren geprägten und gemünzten Mammons, bis der Mann sich schließlich zu etwas aufraffte, was zumindest als ein Akt der Barmherzigkeit wirkte.

»Was soll das?« sagte der Mann, sich nicht einmal bewegend, nicht einmal den Kopf herabbeugend, um zu sehen, was auf seinem Handteller lag – eine weitere Ewigkeit lang und darin nur das heiße, leblose, reglose Blut, bis er schließlich in Wut aufwallte, so daß er wenigstens die Beschämung zu ertragen vermochte –, und sah zu, wie seine Handfläche sich umkehrte, die Münzen nicht wegwerfend, sondern sie verächtlich hinabfallen lassend, wo sie auf dem kahlen Fußboden aufklangen, herumhüpften und eines von den Nickelstücken sogar mit einem winzig dünnen, trockenen Geräusch gleich dem Huschen eines Mäuschens in langem, weitem Bogen davonrollte, und dann seine Stimme:

»Hebt das auf!«

Und noch immer nichts; der Mann, die Hände auf dem Rücken, ins Leere blickend, rührte sich nicht; nur das Rauschen des heißen, schweren, leblosen Bluts, aus dem heraus, an niemand gerichtet, die Stimme sprach: »Hebt sein Geld auf«, und er hörte und sah Aleck Sander und Edmonds' Boy in den Schatten auf dem Fußboden herumtasten und -scharren. »Gebt es ihm«, sagte die Stimme, und er sah, wie Edmonds' Boy seine zwei Geldstücke in Aleck Sanders Handteller fallen ließ, und spürte, wie Aleck Sanders Hand mit den vier Münzen an seiner eigenen herunterhängenden Hand herumfummelte und sie schließlich hineinsteckte. »So, jetzt geh hin und schieß deinen Hasen«, sagte die Stimme. »Aber fall nicht wieder in den Bach.«

Zweites Kapitel

Und sie gingen wieder durch die helle Kälte (es war jetzt Mittag und ungefähr so warm, wie es wohl an diesem Tag überhaupt werden mochte) über die Bachbrücke zurück, und da (ganz plötzlich herumblickend, sie waren beinahe eine halbe Meile am Bach entlanggegangen, was ihm nicht einmal gegenwärtig war) jagte der Hund einen Hasen in ein Gesträuch beim Baumwollfeld und scheuchte ihn mit hysterischem Gekläff wieder heraus, das kleine verängstigte lohfarbene Klümpchen, das ihm einen Augenblick kugelrund und verdichtet wie ein Krokketball und im nächsten lang wie eine Schlange erschien, vor dem Hund aus dem Gebüsch herausbrechend, das weißglänzende Fleckchen der Blume zwischen den Gerippen der Baumwollstauden hinzickzackend wie das Segel eines Kinderschiffchens auf einem windbewegten Weiher, während Aleck Sander über das Gebüsch hinüberschrie:

»Schieß drauf! Schieß doch drauf!«, dann: »Warum hast du nicht auf ihn geschossen?«, worauf er sich ohne Eile umdrehte und ruhigen Schritts zum Bach ging, die vier Geldstücke aus der Tasche zog und sie ins Wasser warf. In der Nacht aber, als er schlaflos im Bett lag, verstand er, daß das Essen, was Lucas zu bieten gehabt, nicht eben das Beste war, aber alles, was er zu bieten gehabt hatte; er war am Morgen nicht als der Gast Edmonds', sondern als der der Plantage des alten Carothers McCaslin draußen gewesen, und Lucas hatte das im Gegensatz zu ihm selber gewußt, und somit hatte Lucas ihn besiegt, war breitbeinig vorm Kamin stehengeblieben und hatte, ohne auch nur seine im Rücken verschränkten Hände zu bewegen, seine eigenen siebzig Cents genommen und ihn damit besiegt; und sich vor ohnmächtiger Wut krümmend, dachte er von dem Mann, den er erst ein einziges Mal gesehen, und auch das erst vor zwölf Stunden, dasselbe, was, wie er innerhalb des nächsten Jahres erfahren sollte, jeder Weiße in diesem ganzen Abschnitt des Landkreises seit Jahren von ihm dachte: *Wir müssen ihn zuerst einmal zum Nigger machen. Er muß zugeben, daß er ein Nigger ist. Vielleicht werden wir ihn dann als das gelten lassen, als was er anscheinend gelten will.* Denn alsbald wurde ihm noch viel mehr klar über Lucas. Er hörte es nicht;

es wurde ihm all das klar, was jedermann, der diesen Teil des Landkreises kannte, ihm über den Neger hätte erzählen können, der zu den Frauen »Ma'am« sagte, glattweg wie die weißen Männer, und einen, wenn man ein Weißer war, mit »Sir« oder »Mister« anredete, von dem man aber wußte, daß er sich gar nichts dabei dachte, und der auch wußte, daß man das wußte, aber nicht einmal darauf wartete, nicht einmal davor bebte, daß man den nächsten Zug tat, sintemal er sich gar nicht daran kehrte.

In dieser Weise zum Beispiel:

Es war an einem Samstagnachmittag vor drei Jahren im Kaufladen an der Straßenkreuzung vier Meilen von Edmonds' Besitzung, wo im Laufe des Samstagnachmittags jeder Pächter, Pachtgeber und Freibauer der Gegend, ob weiß oder schwarz, zumindest vorbeikam, gewöhnlich auch haltmachte, öfters sogar, um etwas einzukaufen, die gesattelten, von den Strängen wundgeriebenen Maultiere und Pferde zwischen den Weiden, Birken und Sykomoren im zertrampelten Schlamm unter der Quelle angebunden und ihre Reiter den Kaufladen selbst überschwemmend bis hinaus auf das staubige Bänkchen davor, herumstehend oder auf den Absätzen hockend, aus Flaschen gefüllten Sodasprudel trinkend, Tabaksaft spuckend und gelassen Zigaretten rollend und bedächtig Zündhölzer anreibend und an kaltgewordene Pfeifen haltend; an dem betreffenden Tag waren drei jugendliche weiße Arbeiter von der nahe gelegenen Sägemühle dort, alle etwas angetrunken, von denen einer im Ruf eines gewalttätigen Raufbolds stand, und da kam Lucas in seinem abgetragenen schwarzen Tuchanzug daher, den er für die Stadt und an Sonntagen trug, mit seinem abgegriffenen feinen Hut und der schweren goldenen Uhrkette und dem Zahnstocher, und da passierte etwas, der Bericht sagte nicht oder wußte vielleicht nicht einmal was, vielleicht war es das Gehaben, mit dem Lucas daherkam, sich mit niemandem auf ein Gespräch einließ, zur Theke ging und seinen Einkauf machte (eine kleine Schachtel Pfeffernüsse für fünf Cents), kehrtmachte, den Karton am einen Ende aufriß, den Zahnstocher aus dem Mund nahm und in die obere Brusttasche steckte, dann eine von den Pfeffernüssen in seinen Handteller schüttelte und in den Mund steckte, oder es lag überhaupt kein bestimmter Anlaß vor, genug, der Weiße sprang plötzlich auf und sagte etwas zu Lucas, nämlich: »Du gottverdammter, hochnäsiger, halsstarriger, dickschädliger, stinkender Hurensohn von einem Edmonds«, und Lucas kaute bloß weiter auf seiner Pfeffernuß herum und schluckte und neigte schon wieder den Karton über seine andere Hand, drehte langsam den Kopf, blickte den Weißen einen Augenblick lang an und sagte dann:

»Ich bin kein Edmonds. Ich gehör nicht zu diesen Neuansässigen. Ich gehör zum alten Schlag. Ich bin ein McCaslin.«

»Wenn du dich noch weiter mit dieser Miene hier rumtreibst, dann mach ich Krähenfutter aus dir«, sagte der Weiße. Eine weitere Sekunde lang oder mindestens eine halbe schaute Lucas den Weißen mit seelenruhiger, nachdenklicher Unbeteiligtheit an; langsam kippte der Karton in seiner einen Hand weiter, bis eine neue Pfeffernuß in die andere Hand fiel, dann zog er an einem Mundwinkel die Lippe hoch und zuckelte an einem Oberzahn, in der unversehens eingetretenen Stille ganz laut, aber ohne irgendwelche Nebenbedeutung, sei es des Spotts, der Gegenwehr oder auch nur des Widerspruchs, ganz ohne Hintergedanken, nein, bloß schlechtweg zerstreut, wie einer, der mitten in einer hundertmeilenweiten Einöde Pfeffernüsse verzehrt und dabei einmal – wenn nötig – an einem Zahn zuckelt, und sagte:

»Ja, ich hab diese Ansicht schon früher äußern gehört. Un' es fällt mir auf, daß die Leute, die das vorbringen, nicht mal Edmondse sin'«, worauf der Weiße noch im Aufspringen blindlings hinter sich langte, wo auf dem Ladentisch ein halbes Dutzend Pflugbäume lagen, einen davon hochriß und ihn gerade niedersausen lassen wollte, als der Sohn des Ladenbesitzers, selbst ein beherzter junger Mensch, entweder um oder über die Theke sprang und dem andern in den Arm fiel, so daß der Pflugbaum bloß harmlos den ganzen Laden entlangflog und an den kalten Ofen krachte; dann kam noch ein anderer Mann hinzu, der den ersten ebenfalls festhielt.

»Mach, daß du rauskommst, Lucas!« sagte der Krämerssohn über die Schulter weg. Doch Lucas rührte sich nicht, sondern blieb, den knallbunten Karton noch immer in der linken und die Pfeffernuß in der rechten Hand, ganz ruhig stehen und sah bloß, nicht einmal spöttisch, nicht einmal verächtlich, nicht einmal aufmerksam, zu, wie der Krämerssohn und sein Gefährte den schäumenden und schimpfenden Weißen festhielten. »Mach, daß du raus und zum Teufel kommst, du verdammter Narr!« schrie der Krämerssohn; und erst dann rührte sich Lucas ohne Eile, machte ohne Eile kehrt und ging zur Tür, wobei er noch die rechte Hand zum Munde führte, so daß man sehen konnte, wie er unausgesetzt weiterkaute.

Denn da war nun das Halbdollarstück. Die Summe betrug ja eigentlich siebzig Cents, und zwar in vier Stücken, aber er hatte sie schon längst während der ersten Sekundenbruchteile in eine einzige Münze übertragen, übersetzt, in eine einzige Maß- und Gewichtseinheit, die in gar keinem Verhältnis zu ihrem Nennwert stand; es gab tatsächlich Momente, da er, wenn die Befähigung seines Gemüts zu Reue oder vielleicht einfacher Selbstquälerei oder was immer es war, schließlich für einen Augenblick erschöpft, ja gestillt war, sich sagte: *Zumindest habe ich den halben Dollar, etwas habe ich wenigstens,* weil jetzt nicht nur sein Mißgriff und die Scham darüber, sondern auch deren Protagonist – der Mann, der Neger, der Raum, die Minute, der Tag selbst – eingeschmolzen, eingegangen waren in das runde, harte Symbol der Münze, und es ihm war, als sehe er sich selbst daliegen und reuelos, ja seelenruhig beobachten, wie die Münze Tag um Tag anschwoll bis zu ihrem riesenhaften Höchstmaß, um schließlich für immerdar unverrückbar am schwarzen Firmament seiner Pein zu hängen, gleich dem letzten erstorbenen, nicht mehr abnehmenden Mond, und sich selbst, seinen eigenen winzigen Schatten, jämmerlich dagegen anfuchtelnd, in wahnwitziger, vergeblicher Verfinsterung; wahnwitzig und vergeblich, aber auch unermüdlich, weil er jetzt nicht mehr aufhören konnte, nicht mehr ablassen durfte, er, der er nicht nur seine Männlichkeit, sondern seine ganze Rasse herabgewürdigt hatte. Jeden Nachmittag nach der Schule und den ganzen Samstag hindurch, wenn kein Baseballmatch war oder er nicht auf die Jagd ging oder es sonst etwas gab, was er tun wollte oder mußte, ging er in die Kanzlei seines Onkels, wo er die Telephongespräche abnahm oder Besorgungen machte, alles erfüllt von einem ähnlichen Gefühl der Pflicht und Schuldigkeit, wenn nicht gar tatsächlicher Notwendigkeit; zumindest war es eine Andeutung seiner Bereitwilligkeit, zu seinem Lebensunterhalt seinen Teil beizutragen. Er hatte damit schon als Kind angefangen, konnte sich kaum mehr daran erinnern, aus der blinden und unbedingten Anhänglichkeit an den einzigen Bruder seiner Mutter heraus, über die er sich nie Gedanken zu machen versucht hatte, und hatte es seither immer getan; später, mit fünfzehn, sechzehn, siebzehn Jahren, mußte er dabei an die Geschichte von dem Knaben und seinem Lieblingskälbchen denken, das der jeden Tag über den Weidezaun hinüberhob; die Jahre gingen, aus dem Knaben wurde ein Mann und aus dem Kalb ein Stier, der sich noch immer jeden Tag über den Zaun heben ließ.

Er aber ließ sein Kalb im Stich. Es waren kaum mehr drei Wochen bis Weihnachten; jeden Nachmittag nach der Schule und den ganzen Samstagnachmittag über war er entweder auf dem Marktplatz oder auf einer Stelle, von wo aus er ihn sehen, im Auge behalten konnte. Ein paar Tage lang war es noch kalt, dann wurde es warm, der Wind ließ nach, dann überzog Dunst die helle Sonne, und es regnete, doch er ging oder stand immer noch auf der Straße herum, wo die Schaufenster der Läden sich schon mit Spielzeug und Weihnachtsartikeln, Feuerwerk und bunten Kerzen, Immergrün und Flitterwerk füllten, oder hinter dem beschlagenen Fenster des Drugstores oder des Friseurladens und beobachtete die Bauerngesichter, in der Tasche die beiden in Weihnachtsglanzpapier gewickelten Päckchen – die vier Zwei-Stück-für-fünfundzwanzig-Zigarren für Lucas und das Glasgefäß mit dem Schnupftabak für dessen Frau –, bis er zu guter Letzt Edmonds erkannte und sie ihm zur Überbringung am Weihnachtsmorgen mitgab. Doch das hob bloß (wenn auch mit hundert Prozent Zinsen) die Schuld der siebzig Cents auf; es blieb immer noch die tote, ungeheuerliche, wärmelose Scheibe, die nächtlicherweile in dem schwarzen Abgrund von Wut und Ohnmacht hing: *wenn er doch bloß erst einmal ein Nigger sein würde, nur eine Sekunde, eine unendlich kleine Sekunde lang.* So fing er denn im Februar an zu sparen: die fünfundzwanzig Cents, die ihm der Vater allwöchentlich als Taschengeld gab, und die fünfundzwanzig Cents, die ihm der Onkel als Wochengehalt zahlte, bis er im Mai genug hatte, unter Beihilfe der Mutter das geblümte Kunstseidenkleid aussuchte und es durch die Post an Molly Beauchamp per Adresse Carothers Edmonds (Landbestellung; Bote bezahlt) abschickte und ihm etwas leichter wurde, da die Wut verraucht und bloß noch unvergeßlich Gram und Scham vorhanden war; die Scheibe hing zwar immer noch am schwarzen Firmament, aber sie war jetzt schon ein Jahr alt, und daher war das Himmelsgewölbe selbst nicht mehr so schwarz, und die Scheibe verblich, und er vermochte darunter sogar einzuschlafen, wie selbst der krankhafte Schlaflose unter seinem abnehmenden, glanzlosen

Mond schließlich einschlummert. Dann war es September; die Woche darauf sollte die Schule wieder anfangen. Als er eines Nachmittags heimkam, wartete die Mutter auf ihn.

»Da ist etwas für dich«, sagte sie. Es war ein Galloneneimer voll frischer hausgemachter Zuckerrohrmelasse, und er wußte die Antwort längst, bevor sie ausgesprochen hatte. »Jemand von Edmonds' Gut schickt sie dir.«

»Lucas Beauchamp«, sagte er, rief er fast aus. »Wie lange ist er denn weg? Warum hat er nicht auf mich gewartet?«

»Nein«, sagte die Mutter, »er hat es nicht selbst gebracht. Er hat's hergeschickt. Ein weißer Junge brachte es auf einem Maultier.«

Und damit war es aus. Sie standen wieder da, von wo sie ausgegangen waren; alles mußte wieder von vorn angefangen werden: diesmal war es sogar noch schlimmer, weil Lucas diesmal einer weißen Hand befohlen hatte, sein Geld aufzuheben und es ihm zurückzugeben. Dann erkannte er, daß er nicht einmal von vorn anzufangen imstande war, weil den Melasseeimer zurückbringen und ihn durch Lucas' Haustür zu werfen nur wieder zur Folge haben würde, daß Lucas abermals jemandem den Befehl erteilte, die Geldstücke aufzuheben und zurückzugeben, ganz davon abgesehen, daß er, um zu der Tür zu gelangen, durch die der Eimer geworfen werden sollte, siebzehn Meilen auf einem Shetlandpony hätte reiten müssen, für das er zu erwachsen war und dessen er sich hätte schämen müssen, es sei denn, seine Mutter würde ihm damals schon erlaubt haben, ein richtiges Pferd zu benutzen oder doch so eins, wie er es sich wünschte und wie ihm der Onkel eines versprochen hatte. Dabei mußte es also sein Bewenden haben; was auch immer seine Seele befreien würde oder konnte, war nicht nur außerhalb seiner Reichweite, sondern auch seines Gesichtskreises; er vermochte nur zu harren, ob es sich einstellte, oder andernfalls darauf zu verzichten.

Vier Jahre danach indes war seine Seele schon anderthalb Jahre lang frei gewesen, und er dachte, es sei vorbei: die alte Molly war gestorben, ihre und Lucas' Tochter verheiratet und mit ihrem Mann nach Detroit übergesiedelt, und nun ward ihm schließlich auf Grund eines schwach und verspätet zu ihm dringenden Hörensagens Kunde davon, daß Lucas mutterseelenallein draußen in der Hütte hauste, ohne Kind und Kegel, unzugänglich, anscheinend nicht nur vollkommen der Freunde, auch solcher seiner eigenen Rasse, entbehrend, sondern sich darauf sogar noch etwas zugute tuend. Er hatte ihn noch dreimal gesehen, auf dem Marktplatz und nicht immer am Samstag – es sollte tatsächlich noch ein Jahr seit dem letztenmal vergehen, bis ihm auffiel, daß er ihn in der Stadt nie am Samstag gesehen hatte, an dem die andern Neger und auch die Weißen größtenteils vom Land hereinkamen, und daß die Gelegenheiten, da er ihn sah, fast auf den Tag ein Jahr auseinanderlagen und daß der Anlaß, ihn zu Gesicht zu bekommen, nicht darin bestand, daß Lucas' Anwesenheit just mit seinem eigenen Überqueren des Marktplatzes zusammenfiel, sondern dieses zusammenfiel mit Lucas' alljährlichem zwangsläufigem Besuch in der Stadt –, sondern am Werktag wie die Weißen, die nicht Farmer oder Pflanzer waren, die Krawatten und Jacketts anhatten wie die Ärzte, Anwälte und Kaufleute, als ob er sich weigere, es ablehne, auch nur diesen kleinen Zug des Verhaltens nicht allein von Negern, sondern von Landnegern anzunehmen, und stets in dem abgetragenen, ausgebürsteten, sichtlich einmal teuer gewesenen schwarzen Tuchanzug wie auf der Porträtphotographie auf der großen Staffelei, mit dem schief heruntergezogenen feinen Hut, dem gestärkten weißen Hemd aus seines eigenen Großvaters Tagen, dem krawattenlosen Kragen, der schwergoldenen Uhrkette und dem goldenen Zahnstocher, wie sein eigener Großvater einen in der oberen Jackettasche stecken gehabt hatte; das erstemal während des zweiten Winters; er hatte zuerst das Wort an ihn gerichtet, wiewohl Lucas sich gleich an ihn erinnert hatte; er dankte ihm für die Melasse, und Lucas hatte ihm darauf genau das erwidert, was wohl sein Großvater in diesem Fall gesagt haben würde, nur daß die Worte, die Grammatik anders waren:

»Is' dies Jahr gut ausgefallen. Wie ich sie gemacht hab, is' mir eingefallen, was ein Junge is', der schleckt immer gern 'ne feine Melasse«, und ging weiter, dabei über die Schulter zurück hinzusetzend: »Fall nur diesen Winter in kein' Bach nicht mehr«; und danach sah er ihn noch zweimal, mit dem schwarzen Tuchanzug, dem Hut, der Uhrkette, aber das nächstemal hatte er den Zahnstocher nicht, und diesmal blickte Lucas ihn gerade an, gerade in die Augen aus fünf Fuß Abstand, und ging an ihm vorbei, und er dachte: *Er hat mich vergessen. Er erinnert sich nicht einmal mehr an mich*, bis ungefähr ein Jahr darauf sein Onkel ihm erzählte, daß das Weib, die alte Molly, vor einem Jahr gestorben sei. Er machte sich auch keine Gedanken darüber, verschwendete keine Zeit daran, sich zu wundern, woher sein Onkel (offenbar hatte Edmonds es ihm erzählt) das eigentlich wisse, denn er rechnete bereits hastig zurück; er sagte, dachte mit einer Empfindung von Selbstrechtfertigung, von Erleichterung, fast von Triumph: *Sie war damals gerade gestorben. Deshalb hat er mich nicht gesehen. Deshalb hatte er den Zahnstocher nicht*, und dachte mit etwas wie Staunen: *Er hatte Kummer. Man braucht kein Nigger zu sein, um Kummer zu haben*, und dann wartete er, strich er um den Marktplatz herum, beinahe so, wie er das vor zwei Jahren getan, als er Edmonds aufgelauert hatte, um ihm die zwei Weihnachtsgeschenke mitzugeben, die nächsten zwei, dann drei, schließlich vier Monate hindurch, bis er daraufkam, daß er Lucas immer nur einmal jedes Jahr im Januar oder Februar in der Stadt gesehen hatte, und erst jetzt den Grund dafür begriff: er war zum Bezahlen der jährlichen Grundsteuer gekommen. Es war also an einem hellen, kalten Nachmittag im späten Januar. Er stand in der schwachen Sonne an der Ecke bei der Bank und sah Lucas aus dem Amtshaus herauskommen und quer über den Platz geradenwegs auf ihn zugehen, im schwarzen Anzug, krawattenlosen Hemd und mit dem feinen alten Hut mit dem prahlerisch-verwegenen Schwung der heruntergezogenen Krempe, so aufrecht schreitend, daß der Rock bloß die Schultern berührte, von denen er herabhing, und er konnte bereits das Aufblitzen des schräg und keck aufragenden Zahnstochers gewahren und die Muskeln seines Gesichts spüren; und indes er wartete, schaute Lucas auf und ihm noch einmal wohl eine Viertelminute lang gerade in die Augen, wandte dann den Blick ab und ging geradeaus weiter und trat dann sogar einen Schritt zur Seite, um an ihm vorüberzukommen, ging an ihm vorbei und weiter; er blickte sich auch nicht einmal mehr nach ihm um, blieb im kalten Sonnenschein am Trottoirrand stehen und dachte: *Es ist ihm diesmal nicht einmal mißlungen, sich an mich zu erinnern. Er kannte mich überhaupt nicht. Er hat sich nicht einmal die Mühe gegeben, mich zu vergessen*, und dachte sogar, von etwas wie Seelenfrieden erfüllt: *Es ist vorbei. Es ist zu Ende*, denn seine Seele war ja frei, der Mann, der drei Jahre lang im Wachen wie im Schlafen gleich einem Alp auf seinem Leben gelegen, war daraus verschwunden. Er würde ihn gewiß noch wiedersehen; zweifelsohne würden sie in der Stadt auf der Straße aneinander vorbeigehen, so wie diesmal, alljährlich einmal, solange Lucas lebte, aber damit würde es auch sein Bewenden haben: der eine, nicht mehr der Mensch, sondern das Gespenst desjenigen, der den zwei Negerjungen befohlen hatte, sein Geld aufzuheben und es ihm zurückzugeben; der andere nur noch die Erinnerung an ein Kind, das es angeboten und dann zu Boden geschleudert hatte und ins Mannesalter nur noch den verbleichenden letzten Zipfel jener früheren, einst wahnwitzigen Scham und Pein und Sucht nicht nach Vergeltung, Rache, sondern bloß nach Wiederausgleich, Neubekräftigung seiner Männlichkeit und seines weißen Bluts mit hinübernahm. Und eines Tages würde der eine nicht einmal mehr das Gespenst des Mannes sein, der die Geldstücke aufzuheben geheißen, und für den andern würde Scham und Pein nichts Erinnerliches und Zurückrufbares mehr sein, sondern lediglich ein Hauch, ein Duft gleich dem bittersüßsauren Geschmack des Ampfers, den der Knabe in seiner vergangenen Jugendzeit gegessen, an den man sich bloß erinnert im Augenblick, da man ihn schmeckt, und den man bereits vergessen hat, ehe man ihn bestimmen und sich darauf besinnen kann; er vermochte sie beide sich vorzustellen, wie sie sich als ganz alte Leute begegneten an irgendeinem Punkt in jener Schmerzensqual von bloßliegenden, unanästhesierbaren Nervenenden, die die Menschen mangels eines besseren Worts »am Leben sein« nennen, an einem Punkt, da nicht nur ihre verlebten Jahre, sondern das Halbjahrhundert des Zwiespalts zwischen ihnen so ununterscheidbar und so unerrechenbar geworden waren wie Sandkörner in einem Kohlenhaufen, und er zu Lucas sagte: *Ich war der Knabe, der, als du mir die Hälfte deines Essens vorsetztest, dich bezahlen wollte mit ein paar Dingern, die man in jenen Zeiten siebzig Cents Geldwert nannte, und der darum, um sein Gesicht zu wahren, keinen andern Ausweg fand, als sie auf den Boden zu schmeißen. Erinnerst du dich nicht?*, und Lucas darauf: *War ich das?* Oder umgekehrt, und daß es Lucas war, der sagte: *Ich war der Mann, der, als du dein Geld auf den Boden warfst und es nicht wieder aufheben wolltest, zwei Nigger heißen mußte, es aufzuklauben und es dir zurückzugeben. Erinnerst du dich nicht?*, und er darauf diesmal: *War ich das?* Denn es war jetzt vorbei. Er hatte die andere Wange hingehalten, und sie war angenommen worden. Seine Seele war frei.

An jenem Samstagnachmittag kam er dann spät über den Marktplatz zurück (auf dem Spielplatz der High School war ein Baseballmatch gewesen) und vernahm, daß Lucas draußen bei Frasers Kaufladen Vinson Gowrie erschossen habe: dem Sheriff war es gegen drei Uhr gemeldet und dann über einen Nebenanschluß in die entgegengesetzte Ecke des Landkreises weitergegeben worden, wohin der Sheriff am Morgen in Amtsgeschäften gemußt hatte und wo ihn ein Bote aller Wahrscheinlichkeit nach zwischen jetzt und dem morgigen Sonnenaufgang auftreiben konnte; was im übrigen wenig Unterschied machte, da es, selbst wenn der Sheriff sich in seinem Amtszimmer aufgehalten hätte, zu spät gewesen wäre, denn Frasers Kaufladen lag im Kreis vier, und wenn der Landkreis Yoknapatawpha schon die falsche Gegend für einen Nigger war, einem Weißen in den Rücken zu knallen, so war Kreis vier wahrlich die allerletzte Gegend in dem Landkreis Yoknapatawpha, die ein Nigger mit auch nur einem Gran Sinn und Verstand – oder überhaupt ein Auswärtiger jedweder Hautfarbe – sich ausgesucht haben würde, um einen Menschen niederzuschießen, geschweige gar einen mit dem Vor- oder Zunamen Gowrie. Bereits war der letzte Wagen voll junger Leute und auch nicht mehr ganz junger, deren Geschäftsadresse nicht nur an Samstagsnachmittagen, sondern auch die Woche über der Spielsalon und der Friseurladen war und von denen etliche sogar unbestimmte Beziehungen zum Baumwoll-, Auto-, Grundstücks- und Viehhandel hatten, die bei Boxkämpfen, Punchbordkonkurrenzen und Baseballmatches der Nationalliga wetteten, längst vom Marktplatz weg und eiligst die fünfzehn Meilen hinausgefahren, um auf der Staatsstraße vorm Haus des Gendarmen zu parken, wohin der Gendarm den Lucas gebracht, ihn dort, wie die Rede ging, mit Handschellen an einen Bettpfosten gefesselt hatte und nun, mit einem Schießeisen bewehrt, vor ihm saß (und Edmonds natürlich jetzt ebenfalls; denn selbst ein blöder Landgendarm mußte so viel Verstand aufbringen, den nur vier Meilen entfernt wohnenden Edmonds holen zu lassen, bevor er nach dem Sheriff brüllte) für den Fall, daß die Gowries und deren Anhang nicht abzuwarten entschlossen waren, bis sie Vinson begraben hatten; Edmonds mußte bestimmt dort sein; denn er würde Edmonds doch sicher heute im Laufe des Vormittags, bevor er zum Baseballplatz ging, in der Stadt gesehen haben, wenn er dagewesen wäre, und da das nicht der Fall war, so war Edmonds offenbar zu Hause gewesen, nur vier Meilen Wegs entfernt; ein Bote konnte ihn angetroffen haben, und Edmonds konnte beim Gendarmen gewesen sein, fast ehe der andere Bote noch die Telephonnummer des Sheriffs und die ihm zu übermittelnde Nachricht auswendig gelernt hatte und dann zum nächsten Telephonapparat geritten war, wo er von beidem Gebrauch machen konnte: sie – Edmonds (wieder hatte er für eine blitzartige Sekunde das nagende Gefühl, als wolle sich etwas in seine Aufmerksamkeit drängen) und der Gendarm – würden ihrer zwei sein, während der Herrgott selber es aufgeben mußte, die Gowries und Ingrums und Workitts zu zählen, und wenn Edmonds gerade im Begriff war, zu Abend zu essen oder sein Geld zu zählen oder sonstwas zu tun, würde der Gendarm selbst mit seinem Schießeisen nur einer sein. Aber er hatte ja keine Last mehr auf der Seele, und so ging er, kaum auch nur einmal stockend, weiter zur Ecke, um die er biegen mußte, um heimzugelangen, und erst als er, noch in der Straße, merkte, wieviel Sonne, wieviel vom Nachmittag übrig war, und er kehrtgemacht und ein paar Yards zurückgegangen war, kam ihm der Gedanke, weshalb er eigentlich nicht geradenwegs über den jetzt fast menschenleeren Platz hinüber nach der Außentreppe ging, die zur Kanzlei hinaufführte.

Zwar lag ja wirklich kein Grund zur Annahme vor, daß sein Onkel so spät am Samstagnachmittag noch in der Kanzlei sein werde, aber als er einmal auf der Treppe war, vermochte er sich wenigstens darüber hinwegzusetzen, da er heute zufällig Schuhe mit Gummisohlen anhatte, wiewohl trotzdem die Holzstufen knarrten und krachten, wenn man nicht dicht an der Wand an ihrem Innenrand auftrat, wobei es ihm durch den Kopf ging, daß er Gummisohlen bisher nicht nach Gebühr geschätzt habe, daß nichts über Gummisohlen gehe, um einem Zeit zur Überlegung, was man eigentlich vorhabe, zu lassen; und dann sah er, daß die Kanzleitür abgeschlossen war, obschon es doch zu früh war, daß der Onkel die Lampen angedreht hätte, aber überdies bot die Tür selbst jenen Anblick, den nur verschlossene Türen haben, so daß sogar harte Ledersohlen nichts ausgemacht haben würden, schloß die Tür mit seinem Schlüssel auf und drückte dann hinter sich den Riegel zu und ging hinüber zu dem schweren Drehstuhl, den schon der Großvater vor dem Onkel gehabt hatte, und setzte sich an den mit allem möglichen Kram vollgehäuften Tisch, den sein Onkel statt des Rollpults aus Großvaters Zeit benutzte und über den die Rechtsgeschäfte des Landkreises länger hingegangen waren, als er sich erinnern konnte, seit seine Erinnerung überhaupt Erinnerung oder jedenfalls seine eigene war, und so waren der verschrammte Tisch und die vergilbten, eselsohrigen Akten und die Nöte und Leidenschaften, die sie darstellten, sowie der wohlvermessene, wohlabgegrenzte Landkreis alle zusammen gleichzeitig und eins im Schein des letzten Sonnenstrahls, der durch den Maulbeerbaum, dann durch das Fenster hinter ihm auf den Tisch fiel, die unordentlichen Aktenhaufen, das Tintenzeug, die Schale mit Büroklammern, verdorbenen, verrosteten Federn und Pfeifenreinigern und die Maiskolbenpfeife, mit dem Kopf nach unten in ihrem Häufchen herumgestreuter Asche, neben der fleckigen, ungespülten Kaffeetasse samt Untertasse und dem bunten Krug aus der Heidelberger Bierstube, angefüllt mit aus Zeitungspapier gerollten Fidibussen zum Anzünden der Pfeifen wie das Gefäß, das an dem Tag damals auf Lucas' Kaminsims gestanden hatte; und ehe er noch merkte, daß er daran dachte, stand er auf, die Tasse und die Untertasse in der Hand, ging durchs Zimmer, nahm auch die Kaffeekanne und den Kessel mit, in die Toilette, leerte den Kaffeesatz aus, spülte die Kanne und die Tasse, füllte den Kessel frisch, stellte ihn samt Tasse und Untertasse wieder auf das Bord, ging zum Stuhl zurück und setzte sich wieder hin, nachdem er eigentlich überhaupt nicht weggewesen war, noch mit vollauf Zeit, den Tisch und dessen ganzen wohlbekannten Wirrwarr zu betrachten, alles der Anonymität der Nacht entgegenbleichend, da das Tageslicht erstarb; dabei dachte, erinnerte er sich, daß sein Onkel gesagt hatte, das einzige, was der Mensch besitze, sei Zeit, das einzige, was zwischen ihm und dem Tod stehe, vor dem er Furcht und Schauder empfinde, sei Zeit, deren eine Hälfte er jedoch damit zubringe, Mittel zu ersinnen, um die andere Hälfte totzuschlagen, und plötzlich fiel ihm ein, Gott weiß, wieso, was so genagt hatte, sich seiner Aufmerksamkeit aufzudrängen: Edmonds war ja nicht daheim, nein, nicht einmal im Staat Mississippi, er lag nach einer Gallensteinoperation in einem Krankenhaus in New Orleans; dabei machte der Stuhl auf dem Bretterboden einen polternden Lärm wie ein Bauernwagen auf einer Holzbrücke, als er aufstand, und dann blieb er neben dem Tisch stehen, bis das Echo verhallt und nur noch das Geräusch seines Atems zu hören war, denn seine Seele war ja frei; und dann tummelte er sich – seine Mutter wußte ja, wann Baseballspiele zu Ende waren, auch wenn sie nicht das Geschrei vom Stadtrand her hatte vernehmen können, und sie wußte wohl, daß selbst er nur soviel Zeit für den Heimweg in der Dämmerung benötigen konnte –, schloß die Tür ab, ging dann wieder die Treppe hinunter, den jetzt im Dämmerlicht liegenden Marktplatz vor sich, indes die ersten Lampen im Drugstore aufleuchteten (im Friseurladen und im Spielsalon waren sie gar nicht abgedreht gewesen, seit der Schuhputzer und der Portier dort um sechs Uhr morgens die Türen aufgeschlossen und die Haare und die Zigarettenstummel hinausgefegt hatten) und die in den Kaufläden ebenfalls, so daß der ganze übrige Landkreis, außer Kreis vier, irgendwo warten mußte, bis ihm die Nachricht von Frasers Kramladen zukommen konnte, daß alles wieder in Butter sei, und die Lastwagen, die Personenautos, die Bauernkarren und die Maultiere wieder in Bewegung gesetzt werden und alle nach Hause und zu Bett gehen konnten, und bog diesmal um die Ecke, und da war jetzt das Gefängnis, dunkel aufragend, ohne Lichtschein außer in dem einen vergitterten Rechteck oben an der vorderen Fassadenwand, wo in gewöhnlichen Nächten die schwarzen Würfelspieler, Whiskyschmuggler und Rasiermesserwerfer zu ihren Mädchen und Frauen drunten auf der Straße hinabschrien und wo Lucas nun seit drei Stunden sein mußte (höchstwahrscheinlich mit den Fäusten gegen die Eisentür trommelnd, daß ihm jemand etwas zu essen bringe, oder vielleicht schon gegessen hatte und daher jetzt nur noch, um sich über die Qualität des Essens zu beschweren, da er das ja zweifellos ebenso wie alles, was sonst zu Unterbringung und Unterhalt gehörte, als sein Recht betrachtete) – abgesehen davon, daß es schien, als erachte man als einzigen Zweck der ganzen Institution des Beamtentums, einen Mann wie Sheriff Hampton zu wählen, einen Mann, der handfest genug oder zumindest mit genügend Verstand und Charakter ausgestattet war, um dem Landkreis vorzustehen und dann die übrigen Stellen mit Vettern und Schwägern zu besetzen, die mit allem, was sie sonst bisher angefangen hatten, nicht imstande gewesen waren, ihr Brot zu verdienen. Aber seine Seele war ja jetzt frei, und außerdem war wohl nunmehr schon alles vorbei, und selbst wenn nicht, wußte er, was er tun werde, und jetzt war noch reichlich Zeit dafür, hatte das bis morgen Zeit; alles, was für ihn heute abend noch zu tun nottat, war, Highboy etwa zwei Extrascheffel Hafer für die morgige Anstrengung zu geben. Und zuerst meinte er, selbst einen Wolfshunger zu haben oder doch binnen einer Minute zu bekommen, als er sich an den vertrauten Tisch in dem vertrauten Zimmer setzte zwischen hellglänzendem Linnen, Silberzeug, den Wassergläsern und der Schale mit Narzissen und Gladiolen, auch ein paar Rosen, und sein Onkel sagte:

»Dein Freund Beauchamp scheint's ja diesmal geschafft zu haben.«

»Ja«, sagte er. »Man wird ihn wenigstens einmal in seinem Leben zum Nigger machen.«

»Charles!« sagte die Mutter, da aß er hastig drauflos, aß eine ganze Menge, redete auch hastig eine ganze Menge daher über das Baseballmatch und wartete dabei immer darauf, jede Minute, jede Sekunde Hunger zu bekommen, bis er plötzlich merkte, daß selbst der letzte Bissen zuviel gewesen war, und er, noch daran herumkauend, um ihn hinunterzuwürgen, aufstand und sagte:

»Ich gehe ins Kino.«

»Du hast noch nicht fertig gegessen«, sagte die Mutter, und dann sagte sie: »Die Vorstellung fängt doch erst in einer Stunde etwa an«; und dann sagte sie keineswegs bloß zu seinem Vater und Onkel, sondern zu allen Altern und Zeitaltern, sämtlichen neunzehnhundertdreißig und -vierzig und -fünfzig Jahren des Herrn: »Ich will nicht, daß er heut abend in die Stadt geht, ich will nicht ...«, und dann zuletzt eine Wehklage, ein Aufschrei zur obersten Instanz, seinem Vater selbst, aus jenem nächtig-geröteten Drachenbereich von Ängsten und Schauern heraus, in dem Frauen, jedenfalls Mütter, mit Vorliebe zu verweilen schienen: »Charlie ...«, bis sein Onkel die Serviette hinlegte, aufstand und sagte:

»Hier hast du mal Gelegenheit, ihn von der Mutterbrust zu entwöhnen. Er soll sowieso eine Besorgung für mich machen«, und auf der Vorderveranda dann im Dunkeln, Kühlen sagte der Onkel nach einer Weile: »Nun? So geh doch.«

»Kommst du nicht mit?« fragte er. Und dann: »Aber warum? Warum denn?«

»Kommt es darauf an?« sagte der Onkel und sagte dann, was er bereits beim Vorbeikommen am Friseurladen vor zwei Stunden gehört hatte: »Im Augenblick nicht. Weder für Lucas noch für sonst einen von seiner Farbe draußen.« Doch er hatte schon selbst daran gedacht, nicht gerade, bevor der Onkel es sagte, sondern sogar schon ehe irgendwer, wer immer es gewesen sein mochte, das vor zwei Stunden am Friseurladen gesagt hatte, und alles übrige in dieser Hinsicht ebenfalls: »Der springende Punkt ist ja nicht, vor welcher Krise er sich befand, über die hinaus das Leben nicht mehr erträglich gewesen wäre, daß er einen Weißen hinterrücks erschoß, sondern warum er sich von allen Weißen gerade diesen einen Gowrie zum Erschießen und von allen erdenklichen Orten dazu Kreis vier aussuchen mußte. Geh jetzt. Komm aber nicht zu spät heim. Schließlich soll man selbst zu seinen Eltern hin und wieder lieb sein.«

Und so war es denn auch: eines der Autos und womöglich alle andern auch waren zum Friseurladen und zum Spielsalon zurückgekehrt, somit saß Lucas anscheinend noch friedlich an den Bettpfosten gefesselt und der Gendarm mit dem geladenen Gewehr vor ihm (vermutlich in einem Schaukelstuhl), und die Gendarmenfrau hatte ihnen wohl dort Abendessen aufgetischt, und Lucas hatte sich mit gutem Appetit fest darüber hergemacht, nicht bloß, weil er es ja zu bezahlen haben würde, sondern weil man nicht jeden Tag in der Woche einen Menschen erschießt; und zumindest schien es mehr oder weniger zutreffend zu sein, daß der Sheriff endlich die Mitteilung erhalten und darauf die Antwort erteilt hatte, er werde spät am Abend zur Stadt zurückkehren und Lucas morgen in der Frühe abholen; und da er etwas tun, irgendwie die Zeit bis zum Ende der Kinovorstellung werde hinbringen müssen, so könne er auch hingehen, und er ging über den Marktplatz hinüber zum Vorgarten des Amtshauses und setzte sich auf eine Bank in der dunklen, kühlen, leeren Einsamkeit inmitten der zackigen Schatten des nicht windbewegten, doch ruhelosen, vom Sternenschwalg des Himmels sich abhebenden Frühlingslaubs, von wo er das beleuchtete Vordach des Kinos beobachten konnte; und vielleicht hatte der Sheriff recht, er schien es ja fertigzubringen, mit den Gowries, Ingrums, Workitts und McCallums genügend gute Beziehungen aufrechtzuerhalten, um sie zu veranlassen, alle acht Jahre für ihn zu stimmen, und so wußte er vielleicht auch ungefähr, was sie in bestimmten Situationen tun würden, oder vielleicht hatten die Leute im Friseurladen recht, und die Ingrums, Gowries und Workitts warteten nicht, bis sie

Vinson morgen begraben hätten, sondern bloß weil in drei Stunden Sonntag war und sie keine Lust hatten, sich mit ihrem Vorhaben zu beeilen, es zu überstürzen, um vor Mitternacht damit zu Rande zu sein und den Sabbat nicht zu entheiligen. Da kamen jetzt, ins Licht blinzelnd, eine Sekunde oder eine Minute, ja zwei Minuten lang, ein wenig taumelnd, einen verblassenden Rest von ihres Herzens verwegenem Zelluloidtraum auf die schäbige Erde mit zurückbringend, die ersten Kinobesucher unter das Vordach herausgesickert, dann herausgeströmt, er konnte also, ja, er mußte heimgehen: sie, die einfach instinktmäßig wußte, wann Kinovorstellungen aus waren, genau wie sie das bei Baseballspielen wußte, sie würde es ihm zwar niemals verzeihen, daß er imstande war, seine Knöpfe selbst zuzuknöpfen und sich hinter den Ohren zu waschen, sich aber doch damit abfinden und ihm nicht selbst nachlaufen, um ihn zu holen, sondern bloß den Vater schicken, und wenn er jetzt, bevor das Kinopublikum sich zerstreute, aufbrach, so hatte er die Straße noch leer für sich allein, bis er heimkam, bis er tatsächlich bei der Gartenecke anlangte und sein Onkel, ohne Hut und eine von den Maiskolbenpfeifen rauchend, hinter der Hecke hervortrat.

»Hör zu«, sagte der Onkel, »ich habe mit Hampton drunten in Peddlers Field Old Town gesprochen, und er hat schon an den Squire Fraser telephoniert, und Fraser selbst ist zu Skipworth gegangen und hat dort Lucas mit Handschellen an den Bettpfosten gefesselt gesehen, und es ist alles in Ordnung, alles ruhig draußen heut abend, und morgen früh sperrt Hampton den Lucas ins Gefängnis ...«

»Ich weiß«, sagte er. »Sie werden ihn nicht vor morgen Mitternacht lynchen, nicht bevor sie Vinson begraben und den Sonntag hinter sich haben«; im Weitergehen: »Mir soll's recht sein. So sehr hätte Lucas sich nicht anzustrengen brauchen, bloß um meinetwegen zum Nigger zu werden.« Denn seine Seele war ja frei, im Bett, im kühlen, vertrauten Zimmer, im kühlen, vertrauten Dunkel, denn er wußte, was er zu tun hatte, und er hatte doch Aleck Sander zu sagen vergessen, er solle Highboy die Extraration für morgen geben, aber das hatte bis zum Morgen Zeit, denn heute nacht schlief er ein, weil er etwas wohl zehntausendmal Hurtigeres zu zählen hatte als bloß Schafe. Tatsächlich wollte er so schnell einschlafen, daß er deren wohl nicht mehr als zehn zu zählen vermochte: vor Wut, einer schier unerträglichen Marter von rasender Empörung; überhaupt einen Weißen hinterrücks zu erschießen, aber noch ausgerechnet diesen – den jüngsten von sechs Brüdern, von denen einer bereits wegen Widerstands mit der Waffe als Fahnenflüchtiger ein Jahr im Bundeszuchthaus abgesessen und noch wegen Whisky-Schwarzbrennens eine weitere Strafzeit auf der Zwangsarbeitsfarm des Staates hinter sich hatte, und mit einem Rattenschwanz von Vettern und Gevattern, die eine ganze Ecke des Landkreises bedeckten und deren Gesamtziffer wohl nicht einmal die alten Großmütter und ledigen Tanten aus dem Stegreif hätten angeben können, einem verfilzten Klüngel von Raufbolden, Bauern, Fuchsjägern, Vieh- und Holzhändlern, die nicht einmal, wo es auch sei, die Letzten sein würden, einen aus ihrer Mitte, von wem es auch sei, ungestraft umbringen zu lassen, sondern nur unter den Letzten, sintemal sie wiederum mit weiteren Raufbolden, Fuchsjägern und Whisky-Schwarzbrennern verschmolzen, verzahnt und verschwägert waren, und zwar nicht einfach bloß zu einer Sippe oder einem Stamm, sondern zu einer Rasse, einer spezifischen Gattung, die schon von alters her ihre Bergfeste gegen die Landkreis-, ja gegen die Bundesregierung unangreifbar gemacht hatte, die sie nicht einfach bloß besiedelt und nicht lediglich korrumpiert hatte, die ganze, nur dünn mit kleinen, windschiefen Gehöften, von Ort zu Ort wechselnden Sägemühlen und Whisky-Schwarzbrennereien gesprenkelte, nadelholzbestandene Hügelgegend, wohin Polizeibeamte aus der Stadt sich nur begaben, wenn sie gerufen wurden, und wo fremde Weiße sich bei Dunkelheit nicht von der Landstraße wegtrauten und Neger überhaupt zu keiner Tages- und Nachtzeit, wo, wie ein Witzbold aus der Gegend einmal gesagt hatte, der einzige Fremdling, der sie ungestraft betreten könne, der Herrgott sei, und auch der nur bei Tageslicht und am Sonntag, sondern sie übersetzt, sie umgestaltet hatte zu einem Synonym für Unabhängigkeit und Gewalttätigkeit, zu einem Vorstellungsbild mit physikalischen Grenzen, gleich einer Seuchenquarantäne, dergestalt, daß sie einzigartig, einzig und allein in dem ganzen Landkreis unter der Nummer ihrer Katasterkoordinate, Kreis vier, bekannt war, so wie Mitte der zwanziger Jahre Leute, die weder wußten noch sich darum scherten, in welchem Staat Chicago liege, wußten, wo Cicero, Illinois, lag und wer dort lebte –, und überdies sich auch noch den Augenblick auszusuchen, da der einzige weiße oder schwarze Mensch – Edmonds – in dem ganzen Landkreis Yoknapatawpha oder im Staate Mississippi oder in Amerika, ja auf der Erde, der irgendwelche Neigung dazu gehabt haben würde, gar nicht zu reden von der Macht und der Geschicklichkeit (und hier mußte er, obschon er gerade am Einschlafen war, lachen bei der Erinnerung daran, daß es, wie er zuerst gemeint hatte, einen Unterschied bedeutet haben würde, wenn Edmonds zu Hause gewesen wäre, bei der Erinnerung an das Gesicht, an den Winkel der Hutkrempe, an die, breitbeinig und herrenmäßig wie ein Herzog oder ein Großgrundbesitzer oder ein Kongreßabgeordneter, mit den Händen im Rücken verschränkt vor das Feuer hingepflanzte Gestalt, die ihn nicht einmal von oben herab angeblickt, sondern zwei Niggerboys befohlen hatte, die Geldstücke aufzuheben und ihm wiederzugeben, wobei es für ihn auch nicht der Erinnerung daran bedurfte, daß sein Onkel ihm, seit er erwachsen genug war, um den Sinn der Worte zu verstehen, zu bedenken gegeben hatte, daß kein Mensch sich zwischen einen Mitmenschen und dessen Geschick stellen könne, da ja der Onkel selbst trotz Heidelberg und Harvard den Menschen nicht hätte angeben können, der tollkühn und verblendet genug gewesen wäre, um sich auch nur zwischen Lucas und bloß das zu stellen, was er tun wollte), um den Versuch zu machen, sich zwischen Lucas und das gewaltsame Schicksal zu stellen, dem er ja die Hand geboten, in einem Operationssaal in New Orleans flach auf dem Rücken lag. Trotz alledem hatte Lucas sich das aussuchen müssen, diesen Zeitpunkt, dieses Opfer, diesen Tatort; wieder einen Samstag, den gleichen Laden, wo er mindestens einmal bereits einen unangenehmen Auftritt mit einem Weißen gehabt hatte; wählte sich den erstbesten dazu geeigneten Samstagnachmittag aus und legte sich mit einem alten einschüssigen Colt von einem Kaliber und einem Modell, das nicht einmal mehr hergestellt wird, genau der Art von Revolver wie Lucas ihn besitzen mußte, genau wie auch kein anderer noch lebender Mensch im Landkreis mehr einen goldenen Zahnstocher besaß, in den Hinterhalt beim Kaufladen – der einzigen Stelle, wo früher oder später am Samstagnachmittag bestimmt dieser ganze Zipfel des Landkreises vorbeikommen mußte –, bis das Opfer erschien, und schoß den Mann von hinten nieder, und kein Mensch wußte, warum, und soweit er an jenem Nachmittag, ja auch noch am Abend, als er schließlich den Marktplatz verließ, entdecken konnte, hatte sich keiner auch nur die Frage vorgelegt, da der Grund niemanden bekümmerte, am allerwenigsten Lucas, der ja augenscheinlich seit zwanzig oder fünfundzwanzig Jahren mit unermüdlicher, unablässiger Zielbewußtheit auf diesen krönenden Augenblick hingearbeitet hatte; ging ihm dann eine gute Spucke weit vom Kaufladen aus in den Wald nach und schoß ihn von hinten nieder in Hörweite der Menschenmenge drum herum und stand noch, den abgeschossenen Revolver fein säuberlich wieder in die Hintertasche gesteckt, bei der Leiche, als die ersten den Tatort erreichten, wo er zweifellos sofort mit bloßen Händen gelyncht worden wäre ohne das Dazwischentreten des gleichen Doyle Fraser, der ihn vor sieben Jahren vor dem Pflugbaum gerettet hatte, und des alten Gendarmen Skipworth – eines vertrockneten, weißhaarigen, stocktauben alten Männchens, nicht viel größer als ein halbwüchsiger Knabe, mit einer großen nickelbeschlagenen Pistole lose in der einen Rocktasche und in der andern ein an einem Rohlederriemen wie ein Hifthorn um seinen Hals hängendes Guttaperchahörrohr –, der bei dieser Gelegenheit jedenfalls eine fast unwahrscheinliche Unerschrockenheit und Tapferkeit an den Tag legte, indem er Lucas (der keinerlei Widerstand leistete, sondern auch dies alles nur mit dem gleichen ruhigen, objektiven, nicht einmal spöttischen Interesse beobachtete) aus der Menschenmenge herausholte, mit sich heimnahm und an den Bettpfosten fesselte, bis der Sheriff eintreffen, ihn abholen, in die Stadt und dort in Gewahrsam bringen würde, indes die Gowries, Workitts und Ingrums samt ihrer ganzen Sippschaft Vinson begraben konnten und der Sonntag herumging und man wieder frisch und unbeschwert war für die neue Woche und ihre Obliegenheiten. Und weiß der Himmel, auch die Nacht ging herum, die erste falsche Dämmerung mit dem Schrei vorwitziger Hähne, die Pause danach, darauf der helle Zauberlaut der Vogelstimmen, und dann konnte er durch das Ostfenster vor einem grauen Schein die Bäume erkennen und dann die Sonne selbst, hoch, wildflammend über den Bäumen, grell ihn anstrahlend, und es war schon spät, das mußte ihm natürlich auch noch passieren, daß er verschlief; aber seine Seele war ja frei, und er würde sich nach dem Frühstück schon besser fühlen, und er konnte ja immer sagen, er ginge zur Sonntagsschule, aber er brauchte gar nichts zu sagen, wenn er schlendernd zur Hintertür hinausging: durch den Hintergarten aufs Grundstück hinaus, darüber weg und durch den Wald zum Bahnstrang, zur Station und dann zurück über den Marktplatz; dann aber dachte er über einen einfacheren Weg als diesen nach, und dann ließ er das Nachdenken überhaupt sein, ging durch die Vorderdiele und über die Vorderveranda den Gartenweg zur Straße – und hier zuerst war es, wie er sich späterhin entsinnen sollte, daß ihm auffiel, keinen Neger gesehen zu haben außer Paralee, als sie ihm das Frühstück brachte; für gewöhnlich würde er am Sonntagmorgen um diese Zeit so gut wie auf jeder Veranda Stubenmädchen oder Köchinnen in frischen Sonntagsschürzen mit Besen oder auch von Veranda zu Veranda über die anstoßenden Gärten hinüber plaudernd gesehen haben und die Kinder frisch gewaschen für die Sonntagsschule, die Hände um schweißfeuchte Nickelstücke gekrampft, obschon es dafür noch etwas zu früh oder vielleicht auf Grund eines allgemeinen Einvernehmens oder gar eines entsprechenden Verbots heute keine Sonntagsschule, sondern nur Kirchgang war und so an einem bestimmten vereinbarten Moment, etwa um halb zwölf, die ganze Luft über dem Landkreis Yoknapatawpha lautlos gleich Hitzeflirren erbeben würde von einer einzigen verabredeten Beschwörung, die Herzen dieser um einen der Ihren beraubten, erzürnten Menschen zu beruhigen, die Rache ist mein, spricht der HERR, du sollst nicht töten, bloß daß es jetzt auch ein bißchen zu spät kam, man hätte dessen gestern vor Lucas Erwähnung tun sollen –, vorbei am Gefängnis, dem Fenster im ersten Stock, zwischen dessen Gitterstäben sich an einem gewöhnlichen Sonntag die schwarzen Hände gedrängt haben würden, und darüber auch hie und da ein Aufglimmen von Augenweiß aus dem Schatten, die weichen Stimmen, hinunterrufend und -lachend zu den schwarzen Mädchen und Frauen, die auf der Straße vorbeigingen oder stehenblieben; und das war der Moment, wo ihm auffiel, daß er außer Paralee seit gestern nachmittag keinen Neger gesehen hatte, wenn er auch erst morgen erfahren sollte, daß die von der ›Senke‹ und von der ›Siedlung der Freigelassenen‹ überhaupt nicht zur Arbeit gekommen seien, auch nicht auf den Marktplatz, ja nicht einmal im Friseurladen, wo doch der Sonntagmorgen der beste Geschäftstag für den Schuhputzer war mit Schuhwichsen, Kleiderbürsten, Botengänge machen und Bäder einlassen für die ledigen Lastwagenfahrer und Garagengehilfen, die in möblierten Zimmern wohnten, und die jungen sowie die nicht mehr so jungen

Männer, die die ganze Woche über im Spielsalon Schwerarbeit leisteten. Der Sheriff war endlich doch zur Stadt zurückgekommen und hatte sogar seinen Sonntag geopfert, um Lucas zu holen; horchend, das Gerede anhörend: ein Dutzend von denen, die gestern nachmittag spornstreichs zu Frasers Kaufladen hinausgeeilt und mit leeren Händen zurückgekehrt waren (und er schnappte auf, ein Auto voll von diesen, die jetzt gähnend herumlungerten und sich über Mangel an Schlaf beklagten, was auch dem Lucas aufs Konto gesetzt wurde, sei gestern abend sogar wieder hingefahren); und er hatte all das auch schon vorher gehört und daran gedacht noch vor diesem Dialog:

»Ich möchte wissen, ob Hampton eine Schaufel mitgenommen hat. Weiter wird er nichts brauchen.«

»Draußen werden sie ihm schon eine Schaufel leihen.«

»Ja ... wenn's überhaupt noch etwas zu begraben gibt. Selbst im Kreis vier gibt's Benzin.«

»Ich hab doch gemeint, darum kümmert sich der alte Skipworth.«

»Schon. Aber 's is' Kreis vier. Die tun, was Skipworth sie heißt, solange er den Nigger hat. Aber der wird ihn doch Hampton ausliefern. Und dann geht's los. Hope Hampton mag vielleicht im Landkreis Yoknapatawpha Sheriff sein, aber im Kreis vier, da is' er wie umgewandelt.«

»Nein. Heute wer'n sie nichts unternehmen. Am Nachmittag wird Vinson begraben, und gleich noch, während die Beerdigung im Gang ist, 'nen Nigger verbrennen, das hieße, Vinson keine Ehre antun.«

»Stimmt. Am Abend wird's wohl dazu kommen.«

»Am Sonntagabend?«

»Was können die Gowries dafür? Das hätt sich der Lucas überlegen müssen, ehe er sich einen Samstag aussuchte, um Vinson umzubringen.«

»Kann ich mir nicht denken. Hope Hampton ist kein Mann, dem man so leicht einen Gefangenen entreißt.«

»Einen schwarzen Mörder? Wer hier im Landkreis oder im Staat wird ihm helfen, einen Nigger zu beschützen, der hinterrücks einen Weißen niederschießt?«

»Oder der Süden überhaupt.«

»Jawohl. Oder der Süden überhaupt.« All das hatte er schon vorher gehört; draußen jetzt wieder; nur mochte sich sein Onkel vielleicht entschließen, früher als sonst zur Abholung der

Mittagspost zum Postamt zu gehen, und wenn der Onkel ihn nicht sah, dann konnte der seiner Mutter wahrheitsgemäß sagen, er wisse nicht, wo er sei; und natürlich dachte er zuerst an die leere Kanzlei, aber wenn er dorthin ging, so war das gerade der Ort, wohin sein Onkel auch kommen würde; denn – und es fiel ihm wieder ein, daß er vergessen hatte, Highboy heute früh die Extraration zu geben, doch jetzt war es zu spät dazu, und er konnte ja das Futter mitnehmen – er wußte genau, was er zu tun hatte; der Sheriff hatte gegen neun Uhr die Stadt verlassen; das Haus des Gendarmen lag fünfzehn Meilen entfernt an einer nicht allzugut geschotterten Straße, aber der Sheriff fuhr sicher hin und mußte gegen Mittag mit Lucas zurück sein, selbst wenn er sich aufhielt, um die Gelegenheit zu ein bißchen Wahlpropaganda für sich zu benutzen; lange vor diesem Zeitpunkt würde er heimgehen, Highboy satteln, einen Futtersack hinten auf den Sattel binden und das Pferd schnurgerade nach der entgegengesetzten Richtung von Frasers Laden lenken und in dieser Richtung unbeirrbar zwölf Stunden lang fortreiten, wonach es Mitternacht des heutigen Tags sein würde, und Highboy sein Futter geben und bis zum Morgengrauen oder noch länger, wenn er es für nötig hielt, ausruhen lassen und dann die zwölf Stunden zurückreiten, was im ganzen achtzehn ausmachen würde oder vielleicht auch vierundzwanzig oder gar sechsunddreißig, aber wenigstens war dann alles ein für allemal abgetan und zu Ende, keine Wut und keine Erbitterung mehr, mit der man im Bett lag und sich durch Schafezählen abmühen mußte einzuschlafen. Und er bog um die Ecke und ging an der andern Straßenseite entlang, unter das Vordach der geschlossenen Schmiedewerkstatt, deren schwere Balkendoppeltür nicht mittels einer Haspe oder eines Schnappschlosses versperrt war, sondern mittels einer durch ein Bohrloch in jedem der beiden Flügel gezogenen Kette, so daß die Kette locker hing und einen eingebuchteten Winkel fast wie eine Mauernische schuf; wenn er darin stand, konnte ihn niemand gewahren, weder jemand, der die Straße hinauf-, noch jemand, der sie hinunterging, ja nicht einmal einer, der daran vorbeiging (was heute jedenfalls seine Mutter nicht tun würde), es sei denn, einer blieb davor stehen, um genau hineinzuschauen; und nun fingen die Glocken an, in vollen, weichen, unbeeilten Klang- und Widerklangfolgen von einem taubenumwirbelten Kirchturm zum andern über die Stadt hin zu erschallen,

Straßen und Marktplatz begannen plötzlich, einen einzigen würdevollen Strom zu bilden von Männern in schwarzen Anzügen und Frauen in Seidenkleidern und mit Sonnenschirmen und jungen Leuten, immer zwei und zwei, würdevoll-ehrbar hinfließend unter dem klingenden Aufruhr, hinein in das musikalische Brausen; vorbei, Platz und Straße wieder leer, wiewohl die Glocken noch eine Weile fortläuteten, himmelsbehauste, im Bodenlosen siedelnde Bewohner der gipfellosen Luft, zu hoch, zu unbeseelt fern der kriechenden Erde, dann ein hastloser Schlag nach dem andern aussetzend vor dem unterirdischen Erdröhnen von Orgeln und dem kühlen, wild-eintönigen Gelärm der niedergegangenen Tauben. Vor zwei Jahren hatte ihm sein Onkel gesagt, es sei nichts dabei, wenn man fluche, im Gegenteil, es sei nicht nur nützlich, sondern unersetzlich, doch wie alles andere, was Wert hatte, kostbar, nur weil der Vorrat begrenzt sei und, wenn man ihn an Nichtiges verschwende, man dann, wenn man ihn am dringendsten brauche, bankrott dastehe, so sagte er denn: *Wozu bin ich eigentlich hier, zum Donnerwetter?* und gab sich die naheliegende Antwort: nicht um Lucas zu sehen, er hatte Lucas ja gesehen, sondern damit Lucas ihn wiederum sehen könne, wenn er das wollte, auf ihn zurückblicken, nicht einfach vom Rand gemeinen, der Einzigartigkeit entbehrenden Todes her, sondern aus dem Benzingeknatter der Apotheose. Denn seine Seele war frei. Für Lucas war er nicht mehr verantwortlich; er war nicht mehr des Lucas Hüter; Lucas selbst hatte ihn entlastet.

Auf einmal war die leere Straße voll von Männern. Es waren ihrer jedoch nicht viele, keine zwei Dutzend, unversehens, stumm aus dem Nichts aufgetaucht. Allein sie schienen die Straße zu erfüllen, zu versperren, sie plötzlich zum verbotenen Durchgang zu machen, und zwar nicht deshalb, daß niemand an ihnen vorbeigehe, hindurchgehe, sie als Straße benutze, sondern daß niemand es auch nur wage, auch nur so nahe komme, um dazu den ersten Schritt zu tun, so wie man sich wohl hütet und fernbleibt, wenn auf einem Schild »Hochspannung« oder »Sprengung« steht. Er kannte, erkannte sie alle: einige von ihnen hatte er sogar vor zwei Stunden im Friseurladen gesehen und belauscht – die Jünglinge oder die Männer unter vierzig, Junggesellen, die Menschen ohne Heim, die am Samstag und Sonntag im Friseurladen ein Bad nahmen, Lastwagenfahrer und Garagengehilfen, der Mann, der die Baumwollentkörnungsmaschine schmierte, ein Sodazapfer vom Drugstore und diejenigen, die die ganze Woche über in oder um den Spielsalon zu sehen waren, von denen niemand wußte, was sie eigentlich trieben, die Autos besaßen und an den Wochenenden in den Bordellen von Memphis oder New Orleans Geld springen ließen, von dem kein Mensch wußte, woher sie es hatten – die Männer, die es, wie sein Onkel sagte, in jeder Kleinstadt der Südstaaten gab, die Pöbelhaufen nicht eigentlich anführten, ja nicht einmal aufhetzten, aber stets, durch ihr bloßes Vorhandensein in großer Anzahl, deren Kern bildeten. Schließlich sah er den Wagen; auch ihn erkannte er schon von weitem, ohne zu verstehen oder sich mit der Frage aufzuhalten, wieso, während er aus der ihn bisher verbergenden Tür hinaus auf die Straße und dann zum Außenrand der Menschenmenge hintrat, die keinen Laut von sich gab, sondern nur, das Trottoir versperrend, neben dem Gefängniszaun stand und die Straße überbordete, indes der Wagen herankam, nicht schnell, sondern ganz bedächtig, fast ehrbar-würdevoll, wie es sich am Sonntagmorgen für ein Auto gehört, vor dem Gefängnis zum Randstein heranfuhr und anhielt. Ein Unterbeamter saß am Steuer. Er machte keine Miene auszusteigen. Dann tat sich der hintere Wagenschlag auf, und der Sheriff erschien – ein großer, stämmiger Mann ohne eine Unze Fett am Leib, mit kleinen, hellen, harten Augen in einem kalten, dabei fast milden, freundlichen Gesicht, der, ohne auch nur einen Blick auf die Menge zu werfen, sich umdrehte und den Schlag offenhielt. Dann stieg Lucas aus, langsam und steifbeinig, genau wie ein Mensch, der die Nacht an einen Bettpfosten gekettet verbracht hat, ein bißchen taumelnd und mit dem Kopf an die obere Türleiste stoßend oder doch streifend, so daß ihm beim Aussteigen der zerdrückte Hut vom Kopf aufs Pflaster und fast unter die Füße fiel. Und das war das erstemal, daß er Lucas ohne den Hut sah, und in der nämlichen Sekunde ward ihm klar, daß, Edmonds allein möglicherweise ausgenommen, die, die hier standen und ihn begafften, wohl die einzigen Weißen im Landkreis waren, die ihn je barhaupt gesehen hatten, indes Lucas, noch gebückt, wie er aus dem Wagen herausgekommen war, steif nach seinem Hut hinunterzulangen begann. Doch schon hatte der Sheriff mit einer weit ausholenden, doch erstaunlich geschmeidigen Vorwärtskrümmung den Hut aufgehoben und ihn Lucas zurückgegeben, der noch immer gebückt danach zu tasten schien.

Fast unverzüglich jedoch war der Hut wieder in seine ursprüngliche Form gekniffen, und Lucas stand jetzt aufrecht da, hochgerichtet, bis auf den Kopf, das Gesicht, während er den Hut hurtig, leicht und behend, als ziehe er ein Rasiermesser ab, an seinem Unterarm auf und ab strich. Dann kam sein Kopf, sein Gesicht wieder hoch, und wenn auch nicht mit einem vollen Schwung, setzte er den Hut wieder genau in dem üblichen Winkel auf, den der Hut von selbst anzunehmen schien, als hätte Lucas ihn bloß hinaufgeschleudert, und aufgerichtet nun, in dem schwarzen Anzug, der ebenfalls zerdrückt war von der Nacht, die er Gott weiß wie verbracht haben mochte (ein langer Schmutzstreifen lief von der Schulter bis zum Knöchel die ganze eine Seite entlang, als habe er lange in der gleichen Stellung, ohne sie wechseln zu können, auf einem ungefegten Fußboden gelegen), warf Lucas zum erstenmal einen Blick auf die Menge; und er dachte: *Jetzt. Jetzt wird er mich sehen,* und dann dachte er: *Er hat mich gesehen. Nun ist es aus*, und dann dachte er: *Er hat niemand gesehen*, denn das Gesicht blickte die Leute gar nicht an, sondern nur nach ihnen hin, hochmütig, ruhig und ebensowenig Trotz wie Furcht darin, unbeteiligt, unpersönlich, fast versonnen, unzugänglich und verschlossen, die Augen im Sonnenlicht blinzelnd, selbst noch, nachdem der Laut, ein Atemholen von irgendwoher, aus der Menge aufgestiegen war und eine Stimme gerufen hatte:

»Hau ihn ihm wieder herunter, Hope. Und nimm diesmal gleich den Kopf mit.«

»Jungens, macht, daß ihr wegkommt«, sagte der Sheriff, »geht wieder in den Friseurladen«, drehte sich um und sagte zu Lucas: »Gut jetzt. Komm.« Und das war alles, das Gesicht blickte noch einen Moment lang nicht auf die Menschen, sondern nach ihnen hin, und der Sheriff ging schon aufs Gefängnistor zu, als Lucas sich schließlich anschickte, ihm zu folgen. Wenn er sich ein bißchen sputete, konnte er sogar Highboy satteln und aus dem Grundstück draußen sein, bevor die Mutter ihn durch Aleck Sander suchen ließ, um ihn zum Essen zu rufen. Dann sah er Lucas stehenbleiben und sich umdrehen, und er hatte sich geirrt, denn Lucas hatte sogar, bevor er sich umwandte, gewußt, wo er in der Menge stand, und sein Blick war schon auf ihn gerichtet, als er, noch nicht ganz umgewandt, zu ihm sprach.

»Sie, junger Mann«, sagte Lucas. »Sagen Sie Ihrem Onkel,

ich möcht ihn sprechen«; dann drehte er sich um und ging weiter, ein bißchen steifbeinig in seinem verschmutzten schwarzen Anzug, den Hut hochmütig und im Sonnenschein fahlhell auf dem Kopf, dem Sheriff nach, indes die Stimme aus der Menge rief: »Rechtsanwalt, Blech! Er braucht nicht mal einen Leichenbestatter, wenn die Gowries heut nacht mit ihm Schluß machen!« ging am Sheriff vorbei, der stehengeblieben war und, noch einen Blick auf die Menge zurückwerfend, mit seiner milden, kalten, freundlichen Stimme, ohne sich zu ereifern, sagte:

»Ich habe euch schon gesagt, Leute, ihr sollt machen, daß ihr hier wegkommt. Ich sag's euch nicht noch einmal.«

Drittes Kapitel

Wenn er also an diesem Vormittag, gleich als ihm der Gedanke gekommen war, nach Hause gegangen wäre und Highboy gesattelt hätte, so würde er jetzt schon an die zehn Stunden unterwegs und wahrscheinlich fünfzig Meilen weit weg sein.

Glockengeläut war jetzt nicht zu hören. Hätten sich jetzt noch Leute auf der Straße befunden, so wären sie ehrbargeruhigen Schritts von Straßenlaterne zu Straßenlaterne durch die schattengezackte Dunkelheit zu dem unzeremoniöseren, intimeren Abendgottesdienst gegangen, dann wären er und der Onkel, sich einfügend in die Stille der Sabbatstimmung, ruhig an ihnen vorbeigegangen, sie bereits auf Meter hin erkennend, ohne zu wissen oder überlegend zu stutzen, wann, wie oder wieso sie sie erkannten, nicht am Umriß, noch daß es der Stimme bedurft hätte, an der Erscheinung, der Aura vielleicht, vielleicht nur an dem Zusammentreffen: dieses Lebewesen an diesem Punkt in diesem Moment an diesem Tag, wie es eben lediglich dessen bedarf, daß man Leute erkennt, unter denen man sein ganzes Leben lang gelebt hat – vom Betonstreifen weg auf das Gras daneben tretend, um an ihnen vorbeizukommen, sie beim Namen ansprechend (der Onkel), vielleicht auch eine Redensart, einen Satz mit ihnen wechselnd, und danach wieder auf den Betonstreifen.

Doch am heutigen Abend war die Straße menschenleer. Die Häuser selbst wirkten wie in sich zurückgezogen, wachsam, gespannt, als ob die Leute, die in ihnen wohnten, an diesem milden Maiabend (diejenigen, die nicht zur Kirche gegangen waren) nach dem Abendessen noch ein wenig auf den dunklen Veranden in Schaukelstühlen und Schwingcouches säßen, ruhig miteinander plaudernd oder auch, wo die Häuser dazu nah genug standen, von Veranda zu Veranda hinüber sich unterhaltend. Doch am heutigen Abend kamen sie nur an einem einzigen Mann vorüber, und auch der ging nicht, sondern stand dicht hinter dem Eingangspförtchen zu einem adretten kleinen Vogelbauer von einem Häuschen, das im vergangenen Jahr zwischen zwei andere Häuser hineingebaut worden war, die schon an sich so nah zusammenstanden, daß man im einen

Haus hörte, wenn im andern die Wasserspülung rauschte (der Onkel hatte sich dazu vernehmen lassen: »Wenn man geboren und aufgewachsen ist und sein ganzes Leben verbracht hat an einem Ort, wo man nichts hört als Eulen bei Nacht und Hähne im Morgengrauen und an Tagen mit feuchter Luft, die den Schall weiter trägt, zwei Meilen weg den nächsten Nachbarn Holz hacken, dann wohnt man gern da, wo man rechts und links von sich jederzeit Menschen hören und riechen kann, sobald sie Wasser ablaufen lassen oder eine Büchse mit Lachs oder Suppe aufmachen«), der Mann, selbst dunkler als der Schatten und jedenfalls stiller, ein Mann vom Lande, der vorm Jahr in die Stadt gezogen und nun Besitzer eines kleinen schäbigen Gemischtwarenladens in einer Seitengasse war mit größtenteils Negerkundschaft, den sie erst gewahrt hatten, als sie schon fast vor ihm standen, während er sie oder zumindest den Onkel bereits aus einigem Abstand erkannt hatte, wartete da auf sie und sprach, ehe der Onkel noch ganz an ihn herangekommen war:

»Sind 'n bißchen früh dran, wie, Herr Rechtsanwalt? Die Leut' da vom Kreis vier müssen erst noch melken und Holz hacken fürs morgige Frühstück, ehe sie Abendbrot essen und in die Stadt gehen können.«

»Vielleicht entschließen die sich dazu, am Sonntagabend daheimzubleiben«, sagte der Onkel freundlich und schickte sich zum Weitergehen an, worauf der Mann fast genau das sagte, was der Mann am Vormittag im Friseurladen gesagt hatte (es fiel ihm dabei ein, sein Onkel habe einmal geäußert, welch geringfügigen Wortschatz der Mensch benötige, um sich bequem, ja tüchtig durchs Leben zu schlagen, und daß nicht nur beim Einzelmenschen, sondern innerhalb seiner ganzen Schicht, Rasse und Gattung ein paar simple Klischeeworte für seine paar simplen Leidenschaften, Bedürfnisse und Begierden ausreichen):

»Ja, schon. Is' ja nicht denen ihre Schuld, daß heut Sonntag is'. Der Hurenkerl hätt sich das überlegen sollen, ehe er sich drangemacht hat, am Samstagnachmittag weiße Leut niederzuknallen.« Und da sie nun weitergingen, rief er ihnen mit lauter Stimme nach: »Meine Frau fühlt sich heut nicht wohl, un' außerdem hab ich keine Lust, bloß herumzustehn un' die Fassade von dem Gefängnis anzuglotzen. Aber sagen Sie denen nur, sie solln nach mir schrein, wenn sie Hilfe brauchen.«

»Die wissen ja wohl bereits, daß sie sich auf Sie verlassen können, Mr. Lilley«, sagte der Onkel. Sie gingen weiter. »Siehst du?« sagte der Onkel. »Er hat nichts gegen die, die er Nigger nennt. Wenn du ihn fragst, wird er dir sagen, sie seien ihm sogar lieber als manche Weiße, die er kenne, und er glaubt das auch. Sie beschummeln ihn in seinem Laden vermutlich dauernd um ein paar Cents hier und ein paar Cents da und lassen unter ihren Kitteln und Schürzen sogar allerhand heimlich mitgehen – Päckchen mit Kaugummi oder Waschblau, eine Banane oder eine Büchse Sardinen, ein Paar Schnürsenkel oder ein Fläschchen Haarglättemittel –, und er weiß es; er gibt ihnen sogar allerlei gratis drein; die Knochen und das verdorbene Fleisch aus dem Kühlschrank und verschimmeltes Zuckerzeug und Speck. Er verlangt weiter nichts, als daß sie sich wie Nigger verhalten. Genau das tut Lucas: er ist übergeschnappt und hat einen Weißen umgebracht – was nach Mr. Lilleys vermutlich fester Überzeugung am liebsten alle Neger tun würden –, und nun schleppen ihn die Weißen hinaus und verbrennen ihn, alles ganz regelrecht und ordnungsgemäß, und sie handeln bloß so, wie, nach seiner Überzeugung, Lucas wünscht, daß sie handeln: wie Weiße; beide Seiten halten mit selbstverständlicher Folgerichtigkeit die Spielregeln ein: die Nigger handeln wie Nigger, und die Weißen handeln wie Weiße, und wenn die Wut verraucht ist, bleibt auf keiner Seite böses Blut zurück (denn Mr. Lilley ist kein Gowrie); ja, Mr. Lilley wäre wohl einer der ersten, der Geld beisteuern würde zum Begräbnis von Lucas und zur Unterstützung seiner Witwe und Waisen, wenn er solche zurückließe. Was wieder einmal beweist, daß kein Mensch größeres Leid verursachen kann als einer, der blind an den Lastern seiner Vorfahren festhält.«

Nun konnten sie den ebenfalls menschenleeren Marktplatz sehen – das Amphitheater von unbeleuchteten Läden, den schlanken weißen Stift des Konföderiertendenkmals gegen die dunkle Masse des Amtshauses, die säulengetragen, emporschwebend sich auftürmte zu dem matten Schein des vierfältigen Zifferblatts der Uhr, ein jedes erleuchtet durch eine einzige schwache elektrische Birne, deren Leuchtkraft sich gegen diese vier festmontierten mechanischen Beschwörungs- und Mahnrufe so wenig durchzusetzen vermochte wie das Glühen eines Leuchtkäfers. Dann das Gefängnis, und in diesem Augenblick raste mit Blitzen, Flammen und Kreisen von Lichtern, gegen die weite Nacht und die leere Stadt zugleich winzig, doch auch frech, ein Wagen aus dem Nichts daher und um den ganzen Platz herum; eine Stimme, eine Jungmännerstimme, stieß schreiend etwas aus – keine Worte, nicht einmal einen Ruf, einen charakteristischen und sinnlosen Schrei –, und der Wagen raste, den Kreis vollendend, rund um den Platz wieder ins Nichts und verschwand, verhallte. Sie bogen durch das Zaunpförtchen zum Gefängnis ein.

Es war ein rechteckiges, wohlproportioniertes Backsteingebäude mit vier Backsteinsäulen in Flachrelief an der Fassade und sogar einem Backsteingesims unter den Dachtraufen, denn es war alt, in einer Zeit gebaut, da die Menschen sich noch Zeit nahmen, selbst Gefängnisse mit Sorgfalt und Sinn für das Wohlgefällige zu bauen; und er entsann sich, daß sein Onkel einmal gesagt hatte, nicht die Rathäuser noch gar die Kirchen böten die wahrhaften Belege zur Geschichte eines Landkreises, einer Gemeinde, sondern die Gefängnisse, da nicht nur die in die Wände gekratzten rätselhaften, verschollenen Anfangsbuchstaben, Worte, ja ganze Sätze, Aufschreie von Trotz und Anklage, sondern die Steine und Ziegel selbst alle Qual, Scham und Gram, unter denen inzwischen längst zu unkenntlichem, unerinnertem Staub zerfallene Herzen gelitten hatten, ja vielleicht gestorben waren, nicht im Zustand der Auflösung, sondern des Stillstands festhielten, unversehr- und unzerstörbar, voller Beharrlichkeit und Kraft. Das traf gewiß auf dieses Gefängnis hier zu, da es mit einer der Kirchen die älteste Baulichkeit der Stadt bildete, deren Amtshaus mit allem, was sonst am oder auf dem Marktplatz gestanden, bei der Besetzung durch die Bundestruppen nach der Schlacht im Jahre 1864 in Schutt und Asche gelegt worden war. Auch war auf einer der Scheiben des Oberlichtfensters neben der Eingangstür der Name eines jungen Mädchens eingekratzt, eben in jenem Jahr von des Mädchens eigener Hand mittels eines Diamanten geschrieben, und er ging manchmal, zwei- oder dreimal im Jahr, hinauf auf die Galerie, um den Namen zu betrachten, der sich von da in geheimnisvoller Spiegelschrift darbot, nicht aus Vorliebe für die Vergangenheit, sondern um wieder einmal der Zeit-, Tod- und Wandellosigkeit der Jugend innezuwerden – der Name einer Tochter des damaligen Kerkermeisters (und sein Onkel, der für alles eine Erklärung hatte, nicht in Form von Tatsachen, sondern längst über trockene Statistik hinausreichend in etwas weit Herzbewegenderes, da es die Wahrheit war, was die Seele bewegte und nichts zu tun hatte mit dem, was bloß beweisbarer Bericht aussagte, er hatte ihm auch das erzählt: daß damals dieser Teil des Staats Mississippi noch unerschlossen war, als Stadt, Siedlung, Gemeinde erst fünfzig Jahre alt, und all die Männer, die vor weniger langer Zeit als selbst des Ältesten Lebenszeit hergekommen waren, miteinander an seiner Sicherung gearbeitet hatten, indem sie sich den niedrigsten wie den großartigsten Aufgaben unterzogen, nicht für Geld oder aus politischen Gründen, sondern um einem Land für ihre Nachkommen Gestalt zu geben, so daß ein Mann damals Kerkermeister oder Gastwirt, Grobschmied oder herumziehender Gemüsehändler und doch dabei das sein konnte, was der Anwalt, Pflanzer, Arzt und Pfarrer einen Gentleman nannte), die an dem Nachmittag damals an jenem Fenster stand, den Rückzug der Trümmer einer konföderierten Brigade durch die Stadt mit ansehend, und plötzlich über den Zwischenraum hinweg dem Blick aus den Augen eines Leutnants in zerfetzter Uniform und mit unrasiertem Gesicht begegnete, der eine der zerschlagenen Kompanien anführte, und ihren Namen in das Glas kratzte, doch seinen Namen nicht ebenfalls, nicht deshalb, weil ein junges Mädchen jener Zeit das nie und nimmer getan haben würde, sondern weil sie ihn nicht kannte, geschweige wußte, daß sein Träger ein halbes Jahr später ihr Gatte sein würde.

Tatsächlich sah es mit seiner sich über die ganze Front des Untergeschosses hinziehenden Holzgalerie und deren breitem Geländer noch immer wie ein Wohnhaus aus. Doch darüber war die Backsteinmauer bis auf das einzige vergitterte Hochrechteck ohne Fenster, und er mußte wieder an die Sonntagabende denken, die nunmehr zu einer Zeit zu gehören schienen, so verschollen wie Ninive, wenn er von der Stunde des Abendessens an bis zum Moment, da der Wärter das Licht abdrehte und, die Stiege hinaufschreiend, Ruhe gebot, die dunklen, geschmeidigen Hände in den verschmutzten Gitterzwischenräumen lagen, während die weichen, unbekümmerten, reuelosen Stimmen hinunterschrien zu den auf der Straße angesammelten Weibern mit Köchinnen- und Kinderfrauenschürzen und zu den jungen Mädchen in ihren knalligen bunten Kleidern aus den Postversandhäusern oder zu den anderen jungen Männern, die noch nicht erwischt und eingesteckt oder schon eingesteckt gewesen und gestern freigelassen worden waren. Doch so war es am heutigen Abend nicht, und selbst der Raum dahinter war, obschon es erst auf acht ging, dunkel, und er konnte sie sehen, sich vorstellen, wie sie, vielleicht nicht aneinandergedrängt, doch jedenfalls alle zusammen in Ellbogenfühlung, ob sie einander nun tatsächlich berührten oder nicht, und still, heut abend nicht lachend noch plaudernd, im Finstern hockten und auf den Treppenabsatz stierten, denn es wäre nicht das erstemal gewesen, daß für weiße Pöbelhaufen nicht nur alle schwarzen Katzen grau waren, sondern jene sich auch nicht die Mühe nahmen, sie zu zählen.

Die Eingangstür stand zur Straße hin weit offen, was er bisher nie, nicht einmal im Sommer, gesehen hatte, obschon das Erdgeschoß die Wohnung des Gefängniswärters war, und auf einem schräg an die Rückwand gekippten Stuhl, so daß er, der Tür gegenüber, die Straße genau im Auge behalten konnte, saß ein Mann, der nicht der Gefängniswärter, ja nicht einmal einer von den Unterbeamten des Sheriffs war. Denn er hatte ihn auch erkannt: Will Legate, der auf einer kleinen Farm, zwei Meilen von der Stadt, hauste und einer der tüchtigsten Waldläufer, besten Schützen und Rotwildjäger des Landkreises war, der da in dem schräg zur Wand übergeneigten Stuhl saß, die humoristische Buntdruckbeilage der heutigen Memphiser Zeitung in der Hand, neben sich, ebenfalls an die Wand gestützt, nicht die abgegriffene Flinte, mit der er mehr Damwild (ja auch Hasen in vollem Lauf) erlegt hatte, als er sich nur entsinnen konnte, sondern eine doppelläufige Büchse, und der sie anscheinend, ohne auch nur das Zeitungsblatt zu senken oder zu bewegen, bereits gesehen und erkannt hatte, noch ehe sie durch die Außenpforte eingebogen waren, und ihnen nun ruhig entgegenblickte, als sie den Zugangsweg herankamen, die Stufen hinaufstiegen, über die Galerie gingen und das Haus betraten, in welchem Moment nun auch der Gefängniswärter selbst aus einer Tür rechter Hand auftauchte – ein übellauniger, unordentlich angezogener, schmerbäuchiger Mann mit einem zerquälten, sorgenvollen, verbitterten Gesicht, in einer Halftertasche, die an einem um den Bauch geschnallten Patronengurt hing, eine schwere Pistole, die so unbequem und fehl am Platze wirkte wie ein Zylinderhut oder ein eisernes Sklavenhalskoller aus dem fünften Jahrhundert –, die Tür hinter sich zumachte und schon dem Onkel zuschrie: »Er will nicht einmal den Fronteingang zumachen und abschließen! Bloß dasitzen mit seinem verflixten Witzblatt und drauf warten, daß irgendwer einfach hereinspaziert!«

»Ich tue das, was Mr. Hampton mich geheißen hat«, sagte Legate in freundlichem, gelassenem Ton.

»Meint Hampton vielleicht, das Witzblatt da wird die Leut von Kreis vier abschrecken?« schrie der Gefängniswärter.

»Mir scheint, um den Kreis vier macht er sich einstweilen keine Sorge«, sagte Legate immer in seinem freundlichen, gelassenen Ton. »Das hier is' jetzt bloß mal für den hiesigen Bedarf.«

Der Onkel blickte Legate an. »Es hat, scheint's, gewirkt. Wir sahen beim Herkommen den Wagen – oder einen von ihnen – um den Marktplatz herumfahren. Er ist wohl inzwischen auch hiergewesen.«

»Ach, ein- oder zweimal«, sagte Legate. »Vielleicht auch dreimal. Ich hab wirklich nicht so genau aufgepaßt.«

»Und ich hoffe, zum Teufel, daß es weiter wirkt«, sagte der Gefängniswärter. »Denn mit dem Hinterlader allein kann man ja wohl keinen aufhalten.«

»Klar«, sagte Legate. »Ich bild mir nicht ein, daß ich sie aufhalten kann. Wenn genügend Leute sich mal was in den Kopf gesetzt haben und dabei bleiben, dann sind sie nicht aufzuhalten. Aber ich hab ja immerhin dich und die Pistole da zum Beistand.«

»Mich?« schrie der Gefängniswärter. »Ich soll für fünfundsiebzig Dollar im Monat den Gowries und Ingrums in den Arm fallen? Bloß wegen einem Nigger? Wenn du kein Narr bist, dann tust du das auch nicht.«

»Ach, ich ... ich muß«, sagte Legate in seinem leichtherzigen, freundlichen Ton. »Ich muß Widerstand leisten. Mr. Hampton zahlt mir fünf Dollar dafür.« Dann zum Onkel: »Ich nehme an, Sie wollen ihn sprechen.«

»Ja«, sagte der Onkel. »Wenn's Mr. Tubbs recht ist.«

Der Gefängniswärter starrte den Onkel mit aufgebrachter und unglücklicher Miene an. »Sie müssen sich also auch noch hineinmischen. Sie können auch von nichts die Finger lassen.« Er machte brüsk kehrt. »Kommen Sie«, und ging voraus durch die Tür neben Legates angelehntem Stuhl in den hinteren Flur, wo die Stiege zum Oberstock hinaufführte, knipste den Lichtschalter am Fuß der Treppe an und begann hinaufzusteigen, hinter ihm der Onkel und er, wobei er immer die sich buckelnde und baumelnde Halfter an der Hüfte des Gefängniswärters im Auge behielt. Mit einemmal schien es, als stutze der Wärter, auch dem Onkel kam es so vor, denn er blieb gleichfalls stehen, doch der Wärter ging weiter, wobei er über die Schulter zurück sprach: »Machen Sie sich nichts aus meinem Gerede. Ich tu schon, was ich kann. Ich hab auch einen Beamteneid geschworen.« Seine Stimme schwoll etwas an, sie war immer noch ruhig, nur lauter: »Aber glauben Sie ja nicht, mich kann jemand dazu bringen, daß ich zugebe, die Sache mache mir Spaß. Ich hab eine Frau un' zwei Kinder; was haben die von mir, wenn ich bei der Beschützung von so 'nem gottverdammten stinkenden Nigger draufgehe?« Seine Stimme hob sich noch mehr, und jetzt war sie nicht mehr so ruhig: »Aber wie soll ich das mit meinem Gewissen abmachen, wenn ich mir von einer Bande nichtsnutziger Hurenkerle einen Gefangenen wegnehmen ließe?« Jetzt blieb er doch, eine Treppenstufe über ihnen, stehen, drehte sich um, sein Gesicht wieder gequält und verzweifelt, auch sein Ton verzweifelt und verbittert: »Es wär für alle Teile besser gewesen, wenn die Leut ihn gestern sofort, als sie ihn gepackt hatten, mitgenommen hätten ...«

»Aber das haben sie nun mal nicht getan«, sagte der Onkel. »Ich glaube auch nicht, daß sie das noch tun. Und wenn sie's tun, so macht das auch nicht viel aus. Entweder tun sie's, oder sie tun's nicht; wenn sie's nicht tun, ist alles in Ordnung, und wenn sie's tun, dann werden wir alles tun, was wir können – Sie, Mr. Hampton, Legate, wir alle –, was wir tun müssen und tun können. Wir brauchen uns also darüber keine Sorge zu machen. Das verstehen Sie doch?«

»Ja«, sagte der Gefängniswärter. Dann drehte er sich wieder um und ging, seinen Schlüsselring an dem Gürtel unter dem Pistolengurt aufdrückend, weiter auf die schwere Eisentür zu, die den Abschluß der Stiege bildete. (Es war ein massives, von Hand bearbeitetes, über zwei Zoll dickes Stück mit einem schweren, modernen Hängeschloß an einer schmiedeeisernen Stange, die durch zwei Ösen, ebenfalls aus Schmiedeeisen, lief, und aus Schmiedeeisen waren auch die schweren risetteförmigen Türangeln, die vor einem Jahrhundert in der Schmiedewerkstatt gegenüber, vor der er gestern gestanden, angefertigt worden waren. Im letzten Sommer war da eines schönen Tags ein Fremder, ein Großstadtmensch, ein Architekt, der ihn irgendwie an seinen Onkel erinnerte, ohne Hut und Krawatte, in Tennisschuhen und abgetragenen Flanellhosen sowie mit dem Rest einer Kiste Champagner in einem Kabriolett mit zurückschlagbarem Verdeck, das dreitausend Dollar gekostet haben mußte, zum Städtchen herein-, nicht durchgefahren, fuhr keinen Menschen an, sondern, völlig betrunken, frischfröhlich aufs Trottoir hinauf, drüber weg und in eine Schaufensterscheibe hinein, keine baren fünfzig Cents hatte er in der Tasche, aber alle möglichen Ausweise und ein Scheckbuch, dessen Talon ein Konto von über sechstausend Dollar bei einer New Yorker Bank erkennen ließ, und der hatte darauf bestanden, ins Gefängnis gesteckt zu werden, obgleich sowohl der Stadtpolizist wie der Eigentümer des Schaufensters ihn zu überreden versuchten, er solle ins Hotel gehen und seinen Rausch ausschlafen, er könne ja dann einen Scheck für die Kosten der Scheibe und der beschädigten Wand ausschreiben, bis ihn der Polizist schließlich doch ins Gefängnis sperrte, wo er sofort einschlief wie ein Kind, und die Garage ließ den Wagen abholen, und am Morgen darauf rief der Gefängniswärter den Stadtpolizisten um fünf Uhr früh an, er solle den Mann abholen, weil der ihm das ganze Haus aufgeweckt habe, indem er sich von seiner Zelle aus laut mit den Niggern im Massenverschlag unterhalte. Der Stadtpolizist kam auch, hieß den Mann sich fertigmachen und aufbrechen, und da wollte der Mann unbedingt mit der Sträflingskolonne zum Straßenfegen gehen, aber das wurde ihm nicht erlaubt, und sein Wagen war auch wieder in Ordnung, aber er fuhr trotzdem nicht ab, sondern übernachtete im Hotel, und am Abend darauf brachte ihn der Onkel sogar zum Essen mit, wobei sie zusammen drei Stunden lang über Europa und Paris und Wien plauderten und er und die Mutter zuhörten, während sich der Vater empfohlen hatte, und zwei Tage später war der Mann immer noch da und versuchte immer noch, durch den Onkel und beim Bürgermeister und beim Gemeinderat und schließlich sogar bei der Gefängnisverwaltung selbst, die ganze Tür oder, wenn man ihm die nicht verkaufen wolle, dann wenigstens die Vorlegestange, die Ösen und die Angeln zu erwerben.) Er schloß sie auf und drückte sie zurück.

Doch sie waren bereits außerhalb der Welt des Menschen, der Menschen, der Leute, die ihre Arbeit und ein Heim hatten, ihre Kinder großzogen und sich abmühten, selbstverständlich auf anständige oder doch zumindest gesetzliche Weise, ein bißchen mehr Geld zu verdienen, als ihnen vielleicht zukam, um einen kleinen Teil davon für Vergnügungen ausgeben und noch etwas für ihre alten Tage zurücklegen zu können. Denn selbst als die Bohlentür aufging, war es, als wälze sich der stockige Hauch aller menschlichen Erniedrigung und Schande heraus, wider ihn, über ihn – ein Geruch von Kreosot und Exkrementen und altem Auswurf, Unverbesserlichkeit, Trotz und Aufsässigkeit, gleich etwas Greifbarem sich dem Näherkommen, dem Höherklimmen ihrer Leiber entgegenwerfend, als sie die letzten Stufen und den Gang betraten, der eigentlich ein Gemeinschaftsraum war, der große Verschlag, von dem übrigen Raum abgeschlossen durch ein engmaschiges Drahtgitter, gleich einem Hühnerhof oder einem Hundezwinger, hinter welchem auf übereinandergeschichteten Pritschen an der entfernteren Wand fünf Neger lagen, regungslos, die Augen zugedrückt, doch ohne einen Schnarchlaut, ohne jeden Laut überhaupt, starr, ordentlich, in sich geschlossen dalagen unter dem staubigen Schein einer einzigen schirmlosen Glühbirne, als ob sie einbalsamiert wären; und der Wärter blieb, die Hände ins Drahtgitter gekrallt, wiederum stehen und schaute auf die regungslosen Gestalten. »Sehen Sie sie an«, sagte der Wärter mit der gewissen, bloß vor Hysterie zu lauten, zu hohen Stimme, »friedlich wie die Lämmer, aber ums Verrecken schläft keiner von ihnen. Kann ich ihnen auch nicht verdenken, angesichts eines Pöbelhaufens von Weißen, der womöglich um Mitternacht mit Pistolen und Benzinkanistern angerast kommt. Kommen Sie«, sagte er, wandte sich ab und ging weiter. Gleich daneben war in dem Gitter eine Tür ohne Vorhängeschloß, bloß mit einer Haspe und einem Schließhaken versehen, wie man sie sonst an Hundezwingern oder an Maisschuppen finden mag; doch der Wärter ging dran vorbei.

»Sie haben ihn in die Zelle gesteckt, wie?« fragte der Onkel.

»Befehl von Hampton«, antwortete der Wärter über die Schulter weg. »Ich weiß nicht, was der nächste Weiße, der sich einbildet, er muß unbedingt einen Mord an jemandem begehen, dazu sagen wird. Immerhin hab ich sämtliche Decken von der Bettstelle weggenommen.«

»Wohl weil er nicht lange genug hierbleiben wird, um darauf Schlaf suchen zu müssen?« sagte der Onkel.

»Haha«, lachte der Wärter in dem gezwungen hohen, bitteren Ton freudlos auf. »Hahahaha.« Und hinter dem Onkel hergehend, mußte er denken, daß von allen menschlichen Anliegen der Mord am dringendsten des Alleinseins bedarf, wie der Mensch fast bis zum Äußersten geht, um sich bei der Körperentleerung und beim Liebesakt der Einsamkeit zu versichern, aber bis zum Alleräußersten, ja bis zum Totschlag dann, wenn er Leben raubt und er es doch durch sein Tun nur vollständiger und unwiderruflicher zerstört; diesmal also zu einer modernen, mit Stahlstangen vergitterten Tür mit einem eingebauten Schloß, so groß wie eine Damenhandtasche, das der Wärter mit einem andern Schlüssel an seinem Ring aufschloß, worauf er kehrtmachte und der Klang seiner Schritte sich so rasch anhörte, als liefe er den Korridor entlang, bis das Geräusch der Bohlentür vorn am Treppenabsatz es abschnitt; hinter der Gittertür nun die ebenfalls von einer einzelnen trüben, staubigen, fliegenbedreckten Glühbirne in einem halbrunden Drahtschirm an der Decke beleuchtete Zelle, nicht viel größer als ein Besenschrank und auch wirklich gerade nur Raum bietend für ein längs der Wand stehendes Doppelbettgerüst, von dessen beiden Betten nicht nur die Decken, sondern auch die Matratzen entfernt waren, in die er und der Onkel eingetreten waren, er aber nur das sah, was er gleich gesehen hatte: den Hut und den schwarzen Rock, die säuberlich an einem in die Wand geschlagenen Nagel hingen; und er erinnerte sich späterhin noch daran, wie er mit einem Aufatmen, einer plötzlich aufschießenden Erleichterung gedacht hatte: *Sie haben ihn schon geholt. Er ist fort. Es ist zu spät. Es ist schon alles vorbei.* Denn er wußte nicht, was er erwartet hatte, jedenfalls nicht das: ein sorgsam ausgebreitetes Zeitungsblatt, das säuberlich die nackten Sprungfedern des Unterbetts bedeckte, sowie einen andern Bogen, der sorgfältig über das Oberbett gelegt war, um das Licht von seinen Augen abzuhalten, und Lucas selbst, auf der ausgebreiteten Zeitung auf dem Rücken liegend und schlafend, als Kopfkissen einen seiner Schuhe unter den Schädel geschoben und die Hände auf der Brust gefaltet, ganz friedfertig oder doch so friedfertig, wie alte Leute schlafen, mit offenem Mund und mit schwachen, flachen, stoßweisen Atemzügen; und er stand, benommen von einer fast unerträglichen Aufwallung nicht bloß der Erbitterung, sondern der Wut, da und schaute auf das Gesicht hinab, das zum erstenmal, endlich für einen Augenblick schutzlos, sein Alter verriet, und auf die schlaffen, runzligen Greisenhände, die erst gestern eine Kugel in den Rücken eines andern menschlichen Wesens gejagt hatten und nun still und friedlich auf der gestärkten weißen Brust des altmodischen, kragenlosen, am Hals mit dem grünspanüberzogenen, pfeilförmigen, fast schlangenkopfgroßen Messingknopf geschlossenen Hemdes lagen, und dachte: *Er ist doch bloß ein Nigger, trotz seiner hohen Nase und seinem steifen Nacken und seiner goldenen Uhrkette und seiner Weigerung, jemanden wirklich als »Mister« zu erachten, wenn er es auch zu ihm sagte. Nur ein Nigger bringt das fertig, einen Weißen zu erschießen, von hinten zu erschießen gar, und dann wie ein Säugling zu schlafen, sobald er nur ein Plätzchen gefunden hat, wo er sich flach ausstrecken kann;* und er schaute ihn noch an, als Lucas ohne auch nur die geringste andere Bewegung den Mund schloß und die Lider öffnete, aus denen die Augen eine Sekunde lang emporstarrten, um dann, noch immer ohne jede Kopfbewegung, ihre Bälle herumzurollen, bis der Blick gerade auf den Onkel fiel, Lucas jedoch sich immer noch nicht bewegte, sondern einfach ihn ansehend liegenblieb.

»Na, Alter«, sagte der Onkel, »du hast dich ja jetzt richtig in Teufels Küche gebracht.« Da endlich rührte Lucas sich. Er richtete sich steif auf und schwang steif die Beine über den Bettrand, nahm ein Bein beim Knie zwischen seine Hände und schwang es herum, so wie man ein locker in den Angeln hängendes Pförtchen öffnet oder schließt, dabei nicht nur ganz offen, ungeniert und laut, sondern wohlig stöhnend, brummend, wie alte Leute stöhnen und brummen über die geringfügige, ihnen seit langem vertraute Gliedersteifheit, an die sie so gewöhnt sind, daß sie den Schmerz gar nicht mehr spüren, ohne die sie, würden sie wirklich davon geheilt, sich beraubt und verlassen vorkommen würden; er, noch immer zuhörend und zusehend, von derselben Wut, aber jetzt auch von Staunen erfüllt angesichts eines Mörders, auf den nicht nur der Galgen, sondern ein Lynchgericht seine Schatten vorauswarf und der sich nicht bloß die Zeit nahm, über seinen steifen Rücken zu stöhnen, sondern das auch noch tat, als habe er noch ein langes Leben vor sich, in dessen Verlauf er jedesmal, wenn er eine Bewegung machte, von dem wohlbekannten Knacks behindert werden würde.

»Scheint so«, sagte Lucas. »Deshalb hab ich Sie ja kommen lassen. Was werden Sie mit mir machen?«

»Ich?« sagte der Onkel. »Nichts. Ich heiße nicht Gowrie. Auch nicht Kreis vier.«

Wieder mit einer steifen Bewegung bückte Lucas sich und schaute auf seine Füße, langte dann unter die Bettstelle, zog den zweiten Schuh darunter hervor und richtete sich wieder auf, fing dann an, sich knarrend und steif umzudrehen, um hinter sich nach dem andern Schuh zu suchen, als der Onkel diesen vom Bett nahm und neben den auf dem Boden stehenden Schuh fallen ließ. Aber Lucas zog die Schuhe nicht an; statt dessen blieb er, die Hände auf den Knien, regungslos, nur blinzelnd sitzen. Schließlich machte er mit der einen Hand eine Gebärde, mit der er gewissermaßen Gowries, Pöbel, Opfer, Rache und so weiter restlos den Laufpaß gab. »Darüber werd ich mir Sorgen machen, wenn die hier reinspazieren«, sagte er. »Ich meine das Gesetz. Sind Sie nicht der Anwalt des Landkreises?«

»Ach so«, sagte der Onkel. »Aber dich aufhängen oder nach Parchman schicken, das tut der Bezirksanwalt – nicht ich.«

Lucas blinzelte immer noch, nicht rasch, nur regelmäßig, ruhig. Er betrachtete ihn. Und plötzlich wurde ihm klar, daß Lucas gar nicht den Onkel ansah und ihn augenscheinlich drei, vier Sekunden lang überhaupt nicht angesehen hatte.

»Ich versteh«, sagte Lucas. »Dann können Sie ja meinen Fall übernehmen.«

»Deinen Fall übernehmen? Dich vor Gericht verteidigen?«

»Ich zahl Ihnen dafür«, sagte Lucas. »Brauchen keine Angst zu haben.«

»Ich verteidige keine Mörder, die Leute hinterrücks erschießen«, sagte der Onkel.

Wieder machte Lucas mit einer seiner dunklen, verrunzelten Hände die vorige Gebärde. »Denken wir nicht an die Verhandlung. So weit sind wir noch nicht.« Und nun merkte er, daß Lucas den Onkel mit gesenktem Kopf, also von unten her, durch die ergrauten Büschel der Augenbrauen anblickte – mit einem schlauen, heimlichen, gespannten Blick. Dann sagte Lucas: »Ich möcht jemand engagieren ...« und stockte. Und da er ihn betrachtete, mußte er an eine alte Dame denken, eine jetzt schon tote alte Jungfer, eine Nachbarin, die eine gefärbte Perücke getragen und immer eine große Dose mit selbstgemachten Keksen für alle Kinder von der Straße auf einem Brett in der Anrichte stehen gehabt hatte, die alte Dame, die sie im Sommer einmal (er konnte damals noch nicht über sieben, acht Jahre alt gewesen sein) ›Fünfhundert‹ spielen gelehrt hatte;

an die also, wie sie an heißen Sommervormittagen auf ihrer abgeschirmten Seitenveranda am Kartentisch saß, die Finger netzte, ihre Hand natürlich nicht mehr darüber gedeckt, sondern einfach daneben liegend, bis der nächste Spieler durch eine Bewegung oder Gebärde des Triumphs oder der Freude oder auch vielleicht nur durch schnelleres, stärkeres Atmen seine Absicht, zu trumpfen oder zu überstechen, verriet, preisgab und die alte Dame dann rasch sagte: »Halt mal. Ich habe die falsche Karte gegriffen« und ihre Karte wieder an sich nahm, in ihr Spiel zurücksteckte und eine andere ausspielte. Genauso war jetzt das Verhalten von Lucas gewesen. Schon bisher hatte er still dagesessen, aber jetzt blieb er absolut reglos. Er schien nicht einmal zu atmen.

»Jemand engagieren?« sagte der Onkel. »Du hast doch einen Anwalt. Ich habe mich deines Falls schon angenommen, bevor ich hierherkam. Ich werde dir sagen, was zu geschehen hat, sobald du mir gesagt hast, was geschehen ist.«

»Nein«, sagte Lucas, »ich möcht jemand engagieren. Es braucht kein Anwalt zu sein.«

Jetzt starrte der Onkel Lucas an. »Wozu?«

Er sah die beiden an. Jetzt war das kein Kinderspiel ohne Einsatz mehr. Es glich eher den Pokerspielen, denen er zugesehen hatte.

»Wollen Sie den Auftrag übernehmen oder nicht?« fragte Lucas.

»Du willst mir also erst mitteilen, was ich tun soll, wenn ich mich dazu bereit erklärt habe«, sagte der Onkel. »Schön«, sagte der Onkel. »Jetzt werde ich dir sagen, was zu geschehen hat. Was hat sich denn nun wirklich abgespielt?«

»Sie wollen also den Auftrag nicht übernehmen«, sagte Lucas. »Sie haben noch nicht ja oder nein gesagt.«

»Nein«, sagte der Onkel barsch, zu laut, sich zwar gleich wieder fangend, aber doch schon wieder sprechend, ehe er seine Stimme zu allerdings unverkennbar wuterfüllter Ruhe herabgedämpft hatte: »Denn du hast niemandem überhaupt einen Auftrag zu geben. Du sitzt in Haft, angewiesen auf die Gnade Gottes, daß er die vermaledeiten Gowries hindert, dich hier herauszuzerren und am erstbesten Laternenpfahl aufzuhängen. Wieso sie dich überhaupt erst in die Stadt gelassen haben, ist mir noch immer ein Rätsel ...«

»Lassen wir das jetzt auf sich beruhen«, sagte Lucas. »Was ich bräucht, das is' ...«

»Auf sich beruhen lassen!« rief der Onkel aus. »Sag du das den Gowries, wenn sie heut abend hier hereinstürzen, sie sollen es auf sich beruhen lassen. Sag Kreis vier, er soll einfach nicht mehr dran denken ...« Er hielt inne. Abermals dämpfte er mit fast sichtbar werdender Anstrengung seine Stimme zu zornerfüllter Geduld herab. Er holte tief Luft und stieß sie aus. »Also, jetzt erzähle mir mal genau, was gestern vorgegangen ist.«

Zunächst gab Lucas keine Antwort; die Hände auf den Knien, saß er auf der Bettstatt, unzugänglich, verschlossen, den Onkel nicht mehr anblickend, nur leicht die Lippen verziehend, als schmecke er etwas ab. Dann sagte er: »Die waren zu zweit Teilhaber an einer Sägemühle. Jedenfalls kauften sie zusammen das Holz zum Schneiden in der Sägemühle ...«

»Wer waren die zwei?« fragte der Onkel.

»Vinson Gowrie war der eine davon.«

Der Onkel betrachtete Lucas lange. Doch seine Stimme war ganz ruhig, als er dann sagte: »Lucas, ist dir jemals der Gedanke gekommen, daß du, wenn du bloß ›Mister‹ zu Weißen gesagt und das so gesagt hättest, wie du es meintest, daß du dann vielleicht nicht hier säßest?«

»Ich kann ja jetzt damit den Anfang machen«, sagte Lucas. »Ich kann ja jetzt damit anfangen, daß ich ›Mister‹ zu den weißen Leuten sag, die wo mich hier rausholen un' ein Feuer unter mir anstecken.«

»Dir wird gar nichts geschehen, ehe du vor Gericht kommst«, sagte der Onkel. »Weißt du nicht, daß selbst Kreis vier sich keine Freiheiten gegen Mr. Hampton herausnimmt, zumindest nicht hier in der Stadt?«

»Sheriff Hampton liegt jetzt daheim im Bett.«

»Aber Mr. Will Legate sitzt drunten mit seinem Gewehr.«

»Ich kenn Will Legate nicht.«

»Den Hirschjäger kennst du nicht? Den Mann, der mit seiner Drei-komma-drei-Büchse einen Hasen im Lauf trifft?«

»Ho«, machte Lucas. »Die Gowries da, das sin' keine Hirsche. Das sin' vielleicht Wildkater un' Berglöwen, aber Hirsche sin' das nicht.«

»Schön«, sagte der Onkel. »Dann werd ich hierbleiben, wenn dich das beruhigt. Jetzt aber mal weiter. Also, Vinson Gowrie und ein anderer Mann kauften zusammen Holz. Wer ist der andere Mann?«

»Vinson Gowrie is' bisher allein in der Leute Mund.«

»Und er ist dadurch in der Leute Mund, weil er bei hellichtem Tag von hinten niedergeschossen wurde«, sagte der Onkel. »Nun, man kann's auch so machen. – Schön«, sagte der Onkel. »Wer war der andere Mann?«

Lucas gab keine Antwort. Er regte sich nicht; er hätte die Frage genausogut überhört haben können, so friedlich und unaufmerksam, nicht einmal eigentlich abwartend, saß er da; er saß bloß einfach da, während der Onkel ihn anschaute.

Dann sagte der Onkel: »Also schön. Was fingen sie damit an?«

»Sie stapelten es auf, wie's geschnitten aus der Säge kam, um's gleich zu verkaufen, wenn's fertig gesägt war. Bloß holte es der andere Mann bei Nacht weg, indem er spät, wenn's dunkel war, mit einem Lastwagen kam, eine Ladung nach der andern aufpackte und es hinüber nach Glasgow oder Hollymount schaffte, es verkaufte und das Geld in seine Tasche steckte.«

»Woher weißt du das?«

»Ich hab ihn gesehn. Hab ihn beobachtet.« Das bezweifelte er keinen Augenblick lang, denn er erinnerte sich an Paralees Vater, den alten Ephraim, einen Witwer, der den größten Teil des Tags halb schlafend, halb wachend auf einem Schaukelstuhl verbrachte, im Sommer auf Paralees Veranda und im Winter am Kamin, und bei Nacht auf den Landstraßen wanderte, ohne eigentliches Ziel, bloß so drauflosging, manchmal fünf, sechs Meilen von der Stadt weg, um gegen Morgen heimzukommen und dann wieder den Tag über halb schlafend, halb wachend im Schaukelstuhl zu sitzen.

»Schön«, sagte der Onkel. »Was weiter?«

»Das is' alles«, sagte Lucas. »Jede Nacht oder so ungefähr stahl er eine Ladung Holz.«

Der Onkel starrte Lucas wohl zehn Sekunden lang an. Dann sagte er in einem Ton ruhigen, sozusagen unterdrückten Staunens: »Du nahmst also deinen Revolver und machtest dich auf, um da Ordnung zu schaffen. Du, ein Nigger, nahmst einen Revolver und gingst hin, um dich in einem üblen Handel zwischen zwei Weißen zum Richter aufzuwerfen. Was hast du dir davon versprochen? Hast du erwartet, daß das anders ausginge?«

»Lassen wir das auf sich beruhen, was ich erwartet hab«, sagte Lucas. »Ich möcht . . .«

»Du bist zum Kaufladen gegangen«, sagte der Onkel, »nur hast du dort gleich Vinson Gowrie angetroffen, bist ihm in den Wald nachgegangen und hast ihm gesagt, sein Sozius bestehle ihn, und natürlich hat er dich zusammengeschimpft und dich einen Lügner geheißen – ob's nun wahr war oder nicht, mußte er das natürlich tun –, vielleicht hat er dich sogar niedergeschlagen, ist weitergegangen, und du hast ihm in den Rücken geschossen ...«

»Kein Mensch hat mich niedergeschlagen«, sagte Lucas.

»Um so schlimmer«, sagte der Onkel. »Um so viel schlimmer für dich. Dann ist's nicht einmal Notwehr gewesen. Du hast ihn einfach von hinten niedergeknallt. Und dann hast du mit dem abgeschossenen Revolver in deiner Tasche bei ihm gestanden, hast die Weißen herankommen und dich festnehmen lassen. Und wenn nicht der kleine, verhutzelte, rheumatische Gendarm gewesen wäre, der gar keine Veranlassung gehabt hätte, erstens, überhaupt an Ort und Stelle zu sein, und zweitens, irgendwie einzugreifen, bei einer Bezahlung von einem Dollar pro Gefangenen, wenn er eine Vorladung überbringt oder einen Haftbefehl vollstreckt, wenn der nicht so viel Mut im Leib gehabt hätte, den ganzen Kreis vier achtzehn Stunden lang abzuhalten, bis Hope Hampton es für richtig hielt oder es ihm einfiel oder er abkommen konnte, um dich ins Gefängnis zu bringen, die ganze Landgegend im Schach zu halten, die du mitsamt allen Freunden, die du in hundert Jahren hättest zusammentrommeln können ...«

»Ich hab keine Freunde«, sagte Lucas, harten, unbeugsamen Stolzes voll, und danach noch etwas, doch der Onkel sprach schon weiter:

»Da hast du wohl verdammt recht, daß du keine hast. Und wenn du je welche gehabt hättest, so würde dein Schuß sie auch ins Himmelreich befördert haben ... Was?« unterbrach sich der Onkel, »was hast du da gesagt?«

»Ich hab gesagt, ich zahl für mich selber«, versetzte Lucas.

»Ich verstehe«, sagte der Onkel. »Du verläßt dich nicht auf deine Freunde; du zahlst bar. Jawohl, ich verstehe schon. Aber jetzt hör mir mal zu: Du kommst morgen vor die Untersuchungsgeschworenen. Die werden dich in den Anklagezustand versetzen. Wenn du dann willst, werde ich Mr. Hampton veranlassen, dich nach Mottstown zu überstellen oder sogar noch weiter weg, bis nächsten Monat das Gericht zusammentritt.

Dann bekennst du dich schuldig und machst mildernde Umstände geltend; ich werde den Bezirksanwalt dazu bestimmen, dir das zu gestatten, weil du ein alter Mann bist und noch nichts auf dem Kerbholz hast, das heißt: soweit der Richter und der Bezirksanwalt Bescheid wissen, da sie ja nicht im Umkreis von fünfzig Meilen vom Landkreis Yoknapatawpha ansässig sind. Dann wird man dich ins Zuchthaus schicken; du wirst vermutlich nicht lange genug leben, um noch auf Ehrenwort freigelassen zu werden, aber wenigstens können dir die Gowries dort nicht auf den Leib rücken. Soll ich heute nacht bei dir bleiben?«

»Lieber nicht«, sagte Lucas. »Man hat mich die ganze Nacht nicht schlafen lassen, un' ich möcht versuchen, ein bißchen Schlaf zu finden. Wenn Sie dableiben, reden Sie bis morgen früh.«

»Stimmt«, sagte der Onkel barsch; und dann zu ihm: »Komm« und ging schon auf die Tür zu. Da blieb der Onkel noch einmal stehen: »Möchtest du noch irgend etwas?«

»Sie könnten mir vielleicht ein bißchen Tabak schicken«, sagte Lucas. »Für den Fall, daß mir die Gowries Zeit lassen, ihn zu rauchen.«

»Morgen«, sagte der Onkel, »ich will dich heut nacht nicht am Schlafen hindern«, und ging; er folgte, der Onkel ließ ihn zuerst durch die Tür gehen, so daß er seinerseits zur Seite trat und noch einmal in die Zelle zurückblickte, während der Onkel durch die Tür kam, sie dann hinter sich zuzog und der schwere Stahlzapfen in das stählerne Lager krachte, mit einem dicken, öligen Laut unwiderruflicher Endgültigkeit, dröhnend gleich dem Donner des Weltendes selbst, wenn, wie der Onkel gesagt hatte, seine eigenen Maschinen den Menschen schließlich vom Erdboden weggefegt und ausgetilgt hatten und nun, zwecklos sich selbst überlassen, da nichts mehr zu vernichten übrig war, das letzte mit Karborundum geschliffene Tor über ihrer eigenen nachkommenlosen Apotheose hinter einem einzigen uhrenlosen, nur dem letzten Stundenschlag der Ewigkeit Folge leistenden Riegel schlossen, der Onkel weitergehend, seine Schritte den Korridor entlang schallend und widerhallend, und dann das scharfe Trommeln der Knöchel an die Eichentür, indes er und Lucas einander durch das Stahlgestänge anblickten, Lucas, auch jetzt in der Mitte des Raums unter der Lampe stehend, ihn mit einer Miene ansah, daß er, mochte sie ausdrücken, was sie wollte, eine Sekunde lang meinte, Lucas habe laut gesprochen. Doch das war nicht der Fall, er gab keinen Laut von sich, sah ihn bloß an mit einem stummen, beharrlichen, eindringlichen Blick, bis die dumpf stampfenden Schritte des Wärters auf der Treppe immer näher kamen und die in den Ösen steckende Stange an der Tür kratzend zurückglitt.

Der Gefängniswärter legte die Stange wieder vor und schloß ab, und sie gingen an Legate vorbei, der noch immer mit seiner humoristischen Beilage auf dem zurückgekippten Stuhl neben der Büchse der offenen Eingangstür gegenübersaß, dann hinaus, den Gartenweg bis zur Pforte und auf die Straße, er hinter seinem Onkel durch die Pforte, um die dieser schon in Richtung nach Hause herumgebogen war, stutzend, überlegend: *Ein Nigger, ein Mörder, der Weiße hinterrücks erschießt und nicht einmal Reue hat!*

Er sagte: »Ich will mal sehen, ob ich Skeets McGowan finde; er wird sich schon wo am Platz herumtreiben. Der hat einen Schlüssel zum Drugstore. Ich bringe Lucas heut abend noch Tabak.« Der Onkel blieb stehen.

»Das hat Zeit bis morgen«, sagte der Onkel.

»Ja«, sagte er, bemerkend, daß der Onkel ihn fest anblickte, sich nicht einmal Gedanken darüber machend, was er tun würde, wenn der Onkel es untersagte, nicht einmal eigentlich wartend, sondern einfach stehenbleibend.

»Na schön«, sagte der Onkel. »Bleib nicht zu lange aus.« Er hätte also fortgehen können. Aber er tat es noch nicht.

»Ich meinte doch, du habest gesagt, es werde heut abend nichts passieren.«

»Das meine ich immer noch«, sagte der Onkel. »Aber man kann ja nie wissen. Menschen wie die Gowries legen Tod oder Sterben nicht viel Bedeutung bei. Aber von den Toten und wie sie gestorben sind, davon machen sie viel Aufhebens – besonders bei den eigenen. Wenn du Tabak kriegst, dann laß ihn durch Tubbs hinaufbringen und komm du nach Hause.«

Diesmal brauchte er somit nicht einmal ja zu sagen, denn der Onkel bog zuerst ab, dann bog er auch ab und ging in Richtung des Marktplatzes, so lange, bis die Schritte des Onkels nicht mehr zu hören waren, blieb dann stehen, bis der schwarze Umriß des Onkels zum weißen Schimmer seines Leinenanzugs verblaßt war (und wenn er sofort, als er heute früh den Wagen des Sheriffs erkannt hatte, heimgegangen wäre und Highboy geholt hätte, so wäre er jetzt schon acht Stunden lang und beinahe vierzig Meilen weit fort), und dann kehrte er um und ging auf das Pförtchen zu, von Legates Blicken beobachtet, der ihn bereits über den Rand seiner humoristischen Zeitungsbeilage erkannt, ehe er noch das Pförtchen erreicht hatte (und wenn er bloß geradeaus weiterging, konnte er jetzt den Fußweg hinter der Hecke einschlagen, darüber aufs Grundstück gelangen, Highboy satteln, durchs Wiesenpförtchen hinausreiten und Jefferson samt schwarzen Mördern und allem Drum und Dran den Rücken kehren, Highboy ausgreifen lassen, so rasch er Lust hatte, bis dieser schließlich die Puste verlor und von selbst in Schritt fiel, bloß daß sein Schwanz immer noch Jefferson und schwarzen Mördern zugekehrt blieb), durch das Pförtchen, den Gartenweg hinauf, über die Veranda, und wieder kam eilig durch die Tür rechter Hand der Gefängniswärter, dessen Gesicht bereits wieder den erbosten und gekränkten Ausdruck annahm.

»Schon wieder da«, sagte der Wärter, »kriegst du denn gar nicht genug?«

»Ich habe etwas vergessen«, sagte er.

»Laß es bis morgen früh da«, sagte der Wärter.

»Laß es ihn doch jetzt hinaufbringen«, sagte Legate in seinem gelassenen, schleppenden Tonfall. »Wenn er's bis morgen früh daläßt, wird's vielleicht zertrampelt.« Der Wärter machte also kehrt; wieder stiegen sie die Treppe hinauf, wieder öffnete der Wärter das Schloß an der Vorlegestange der Bohlentür.

»Bemühen Sie sich nicht mit der andern«, sagte er, »ich kann es durch das Gitter erledigen«, und wartete nicht ab, die Tür fiel hinter ihm zu, er hörte die Stange wieder durch die Öse gleiten, aber er brauchte ja bloß fest zu klopfen, hörte die Schritte des Wärters sich die Treppe hinunter entfernen, aber selbst dann brauchte er ja nur laut zu schreien und auf den Fußboden zu poltern, so daß jedenfalls Legate es hören mußte, und dachte dabei: *Womöglich wird er mich an den vermaledeiten Teller voll Kohl und Schweinefleisch erinnern oder wird mir gar sagen, ich sei das einzige, was er habe, was ihm geblieben sei, und das sei genug* – ging rasch, dann kam die Stahltür, und Lucas hatte sich nicht von der Stelle gerührt, stand noch immer mitten in der Zelle unter der Lampe, schaute zur Tür hin, als er herankam, stehenblieb und in einem Ton, so barsch wie der des Onkels nur je gewesen war, sagte:

»Schön. Was soll ich also tun?«

»Hingehen und ihn anschaun«, sagte Lucas.

»Wohin gehen und wen anschauen?« fragte er. Aber er hatte sehr wohl verstanden. Es war ihm, als habe er die ganze Zeit gewußt, worum es sich handeln würde; mit etwas wie Erleichterung dachte er: *Das ist also alles*, während die automatisch einsetzende Stimme in seinem Innern vor erboster Ungläubigkeit aufschrie: *Ich?* ICH? Es war wie etwas, wovor man sich seit Jahren, ja, wie es einem schien, geradezu das ganze Leben lang geängstigt, gefürchtet, gedrückt hatte, und dann stieß es einem doch zu, und dann war es nur Schmerz, es tat doch nichts als weh, und damit war es vorbei, erledigt, in Ordnung.

»Ich zahl dir dafür«, sagte Lucas.

Er hörte gar nicht hin, nicht einmal auf seine eigene Stimme, die in staunender, ungläubiger Erbitterung sagte: »Ich soll hingehen und das Grab aufwühlen?« Er dachte nicht einmal mehr: *Das also ist der Preis für den Teller Fleisch und Gemüse?* Denn darüber war er schon längst vorher hinausgekommen, als jenes Etwas – was immer es gewesen sein mochte – ihn vor fünf Minuten hier an die Stelle gebannt hatte, um einen Blick zurückzuwerfen über die weite, schier unüberwindliche Kluft zwischen ihm und dem alten schwarzen Mörder, und sah, hörte Lucas etwas zu ihm sagen, nicht weil er es war, Charles Mallison junior, noch weil er einen Teller Gemüse verzehrt und sich am Feuer gewärmt hatte, sondern weil von allen weißen Menschen, mit denen Lucas zwischen dem jetzigen Augenblick und dem, da er vielleicht aus der Zelle heraus, die Stiege hinunter zur Seilschlinge geschleppt werden mochte, zu sprechen die Möglichkeit haben würde, er allein die stumme Augensprache der hoffnungslosen Bedrängnis vernehmen würde. Er sagte: »Komm her.«

Lucas willfahrte, trat näher, zwei der Gitterstangen ergreifend, und stand da wie ein Kind hinter einem Zaun. Er entsann sich nicht, das auch getan zu haben, nahm jedoch bei einem Blick nach unten seine eigenen Hände, zwei der Stangen umgreifend, wahr, die beiden Händepaare, das schwarze und das weiße, die die Stangen umklammerten, während sie beide darüber hinweg einander in die Augen schauten. »Also gut«, sagte er. »Wozu?«

»Geh hin und schau ihn an«, sagte Lucas. »Für den Fall, daß es zu spät ist, wenn du zurückkommst, geb ich dir schriftlich, daß ich dir jeden Betrag schulde, den du dafür angemessen hältst.«

Allein er hörte ihm noch immer nicht zu, er wußte es, nur sich selber: »Ich muß dazu siebzehn Meilen weit in die Nacht hinaus ...«

»Neun«, sagte Lucas. »Die Gowries beerdigen ihre Toten auf'm Caledonia-Kirchhof. Du schlägst den ersten Weg rechter Hand bergauf ein, gleich jenseits der Brücke über den Neunmeilenbach. Mit dem Auto deines Onkels kannst du in einer Stunde dort sein.«

»... ich laufe Gefahr, daß mich die Gowries dabei ertappen, wenn ich das Grab aufwühle. Ich muß wissen, wozu. Ich weiß nicht einmal, nach was ich da sehen soll. Wozu?«

»Mein Revolver is' ein einundvierziger Colt«, sagte Lucas. Was ja auch wahrscheinlich war; das einzige, was er bisher tatsächlich nicht gewußt hatte, war das Kaliber: jene leistungsfähige, durchschlagskräftige, gutgehaltene Waffe, so altertümlich, eigen- und einzigartig dabei wie der goldene Zahnstocher, die vermutlich (zweifellos) vor einem halben Jahrhundert der Stolz des alten Carothers McCaslin gewesen war.

»Also gut«, sagte er. »Was weiter?«

»Er is' nicht mit 'nem einundvierziger Colt erschossen worden.«

»Womit denn?«

Doch darauf gab Lucas, die Hände leicht gekrümmt und reglos um die zwei Stangen gelegt, die ganze Figur, ohne sich zu rühren, bis auf die schwache Bewegung des Atmens, auf der Innenseite des Eisengitters, keine Antwort. Er hatte von Lucas auch keine erwartet, hatte gewußt, daß Lucas darauf nicht antworten würde, nichts weiter, keine Silbe mehr zu einem Weißen überhaupt, und er verstand, warum, wie er auch verstand, warum Lucas damit gewartet hatte, ihm, einem Kind, etwas von dem Revolver zu sagen, was er weder dem Onkel noch dem Sheriff hatte sagen wollen, welch letzterem es doch zugekommen wäre, das Grab aufbrechen zu lassen und die Leiche zu besichtigen; es überraschte ihn jetzt, wie nahe Lucas daran gewesen war, es dem Onkel zu sagen, und er erkannte, bewunderte wieder die Fähigkeit bei seinem Onkel, Menschen dazu zu bringen, ihm Dinge zu sagen, die sie keinem anderen sagen würden, der selbst Neger dazu herumbekam, ihm mitzuteilen, was einem Weißen mitzuteilen ihre Naturveranlagung ihnen verwehrte. Wobei ihm die Sache damals im Sommer vor fünf Jahren von Ephraim und dem Ring der Mutter einfiel, einem billigen Ding mit falschem Stein, eigentlich einer von zwei ganz gleichen Stücken, die die Mutter und ihre Zimmergenossin in Sweetbriar, Virginia, von erspartem Taschengeld gekauft und, wie Backfische tun, einander geschenkt hatten, auf daß sie ihn bis in den Tod trügen; und die Institutsfreundin wohnte jetzt als erwachsene Frau in Kalifornien und hatte schon selbst eine Tochter in Sweetbriar, und sie und die Mutter hatten sich seit Jahren nicht gesehen und würden sich in diesem Leben wohl auch nicht mehr wiedersehen, doch die Mutter bewahrte immer noch den Ring; eines Tages aber war er verschwunden, er erinnerte sich noch, wie er einmal spätabends aufgewacht war, im Erdgeschoß Licht brennen gesehen und begriffen hatte, daß sie nach dem Ring suchte; und die ganze Zeit über saß der alte Ephraim in seinem selbstgezimmerten Schaukelstuhl auf Paralees Vorderveranda, bis Ephraim ihm eines Tages sagte, für einen halben Dollar würde er den Ring finden, und er gab ihm den halben Dollar, aber am gleichen Nachmittag fuhr er gerade für eine Woche ins Pfadfinderlager, und als er wiederkam, traf er seine Mutter in der Küche, wo sie Zeitungsblätter über den Tisch gebreitet hatte und den Steinguthafen ausleerte, worin sie und Paralee das Maismehl aufbewahrten, und sie und Paralee fuhren mit Gabeln durch das Mehl, und zum erstenmal seit einer Woche fiel ihm der Ring wieder ein, und er ging zum Haus von Paralee, und da saß der alte Ephraim im Schaukelstuhl auf der Veranda und sagte: »Er is' unterm Sautrog auf der Farm von dei'm Papa«; auch brauchte ihm der alte Ephraim nichts weiter darüber zu sagen, denn es war ihm inzwischen schon eingefallen: Mrs. Downs, eine alte Weiße, die in einem kleinen, schmutzigen Haus, so groß wie ein Vogelbauer, wohnte, darin es roch wie in einem Fuchsbau und das am Stadtrand in einer Siedlung von Negerhäusern lag, wo den ganzen Tag und zweifellos auch den größten Teil der Nacht über ständig Neger ein und aus gingen, die (das wußte er nicht von Paralee, die immer tat, als wisse sie von nichts, oder zumindest, als habe sie keine Zeit, sondern von Aleck Sander) nicht nur Wahrsagerei und Wunderkuren betrieb, sondern auch Verlorenes ausfindig machte – dahin war der halbe Dollar gegangen, und er glaubte sofort und so selbstverständlich daran, daß der Ring nun gefunden werde, daß ihm diese Phase gleich und für immer entfiel und nur das sekundäre, sich folgerichtig daranknüpfende Moment sein Interesse erregte und er zu Ephraim sagte: »Du hast also die ganze Zeit über gewußt, wo der Ring ist, und es ihnen nicht einmal gesagt?« und Ephraim blickte ihn, stetig und seelenruhig schaukelnd und mit jeder Schaukelbewegung zusammen an seiner kalten, ascheverstopften Pfeife saugend, daß es sich anhörte wie ein asthmatischer kleiner Autozylinder, eine Weile lang an: »Ich hätt's ja deiner Mama sagen können. Aber sie hätt' jemand zur Hilfe gebraucht. Drum hab ich auf dich gewartet. Junge Leut' un' Frauenzimmer, die haben den Kopf nicht so voll. Die könn' zuhören. Aber ein Mann in den besten Jahren wie dein Papa un' dein Onkel, die könn' nicht zuhören. Die haben keine Zeit. Die haben zuviel Tatsachen im Kopp. Jaja, schreib dir das ins Gedächtnis, eines Tags wirst du's vielleicht brauchen. Wenn du jemals darauf angewiesen bist, daß etwas aus dem gewöhnlichen Rahmen Fallendes zu geschehen hat, dann verschwende deine Zeit nicht mit den Mannsbildern; setz dafür Weiber und Kinder in Bewegung.« Und er erinnerte sich noch daran, daß sein Vater das, nicht so sehr erzürnt als gekränkt, geradezu wütend abgelehnt, die ganze Sache auf das Gebiet der angegriffenen, untergrabenen Moral versetzt hatte, und sogar sein Onkel, dem es bis dahin nicht schwerer gefallen war als ihm, an Dinge zu glauben, die alle andern Erwachsenen aus dem einzigen Grund anzweifelten, daß sie wider die Vernunft seien – während seine Mutter heiter und hartnäckig Vorbereitungen traf zur Fahrt auf die Farm hinaus, die sie über ein Jahr nicht besucht und die auch sein Vater seit Monaten vor dem Verlust des Rings nicht mehr gesehen hatte –, selbst sein Onkel also weigerte sich, den Wagen zu lenken, so daß der Vater einen Mann von der Garage kommen lassen mußte, und er und seine Mutter fuhren hinaus auf die Farm und fanden dort unter Beihilfe des Gutsverwalters unter dem Trog, daran die Schweine gefüttert wurden, den Ring. Hier aber jetzt handelte es sich nicht um ein gleichgültiges, wertloses Ringelchen, das zwei Backfische vor zwanzig Jahren ausgetauscht hatten, sondern um den schmachvoll-gewaltsamen Tod eines Mannes, der nicht sterben sollte, weil er ein Mörder, sondern weil seine Haut schwarz war. Doch das war alles, was Lucas ihm sagen wollte, und er wußte, daß das alles sei; von wütendem Zorn erfaßt, dachte er: *Glauben? Was glauben?*, denn Lucas verlangte von ihm nicht einmal, etwas zu glauben; er bat nicht einmal um eine Gefälligkeit, richtete keinen letzten verzweifelten Appell an seine Menschlichkeit und sein Mitleid, sondern wollte ihn dafür sogar bezahlen, falls der Preis nicht zu hoch sei, dafür, daß er siebzehn Meilen weit (nein, neun, das entsann er sich zumindest gehört zu haben) durch Nacht und Nebel hingehe und Gefahr laufe, beim Erbrechen des Grabs eines Angehörigen einer Menschensippe erwischt zu werden, die bereits drauf und dran war, das Letzte an wüstem, blutrünstigem Exzeß zu begehen, ohne ihm zu sagen, warum. Doch er versuchte es noch einmal, da er wußte, Lucas wisse nicht nur, daß er es tun werde, sondern auch wisse, welche Antwort er bekommen werde:

»Mit was für einem Revolver wurde er denn erschossen, Lucas?« und erhielt genau die Antwort, von der Lucas wußte, daß er darauf gefaßt gewesen war:

»Ich werd dir dafür zahlen«, sagte Lucas. »Nenn deinen Preis in vernünftiger Höhe, un' ich bezahl ihn.«

Er holte tief Atem und stieß ihn wieder aus, während sie einander durch die Gitterstangen mit den Blicken maßen, ihn die Greisentriefaugen unergründlich und geheimnisvoll anschauten. Es lag jetzt nicht einmal ein Drängen darin, und er dachte ganz ruhig: *Er hat nicht nur über mich gesiegt, er hat auch nicht eine Sekunde lang den geringsten Zweifel daran gehegt.* Er sagte: »Also gut. Ihn bloß anzusehen würde gar nichts nützen, selbst wenn ich etwas über die Kugel sagen könnte. Du verstehst also, was das besagt. Ich muß ihn ausgraben, ihn aus der Grube herausholen, bevor die Gowries mich erwischen, und damit in die Stadt, wo Mr. Hampton einen Sachverständigen aus Memphis kommen lassen kann, damit der sich über die Kugeln ausspricht.« Er warf einen Blick auf Lucas, auf den alten Mann, der sich mit leichtem Griff von der Zelle her an den Stangen festhielt und ihn überhaupt nicht mehr ansah. Wieder schöpfte er tief Atem. »Die Hauptsache ist aber, ihn aus der Erde herauszukriegen, wo jemand ihn anschauen kann, bevor die . . .« Er warf einen Blick auf Lucas. »Ich muß hinaus, ihn ausgegraben haben und wieder in der Stadt zurück sein vor Mitternacht oder ein Uhr, ja vielleicht wird Mitternacht schon zu spät sein. Ich weiß nicht, wie ich das fertigbringen soll. Das kann ich nicht fertigbringen.«

»Ich werde zu warten versuchen«, sagte Lucas.

Viertes Kapitel

Als er am Hause anlangte, stand am Straßenrand davor ein verwitterter, verschrammter, wie alt gekauft aussehender offener Lastwagen. Es war schon nach acht Uhr; es bestand mehr als nur die Möglichkeit, daß kaum noch vier Stunden blieben, bis sein Onkel zum Sheriff gehen und diesen überreden würde, die beiden sich dann einen Friedensrichter, oder was sonst für eine Person dafür zuständig war, suchen, diesen aufwecken und ihrerseits dazu überreden mußten, das Grab zu öffnen (anstelle der Ermächtigung durch die Gowries, die von diesen nicht einmal der Präsident der Vereinigten Staaten, geschweige ein Landkreissheriff, zu welchem Ende auch immer, hätte erlangen können, am allerletzten aber, um einen Nigger vor dem Tod auf dem Scheiterhaufen zu bewahren), zum Caledonia-Kirchhof hinauszugehen, die Leiche auszugraben und mit ihr rechtzeitig wieder in der Stadt zu sein. Nun aber schien ausgerechnet an diesem Abend wieder einmal ein Farmer, dessen verlaufene Kuh, Sau oder Maulesel ein Nachbar in Gewahrsam hielt und nur gegen einen Dollar Pfandgeld wieder herausgeben wollte, zu dem Onkel gekommen zu sein, um eine Stunde lang im Arbeitszimmer des Onkels zu sitzen und bloß »Ja« und »Nein« und »Ich denk schon« zu sagen, während der Onkel über Ernte oder Politik redete – von jener verstand der Onkel und von dieser der Bauer nichts –, bis der Mann sich endlich bequemte, mit seinem Anliegen herauszurücken.

Aber er konnte jetzt nicht lange Umstände machen. Vom Gefängnis her hatte er einen raschen, festen Schritt angeschlagen, doch jetzt schlich er leise quer über den Rasen, auf die Veranda, darüber hinweg in die Diele und am Bibliothekszimmer vorbei, wo sicher sein Vater noch mit der Kreuzworträtselbeilage der Memphiser Sonntagszeitung bei der Leselampe und die Mutter mit dem neuesten Book-of-the-Month-Club-Band bei einer andern Lampe saß, nach hinten zu dem Zimmer, dem seine Mutter immer die Bezeichnung ›Gavins Studio‹ beizulegen versuchte, das aber Paralee und Aleck Sander längst in ›das Büro‹ umgetauft hatten, so daß nachgerade jeder es so nannte. Die Tür war geschlossen; er konnte das Gemurmel des Mannes drinnen während der Sekunde hören, in der er, ohne stehenzubleiben, zweimal klopfte, zugleich die Tür aufmachte und eintrat, wobei er auch schon sagte: »Guten Abend, mein Herr. Ich bitte um Entschuldigung. Onkel Gavin ...«

Denn die eben sprechende Stimme war die seines Onkels; am Schreibtisch dem Onkel gegenüber aber saß kein Mann mit ausrasiertem braunem Hals in sauberem Sonntagshemd ohne Krawatte und Sonntagshose, sondern eine Frau in einem einfachen Kattundruckkleid und genau gerade auf der Scheitelspitze einer jener runden, leicht verstaubt aussehenden schwarzen Hüte, wie seine Großmutter sie immer getragen hatte, und dann erkannte er sie, noch ehe er die Uhr gewahrt hatte – eine kleine goldene Sprungdeckeluhr, die mittels einer goldenen Brosche an ihrem flachen Busen befestigt war, so ungefähr und auch ungefähr an der gleichen Stelle wie das Herz, das die Rapierfechter auf dem Segeltuchwams aufgenäht tragen –, denn seit dem Tod seiner Großmutter trug kein weibliches Wesen in seiner Bekanntschaft oder besaß auch nur desgleichen, und eigentlich hätte er schon das Auto erkennen müssen: Miss Habersham, deren Familienname nunmehr der älteste noch im Landkreis vorhandene war. Es waren deren einmal drei gewesen: Habersham, dann ein Kneipenwirt namens Holston sowie der jüngere Sohn aus dem Hugenottengeschlecht namens Grenier, das hoch zu Roß in den Landkreis gekommen, ehe dieser noch vermessen, begrenzt und benannt, als Jefferson noch ein Tauschhandelsposten für die Chickasaws, mit einem Chickasawwort als Ortsbezeichnung, inmitten der pfadlosen Wildnis von Röhricht und Urwald gewesen war; all diese Namen, bis auf den einen, jetzt selbst für die von Mund zu Mund weitergegebene Kunde aus dem Gedächtnis des Landkreises geschwunden – Holston war nur noch erhalten im Namen des Hotels am Marktplatz, und die wenigsten Leute im Landkreis wußten oder scherten sich darum, woher die Benennung stamme, und die letzten Blutstropfen Louis Greniers, des ›Elégant‹, des ›Dilletante‹, des in Paris ausgebildeten Architekten, der ein bißchen Juristerei getrieben, aber sich vornehmlich als Pflanzer und Maler betätigt hatte (als Erzeuger von eßbaren Feldfrüchten und von Baumwolle noch amateurhafter denn mit Leinwand und Pinsel), wärmten jetzt die Knochen eines stillen, freundlichen älteren Mannes mit einem Kindergesicht und einem Kindergemüt, der in einer mit eigenen Händen aus

Abfallbrettern, flachgeschlagenen Ofenröhren und Konservenbüchsen errichteten Unterkunft, halb Hütte, halb Höhle, irgendwo am Flußufer, zwanzig Meilen von der Stadt entfernt, hauste, der nicht wußte, wie alt er war, ja nicht einmal den Namen Lonnie Grinnup, mit dem er sich nunmehr benannte, schreiben konnte, auch keine Ahnung davon hatte, daß der Grund, auf dem er saß, der letzte verlorene Zipfel der Tausende von Acres war, deren Gebieter sein Ahnherr gewesen. Und so war nur noch Miss Habersham gelieben: eine siebzigjährige alte Jungfer ohne Kind und Kegel, die am Stadtrand in einem säulengetragenen Haus im Kolonialstil wohnte, das seit ihres Vaters Tode nicht gestrichen worden war und weder Wasserleitung noch Elekrizität besaß, mit zwei Negerdienstboten (und hier bohrte wieder etwas in seinem Hirn, um sich seiner Erinnerung aufzudrängen, war aber gleich wieder verschwunden, ohne sein Zutun einfach weg), die hinten im Garten ihre Hütte hatten und von denen die Frau das Kochen besorgte, während Miss Habersham und der Mann Hühner züchteten und Gemüse zogen, die sie in der Stadt von dem Lastwagen herunter verhökerten. Bis vor zwei Jahren hatten sie dazu einen leichten Wagen mit einem dickbäuchigen alten Schimmel davor benutzt (so weit seine Erinnerung zurückreichte, hatte er schon gehört, der Gaul sei zwanzig Jahre alt, und dessen Haut unter dem glattgestriegelten weißen Fell war so rein und rosig wie die eines Säuglings). Dann hatten sie mal ein gutes Jahr oder sonst ein bißchen Geld gehabt, und da hatte Miss Habersham den Lastwagen alt gekauft, und so konnte man die beiden nun jeden Winter- und Sommermorgen von Haus zu Haus durch die Straßen fahren sehen, Miss Habersham in Baumwollstrümpfen und mit dem runden schwarzen Hut, den sie seit vierzig Jahren trug, und in den sauberen Druckkleidern, wie sie in den Katalogen von Sears Roebuck für zwei Dollar achtundneunzig angezeigt sind, das schmucke goldene Ührchen an ihre flache, geschlechtslose Vorderfront geheftet und mit den Schuhen und Handschuhen angetan, die, wie seine Mutter sagte, in einem New Yorker Geschäft nach Maß angefertigt waren und jene dreißig bis vierzig Dollar, diese fünfzehn bis zwanzig das Paar kosteten, während der Neger, mit einem Korb voll helleuchtender Gemüse oder Eiern in der einen und einem nackten, gerupften Huhn in der andern Hand, seinen umfangreichen Bauch türein, türaus schleppte; er erkannte sie, entsann sich ihrer, sogar mit einer Empfindung, daß etwas an ihm (seinem Erinnerungsvermögen) nage, die er gleich wieder verscheucht hatte, weil dazu keine Zeit war, und sagte rasch: »Guten Abend, Miss Habersham. Entschuldigen Sie, aber ich muß etwas mit Onkel Gavin besprechen«, und dann wieder zum Onkel: »Onkel Gavin ...«

»Miss Habersham ebenfalls«, fiel ihm der Onkel rasch ins Wort, und zwar in einem Ton, mit einem Stimmklang, den er unter gewöhnlichen Umständen sofort verstanden haben würde; unter gewöhnlichen Umständen würde er auch begriffen haben, was der Onkel damit habe andeuten wollen. Jetzt aber nicht. Er hatte jetzt überhaupt kein Ohr dafür. Er hörte gar nicht hin. Er hatte ja nicht einmal Zeit zu dem, was er selbst sagen wollte, und sagte, zwar ruhig, aber schnell, bloß sehr dringlich, auch das nur zum Onkel, da ihm Miss Habersham, ja deren Anwesenheit, bereits entfallen war:

»Ich muß mit dir sprechen«, und stockte erst dann, aber auch nicht, weil er zu Ende war, er hatte ja kaum begonnen, sondern weil er jetzt erst den Onkel sprechen hörte, der, schief auf seinem Stuhl sitzend, den einen Arm über die Rücklehne gelegt und mit der andern, auf dem Tisch liegenden Hand die brennende Maiskolbenpfeife vor sich hin haltend, sich gar nicht unterbrochen hatte, sondern mit einer Stimme, die wie das lässige Schmitzen einer geschmeidigen Gerte war, weitersprach:

»Du hast ihn ihm also selbst gebracht. Oder hast dich womöglich gar nicht erst mit Tabak aufgehalten. Und er hat dir etwas vorerzählt. Hoffentlich war's eine hübsche Geschichte.«

Und damit hatte es sein Bewenden. Er hätte jetzt fortgehen können, nein, fortgehen sollen. Er hätte seinen Gang durch die Diele eigentlich gar nicht unterbrechen, hätte überhaupt das Haus nicht betreten, sondern einfach darum herumgehen sollen, wo er auf dem Weg zum Stall Aleck Sander hätte rufen können; Lucas hatte ihm das vor einer halben Stunde im Gefängnis gesagt, als er beinahe zum springenden Punkt gekommen wäre, sich aber, wenngleich schon unter dem drohenden Schatten der Gowries, zuletzt noch eines Besseren besonnen hatte, als den Versuch zu machen, mit dem Onkel oder einem sonstigen Weißen darüber zu sprechen. Trotz alledem rührte er sich nicht. Er hatte Miss Habersham vergessen. Er hatte sie sich aus dem Kopf geschlagen; er hatte gesagt: »Entschuldigen Sie« und damit nicht nur sie aus dem Zimmer hinausgehext, sondern auch den Augenblick, so wie der Zauberkünstler mittels eines Worts oder einer Gebärde die Palme, das Kaninchen oder die Vase mit Rosen zum Verschwinden bringt, und nur sie drei waren noch da: er an der Tür, noch immer die Hand daran, halb im Zimmer, in das er gar nicht richtig eingetreten war und wohin er gar nicht erst hätte kommen sollen, und halb draußen in der Diele, die er von vornherein ohne Zeitverlust hätte durchschreiten sollen, und der Onkel halb ausgestreckt hinterm Tisch mit dem Papierwust, einem weiteren der mit Fidibussen angefüllten deutschen Bierkrüge sowie wohl einem Dutzend Maiskolbenpfeifen in mehr oder minder angerauchtem Zustand darauf, und, eine halbe Meile davon, der alte kind-, kegel- und freundlose, eisenstirnige, unzugängliche, unabhängige (auch unverschämte) Neger allein in der Zelle, wo die erste bekannte Stimme, die er hören würde, wohl die des alten, einarmigen Nub Gowrie war, der drunten auf dem Vorplatz sagte: »Geh aus'm Weg, Will Legate. Wir wolln den Nigger holen«, während draußen außerhalb des ruhigen, lampenerhellten Raums der ungeheure Mühlbach der Zeit hinrauschte, nicht der Mitternacht entgegen, sondern die Mitternacht mit sich heranschleppend, nicht um die Mitternacht in Trümmer zu schlagen, sondern um die Mitternacht in einem einzigen wuchtigen, den Himmel auslöschenden Ausbruch auf sie niederzuschleudern; und er wußte nun, daß der eine unwiderrufliche Augenblick nicht der war, in dem er durch das Stahlgestänge der Zellentür zu Lucas gesagt hatte: »Also gut«, sondern der, da er in die Diele zurücktreten und diese Tür hier hinter sich zumachen würde. So versuchte er es denn noch einmal, noch immer ruhig, keineswegs überstürzt jetzt, nicht einmal drängend, nur klar, deutlich, bündig: »Wie, wenn es nicht sein Revolver gewesen wäre, der den Tod herbeigeführt hat?«

»Natürlich«, sagte der Onkel. »Genau das würde ich auch geltend machen, wenn ich an Lucas' Stelle wäre ... oder an der eines andern schwarzen Mörders oder irgendeines ungebildeten weißen Mörders. Er hat dir ja wohl mitgeteilt, worauf er mit seinem Revolver geschossen hat. Auf was denn? Auf einen Hasen oder vielleicht auf eine Konservenbüchse oder ein Kerbzeichen an einem Baum, bloß um festzustellen, ob sie geladen ist und richtig losgeht? Aber lassen wir das auf sich beruhen. Geben wir's für den Moment mal zu: Was dann? Was schlägst du vor? Was hat Lucas dir zu tun nahegelegt?«

Und er gab auch darauf eine Antwort: »Könnte nicht Mr. Hampton den Leichnam ausgraben und begutachten lassen?«

»Mit welcher Begründung? Lucas ist zwei Minuten nach dem Schuß mit einem kurz vorher abgeschossenen Revolver in der Tasche festgenommen worden. Er hat nicht geleugnet, abgeschossen zu haben, das heißt: er hat überhaupt jede Aussage verweigert, sogar mir, seinem Anwalt, gegenüber, dem Anwalt, den er selbst hatte kommen lassen. Und wie soll man das wagen? Ich könnte ebensogut dort hinausgehen und noch einen seiner Söhne totschießen, wie dem alten Nub Gowrie erzählen, ich wolle den Leichnam seines Jungen ausgraben aus dem Boden, in den er mit allen Weihen und Gebeten gesenkt worden ist. Und wenn ich mich schon dazu verstehen würde, dann würde ich ihm noch sehr viel lieber erzählen, ich wolle ihn ausgraben, um ihm die Goldplomben aus den Zähnen zu brechen, als daß ich ihm sagte, der Grund dafür sei, einen Nigger vorm Gelynchtwerden zu bewahren.«

»Aber angenommen . . .«, sagte er.

»Hör mich an«, sagte der Onkel mit etwas wie müder, aber unerschütterlicher Geduld: »Gib dir Mühe, mir zuzuhören. Lucas ist hinter einer widerstandsfähigen Stahltür eingesperrt. Er freut sich des besten Schutzes, den Hampton oder sonstwer im Landkreis ihm aller Wahrscheinlichkeit nach gewähren kann. Wie Will Legate gesagt hat, sind in unserem Landkreis genügend Menschen vorhanden, um ihn und Tubbs über den Haufen zu rennen und sogar die Zellentür aufzukriegen, wenn sie das wirklich im Sinn haben. Aber ich glaube nicht, daß in unserem Landkreis genügend Leute vorhanden sind, die tatsächlich den Wunsch haben, Lucas an eine Telegraphenstange zu hängen, ihn mit Benzin zu begießen und zu verbrennen.«

Der also auch. Allein er versuchte es noch einmal. »Aber angenommen . . .«, sagte er abermals und vernahm nun zum drittenmal ungefähr genau das gleiche, was er binnen zwölf Stunden schon zweimal gehört hatte, und er staunte wieder ob der Armseligkeit, der schlechterdings geradezu schablonenhaften Dürftigkeit nicht des Wortschatzes des Einzelmenschen, sondern des Wortschatzes der Menschheit an sich, mittels dessen diese immerhin in Herden und Horden, ja in Betonpferchen in relativer Freundschaft zusammenzuleben vermag; selbst der Onkel also auch:

»Schön, einmal angenommen. Das hätte sich Lucas überlegen

müssen, ehe er einen Weißen von hinten niederschoß.« Doch er begriff erst einige Zeit danach, daß der Onkel jetzt auch zu Miss Habersham sprach; für den Augenblick wurde er sich deren Anwesenheit nicht nur nicht von neuem, sondern überhaupt nicht inne; er erinnerte sich nicht einmal daran, daß sie schon längst zu existieren aufgehört hatte, drehte sich um und schloß die Tür gegen die Stimme des sich in ebenso blendendem wie oberflächlichem Advokatengerede ergehenden Onkels: »Ich habe ihm gesagt, was zu geschehen hat. Wenn etwas erfolgt wäre, so würden sie das draußen, bei sich daheim, in ihrem eigenen Garten hinterm Haus ausgeführt und nicht zugelassen haben, daß Mr. Hampton ihn in die Stadt brachte. Ich verstehe wahrhaftig noch immer nicht, wie sie dazu gekommen sind. Ob es aber durch einen glücklichen Zufall oder aus einem Versehen geschah oder weil der alte Mr. Gowrie altersschwach ist, das Ergebnis ist jedenfalls erfreulich; er ist jetzt in Sicherheit, und ich werde ihn dazu bestimmen, sich vor Gericht als des Totschlags schuldig zu bekennen; er ist ein alter Mann, und ich glaube schon, daß der Bezirksanwalt das berücksichtigt. Dann kommt er ins Zuchthaus und nach ein paar Jahren, falls er am Leben bleibt ...« All das hatte er schon früher gehört und wollte es nicht mehr hören, er schloß also die Tür und verließ das Zimmer, das er sowieso gar nicht richtig betreten hatte und an dem er überhaupt nicht hätte haltmachen sollen, ließ zum erstenmal, seit er ihn ergriffen hatte, den Türknopf los und dachte mit dem wahnwitzigen, spielerischen Gleichmut eines Menschen, der in einem brennenden Haus die Glasperlen einer auseinandergerissenen Kette aufzusammeln trachtet: *Jetzt muß ich wieder den ganzen Weg zum Gefängnis zurück, um Lucas zu fragen, wo es ist,* erkannte dann aber, daß er, im Gegensatz zu Lucas, entgegen aller Wahrscheinlichkeit, trotz Zweifeln und so weiter, tatsächlich doch erwartet hatte, der Onkel und der Sheriff würden sich damit befassen und die Expedition durchführen, nicht in der Meinung, daß sie ihm Glauben schenken würden, sondern weil er sich schlechterdings nicht vorstellen konnte, daß es ihm und Aleck Sander überlassen bleiben würde, bis er einsah, daß Lucas auch dafür bereits vorgesorgt, auch das vorausgesehen hatte, indem er sich entsann, nicht mit Erleichterung, sondern eher unter einem ihm selbst über seine Fähigkeiten dazu dünkenden neuerlichen Wut- und Zornesausbruch, daß Lucas ihm nicht nur mitgeteilt, was er von ihm wolle, sondern auch genau angegeben hatte, wo es sei, ja, wie man hingelange, und ihn dann erst, als ob es ihm hinterher noch eingefallen sei, gefragt hatte, ob er es tun wolle – dabei hinter der Tür des Bibliothekzimmers das Rascheln der Zeitung auf seines Vaters Schoß hörend und den Duft der auf dem Aschenbecher in dessen Reichweite brennenden Zigarre riechend, und dann sah er durch die offene Türspalte langsam das blaue Rauchwölkchen herausschweben, da der Vater, gleicherweise von etwas unterbrochen oder aufgereizt, die Zigarre wieder ergriffen und daran gezogen haben mußte –, und (entsann er sich) sogar die Mittel und Wege, um hinaus- und zurückzukommen und er stellte sich vor, wie er noch einmal die Tür aufmachte und zu dem Onkel sagte: *Schlag dir Lucas aus dem Kopf. Leih mir bloß deinen Wagen* und wie er dann in die Bibliothek hineinging und zu seinem Vater, der die Wagenschlüssel in der Tasche haben, bis er sich daran erinnern würde, sie, wenn er sich auszog, dort zu lassen, wo die Mutter sie morgen finden könne, sagte: *Gib mir die Schlüssel, Papa. Ich will aufs Land hinausfahren und ein Grab aufwühlen;* er erinnerte sich sogar an Miss Habershams Lastauto vorm Haus (nicht an Miss Habersham, an die dachte er überhaupt nicht mehr, er entsann sich bloß eines Motorfahrzeugs, das, leer und anscheinend unbewacht, keine fünfzig Yards entfernt auf der Straße stand); der Zündschlüssel steckte wohl, und der Gowrie, der ihn dabei ertappte, wie er das Grab seines Sohnes, Bruders oder Vetters erbrach, mochte gleichzeitig auch einen Autodieb erwischen.

Denn (davon abstehend, es aufgebend, davon loskommend, mit einem Schwung dieses Konfettigewirbel toller Narreteien herumzustreuen) er erkannte, keinerlei Zweifel darüber gehegt zu haben, daß er sich dort hinausbegeben und auch die Leiche herausschaffen werde. Er sah sich selbst, wie er ohne Mühe, ja sogar ohne viel Zeitverlust, zur Kirche, zum Kirchhof gelangte; sah sich, wie er allein, auf eigene Faust die Leiche hervorzog, herausschaffte, auch das ohne Mühe, Keuchen, ohne Muskel- und Lungenanstrengung, auch ohne Verletzung seines nachlassenden Feingefühls. Erst dann würde die ganze zertrümmerte, taumelnde Mitternacht, an der er, sosehr er äugte und keuchte, nicht vorbei-, über die er nicht hinauszublicken vermochte, auf ihn herabstürzen. So (immer in Bewegung, er hatte noch nicht gestockt seit dem Sekundenbruchteil, da er die

Tür des Büros zugemacht hatte) riß er sich mit einem einzigen Ruck körperlich hoch zu etwas wie tödlicher Sachlichkeit, wutentbrannter Berechnung, einer ruhigen, scharfsinnigen, auf die Spitze getriebenen Vernunfterwägung nicht der Für und Wider, denn es gab ja keinerlei Für: der Grund dafür, daß er hinging, war, daß eben jemand hingehen mußte, aber niemand anders hingehen würde, und der Grund dafür, daß jemand hingehen mußte, war, daß nicht einmal Sheriff Hampton (siehe die Postierung Will Legates mit der Flinte auf den Vorplatz unten im Gefängnis wie auf eine beleuchtete Bühne, wo jeder, der vorbeikam, ehe er noch das Außenpförtchen erreicht hatte, ihn oder sie sehen mußte) ganz fest davon überzeugt war, daß die Gowries samt Gevattern und Freunden nicht den Versuch machen würden, Lucas in der Nacht aus dem Gefängnis herauszuholen; und wenn sie also in der Nacht alle in der Stadt waren, um den Versuch zu machen, Lucas zu lynchen, so würde sich keiner von ihnen dort draußen herumtreiben, der ihn beim Aufbrechen des Grabs erwischen konnte; und wenn dies eine logische Tatsache war, so war das Gegenteil davon ebenso logisch: wenn sie während der Nacht nicht wegen Lucas in der Stadt waren, dann konnte immerhin einer oder der andere von den fünfzig oder hundert Männern und jungen Burschen, die mit ihnen, sei es durch Blutsverwandtschaft, sei es bloß durch Fuchsjagd, Whiskybrennerei oder Fichtenholzhandel, in Verbindung standen, über ihn oder Aleck Sander stolpern; und auch das, wiederum das: eben aus dem Grunde mußte er hinausreiten, daß kein Mensch außer einem sechzehnjährigen Knaben es tun würde, dem zu diesem Zweck nichts zur Verfügung stand als ein Pferd, und auch hierbei mußte er eine Entscheidung treffen: entweder allein auf dem Pferd in der Hälfte der Zeit hinzureiten, aber dreimal soviel Zeit aufzuwenden, um die Leiche allein herauszubekommen, weil er, wenn er allein war, nicht nur die ganze Graberei, sondern auch das Aufpassen und Lauschen durchführen mußte, oder Aleck Sander mitzunehmen (er und Aleck Sander hatten den Weg schon früher mehr als zehn Meilen weit zurückgelegt auf Highboy, einem großen, grobknochigen Wallach, der sogar mit hundertfünfundsiebzig Pfund im Sattel fünf Stangen hohe Hürden genommen hatte und einen guten, langsamen Handgalopp selbst mit zweien im Sattel und einen langen, ausgreifenden, stark rüttelnden Trab, so rasch wie der Handgalopp, lief, den freilich selbst Aleck Sander nicht lange hinter dem Sattel aushielt, und dann eine schlurfende Gangart, halb Schritt, halb Trab, die keine Fachbezeichnung hatte, die er mit ihnen beiden im Sattel auf Meilen hin durchhalten konnte, Aleck Sander die erste Meile des kurzen Galopps hinter ihm im Sattel, dann die nächste Meile, sich am Steigbügel festhaltend, neben dem Gaul hertrabend) und dann die Leiche in einem Drittel der Zeit herauszubekommen, allerdings mit dem Risiko, daß Aleck Sander sich womöglich bei Lucas befand, wenn die Gowries mit dem Benzin anrückten; und plötzlich merkte er, daß er sich wieder in das Konfettigewirbel zurückgezogen hatte, so wie man immer noch ein bißchen zögert, wenn man ins kalte Wasser steigen soll, und dachte, sah, hörte sich selbst, wie er das auch Lucas zu erklären versuchte:

Wir müssen das Pferd dazu benutzen, es geht nicht anders, und Lucas:

Du hättst ihn ja um den Wagen bitten könn', darauf er:

Den würde er mir verweigert haben. Das mußt du doch verstehn. Er würde ihn mir nicht nur verweigert, sondern mich eingesperrt haben, so daß ich nicht einmal fortgekonnt, geschweige ein Pferd hätte nehmen können, und Lucas:

Schon gut, schon gut ... Ich mach dir ja keine Vorwürfe. Dich wolln ja die Gowries nicht lebendig verbrenn' – während er den Korridor entlang zur Hintertür ging; und er hatte sich geirrt: nicht als er durch das Stahlgestänge zu Lucas gesagt hatte ›Also gut‹, noch als er in den Korridor zurückgetreten und die Bürotür hinter sich zugemacht hatte, nein, der unwiderrufliche Moment, von dem es kein Zurück mehr gab, war jetzt und hier – hier konnte er noch innehalten und nicht weitergehen, konnte er die Trümmer der Mitternacht harmlos und ohnmächtig an die Wände krachen lassen, denn die waren stark, die hielten es aus, sie bildeten die Heimstatt, waren höher als die Trümmer, stärker denn Furcht. Doch er hielt nicht inne, fragte nicht einmal, begehrte nicht einmal zu wissen, ob er es vielleicht wagen würde, innezuhalten, ließ die Drahtgittertür leise hinter sich zufallen, ging die Treppe hinab, hinein in den weiten, wüsten Wirbel der weichen Mainacht, dann raschen Schritts durch den Garten zu der dunklen Hütte, darin Paralee und Aleck Sander nicht mehr Schlaf gefunden hatten, als alle übrigen Neger im Umkreis einer Meile von der Stadt in der heutigen Nacht finden würden, nicht einmal zu Bett gegangen waren, sondern hinter den geschlossenen Türen und versperrten Fensterläden stumm im Finstern saßen und auf das Raunen von Wut und Tod warteten, das das Frühlingsdunkel aushauchen würde; blieb stehen, gab den Pfiff von sich, den er und Aleck Sander gebrauchten, seit sie überhaupt pfeifen konnten, zählte die Sekunden bis zu dem Moment, da er abermals pfeifen mußte, und dachte noch, er an Aleck Sanders Stelle würde heute nacht auf keines Menschen Pfiff hin aus dem Hause kommen, als auf einmal, lautlos und selbstverständlich ohne eine Lichtquelle hinter sich, die ihn hätte verraten können, Aleck Sander aus dem Schatten heraustrat, daherkam, in der mondlosen Finsternis schon ganz nah war, größer als er trotz des geringen Altersunterschieds von nur einigen Monaten, jetzt bei ihm war, ihn nicht an-, sondern an ihm vorbei-, über seinen Kopf wegblickend in der Richtung des Marktplatzes, als ob der Blick gleich einem Baseball eine aufsteigende Flugbahn über die Bäume, Straßen und Häuser hin beschreiben könne, um wahrnehmend auf dem Platz niederzugehen, nicht bei den Heimstätten inmitten der dunklen Gärten und friedlichen Familienmählern mit Feierabend und Schlaf, die Abschluß und Lohn bedeuteten, sondern auf dem großen Platz mit den für Gewerbe, Regierung, Rechtspflege und Freiheitsentzug errichteten und bestimmten Baulichkeiten, wo die menschlichen Leidenschaften strebten und tobten, für die die Ruhe und der kleine Tod des Schlafs Abschluß, Flucht und Lohn bedeuteten.

»Sie haben also den alten Lucas noch nicht geholt«, sagte Aleck Sander.

»Denken deine Leute ebenso über die Sache wie du?« fragte er.

»Das tätest du auch«, sagte Aleck Sander. »So 'ne wie Lucas bringen alle ins Unglück.«

»Dann tust du wohl besser daran, wenn du ins Büro gehst und bei Onkel Gavin sitzen bleibst, statt mit mir zu kommen.«

»Wohin mit dir zu kommen?« fragte Aleck Sander.

Er sagte es ihm, in schroffem Ton und ohne Umschweife, in drei Worten: »Vinson Gowrie ausgraben.« Aleck Sander rührte sich nicht, sondern blickte weiter an ihm vorbei über seinen Kopf weg in die Richtung des Marktplatzes. »Lucas hat gesagt, er sei nicht mit seiner Waffe erschossen worden.«

Noch immer ohne sich zu rühren, fing Aleck Sander zu lachen an, nicht laut, nicht lustig; er lachte bloß und sagte genau das, was der Onkel vor kaum einer Minute gesagt hatte. »Das tät ich an seiner Stelle auch«, sagte Aleck Sander. Er sagte: »Ich? Da hinausgehn und den toten Weißen ausbuddeln? Ist Mr. Gavin schon im Büro, oder soll ich nur da sitzen bleiben, bis er kommt?«

»Lucas zahlt dir dafür«, sagte er. »Das hat er mir gesagt, ehe er mir noch mitteilte, um was es sich handle.«

Wieder lachte Aleck Sander, ohne Lustigkeit, ohne Spott, ohne jeglichen Ausdruck überhaupt; mit nicht mehr Lautstärke als beim Atmen, das eben nur Atmen ist. »Ich bin nicht reich«, sagte er, »ich brauche kein Geld.«

»Dann sattle wenigstens Highboy, während ich nach einer Taschenlampe suche«, sagte er. »Bist du vielleicht zu stolz, um das für Lucas zu tun, wie?«

»Eben«, sagte Aleck Sander und wandte sich zum Gehen.

»Hol auch Picke und Spaten. Und das lange Halteseil. Das werd ich brauchen.«

»Gern«, sagte Aleck Sander. Halb umgewandt stockte er. »Wie willst du denn Picke und Spaten auf Highboy mitschleppen, wo der schon scheut, wenn du eine Reitgerte in der Hand hast?«

»Ich weiß nicht«, sagte er, und Aleck Sander ging weiter, er aber drehte sich wiederum dem Hause zu; und zuerst meinte er, es sei sein Onkel, der da rasch von der Vorderseite her um das Haus herumkam, nicht weil er glaubte, der Onkel habe vielleicht einen Verdacht oder eine Ahnung von dem, was er vorhatte – denn das war nicht der Fall, der Onkel hatte sich nicht nur diese Vorstellung, sondern auch nur die Möglichkeit dazu unverzüglich und vollständig aus dem Kopf geschlagen –, sondern weil er sich überhaupt an niemanden mehr erinnerte, der dafür hätte in Frage kommen können, und selbst als er erkannt hatte, daß es eine Frau war, nahm er an, es sei seine Mutter, ja selbst noch, als er schon den Hut hätte wiedererkennen müssen, bis zu dem Augenblick, da Miss Habersham seinen Namen rief, und sein erster Impuls war, rasch und ruhig um die Ecke der Garage herumzugehen, von wo er ungesehen zum Zaun gelangen, über diesen klettern, zum Stall hingehen und dann zum Wiesenpförtchen hinausreiten konnte, ohne, Taschenlampe hin und her, überhaupt noch einmal am Haus vorbeizumüssen, da war es schon zu spät, in dringlichem, drängendem Flüsterton hatte sie ihn beim Namen gerufen:

»Charles«, war rasch herangekommen und vor ihm stehengeblieben und flüsterte jetzt in dem gleichen dringlichen, hastigen Ton: »Was hat er dir gesagt?« Und jetzt fiel ihm ein, was sich da vorher im Büro des Onkels in seine Gedanken hatte bohren wollen, als er sie erkannt hatte, ihm aber in der nächsten Sekunde wieder entfallen war: die alte Molly, die Frau von Lucas, die die Tochter eines Sklaven vom alten Doktor Habersham, Miss Habershams Großvater, gewesen war; die beiden waren gleichaltrig, in der nämlichen Woche geboren, beide an der Brust von Mollys Mutter gesäugt worden und geradezu unzertrennlich wie Zwillingsschwestern aufgewachsen, hatten im selben Zimmer geschlafen, die Weiße im Bett, die Schwarze auf einer Feldbettstelle am Fußende, fast bis Molly den Lucas heiratete, und Miss Habersham hatte dann auch in der Negerkirche bei Mollys erstem Kind Pate gestanden.

»Er sagte, es sei nicht sein Revolver gewesen«, sagte er.

»Also hat er es auch nicht getan«, sagte sie immer noch in dem hastigen, aber jetzt eher noch drängenderen Tonfall.

»Das weiß ich nicht«, sagte er.

»Unsinn«, sagte sie. »Wenn es nicht sein Revolver war ...«

»Ich weiß es nicht«, sagte er.

»Das mußt du wissen. Du warst bei ihm, hast mit ihm gesprochen ...«

»Ich weiß nicht«, sagte er. Still sagte er das, ruhig, mit etwas wie ungläubigem Staunen, als ob ihm erst jetzt einfiele, was er versprochen, beabsichtigt hatte. »Ich weiß es einfach nicht. Ich weiß es noch nicht. Ich will gerade hinaus ...« Er stockte, das Wort erstarb ihm auf der Zunge. Es ergab sich ein Augenblick, eine Sekunde, in der er sich sogar sagte, es hätte doch eigentlich sein Wunsch sein müssen, dies, den letzten, nicht zu Ende gesprochenen Satz, widerrufen zu können. Doch dazu war es wohl schon zu spät, sie hatte das wenige, was noch fehlte, schon ergänzt und würde nun gleich aufschreien, protestieren, draufloskreischen und ihm das ganze Haus auf den Hals hetzen. Doch in der gleichen Sekunde dachte er auch schon nicht mehr daran. Sie sagte:

»Selbstverständlich«, und zwar sofort in ruhigem Flüsterton; eine weitere halbe Sekunde lang meinte er, sie habe überhaupt nicht begriffen, doch in der nächsten halben Sekunde war auch das schon vergessen, wie die beiden da, ununterscheidbar füreinander, in der Dunkelheit standen und sich über das drängende, hastige Flüstern hinweg ansahen, und dann hörte er sich selbst im gleichen Tonfall und Rhythmus sprechen, die beiden, nicht gerade wie Verschwörer, eher wie zwei Menschen, die sich unwiderruflich auf ein Spiel eingelassen haben, von dem sie keineswegs sicher wissen, ob sie es zu Ende zu führen imstande sein würden, sondern nur, daß sie es durchhalten wollten: »Wir wissen ja nicht einmal wirklich, ob es sein Revolver war. Er hat nur gesagt, es sei nicht seiner gewesen.«

»Ja.«

»Er sagte nicht, wessen Waffe es war und ob er sie abgeschossen hat oder nicht. Er hat dir nicht einmal gesagt, er habe sie nicht abgeschossen. Er sagte nur, es sei nicht sein Revolver gewesen.«

»Ja.«

»Und dein Onkel hat dir da in seinem Arbeitszimmer ja gesagt, daß das eben genau das sei, was er sagen würde, alles, was er sagen konnte.« Er gab keine Antwort darauf. Es war keine Frage gewesen. Sie ließ ihm auch keine Zeit dazu. »Gut denn«, sagte sie. »Was jetzt? Feststellen, ob es nicht sein Revolver war ... feststellen, was er damit gemeint haben mochte? Hingehen und ... was dann?«

Er sagte es ihr, so schlecht und recht, so kurz und bündig, wie er es Aleck Sander gesagt hatte: »Ihn anschauen«, nicht einmal so lange stockend, um daran zu denken, daß er hier doch zumindest auf einen wortlosen Aufschrei hätte gefaßt sein müssen. »Hingehen, ihn ausgraben und in die Stadt bringen, wo jemand, der etwas von Einschüssen versteht, den Einschuß bei ihm begutachten kann ...«

»Ja«, sagte Miss Habersham. »Jawohl. Natürlich wollte er es deinem Onkel nicht sagen. Er ist ja ein Neger, und dein Onkel ist ein Mann«, und so wiederholte, spielte Miss Habersham ihrerseits darauf an. Und er mußte denken, daß da nicht eigentlich eine Dürftigkeit, eine Unzulänglichkeit des Wortschatzes vorlag, sondern daß das in erster Linie daher kam, daß das vorsätzliche Auslöschen, Austilgen eines Menschenlebens an sich etwas so Einfaches und so Endgültiges sei, daß die Wortfassung, die es ausdrückte, in sich beschloß, es unverfälscht als Einzeltatsache in die Menschheitsgeschichte eingehen ließ, notwendigerweise ebenfalls simpel und unkompliziert, rein wiederholend, ja geradezu eintönig sein mußte. In zweiter Linie, von größerer Tragweite als dies, es überschattend, weil das, worauf Miss Habersham anspielte, schlechtweg Wahrheit war, nicht bloß Tatsache, und daß es dazu keiner Variation und Originalität des Ausdrucks bedurfte, sintemal die Wahrheit Allgemeingut ist, Allgemeingut sein muß, um Wahrheit zu sein, und somit nicht viel davon nötig, bloß um etwas in Gang zu halten, was nicht größer war als eine einzige Erde, und daher jeder x-beliebige die Wahrheit erfassen konnte. Sie brauchten nichts weiter zu tun als innezuhalten, nur zu stocken, nur abzuwarten: »Lucas wußte, daß es eines Kindes bedurfte ... oder eines alten Weibes gleich mir, eines Menschen, der sich nicht um Stichhaltigkeit, um Beweiskraft schert. Männer wie dein Onkel und Mr. Hampton haben zu lange Männer, zu lange geschäftig sein müssen ... Ja?« sagte sie. »Ihn in die Stadt bringen, wo jemand, der etwas davon versteht, den Einschuß begutachten kann. Und wenn das geschieht und festgestellt wird, daß es doch Lucas' Revolver war?« Darauf gab er keinerlei Antwort; sie hatte auch gar nicht abgewartet, sondern sagte, sich schon umwendend: »Wir brauchen Picke und Spaten. Eine Taschenlampe habe ich im Wagen ...«

»Wir?« sagte er.

Sie blieb stehen; in fast nachsichtigem Ton sagte sie: »Es sind fünfzehn Meilen bis da hinaus ...«

»Zehn«, sagte er.

»... ein Grab ist sechs Fuß tief. Jetzt ist's nach acht, und du hast nur Zeit bis Mitternacht, um rechtzeitig in die Stadt zurückzukommen ...«, und dann noch etwas, was er aber nicht mehr verstand. Er hörte schon gar nicht mehr zu. Vor einer Viertelstunde hatte er das selbst zu Lucas gesagt, doch jetzt erst verstand er richtig, was er da gesagt hatte. Erst nachdem er es von jemand anders hatte sagen hören, begriff er, nicht die Ungeheuerlichkeit seines Vorhabens, sondern die naturgegebene, stumpf-ungefüge, unausdenkbare physische Riesenhaftigkeit dessen, dem er entgegenging; von einer hoffnungslosen, unbezwingbaren Verblüfftheit erfüllt, sagte er ruhig:

»Wir können es unmöglich ausführen.«

»Nein«, sagte Miss Habersham. »Also?«

»Ma'am«, sagte er. »Was sagten Sie?«

»Ich sagte, du hast ja nicht einmal einen Wagen.«

»Wir wollten hinreiten.«

Jetzt sagte sie: »Wir?«

»Ich und Aleck Sander.«

»Dann sind wir zu dritt«, sagte sie. »Hol deine Picke und deinen Spaten. Im Haus wird es ihnen auffallen, wenn man mein Auto nicht abfahren hört.« Sie setzte sich wieder in Bewegung.

»Ja, M'm«, sagte er. »Fahren Sie den Fußweg zum Wiesenpförtchen hinunter. Wir treffen Sie dort.«

Er wartete auch nicht länger. Er hörte das Lastauto abfahren, als er über den Zaun des Grundstücks kletterte; alsbald erkannte er Highboys Blässe in der schwarz gähnenden Höhlung der Stalltür: Aleck Sander zerrte gerade die Gurtstrupfe durch die Schlaufe, als er herantrat. Er hakte das Halteseil aus dem Zaumring, ehe ihm einfiel, daß er es mitnehmen wollte, hakte es also wieder fest und band das andere Ende vom Mauerring los und schlang es samt den Zügeln über Highboys Kopf, führte dann das Pferd aus der Tür und saß auf.

»Hier«, sagte Aleck Sander, ihm Picke und Spaten hinaufreichend; aber Highboy hatte schon zu tänzeln angefangen, ehe er die Werkzeuge noch gesehen haben konnte, wie er das immer angesichts einer Zaungerte tat, doch er drückte ihn fest zurück und brachte ihn zur Ruhe, indes Aleck Sander »Steh still!« sagte und Highboy einen festen Klaps auf die Kruppe versetzte, während er Picke und Spaten hinaufreichte, und er brachte sie fest am Sattelbogen an, und es gelang ihm, Highboy noch eine Sekunde lang ruhig auf den Hacken zu halten, lange genug, um den einen Fuß aus dem Aleck Sander zunächst hängenden Steigbügel freizubekommen, damit der seinen Fuß hineinstecken konnte, worauf Highboy, als Aleck Sander sich hinten aufschwang, mit einem langen Satz, fast einem Bocksprung, lospreschte und gleich weiterzugaloppieren versuchte, bis es ihm, während Picke und Spaten auf dem Sattel auf und ab wippten, gelang, ihn in ruhigen Gang zu bringen und über die Wiese nach dem Gatterpförtchen hinzulenken. »Gib mir doch das verdammte Spaten- und Pickelzeug her«, sagte Aleck Sander. »Hast du die Taschenlampe bei dir?«

»Was geht das dich an?« sagte er. Aleck Sander langte mit der freien Hand um ihn herum und nahm Picke und Spaten an sich; Highboy vermochte sie jetzt eine Sekunde lang abermals richtig zu sehen, aber jetzt hatte er beide Hände frei sowohl für den Trensen- wie den Kandarenriemen. »Du gehst ja doch nicht mit dahin, wo man eine Taschenlampe braucht. Das hast du doch gesagt.«

Sie waren fast bis zum Gatter gekommen. Er vermochte den schwarzen Fleck des stillstehenden Lastwagens zu erkennen, der sich von der fahlhellen Landstraße abhob; das heißt, er glaubte ihn zu erkennen, weil er wußte, daß er da war. Aleck Sander jedoch sah ihn tatsächlich; denn dem schien es gegeben zu sein, im Finstern zu sehen fast wie ein Tier. Picke und Spaten haltend, hatte Aleck Sander keine Hand frei; trotzdem langte er mit der einen plötzlich nach vorn, packte die Zügel seitlich von seinen eigenen Händen, riß Highboy zurück, daß das Pferd sich fast auf die Hinterbacken setzte, und zischte leise: »Was ist denn das?«

»Das ist der Wagen von Miss Eunice Habersham«, sagte er. »Sie kommt mit. Laß doch locker, zum Donnerwetter«, und entrang Aleck Sander die Zügel, die dieser jetzt rasch ganz losließ, während er sagte:

»Die nimmt den Wagen«, dabei Picke und Spaten nicht einfach fallen lassend, sondern sie mit Geklirr und Geklapper wider das Gatter schmeißend, selbst heruntergleitend, gerade noch rechtzeitig, denn Highboy hatte sich hoch auf die Hinterhufe gestellt, bis er ihm mit dem zusammengerollten Halteseil fest eins zwischen die Ohren gab.

»Mach das Gatter auf«, sagte er.

»Wir brauchen das Pferd nicht«, sagte Aleck Sander. »Sattle es und bind's hier an. Wir stellen es wieder ein, wenn wir zurückkommen.«

Das sagte auch Miss Habersham; sie waren durch die Gatterpforte, Highboy drückte immer noch zur Seite und schlug noch aus, während Aleck Sander Picke und Spaten von hinten in den Wagen hineinlegte, als habe er gemeint, Aleck Sander wolle sie diesmal auf ihn werfen, und dazwischen Miss Habershams Stimme vom dunklen Bock des Wagens her:

»Hört sich an wie ein gutes Pferd. Kann das auch auf vier Beinen laufen?«

»Jawohl, M'm«, sagte er. »Nicht doch«, sagte er. »Ich nehme das Pferd auch mit. Das nächste Haus ist zwar eine Meile weit weg von der Kirche, aber es könnte vielleicht doch jemand den Wagen hören. Wir werden ihn am Fuß des Hügels stehenlassen, da, wo wir über den Bach kommen.« Und gab dann gleich auch Antwort auf eine Frage, ehe sie Zeit hatte, sie zu stellen: »Wir brauchen das Pferd auch, um ihn zum Wagen zu bringen.«

»Häh«, stieß Aleck Sander aus. Es war kein Lachen. Das hatte auch niemand gemeint. »Bildest du dir ein, das Pferd wird tragen, was du ausbuddelst, wenn's nicht mal das tragen mag, womit du buddeln willst?«

Aber daran hatte er auch schon gedacht in der Erinnerung an das, was sein Großvater aus den alten Zeiten, da im Landkreis Yoknapatawpha noch zwölf Meilen von Jefferson Hirsche, Bären und wilde Truthähne gejagt wurden, von den Jägern erzählt hatte: von Major de Spain, der Großvaters Vetter gewesen, und dem alten General Compson und Onkel Ike Mc Caslin, Carothers Edmonds' Großonkel, der, jetzt neunzigjährig, noch lebte, und Boon Hogganbeck, dessen Mutters Mutter eine Chickasawindianerin gewesen, und dem Neger Sam Fathers, dessen Vater ein Chickasawhäuptling gewesen war, und von Major de Spains einäugigem Jagdmaultier, das nicht einmal vor Bärengeruch Angst bekommen hatte; und er dachte, es sei doch eigentlich recht schade, daß die Vorfahren, wenn man schon ihrer aller Endprodukt darstellte und sie einen zum heimlichen Totenbeschwörer auf ländlichen Friedhöfen hatten werden lassen, nicht daran gedacht hatten, einen zur Beförderung von Kadavern mit einem Nachkommen dieses Tod und Teufel nicht fürchtenden Maultiers auszustatten.

»Ich weiß nicht«, sagte er.

»Vielleicht wird es der Gaul gelernt haben, bis wir zum Wagen zurückkommen«, sagte Miss Habersham. »Kann Aleck Sander chauffieren?«

»Jawoll, M'm«, sagte Aleck Sander.

Highboy war immer noch aufgeregt; wenn er verhalten worden wäre, würde er sich nur unnütz in Schweiß gebracht haben; da es eine kühle Nacht war, blieb er darum die erste Meile jetzt immer in Sicht des Schlußlichts des Autos. Dann aber verlangsamte er das Tempo, das Licht wurde kleiner und kleiner und verschwand schließlich hinter einer Wegbiegung, und nun mäßigte er Highboy zu dem schlenkernden ›Halb-Trab-halb-Schritt‹, einer Gangart, die kein Preisrichter auf der Pferdeausstellung durchgelassen haben würde, die jedoch raumgreifend war; neun Meilen mußten noch zurückgelegt werden, und mit einer Art grausiger Belustigtheit bedachte er, daß er nun endlich Zeit zum Nachdenken habe, daß es aber jetzt zum Nachdenken zu spät sei, daß keiner von ihnen dreien jetzt nachzudenken wagen dürfe, denn wenn sie heute abend etwas fertiggebracht hatten, so war es zumindest das, daß sie alles Nachdenken, Überlegen, Schlußfolgern ein für allemal hinter sich geworfen hatten; fünf Meilen von der Stadt, und er würde den (von Miss Habersham und Aleck Sander im Wagen wohl bereits passierten) unsichtbaren Vermessungsstrich überschreiten, der die Grenzlinie von Kreis vier bildete, der berüchtigten, geradezu sagenhaften Gegend, und wahrlich war Nachdenken wohl das Letzte, was einer von ihnen jetzt zu tun wagen durfte, wenn er bedachte, daß es einem ›Auswärtigen‹ mitnichten schwerfiel, zweierlei zugleich zu tun, was Kreis vier nicht passen würde, denn Kreis vier paßte ja von vornherein so gut wie nichts, was die Leute aus der Stadt (und auch so gut wie nichts, was sämtliche Einwohner des übrigen Landkreises) taten: daß es aber ihnen zugefallen war, einem halbwüchsigen Weißen von sechzehn Jahren, einem gleichaltrigen Schwarzen und einer weißen alten Jungfer von siebzig Jahren, aus dem riesenhaften Reservoir menschlicher Erfindungsgabe und Einfallskraft just die zwei Dinge auszusuchen und auszuführen, die bei Kreis vier die heftigste Auflehnung und Vergeltung hervorrufen mußten – die Schändung der Grabstätte eines Angehörigen seiner Sippe, um einen schwarzen Mörder vor seiner Rache zu bewahren.

Doch zumindest würden sie wohl irgendeine Warnung bekommen (wobei er sich keine Gedanken darüber machte, wem die Warnung nützen könne, da sie, die gewarnt werden würden, bereits sechs, sieben Meilen vom Gefängnis entfernt waren und sich, so schnell er das Pferd laufen zu lassen sich traute, immer weiter davon entfernten), denn wenn Kreis vier heute nacht in die Stadt kommen würde, so mußte er ihnen bald begegnen (oder sie ihm): den kotbespritzten, verbeulten Personenautos, den leeren Lastwagen für Holz- und Viehtransport und den gesattelten Pferden und Maultieren. Einstweilen jedoch war er, seit er die Stadt verlassen hatte, an nichts und niemand vorbeigekommen; fahl und leer lag die Straße vor wie hinter ihm; die lichtlosen Häuser und Hütten kauerten oder ragten daneben, das dunkle Land streckte sich hin ins Dunkel, erfüllt vom herben Geruch umgebrochenen Erdreichs, hin und wieder auch vom schweren Duft blühender Obstgärten, über der Straße liegend gleich reglosen Rauchschwaden, die er durchreiten mußte; so brauchten sie vielleicht sogar weniger Zeit, als er gehofft hatte, und bevor er den Gedanken unterdrücken konnte, hatte er schon gedacht: *Vielleicht bringen wir es fertig, trotz alledem . . .*, bevor er hüpfen und springen und ihn ersticken konnte und auslöschen aus seinem Denken, nicht weil er tatsächlich nicht zu glauben vermochte, daß sie es fertigbringen könnten, und nicht weil man vor sich selbst die völlige Erfüllung eines teuren Hoffens oder Wünschens, geschweige eines verzweifelten, nicht ganz auszudenken wagt, da man ihm sonst damit schon selbst das Urteil gesprochen hat, sondern weil es auch nur vor sich selbst in Worte zu fassen dem Anzünden eines Streichholzes gleichkam, das die Finsternis nicht zerstreute, sondern nur deren Grausen aufdeckte – ein schwacher Blitz und Schein, der für eine Sekunde die unwiderrufliche, unerbittliche Verneinung der leeren Straße, des dunklen, leeren Landes enthüllen würde.

Denn . . . jetzt fast an Ort und Stelle; Aleck Sander und Miss Habersham waren wohl schon vor einer guten halben Stunde angelangt, und er gab sich eine Sekunde lang der Hoffnung hin, Aleck Sander werde vernünftig genug gewesen sein, den Wagen von der Straße wegzufahren, daß ihn nicht jeder Vorüberkommende zu sehen vermochte; in der gleichen Sekunde merkte er dann auch, daß Aleck Sander das selbstverständlich getan hatte und es nicht Aleck Sander war, dem er je mißtraut, sondern sich selbst, daß er auch nur eine Sekunde lang Aleck Sander hatte mißtrauen können. Seit er die Stadt verlassen hatte, war er keinem einzigen Neger begegnet, während diese sonst um diese Stunde einer Sonntagnacht im Mai sich geradezu wie Glasperlen an einer Kette gedrängt haben würden – die Männer und Frauen und Mädchen, auch ein paar alte Männer und Frauen dazwischen, ja auch Kinder, bevor es zu spät wurde, hauptsächlich aber die Männer, die ledigen jungen Leute, die seit dem Sonnenaufgang am vorigen Montag hinter sich abrackernden, auf- und niedertauchenden Maultieren ruckende, stoßende Pflüge in das wellenförmig sich furchende Erdreich gestemmt, dann am Samstagmittag sich gewaschen und rasiert und die sauberen Sonntagshemden und -hosen angelegt hatten und die ganze Samstagnacht hindurch die staubigen Landstraßen gewandert waren, sie die ganze Sonntagnacht wieder zurückwanderten, daß sie gerade noch rechtzeitig heimkamen, um wieder ihre Overalls und ihre groben Arbeitsschuhe anziehen, die Maultiere einfangen und anschirren zu können und, nach achtundvierzig Stunden außer Bett, abgesehen von der kurzen Zeit, da ein Weib darin gelegen hatte, wieder auf dem Feld zu sein und die Pflugschar in die neue Furche zu drücken, wenn die Sonne des Montags aufging. Heute jedoch nicht; hatte er doch auch in der Stadt seit vierundzwanzig Stunden außer Paralee und Aleck Sander nicht einen einzigen zu Gesicht bekommen, aber das hatte er erwartet; sie verhielten sich genau so, wie sowohl die Neger als die Weißen erwarteten, daß Neger sich in einem solchen Fall verhielten; sie waren noch da, waren nicht geflüchtet, nur bekam man sie nicht zu Gesicht – eine Ahnung, eine Empfindung ihrer ständigen Gegenwart und Nähe: schwarze Männer, Frauen und Kinder, atmend und wartend in ihren versperrten, verrammelten Häusern, nicht verkrochen, nicht sich krümmend und duckend, nicht von Zorn, auch nicht ganz von Furcht erfüllt, nur abwartend, ausharrend, denn sie waren mit etwas gewappnet, wogegen der Weiße nicht aufkam oder auch nur – ohne daß er es ahnte – damit fertig wurde: Geduld; nur außer Sichtweite, aus dem Weg bleibend. Aber so war es hier nicht: keine Ahnung, keine Empfindung eines zusammengeballten Daneben-Seins, eines dunklen, unsichtbar verharrenden Da-Seins von Menschen; die Landschaft hier war eine Einöde und eine Zeugin, die menschenleere Straße hier ihr Beweis (es sollte noch einige Zeit vergehen, bis er merkte, wie weit er gekommen war, er, ein Kleinstädter aus dem Innern des Staats Mississippi, eine Knabe, der, als die Sonne dieses Tages untergegangen war, noch ein täppisches, unwissendes Wickelkind schien, wie er selbst geglaubt haben würde, wenn er überhaupt darüber nachgedacht hätte – in der langen Überlieferung seiner Heimat –, oder, wenn schon die Rede davon war, ein vernunftloser Embryo, der selbst – wenn er sich überhaupt irgendwelcher Geburtswehen bewußt war – in blindem, empfindungslosem Ringen begriffen und noch nicht einmal im einfältigen, schmerzlosen Krampf des Auftauchens erwacht war) für die bewußte Abkehr des ganzen schwarzen Volksteils, der die eigentliche Grundlage der Wirtschaft des Landes bildete, eine Abwendung nicht in einer Stimmung von Hitze und Zorn noch gar von Reue, sondern einer unabänderlichen, unüberwindlichen, unbeugsamen Zurückweisung, gleichsam einen einzigen Rücken abwendend vor etwas, was nicht die Schändung einer Rasse, sondern eine Schande der Menschheit war.

Nun war er da; Highboy streckte sich, legte sich, selbst nach neun Meilen Ritt, fester ins Zeug, da er Wasser witterte, und er vermochte jetzt die Brücke oder wenigstens die Scharte gelichteten Dunkels zu sehen, zu unterscheiden, wo die Straße die undurchdringliche Schwärze der den Bach säumenden Weiden überspannte, und schließlich Aleck Sander, der sich, darüberragend, vom Brückengeländer abhob; Highboy schnaubte ihm zu, dann erkannte er ihn ebenfalls, ohne Überraschung, ohne sich zu entsinnen, daß er sich einmal gefragt hatte, ob Aleck Sander so vorsichtig gewesen sei, den Wagen zu verbergen, ja, sich nicht einmal entsinnend, daß er nichts anderes erwartet habe, hielt nicht an, ließ Highboy auf der Brücke wieder in Schritt fallen, gab ihm dann den Kopf frei, um ihn jenseits der Brücke von der Straße abbiegen und in ruckartigen Schritten auf steifen Vorderbeinen zum für den Augenblick noch unsichtbaren Wasser hinuntersteigen zu lassen, worauf er die gekräuselte Spiegelung des darin aufgefangenen Himmels erblicken konnte, bis Highboy stutzte, wieder schnaubte und so plötzlich hoch- und zurückfuhr, daß er ihn beinahe aus dem Sattel geschleudert hätte.

»Wittert Triebsand«, sagte Aleck Sander. »Laß ihn jedenfalls warten, bis er nach Hause kommt. Ich würde auch lieber Gott weiß was tun als das, was ich jetzt tue.«

Er ließ jedoch Highboy noch etwas weiter die Uferböschung hinuntergehen, um vielleicht doch ans Wasser zu kommen, aber das Pferd scheute nur wieder davor, und so riß er es herum und ritt wieder auf die Straße zurück, nahm dann für Aleck Sander den einen Fuß aus dem Steigbügel, indes Highboy sich schon wieder in Bewegung gesetzt hatte, als Aleck Sander sich auf seinen Rücken schwang. »Hier«, sagte Aleck Sander; aber er hatte Highboy bereits von der gekiesten Straße mit scharfer Wendung auf die schmale, ungeschotterte Straße einschwenken lassen, der schwarz aufragenden Masse des Höhenrückens zu, und nahm gleich die langgestreckte Schrägung zu den Bergen hinauf in Angriff; doch noch bevor der Anstieg begann, kam ihnen von oben her der ständige, starke Duft des Nadelholzes entgegen, der, von keinem Wind hinter sich getrieben, fest und hart war fast wie eine Hand, spürbar anströmend gegen den sich vorwärts bewegenden Körper, gleich einer Wasserwoge. Steiler wurde der Schräghang unter den Hufen des Pferdes, das trotz der doppelten Last draufloszugaloppieren versuchte, wie das bei jeder Steigung seine Gewohnheit war, sich sammelnd und streckend, bis er es scharf zurückriß; doch auch dann noch mußte er fest zupacken, um es in einem zwar rutschenden, ungleichmäßigen, aber sicheren Schritt zu halten, bis die erste Schicht des Plateaus sich abflachte; und gerade als Aleck Sander wieder »Hier« sagte, trat aus dem Dunkel neben der Straße Miss Habersham, Picke und Spaten in der Hand, heraus. Aleck Sander glitt aus dem Sattel, als Highboy stillstand. Er tat desgleichen.

»Bleibt sitzen«, sagte Miss Habersham. »Ich habe das Werkzeug und die Lampe.«

»Es ist immerhin noch eine halbe Meile«, sagte er. »Und bergauf. Das ist kein Damensattel, aber vielleicht können Sie seitlich aufsitzen. Wo ist der Wagen?« fragte er Aleck Sander.

»Hinter dem Gebüsch da«, sagte Aleck Sander. »Wir wollen doch keine Parade machen. Ich wenigstens nicht.«

»Nein, nein«, sagte Miss Habersham. »Ich kann zu Fuß gehen.«

»Wir gewinnen Zeit«, sagte er. »Es muß schon nach zehn sein. Das Pferd ist gutmütig. Es war bloß, als Aleck Sander Picke und Spaten hinaufwarf, daß es ...«

»Natürlich«, sagte Miss Habersham. Sie übergab Aleck Sander die Geräte und trat an das Pferd heran.

»Tut mir leid, daß kein ...«

»Pah«, machte sie, nahm die Zügel ab, und ehe er sich noch anschicken konnte, ihr die Hand unter den Fuß zu halten, setzte sie diesen in den Steigbügel und stieg, die Beine spreizend, in den Sattel, so leicht und geschwind, wie weder er noch Aleck Sander das fertiggebracht haben würde, so daß er gerade noch Zeit hatte, den Kopf abzuwenden, auf den sie, schien es ihm, aus dem Dunkel herunterblickte. »Pah«, machte sie wieder. »Ich bin siebzig Jahre alt. Und was meinen Rock angeht, so werden wir uns darum kümmern, sobald wir die Geschichte erledigt haben ...«, trieb dabei Highboy an, ehe dieser noch richtig Zeit gehabt hatte, das Gebiß fest zu packen, und lenkte ihn wieder zur Straße, da sagte Aleck Sander:

»Pst. Still.« Sie blieben stehen, reglos, umflossen von dem langen, ständigen, unsichtbaren Strom des Tannendufts. »'n Maultier kommt den Berg 'runter«, sagte Aleck Sander.

Sofort schickte er sich an, das Pferd herumzuschwenken. »Ich höre nichts«, sagte Miss Habersham. »Bist du sicher?«

»Jawohl, M'm«, sagte er, Highboy wieder von der Straße

wegdrehend. »Aleck Sander ist seiner Sache sicher.« Und er blieb inmitten von Bäumen und Unterholz stehen, die eine Hand an Highboys Kopf und die andere über die Nüstern des Pferdes gelegt für den Fall, daß dieses sich einfallen lassen sollte, dem andern Tier zuzuwiehern, dem Pferd oder Maultier, das in stetigem Schritt auf der Straße vom Hügelkamm herunterkam und das er jetzt auch hörte. Dieses war anscheinend nicht beschlagen; das einzige Geräusch, das er tatsächlich vernahm, war das Knirschen von Lederzeug, und es nahm ihn wunder, daß Aleck Sander (ohne daran zu zweifeln, daß das wirklich der Fall gewesen sei) die ganzen zwei Minuten oder mehr, die das Tier zum Herankommen gebraucht hatte, es gehört hatte. Dann sah er auch, wie es vorbeikam, oder besser: wo es an ihm vorbeikam, einen dunklen Fleck, eine Bewegung, einen Schatten, dunkler als Schatten, gegen den fahlhellen Erdgrund der Straße, immer weiter bergab, hörte das leise, stetige Scharren der Hufe und das Knirschen von Lederzeug immer schwächer werden, verhallen, verstummen. Trotzdem warteten sie noch einen Augenblick lang ab.

»Was hat er denn da vor sich auf dem Sattel gehabt?« fragte Aleck Sander.

»Ich konnte nicht erkennen, ob es ein Mensch war oder nicht«, sagte er.

»Ich habe überhaupt nichts gesehen«, sagte Miss Habersham. Er führte das Pferd wieder auf die Straße. »Angenommen ...«, sagte sie.

»Aleck Sander wird's schon rechtzeitig hören«, sagte er. So stieg Highboy also kräftigen und stetigen Schritts wieder die steiler werdende Höhe hinan – er, in der einen Hand den Spaten tragend und mit der anderen sich am Riemen unter Miss Habershams magerer, harter Wade festhaltend, daneben auf der einen Seite und Aleck Sander mit dem Pickel auf der andern –, klommen sie in ziemlich raschem Tempo durch den würzigen, starken, berauschenden, belebenden Duft des Nadelholzes, der auf die Atemwege, die Lunge wirkte wie Wein auf den Magen. (Er bildete sich das ein, er hatte ja noch nie welchen gekostet. Er hätte – das Schlückchen aus dem Abendmahlsbecher zählte nicht, denn es war nicht nur bloß ein Nippen, sondern auch sauer, geweiht und scharf, das unsterbliche Blut des Heilands, das man nicht schmecken durfte, das nicht hinunterging, dem Magen zu, sondern nach oben und außen in die Allwissenheit zwischen Gut und Böse, die Erwählung, Verwerfung und Aufnahme für immerdar – bei Tisch am Danksagungstag oder zu Weihnachten trinken können, aber es hatte ihn nie danach gelüstet.) Sie waren jetzt schon ziemlich hoch gekommen, die Gebirgslandschaft tat sich auf, die Höhenzüge unsichtbar dahintaumelnd ins Dunkel, doch Höhe und Weite ahnen, empfinden lassend; am Tage hätte er sie erschauen können, einen mit Nadelwald dicht bedeckten Rücken um den andern, hinrollend gen Osten und Norden, ähnelnd gleichsam den wahrhaften Gebirgen in Carolina und denen einstmals in Schottland, woher seine Vorfahren gekommen waren, jenen Bergen, die er noch nicht gesehen hatte. Sein Atem ging jetzt ein wenig kurz, und er hörte nicht nur, sondern spürte auch die harten, kurzen Stöße aus den Lungen Highboys, der, obschon er einen Menschen auf dem Rücken zu tragen und noch zwei zu ziehen hatte, auch diesen Hang im Galopp zu nehmen versuchte, doch Miss Habersham hielt ihn zurück, in ruhiger Gangart, bis sie hinauskamen auf das eigentliche Kammplateau und Aleck Sander wiederum sagte: »Hier« und Miss Habersham das Pferd wieder von der Straße weglenkte; denn er sah noch immer nichts, bis sie abseits der Straße waren, erst dann vermochte er die Lichtung zu erkennen, nicht weil es eine Lichtung war, sondern weil dort in einem dünn herabfilternden Gesicker von Sternlicht, da wo das Erdreich eingesunken war, etwas geneigt die schmale Marmorplatte eines Grabsteins zu sehen war. Die Kirche (verwittert, ungestrichen, aus Holz und nicht viel umfangreicher als eine Stube) konnte er kaum sehen, selbst als er Highboy darum herumführte und die Zügel an einen jungen Baum band, das Halteseil vom Zaum loshakte und dann wieder dorthin zurückging, wo Miss Habersham und Aleck Sander auf ihn warteten.

»Es ist wohl das einzige frische«, sagte er. »Lucas hat gesagt, seit dem letzten Winter sei hier niemand begraben worden.«

»Ja«, sagte Miss Habersham. »Es sind auch Blumen drauf. Aleck Sander hat es schon gefunden.« Doch um sicherzugehen (in Gedanken sagte er, zu wem, das wußte er nicht: *Ich werde noch viele Fehler machen, aber laß dies keinen sein),* umhüllte er die Lampe so mit seinem zusammengeknüllten Taschentuch, daß nur ein einziger dünner, rascher Lichtstrich eine Sekunde lang über den rohen Erdaufwurf mit seinen verstreut herumliegenden kümmerlichen Kränzen, Sträußen, auch einzelnen

Blüten und dann eine weitere Sekunde lang über den Grabstein am Kopfende hinfuhr, doch immerhin lang genug, daß der eingravierte Name lesbar wurde: *Amanda Workitt Ehefrau von N. B. Forrest Gowrie 1878–1926*, dann knipste er die Lampe aus, und wieder strömte Finsternis heran und der starke Nadelduft, und sie standen einen Augenblick lang neben dem roh aufgeworfenen Erdhügel, ohne etwas zu tun. »Das Ganze ist mir zuwider«, sagte Miss Habersham.

»Da sind Sie nicht die einzige«, sagte Aleck Sander. »Bis zum Wagen ist's grad eine halbe Meile. Auch noch bergab.«

Sie rührte sich; sie war die erste. »Räume die Blumen weg«, sagte sie. »Aber vorsichtig. Kannst du sehen?«

»Ja, M'm«, sagte Aleck Sander. »Sin' nicht so viele. Sieht auch grad aus, als hätten sie sie bloß so hingeschmissen.«

»Aber wir werden das nicht tun«, sagte Miss Habersham. »Nimm sie sorgsam weg.«

Es mußte jetzt schon auf elf gehen; sie würden womöglich nicht viel Zeit haben; Aleck Sander hatte recht: sie mußten zum Wagen zurück, abfahren, zur Stadt, durch die Stadt und weiterfahren, durften nicht anhalten, nicht einmal, um Zeit zum Nachdenken zu haben, weil sie dauernd in Fahrt bleiben mußten, fahren, lenken, den Wagen in Gang halten, um in Fahrt zu bleiben, nicht zurück zu müssen; aber Zeit hatten sie ja von Anfang an nicht gehabt, das hatten sie gewußt, bevor sie Jefferson verließen, und er überlegte, wie das geworden wäre, wenn es Aleck Sander Ernst damit gewesen wäre, daß er nicht mitkommen wollte, und er dann allein hergekommen wäre; und dann (im Handkehrum) hatte er sich das alles aus dem Kopf geschlagen, während Aleck Sander den Spaten ansetzte und er die Picke schwang, die aber eigentlich ganz unnötig, weil das Erdreich so locker war (und wenn das nicht der Fall gewesen wäre, so hätten sie es überhaupt nicht vollbringen können, nicht einmal bei Tag), zwei Spaten hätten ausgereicht, ja sogar rascher gearbeitet, aber dazu war es jetzt zu spät, bis Aleck Sander ihm auf einmal den Spaten hinreichte, aus der Grube herauskletterte und (ohne sich auch nur der Lampe zu bedienen) mit demselben sechsten Sinn, mit dem er erfaßt hatte, daß das, was Highboy am Bach witterte, Triebsand sei, und mit dem er das vom Berg herunterkommende Pferd oder Maultier entdeckt hatte, eine gute Minute bevor er oder Miss Habersham überhaupt etwas zu hören vermochten, ein kurzes, leichtes Brett auftrieb und damit zurückkam, so daß nun beide über Schaufeln verfügten; und er hörte das »Hopp!« und dann den schwachen, zischenden Laut, wenn Aleck Sander das Brett ins Erdreich stieß, darauf die Ladung hoch- und über den Rand schleuderte, dabei jedesmal mit einem »Ha« den Atem ausstoßend, ein wütender, rasender, dabei halb unterdrückter Laut, der sich immer schneller wiederholte, bis das herausgestoßene Ächzen sich fast anhörte wie das Getrappel eines laufenden Menschen: »Ha ... ha ... ha ...«, so daß er schließlich über die Schulter hinwarf:

»Immer mit der Ruhe! Wir kommen ja gut voran«, sich dabei selbst für einen Augenblick aufrichtete, um sich den Schweiß vom Gesicht zu wischen, dabei über sich, vor dem Himmel aufragend wie die ganze Zeit schon, den regungslosen Schattenriß von Miss Habersham in dem schnurgerade abfallenden Kattunkleid und genau auf der Scheitelspitze den runden Hut, wie kaum jemand in den letzten fünfzig Jahren und wahrscheinlich noch nie jemand zu allen Zeiten einen aus einem zur Hälfte aufgewühlten Grab erblickt hatte, nein, mehr als zur Hälfte, denn als er wieder mit dem Spaten zustechen wollte, vernahm er mit einemmal ein dumpfes Aufprallen von Holz auf Holz und hörte gleich darauf Aleck Sander barsch sagen: »Los, raus hier, mach Platz«, und dabei warf er das Brett über den Rand und nahm, nein, riß ihm den Spaten aus den Händen, und er kletterte aus der Grube hinaus, und als er herumtastend sich vorbückte, übergab ihm Miss Habersham das Seilknäuel.

»Die Lampe auch«, sagte er; sie reichte sie ihm, und er blieb stehen, während der starke, schwere, reglose Strom des Nadeldufts ihm den Schweiß vom Körper trocknete, bis sein nasses Hemd sich auf der Haut kalt anfühlte, indes, unsichtbar unter ihm in der Grube, der Spaten auf Holz scharrte und kratzte; da bückte er sich und ließ die Lampe, sie wieder abblendend, hinunterblitzen auf den ungestrichenen Deckel der Tannenholzkiste und knipste sie darauf wieder aus.

»Gut«, sagte er. »Wir sind soweit. Komm heraus«, und Aleck Sander entledigte sich mit dem letzten Spaten voll Erde auch zugleich des Spatens, indem er Werkzeug und Last zusammen im Bogen aus der Grube schleuderte wie eine Wurflanze und mit einem einzigen Satz nachfolgte; worauf er mit dem Seil und der Lampe sich in die Grube hinunterließ und ihm erst dann einfiel, daß er einen Hammer, ein Stemmeisen, jedenfalls etwas zum Aufsprengen eines Kistendeckels, brauchen, aber das einzige Ding dieser Art höchstens in Miss Habershams Auto sein würde, das eine halbe Meile weit entfernt stand und von dem aus er dann auch noch eine halbe Meile bergauf zurück müßte; er bückte sich also, um nach dem Haken, der Spange oder dem, was sonst aufgebrochen werden mußte, zu tasten, zu suchen, bis er schließlich merkte, daß der Deckel überhaupt nicht fest verschlossen war, so daß es ihm, rittlings darüber stehend und sich auf einem Bein im Gleichgewicht haltend, gelang, den Deckel hoch- und zurückzuschlagen und ihn mit einem Ellbogen zu stützen, daß er nicht zufiel, während er das Seilknäuel freischüttelte, auch das Ende fand, die Lampe anknipste, sie nach unten kehrte und dann sagte: »Wartet mal.« Er sagte: »Wartet mal.« Er sagte noch immer »Wartet mal«, als er endlich hörte, wie Miss Habersham ihm zuzischte: »Charles . . . Charles.«

»Das ist nicht Vinson Gowrie«, sagte er. »Der Mann da heißt Montgomery. So ein kleiner Holzaufkäufer von drüben aus dem Landkreis Crossman.«

Fünftes Kapitel

Sie mußten natürlich das Loch wieder zuwerfen; er hatte sich außerdem um das Pferd zu kümmern. Trotzdem war es noch ziemlich lange vor Tagesanbruch, als er am Wiesenpförtchen Highboy Aleck Sander überließ und versuchte, daran dachte, auf Zehenspitzen ins Haus zu schleichen. Doch sofort kam, gleich von neben der Haustür her, wo die Mutter im Nachthemd und mit aufgelöstem Haar stand, ihre weinerliche Stimme: »Wo bist du denn gewesen?«, und sie ging ihm nach bis zur Zimmertür des Onkels, und während der sich flüchtig anzog: »Du? Du hast ein Grab aufgewühlt?«, und er mit etwas wie müder, doch unermüdlicher Geduld, nur eben jetzt auch ganz zerschlagen vom Reiten und Aufgraben, dann umgekehrt wieder Zuschütten und Reiten, von der Anstrengung, es irgendwie fertigzubringen, daß er dem, was er tatsächlich niemals schlagen zu können gehofft hatte, um den einen nötigen Sprung vorausblieb:

»Aleck Sander und Miss Habersham haben mitgeholfen«, was schlimmer zu sein schien als alles, was er sonst hätte sagen können, wenn sie auch noch immer nicht laut, nur erstaunt und unerbittlich war, bis der Onkel, vollkommen angezogen, sogar mit umgebundener Krawatte, bloß nicht rasiert, herauskam und sagte:

»Aber, Maggie, willst du Charley aufwecken?«, dann mit ihnen wieder zur Haustür ging. Und diesmal sagte sie – und es ging ihm wieder durch den Kopf, daß man niemals den Sieg über sie davontragen könne wegen ihres stets im Fluß befindlichen Wesens, das nicht einfach eine Fähigkeit zu Beweglichkeit war, sondern eine Bereitwilligkeit, mit der von keinem Stoff beschwerten Plötzlichkeit von Wind oder Luft nicht nur die Einstellung, sondern auch den Grundsatz zu wechseln; man brauchte seine Streitkräfte nicht aufzubieten, weil man schon darüber verfügte: überlegene Artillerie, Schwergewicht, Rechtmäßigkeit, Präzedenzfall, Gewohnheitsrecht und so weiter, man ging zum Angriff über, säuberte das Schlachtfeld, fegte alles vor sich her, oder man meinte das, bis man merkte, daß der Feind gar nicht den Rückzug angetreten, sondern bereits das Schlachtfeld geräumt hatte, nein, nicht lediglich das Schlachtfeld geräumt, sondern sich deines eigenen Schlachtrufs in dem Prozeß bemächtigt hatte; du meintest, du habest eine Zitadelle erobert, und merktest statt dessen, daß du nur in eine unhaltbare Stellung eingedrungen warst, und merktest dann, daß der Kampf ungemindert, ja unvermerkt in deinem ungedeckten und auf keinen Angriff gefaßten Rücken wieder eingesetzt hatte –, sie sagte also:

»Aber er muß doch schlafen! Er war ja nicht einmal im Bett!«, so daß er tatsächlich stehenblieb, bis der Onkel ihm zuzischte:

»Komm. Was ist denn los mit dir? Weißt du nicht, daß sie energischer ist als du und ich, gerade wie die alte Habersham energischer war als du und Aleck Sander zusammen; du wärst vielleicht dort hinausgegangen, ohne daß sie dich bei der Hand zog, Aleck Sander jedoch nicht, und es ist mir gar nicht so sicher, ob du es getan haben würdest, wenn's drauf angekommen wäre.« Er ging also neben dem Onkel zu der Stelle, wo Miss Habersham auf dem Lastauto saß, das hinter dem geparkten Wagen des Onkels stand (der war gestern abend um neun Uhr in der Garage gewesen; später, als er Zeit dazu fand, sollte er dann den Onkel fragen, wohin die Mutter ihn geschickt habe, um nach ihm zu suchen). »Ich nehme das zurück«, sagte der Onkel. »Denk nicht mehr dran. Aus dem Munde der Kinder und Unmündigen und alten Damen . . .«, zitierte er frei. »Sehr wahr, wie so viele Wahrheiten oft sind, nur macht es einem Mann keinen Spaß, wenn es ihm um drei Uhr morgens unter die Nase gerieben wird. Vergiß auch deine Mutter nicht, was du selbstverständlich gar nicht kannst; dafür hat sie längst gesorgt. Denk bloß daran, daß sie alles ertragen können, sich mit jeder Tatsache abfinden (nur Männer versuchen, sich gegen Tatsachen zu sperren), vorausgesetzt, daß sie sich nicht Auge in Auge mit ihr auseinandersetzen müssen; daß sie ihr mit abgewandtem Kopf und im Rücken ausgestreckter Hand, so wie der Politiker das Schmiergeld nimmt, anzupassen vermögen. Sieh sie an, sie, die ein langes, zufriedenes, glückliches Leben verbringen wird, ohne je ein Tüttelchen von ihrer Weigerung, dir zu verzeihen, daß du deine Hosen selbst zuknöpfen kannst, abzulassen.«

Und es war noch immer eine gute Weile vor Tagesanbruch, als der Onkel den Wagen vor dem Gartenpförtchen des Sheriffs zum Stehen brachte und den kurzen Pfad voran- und auf die Veranda des gemieteten Hauses hinaufging. (Da er nicht sein eigener Nachfolger sein durfte, wenn er auch jetzt schon in seiner dritten Amtszeit stand, erstreckte sich die gesamte Beamtenlaufbahn von Sheriff Hampton fast doppelt so lang wie die zwölf Jahre seiner eigentlichen Dienstleistung. Er war ein Mann vom Lande, war Farmer und Farmerssohn gewesen, als er zum erstenmal gewählt worden war, und besaß jetzt selbst das Gut und das Haus, wo er geboren war, wohnte während seiner Amtszeit in einem gemieteten Haus in der Stadt, von wo er nach jedem Amtsablauf zu der Farm zurückkehrte, die seine eigentliche Heimstätte war, um dort zu leben, bis er sich wieder zum Sheriff aufstellen lassen konnte und auch gewählt wurde.)

»Hoffentlich hat er keinen festen Schlaf«, sagte Miss Habersham.

»Er schläft gar nicht«, sagte der Onkel. »Er ist im Begriff, sich sein Frühstück zu machen.«

»Frühstück zu machen?« sagte Miss Habersham, und dann merkte er, daß sie ungeachtet ihres straffen Rückens und des Huts, der sich keinen Augenblick von der genauen Scheitelspitze verschoben hatte, als ob sie ihn nicht mittels Nadeln im Gleichgewicht hielte, sondern lediglich durch die starre, unverrückbare Haltung des Nackens, so wie Negerweiber die ganze Familienwäsche auf dem Kopf tragen, vor Anstrengung und Schlafmangel ebenfalls nahe an völliger Erschöpfung war.

»Er ist ein Mann vom Lande«, sagte der Onkel. »Nach dem Morgenfrühstück ißt er erst wieder am Abend. Mrs. Hampton ist in Memphis bei ihrer Tochter, die ein Kind erwartet, und einem Mann um halb vier morgens Frühstück machen, das tut kein weibliches Wesen außer der Ehefrau. Keine bezahlte Köchin in der Stadt tut das. Die kommt zu einer anständigen Zeit um acht Uhr herum und wäscht das Geschirr ab.« Der Onkel klopfte nicht an. Er schickte sich gerade an, die Tür aufzumachen, als er stockte und sich umblickte; an ihnen vorbei sah er nach Aleck Sander hin, der am Fuß der Treppe stehengeblieben war. »Du meinst, du kannst dich hier drücken, bloß weil deine Mama nicht wählt«, sagte er zu Aleck Sander. »Komm nur auch mit.«

Dann öffnete der Onkel die Tür, und sofort rochen sie den Duft von gebratenem Schweinespeck, gingen über den Linoleumläufer auf ein schwaches Licht im Hintergrund der Diele zu, dann durch ein ebenfalls linoleumbelegtes Speisezimmer mit gemieteten Grand-Rapids-Missionsmöbeln in die Küche, in den starken, fröhlichen Feuerschein eines Holzkochofens, an dem der Sheriff in Unterjacke, Hose und Socken, die Hosenträger herunterbaumelnd, das Haar zerrauft und zerzaust vom Schlaf wie ein zehnjähriger Junge, eine Pfannkuchenschaufel in der einen und ein Küchenhandtuch in der andern Hand, über eine fettspritzende Pfanne gebeugt stand. Der Sheriff hatte bereits sein breitflächiges Gesicht der Tür zugekehrt, ehe sie eingetreten waren, und er sah die kleinen, harten, fahlen Augen vom Onkel zu Miss Habersham, von dieser zu ihm und dann zu Aleck Sander flitzen, und auch in diesem Moment waren es nicht so sehr die Augen, die sich eine Sekunde lang weiteten, sondern es waren vielmehr die kleinen, harten, schwarzen Pupillen, die sich in diesem einen Aufblitzen zu Nadelspitzen verengt hatten. Indessen äußerte der Sheriff noch kein Wort, sondern blickte vorerst nur den Onkel an, und da schienen sich sogar die kleinen, harten Pupillen wieder zu weiten, so wie beim Ausatmen sich der Brustkasten verbreitert; und während die drei still und ruhig stehenblieben und den Sheriff anschauten, erzählte der Onkel in raschen, knappen, klaren Worten vom Augenblick gestern abend im Gefängnis an, als der Onkel gemerkt hatte, Lucas sei im Begriff, ihm etwas zu sagen, vielmehr ihn etwas zu fragen –, bis zu dem Moment, da er vor zehn Minuten die Stube des Onkels betreten und diesen aufgeweckt, hielt dann inne; und sie beobachteten wieder, wie die kleinen, harten Augen – flitz, flitz, blitz – über ihre drei Gesichter und dann wieder zum Onkel fuhren, den er darauf wohl eine Viertelminute lang, ohne zu blinzeln, anschaute. Schließlich sagte der Sheriff:

»Du würdest ja wohl nicht um vier Uhr morgens mit einer solchen Geschichte daherkommen, wenn nicht was dran wäre.«

»Es handelt sich nicht einfach um das Gerede von zwei sechzehnjährigen Kindern«, sagte der Onkel. »Ich mache dich nochmals darauf aufmerksam, daß Miss Habersham dabei war.«

»Nicht nötig«, sagte der Sheriff. »Das hab ich nicht vergessen. Und werd's auch wohl nicht mehr vergessen.« Darauf kehrte sich der Sheriff ab. Kaum glaublich, wie rasch dieser riesenhafte Mann, ein Fünfziger überdies, sich bewegte, man merkte kaum, daß er sich bewegte, doch schon hatte er von einem Nagel an der Wand hinter dem Herd eine weitere Pfanne heruntergenommen und sich wieder dem Tisch zugewandt (auf dem er erst jetzt die geräucherte Speckseite bemerkte, erkannte), ehe er überhaupt eine Bewegung gemacht zu haben schien, dann ein großes Metzgermesser ergriffen, das neben dem Fleisch lag, bevor der Onkel noch zu sprechen begonnen hatte:

»Bleibt uns denn noch Zeit dazu? Du mußt die sechzig Meilen nach Harrisburg zum Distriktsanwalt fahren; du mußt Miss Habersham und die Buben als Zeugen mitnehmen, um ihn zur Ausfertigung eines Gesuchs zur Exhumierung der Leiche von Vinson Gowrie zu veranlassen . . .«

Der Sheriff wischte mit dem Geschirrtuch mit raschen Bewegungen das Heft des Messers ab. »Du hast mir doch erzählt, Vinson Gowrie befinde sich nicht in dem Grab.«

»Amtlich ja«, sagte der Onkel. »Nach der standesamtlichen Eintragung ja. Und wenn du, der du hier an Ort und Stelle wohnst und Miss Habersham und mich während deiner ganzen Beamtenlaufbahn gekannt hast, mich zweimal fragen mußtest, was meinst du, wird Jim Halliday tun? . . . Dann mußt du wieder die sechzig Meilen hierher zurückfahren mit deinen Zeugen und dem Gesuch und Richter Maycox dazu bringen, daß er einen diesbezüglichen Befehl ausstellt . . .«

Der Sheriff ließ das Geschirrtuch auf den Tisch fallen. »So! Muß ich?« sagte er leise, fast unaufmerksam, so daß der Onkel glattweg verstummte und ihn nur ansah, während der Sheriff, das Messer in der Hand, sich vom Tisch abkehrte.

»Oh!« entfuhr es dem Onkel.

»Ich habe an noch etwas anderes gedacht«, sagte der Sheriff. »Es wundert mich, daß du nicht daran gedacht hast. Oder vielleicht ist es doch der Fall.«

Der Onkel starrte den Sheriff an. Da sagte Aleck Sander – der, noch nicht ganz in die Küche getreten, an der Eßzimmertür hinter ihnen stand – in einem so leisen und gleichgültigen Ton, als ob er die Schlagzeile eines Inserats vorläse, worin ein Artikel angepriesen wurde, den er nicht besaß und auch keineswegs zu besitzen begehrte:

»Womöglich is' es kein Maultier gewesen. Kann möglicherweise auch 'n Pferd gewesen sein.«

»Vielleicht denkst du jetzt daran«, sagte der Sheriff.

»Oh«, machte der Onkel wieder. Er sagte: »Ja.« Aber schon war Miss Habersham eingefallen. Sie hatte Aleck Sander einen raschen, strengen Blick zugeworfen, nun aber schaute sie den Sheriff ebenso rasch und streng an.

»Ich auch«, sagte sie. »Und meiner Meinung nach verdienen wir etwas Besseres als Geheimniskrämerei.«

»Auch meine Meinung, Miss Eunice«, sagte der Sheriff. »Abgesehen davon, daß der einzige Mensch, den man gerade jetzt berücksichtigen müßte, nicht hier im Zimmer ist.«

»Oh«, sagte Miss Habersham. Sie sagte auch: »Ja«. Sie sagte: »Natürlich«, hatte sich schon von der Stelle gerührt, auf den Sheriff zu, halbwegs zwischen Tisch und Tür trafen sie zusammen, sie nahm ihm das Messer aus der Hand und trat zum Tisch, als er an ihr vorbei auf die Tür zuging, während der Onkel, dann er, dann Aleck Sander aus dem Weg traten, als der Sheriff ins Eßzimmer und durch dieses, die Tür hinter sich schließend, in die dunkle Diele ging; und da machte er sich Gedanken darüber, warum der Sheriff sich beim Aufstehen nicht gleich ganz angezogen habe, einem Mann, dem es doch nichts ausmachte oder der dazu gezwungen war, so früh aufzustehen, und der denn auch um halb vier aufstand, um sich selbst sein Frühstück zu bereiten, dem konnte es doch auch nicht darauf ankommen, fünf Minuten früher aufzustehen, um sich Zeit zu nehmen, auch Hemd und Schuhe anzuziehen; da hatte er Miss Habersham sprechen gehört und sich auf sie besonnen: die Anwesenheit einer Dame hatte den Sheriff natürlich veranlaßt hinauszugehen, um Hemd und Schuhe anzuziehen, ohne noch vorher zu frühstücken, und als Miss Habersham sich vernehmen ließ, hatte es ihm einen Ruck gegeben, und ohne eine Bewegung zu machen, hatte er sich, bisher sekunden-, ja minutenlang im Stehen schlafend wie ein Pferd, aus dem Schlaf hochgerissen; Miss Habersham jedoch tat immer noch nichts, als die Speckseite umzudrehen und auf die Seitenkante zu stellen, um die erste Scheibe herunterzuschneiden. Sie sagte: »Kann er nicht nach Harrisburg telephonieren und den Distriktsanwalt wieder an den Richter Maycox telephonieren lassen?«

»Das tut er ja eben«, sagte Aleck Sander. »Er telephoniert.«

»Vielleicht gehst du gleich hinaus in die Diele, wo du genau zuhören kannst, was er sagt«, meinte der Onkel zu Aleck Sander. Dann richtete der Onkel den Blick wieder auf Miss Habersham; er sah ihr ebenfalls zu, wie sie hurtig Scheibe auf Scheibe von der Speckseite herunterschnitt, so rasch und gleichmäßig fast wie eine Maschine. »Mr. Hampton sagt, wir brauchen keine

Bescheinigung. Wir können es auf eigene Faust durchführen, ohne Richter Maycox zu bemühen ...«

Miss Habersham entledigte sich des Messers. Sie legte es nicht hin, sondern machte bloß die Hand auf und ergriff mit derselben Bewegung das Geschirrtuch und wischte ihre Hände ab, während sie sich vom Tisch abwandte und quer durch die Küche auf die andern zuging, schneller, viel schneller, als selbst der Sheriff sich bewegt hatte. »Wozu vergeuden wir also hier noch Zeit?« sagte sie. »Damit er seine Krawatte und seinen Kittel anziehen kann?«

Der Onkel trat ihr rasch in den Weg. »Solange es dunkel ist, können wir gar nichts unternehmen«, sagte er. »Wir müssen warten, bis es Tag ist.«

»Wir haben das ja nicht getan«, sagte Miss Habersham. Dann blieb sie stehen; entweder mußte sie das tun oder über den Onkel wegtreten, wenn dieser sie auch nicht berührte, sondern nur zwischen ihr und der Tür stehenblieb, so daß sie mindestens die eine Sekunde haltmachen mußte, damit der Onkel ihr den Weg freigeben konnte. Er schaute sie ebenfalls an, die aufrechte, magere Person, fast ohne Formen in dem gradgeschnittenen Kattunkleid unter dem peinlich genau sitzenden Rund des Huts, und es ging ihm durch den Kopf: *Sie ist zu alt dafür,* und dann berichtigte er sich: *Nein, eine Frau, eine Dame, dürfte das nicht auszuführen haben,* und dann entsann er sich des gestrigen Abends, wie er, nachdem er vom Büro weg- und um das Haus herumgegangen war, Aleck Sander gepfiffen hatte, und er verstand, daß er gemeint hatte – und er meinte das noch –, er würde allein hinausgegangen sein, selbst wenn Aleck Sander bei seiner Weigerung geblieben wäre, aber daß er erst als Miss Habersham ums Haus herumgekommen war und mit ihm gesprochen hatte, gewußt habe, daß er es durchführen werde, und es fiel ihm wieder ein, was der alte Ephraim nach der Auffindung des Rings unter dem Schweinetrog zu ihm gesagt hatte: *Wenn du etwas tun mußt, was aus dem gewöhnlichen Rahmen fällt, etwas, was ohne Zeitverlust ausgeführt werden muß, dann vergeude deine Zeit nicht mit den Mannsbildern; die arbeiten nach dem, was dein Onkel Reglements und Präzedenzfälle nennt. Zieh dazu die Weiber und die Kinder heran, die arbeiten nach den Umständen.* Da wurde die Dielentür aufgemacht. Er hörte den Sheriff durch das Eßzimmer zur Küchentür kommen. Doch der Sheriff betrat die

Küche nicht, sondern blieb zwischen Tür und Angel stehen, auch noch als Miss Habersham in barschem, fast bösem Ton sagte:

»Nun?«, und er hatte keine Schuhe angezogen, hatte nicht einmal die baumelnden Hosenträger hochgenommen und schien Miss Habersham überhaupt nicht gehört zu haben, stand nur ragend, massig im Türrahmen und blickte Miss Habersham an – nicht auf ihren Hut, nicht in ihre Augen, ja nicht einmal in ihr Gesicht, sondern bloß sie –, wie man etwa auf eine russische oder chinesische Buchstabenreihe blickt, von der jemand, dem man glaubt, gerade gesagt hat, sie bedeute den eigenen Namen, und sagte schließlich in nachdenklichem, verblüfftem Ton:

»Nein«; dann drehte er den Kopf zu ihm hin und sagte: »Du bist's auch nicht«; darauf drehte er den Kopf weiter, bis sein Blick auf Aleck Sander fiel, der seinerseits den Blick zum Sheriff hoch-, dann wieder weg- und dann abermals zu ihm hochgleiten ließ. »Du«, sagte der Sheriff. »Du bist derjenige. Du bist bei Nacht und Nebel hinausgegangen und hast einen Toten ausbuddeln helfen. Nicht das allein, einen weißen Toten, von dem dessen gesamte weiße Angehörigen behaupten, ein anderer Nigger habe ihn umgebracht. Wie kamst du dazu? Hat Miss Habersham dich das geheißen?«

»Niemand hat mich nix geheißen«, sagte Aleck Sander. »Ich hab gar nicht gewußt, daß ich hinging. Ich hab dem Chick gleich gesagt, ich hätte keine Lust dazu. Aber wie wir zum Wagen gekommen sin', schienen alle es für ausgemacht zu nehmen, ich werd nix anderes tun wie mitgehn, und eh' ich's noch recht gewußt hab, hab ich nix anders getan.«

»Mr. Hampton«, sagte Miss Habersham. Der Sheriff blickte sie nur an. Ja, er hörte sie jetzt sogar an.

»Haben Sie den Speck noch nicht fertig geschnitten?« sagte er. »Dann geben Sie mir das Messer.« Er ergriff ihren Arm und drehte sie wieder dem Tisch zu. »Haben Sie heute nacht noch nicht genug herumgefuhrwerkt, daß es Ihnen für eine Zeitlang reicht? In einer Viertelstunde ist's Tag, und bei Tag fängt kein Mensch ein Lynchgericht an. Man hört vielleicht bei Tag einmal damit auf, wenn man ein bißchen Schwierigkeiten oder Pech gehabt und dadurch Zeit versäumt hat. Aber am helllichten Tag fangen die Leute damit nicht an, weil sie einander sonst in die Gesichter sehen müßten. Möchte einer von euch mehr als zwei Eier?«

Sie ließen Aleck Sander bei seinem Frühstück am Küchentisch sitzen und brachten ihres in das Speisezimmer; er und der Onkel trugen die Schüssel mit den Spiegeleiern und Speck, die Pfanne mit den vorige Nacht gebackenen und im Bratofen aufgebackenen, fast zu Toast gewordenen Biskuits sowie die Kaffeekanne, in der der nicht umgerührte Satz und das Wasser zusammen verkocht waren, bis der Sheriff daran gedacht hatte, die Kanne von der heißen Herdplatte wegzurücken; sie waren zu viert, der Sheriff hatte indessen fünf Gedecke aufgelegt, und sie hatten sich kaum zu Tisch gesetzt, da hob der Sheriff horchend den Kopf, wiewohl er selbst nichts hörte, stand dann auf, ging in die dunkle Diele und dann nach hinten ins Haus, kurz darauf hörte er die Hintertür gehen, und alsbald kam auch der Sheriff wieder mit Will Legate, der jedoch seine Büchse nicht bei sich hatte, und er drehte den Kopf so weit herum, daß er durch das hinter ihm liegende Fenster blicken konnte, und siehe da, es war heller Tag.

Der Sheriff teilte das Essen aus, während der Onkel und Legate ihre Tassen und die Tasse des Sheriffs Miss Habersham zur Kaffeekanne hinreichten. Dann war es ihm auf einmal, als höre er schon eine ganze Zeit lang die Stimme des Sheriffs wie aus weiter Ferne: »... Junge ... Junge ...«, dann: »Weck ihn doch auf, Gavin. Er soll erst frühstücken, bevor er einschläft«, und er fuhr hoch, es war noch immer erst Tag. Miss Habersham schenkte noch immer erst Kaffee in dieselbe Tasse, und er fing an, zu essen, zu kauen, sogar zu schlucken, auf- und niedertauchend im Rhythmus der Kaubewegung durch den tiefen, weichen, abgrundlosen Morast des Schlafs, hinein in das und heraus aus dem Gesumm der Stimmen von alten, erledigten Geschichten, die ihn nichts mehr angingen; die des Sheriffs.

»Kennst du Jake Montgomery aus dem Landkreis Crossman drüben? Ist der im letzten halben Jahr ungefähr hier in der Stadt aus und ein gegangen?« Dann Legates Stimme:

»Na sicher. Neuerdings so 'ne Art Holzschieber. Hat früher gleich über der Tennessee-Grenzlinie drüben so 'n Ausschank betrieben, den er Restaurant betitelte; hab allerdings noch von keinem Menschen gehört, der sich dort was zum Beißen gekauft hat, bis da mal vor zwei, drei Jahren eines Abends einer reinging und totgeschlagen wurde. Ob und wieweit Jake daran beteiligt war, is' nie 'rausgekommen, aber die Tennesseer Polizei hat ihn einfach aus Prinzip wieder über die Grenze von Mississippi abgeschoben. Seitdem treibt er sich meines Wissens auf seines Vaters Farm jenseits Glasgow herum. Will wohl abwarten, bis er damit rechnen kann, daß man nicht mehr an die alte Geschichte denkt und er wieder so'n Lokal an der Überlandstraße aufmachen kann, mit 'nem Loch unterm Fußboden, wo sich 'ne Kiste Whisky verstecken läßt.«

»Was tat er denn hier in der Gegend?« fragte der Sheriff, und Will Legate antwortete:

»Na, Holz schieben, was sonst ... Sind doch er und Vinson Gowrie ...« Dann sagte Legate mit unverkennbarer Betonung: *»Tat?«* und dann ohne jede Betonung: »Was er tut?«, und dann sagte er in ganz gleichgültigem Tonfall vom weichen, tiefen Rand des Schlafes her, zu gleichgültig eben, um sich darum zu kümmern, ob es laut herauskam oder nicht:

»Jetzt tut er gar nichts mehr.«

Hinterher aber wurde ihm besser, als er erst aus dem muffig-warmen Haus wieder in die Luft, in den Morgen kam, die Sonne eine einzige weiche, satt hinströmende Goldflut in den obersten Baumwipfeln, der regungslose dickbäuchige Auswuchs des städtischen Wassertanks auf seinen langgestreckten Spinnenbeinen in Gold getaucht vor dem Blau, die vier wieder im Auto des Onkels, während der Sheriff, jetzt vollständig angekleidet und sogar mit einer orange und gelb gestreiften Krawatte angetan, über den Fensterrahmen am Fahrersitz gebeugt dastand und zu dem Onkel sagte:

»Fahr Miss Eunice heim, daß sie ein bißchen schlafen kann. Ich hole dich zu Hause ab, in, sagen wir, einer halben Stunde.«

Miss Habersham, die vorn beim Onkel saß, machte nur: »Pah!«, weiter nichts. Sie fluchte nicht. Das hatte sie nicht nötig. Die Silbe war entschiedener und abschließender als jeder Fluch. Sie beugte sich vor, um an dem Onkel vorbei den Sheriff anzusehen: »Setzen Sie sich in Ihren Wagen und fahren Sie zum Gefängnis oder wohin Sie sonst wollen, um jemand zu holen, der diesmal das Graben besorgt. Wir mußten die Grube wieder zuwerfen, weil wir wußten, Sie würden es nicht glauben, bis Sie es dort selbst gesehen haben. Los«, sagte sie. »Wir treffen Sie draußen. Los«, sagte sie nochmals.

Doch der Sheriff rührte sich nicht. Er konnte ihn Atem holen hören, weitläufig, unterirdisch und bedächtig, fast als seufze er. »Über Sie bin ich natürlich nicht im Bilde«, sagte der Sheriff. »Eine Dame, die nichts zu tun hat, als ein paar tausend Hühner zu warten und ihnen Futter und Wasser zu geben und eine kaum fünf Acres große Gemüsefarm zu betreiben, die hat ja wohl sonst den lieben langen Tag über keine Beschäftigung. Aber diese Buben da müssen jedenfalls in die Schule gehen. Zumindest habe ich bisher noch von keiner Vorschrift seitens des Direktoriums gehört, nach der zur Ausgrabung von Leichen schulfrei zu geben ist.«

Das allerdings ließ sie verstummen. Doch sie rückte noch nicht wieder zurück auf ihren Platz. Sie blieb weiter vorgebeugt sitzen, um am Onkel vorbei den Sheriff ansehen zu können, und er mußte wieder denken: *Sie ist zu alt dafür, um so was ausführen zu müssen;* freilich, wenn sie es nicht getan hätte, so hätten er und Aleck Sander, die sie, der Onkel und der Sheriff ebenso wie seine Eltern und Paralee, Kinder genannt haben würden, es tun müssen – nicht getan würden sie es haben, sondern sie würden es haben tun müssen –, um nicht nur Recht und Anstand, sondern die Unschuld zu beschützen; und er gedachte des Menschen, der offenbar den Menschen erschlagen mußte aus keinerlei Beweggrund oder Ursache, sondern einfach aus dem Trieb, dem Drang, dem Zwang heraus, daß er den Menschen erschlagen mußte, indem er dann hinterher Beweggrund und Ursache erfand, erschuf, auf daß er vor den Mitmenschen als Vernunftwesen bestehen könne; wer immer es gewesen sein mochte, der Vinson Gowrie hatte umbringen müssen, hatte dessen Leiche wieder ausgegraben und einen zweiten Menschen erschlagen müssen, um ihn in das verwaiste Grab zu legen, damit der, der ihn hatte umbringen müssen, wer es immer war, Ruhe finde; und Vinsons Angehörige und Nachbarn, die Lucas oder einen andern, einen x-beliebigen, ganz gleichgültig, wen, würden umbringen müssen, damit sie sich ruhig schlafen legen und atmen, ja ruhig trauern und Ruhe finden konnten. Die Stimme des Sheriffs war leise, geradezu sanft: »Gehen Sie heim. Sie und die Buben da, ihr habt Gutes geleistet. Wahrscheinlich ein Leben gerettet. Jetzt gehen Sie heim und überlassen Sie alles Weitere uns. Dort draußen, das ist kein Ort für eine Dame.«

Aber Miss Habersham hatte nur gestutzt und auch das nicht lange: »Heute nacht war es auch keiner für einen Mann.«

»Halt mal, Hope«, sagte der Onkel. Dann wandte er sich an Miss Habersham. »Ihre Aufgabe ist hier in der Stadt«, sagte er. »Wissen Sie das nicht?« Jetzt richtete Miss Habersham ihren

Blick auf den Onkel. Aber sie setzte sich noch immer nicht auf ihren Sitz zurück; sie wich vor niemandem zurück; sie gab sich noch nicht geschlagen; sie war auf der Hut, es war, als hätte sie keineswegs den Gegner gewechselt, sondern als nehme sie es ohne Verzug und Bedenken mit beiden auf, ohne Pardon zu verlangen, ohne einen billigeren Preis zu bieten. »Will Legate ist ein Farmer«, sprach der Onkel weiter. »Außerdem war er die ganze Nacht wach. Er muß mal heimgehen und dort eine Zeitlang nach dem Rechten sehen.«

»Mr. Hampton hat doch noch andere Unterbeamte«, sagte Miss Habersham. »Wozu sind denn die da?«

»Das sind nur Leute mit Schußwaffen«, sagte der Onkel. »Legate selbst hat Chick und mir gestern abend gesagt, daß, wenn sich genügend Leute etwas in den Kopf gesetzt hätten und dabei blieben, sie dann im gegebenen Fall an ihm wie an Mr. Tubbs vorbeikommen würden. Doch wenn eine Frau, eine Dame, eine weiße Dame ...« Der Onkel stockte, hielt inne; die beiden sahen einander groß an; die beiden beobachtend, mußte er wieder an den Onkel und Lucas denken, an die Szene in der Zelle gestern abend (gestern abend war es gewesen, aber es schien schon Jahre her zu sein); abgesehen davon, daß der Onkel und Miss Habersham einander jetzt tatsächlich in die körperlichen Augen blickten, statt einander jene absolute Konzentration aller Sinne zuzuwenden, in deren Gesamtheit die bloße, unbeholfene, Irrtümern ausgesetzte Wahrnehmung nicht viel mehr ins Gewicht fällt als das Lesenkönnen von Sanskrit, hätte er ebensogut den zwei als letzte übriggebliebenen Spielern um einen Pokerpott zusehen können. »... bloß um dazusitzen, vor aller Augen, wo der erste Mensch, der vorübergeht, die Kunde längst ausgesprengt haben kann, ehe Kreis vier überhaupt noch seinen Lastwagen anzukurbeln imstande ist, um in die Stadt zu fahren ..., indes wir hingehen und die Sache ein für allemal, für immer und ewig erledigen ...«

Miss Habersham lehnte sich langsam zurück, bis ihr Rücken am Sitzpolster anlag. Sie sagte: »Ich soll also dort im Treppenhaus sitzen, die Röcke ausgespreitet oder vielleicht gar mit dem Rücken an das Treppengeländer gelehnt und einen Fuß an die Wand von Mrs. Tubbs' Küche gestemmt, während ihr Männer, die ihr gestern den ganzen Tag über keine Zeit gefunden habt, dem alten Nigger ein paar Fragen zu stellen, so daß er gestern abend auf einen Buben angewiesen war, ein Kind ...« Der

Onkel äußerte nichts darauf. Der Sheriff beugte sich, weitläufige unterirdische Seufzer ausstoßend, nicht schnaufend, sondern nur eben so, wie ein massiger Mann wohl atmen muß, über den Fensterrahmen.

Miss Habersham sagte: »Fahren Sie mich zunächst mal heim. Ich habe allerhand zu flicken. Ich werd ja nicht den ganzen Vormittag die Hände in den Schoß legen, daß Mrs. Tubbs meint, sie muß mit mir Gespräche führen. Bringen Sie mich erst mal heim. Ich habe schon vor einer Stunde gemerkt, wie eilig Sie und Mr. Hampton es haben, aber die Zeit dafür können Sie schon noch erübrigen. Aleck Sander kann meinen Wagen zum Gefängnis bringen, wenn er zur Schule geht, und ihn vor der Gartenpforte stehenlassen.«

»Jawohl, M'm«, sagte der Onkel.

Sechstes Kapitel

Sie brachten also Miss Habersham heim, hinaus zum Stadtrand und durch das struppige, ungepflegte Zedernwäldchen nach der ungetünchten Säulenhalle, wo sie ausstieg, ins Haus ging und, anscheinend ohne sich aufzuhalten, hindurchging, denn gleich darauf hörten sie sie hinterm Haus mit ihrer kräftigen, von Schlaflosigkeit und Übermüdung überanstrengten und etwas zu hohen Stimme nach jemandem schreien – wahrscheinlich nach dem alten Neger, der Mollys Bruder und Lucas' Schwager war –, und dann kam sie wieder heraus mit einer großen Pappschachtel voll lauter Zeug, das aussah wie ungeplättete Wäsche und lange, schlappe Tücher und Stränge von Strümpfen, sie stieg wieder in den Wagen, und sie fuhren durch die frischen, stillen Morgenstrahlen zurück zum Marktplatz: die alten, großen, zerfallenden Holzhäuser aus der längst vergangenen Zeit von Jeffersons Gründung, die gleich dem von Miss Habersham eingebettet lagen in ungepflegte Rasenflächen mit alten Bäumen und tief verwurzelten duftenden und blühenden Sträuchern, deren Namen die wenigsten Leute unter fünfzig Jahren überhaupt noch kannten, und die, selbst wenn Kinder hier hausten, wie in einen Dornröschenschlaf versenkt und durchgeistert schienen von Frauenschatten, den Schatten alter Jungfern und Witwen, die noch nach fünfundsiebzig Jahren darauf warteten, daß der gemächlich arbeitende Telegraph ihnen Nachricht von den Kämpfen in Tennessee, Virginien und Pennsylvanien bringe, Häuser, die nicht einmal mehr den Blick zur Straße hatten, sondern nach ihr hinspähten über die künftigen Schultern der schmucken neuen einstöckigen, in Florida und Kalifornien entworfenen Häuschen hinweg, die mit ihren im Stil dazu passenden Garagen inmitten ihrer abgezirkelten und wohlgestutzten Grasflächen und langweiligen Blumenrabatten standen, deren drei oder vier, ein ganzer Komplex jetzt zusammengedrängt auf einem Areal, das vor fünfundzwanzig Jahren als zu klein für einen anständigen Vorgartenrasen erachtet worden wäre, wo die gutsituierten jungen Ehepaare wohnten, die mit je zwei Kindern und (sobald sie es erschwingen konnten) je einem Auto, Mitglieder des Golf- und Bridgeklubs, der Juniorensektion des Rotaryklubs und der Handelskammer, die mit den neuesten elektrischen Patentapparaten zum Kochen, Kühlen und Putzen und den adretten schwarzen Zofen mit gefältelten Häubchen, welche all das betrieben und von Haus zu Haus miteinander telephonierten, während die Hausfrauen in Sandalen und Hosen und mit bemalten Fußnägeln in den Kettenläden und Drugstores vom Lippenstift verschmierte Zigaretten über ihre Einholtaschen wegpafften.

Oder so wäre es doch gewesen und hätte es sein sollen: am Sonntag; und sie hätten den einen Tag wohl hinter sich gebracht, sich mit ihm abgefunden, an dem niemand da war, um die summenden Staubsauger ein- und auszustöpseln und die Schaltknöpfe an den Kochherden umzudrehen, als einen freien Tag, einen Tag des Nichtstuns oder auch vielleicht für einen Anlaß, etwa eine Kindtaufe oder einen Ausflug oder eine große Beerdigung; heute jedoch war Montag, ein neuer Tag und eine neue Woche, die Geruhsamkeit und das Bedürfnis, die Zeit und die Langeweile totzuschlagen, waren vorbei, die Kinder wieder frisch gerüstet zur Schule, der Gatte und Vater für den Laden oder das Büro oder um am Pult des Telegraphenamtes zu stehen, wo allstündlich die Baumwollnotierungen einliefen; das Frühstück mußte im Gang sein und dann das Höllengetümmel des Auszugs, doch noch immer hatten sie keinen Neger zu Gesicht bekommen – weder die jungen Mädchen mit dem künstlich entkrausten Haar und Make-up in den hellen, schmucken Fähnchen nach der Mode von übermorgen aus den Postversandhäusern, die nicht einmal die Häubchen und Schürzchen aus ›Harper's Bazaar‹ anlegten, ehe sie in den weißgekachelten Küchen waren, noch die älteren mit den bis zu den Fußknöcheln gehenden selbstverfertigten Kaliko- und Ginghamkitteln, die die selbstverfertigten langen, glatten Schürzen so unentwegt trugen, daß sie nicht mehr als Symbol, sondern als Gewand wirkten, nicht einmal die Männer, die doch jetzt hätten Rasen mähen und Hecken stutzen müssen, ja nicht einmal (da sie nun über den Marktplatz kamen) die Mannschaft der Straßenreinigung, die mit Wasserschläuchen das Pflaster hätte spritzen und die weggeworfenen Sonntagszeitungen und leeren Zigarettenpackungen hätte zusammenfegen müssen; über den Platz also und zum Gefängnis hin, wo der Onkel ebenfalls ausstieg und mit Miss Habersham den Gartenpfad entlang, die Stufen hinauf und durch die immer noch offene Tür ging, wo immer noch Legates gegen die Wand gelehnter leerer Stuhl zu sehen war, und nun stemmte er sich auch leiblich wieder aus der langen, weichen, zeitlos hinrauschenden Schwärze des Schlafes hoch, um wie gewöhnlich zu finden, daß überhaupt keine Zeit vergangen war, indes der Onkel noch gerade seinen Hut wieder aufsetzte und sich anschickte, über den Gartenweg zum Wagen zurückzukehren. Dann fuhren sie daheim vor, Aleck Sander war auch schon ausgestiegen und ums Haus herum verschwunden, er aber sagte: »Nein.«

»Ja«, sagte der Onkel. »Du mußt in die Schule. Oder noch besser, ins Bett und ausschlafen ... Jawohl«, sagte der Onkel mit plötzlichem Einfall, »und Aleck Sander auch. Er muß heute zu Hause bleiben. Denn es darf nicht darüber gesprochen werden, kein Wort darüber, bevor wir es zu Ende geführt haben. Das verstehst du doch.«

Aber er hörte nicht zu, er und der Onkel, sie sprachen gar nicht von der nämlichen Sache, nicht einmal, als er wiederholte: »Nein« und der Onkel, schon aus dem Wagen gestiegen und im Begriff, ins Haus zu gehen, stutzte, sich nach ihm umblickte, ihn dann eine ganze Weile betrachtete und schließlich sagte:

»Mir scheint, wir zäumen das Pferd ein bißchen am Schwanz auf, wie? Eigentlich müßte ich dich fragen, ob ich gehen darf.« Denn er dachte an seine Mutter, nicht daß sie ihm gerade eben eingefallen wäre, hatte er doch schon an sie gedacht, als sie vor fünf Minuten den Marktplatz überquerten, und das einfachste wäre gewesen, aus dem Wagen des Onkels zu steigen, hinzugehen und sich in den des Sheriffs zu setzen und einfach darin sitzen zu bleiben, bis sie wieder zum Kirchhof aufbrachen, und er hatte daran wahrscheinlich gedacht und würde es wohl auch getan haben, wenn er nicht so schlapp, so auf dem Stimmungstiefstand und so stumpf vor Schlaftrunkenheit gewesen wäre, und er wußte, diesmal wäre er nicht einmal mit ihr fertig geworden, selbst wenn er vollkommen frisch gewesen wäre; gerade daß er das innerhalb elf Stunden schon zweimal vollbracht hatte, einmal mittels Heimlichkeit und einmal mittels schierer Überraschung und Geschwindigkeit von Bewegung und Masse, verdammte ihn um so völliger zu Niederlage und Flucht. Während er sich wunderte über die naive, kindliche Vernünftelei des Onkels hinsichtlich Schule und Bett in einem Augenblick, da ihm dieser jederzeit sprungbereite, unerbittliche Angriff bevorstand, hatte der Onkel wiederum seine Gedanken gelesen, neben dem Wagen stehend und noch einen Augenblick auf ihn herunterschauend voll Mitgefühl, doch ohne Hoffnung; obgleich er, der fünfzigjährige Junggeselle, seit fünfunddreißig Jahren die Weiberherrschaft los war, verstand, bedachte der Onkel doch, daß sie seine Erziehung und körperliche Erschöpfung nur um ein geringes rascher als Vorwände aufgreifen, denn sie sie ausgeschaltet haben würde; daß sie auf Vernunftgründe für sein Zuhausebleiben nicht mehr hören würde als für – aus Staatsbürgerpflicht oder schlichtem Rechtsgefühl oder Menschlichkeit oder zwecks Rettung eines Lebens – sein Fortgehen. Der Onkel sagte:

»Also schön. Komm. Ich werd mit ihr sprechen.«

Er tummelte sich, stieg aus; plötzlich und ruhig, voller Verwunderung nicht über den Verzicht auf Hoffnung, sondern darüber, wieviel Hoffnungslosigkeit man tatsächlich zu ertragen vermochte: »Du bist doch bloß mein Onkel.«

»Noch schlimmer«, sagte der Onkel. »Ich bin bloß ein Mann.« Und abermals las der Onkel seine Gedanken. »Schön. Ich werd versuchen, auch mit Paralee zu sprechen. Bei der liegt ja die Sache ebenso. Muttertum scheint keine Hautfarbe zu haben.«

Und der Onkel bedachte wohl auch, daß man sie nicht nur nicht besiegen, sondern nicht einmal rechtzeitig das Schlachtfeld finden könne, um sich als geschlagen zu bekennen, ehe sie es wieder verschoben hatten. Er entsann sich, es war jetzt zwei Jahre her, da hatte er sich endlich in der Fußballmannschaft seiner High School durchgesetzt oder hatte einen der Plätze darin erreicht oder war dazu herangezogen worden, um bei einem Auswärtsspiel mitzuwirken, weil der reguläre Spieler sich beim Training verletzt oder schlechte Noten bekommen hatte oder vielleicht auch, weil dessen Mutter ihn nicht mitfahren lassen wollte, oder Gott weiß wieso sonst, der genaue Grund war ihm entfallen, weil er den ganzen Donnerstag und Freitag über zu beschäftigt damit gewesen war, sich den Kopf darüber zu zerbrechen, wie er es der Mutter beibringen solle, daß er nach Mottstown fahren werde, um in der ersten Mannschaft mitzuspielen, bis er es ihr im allerletzten Moment doch sagen mußte, was ihm schlecht genug gelang, wie er den Sturm aber doch überstanden hatte, weil zufällig der Vater dabeigewesen war (obschon er es wirklich nicht so berechnet hatte, nicht daß er das nicht getan haben würde, wenn er den Kopf nicht so voll gehabt hätte und nicht zu aufgeregt und verwirrt gewesen wäre von einem Gemisch aus Zorn und Scham und Scham darüber, daß er zornig und beschämt war – bei einem bestimmten Punkt schrie er ihr zu: »Die Mannschaft kann doch nichts dafür, daß ich dein einziges Kind bin!« – um sich darüber Gedanken zu machen), und dann an jenem Freitagnachmittag mit der Mannschaft abgefahren war in einer Stimmung, wie sie, stellte er sich vor, ein Soldat haben mußte, der sich aus den ihn umklammernden Armen einer Mutter losreißt, um für eine schändliche Sache in den Kampf zu ziehen; sie würde ja gewiß um ihn trauern, wenn er fiel, und ihm auch wieder ins Gesicht sehen, wenn er am Leben blieb, aber stets würde zwischen ihnen unausrottbar der alte, nicht verblassende, immerwährende Schatten bestehen bleiben; so daß er jene ganze Freitagnacht, während er in einem fremden Bett einzuschlafen versuchte, und den ganzen Vormittag hindurch, während er auf den Spielbeginn wartete, grübelte, ob es nicht besser für die Mannschaft gewesen wäre, wenn er nicht mitgekommen sein würde, da ihm doch wohl zuviel im Kopf herumging, als daß er für sie irgendwie von Nutzen sein könne; bis der Anpfiff ertönte und es losging und er dann, zuunterst unter der übereinandergetürmten Masse beider Mannschaften, den Ball an den Brustkasten gedrückt, Mund und Nase voll von der herumspritzenden, eingetrockneten weißen Farbe, die die Goallinie markierte, über alle übrigen Stimmen hinweg schrill und siegestrunken und blutdürstig die eine Stimme vernahm und sie erkannte und er schließlich sich aufraffte und dumpf der Wind wider ihn schlug und er sie vornedran in der Menge sah, nicht auf der Tribüne sitzend, sondern unter den Zuschauern, die herumliefen, ja zwischen denen, die, jeden Spielzug verfolgend, an der Seitenlinie auf und ab rannten; dann im Wagen auf der Heimfahrt nach Jefferson, er selbst auf dem Vordersitz neben dem Mietchauffeur, seine Mutter und drei andere Spieler hinten und ihre Stimme stolz und heiter und gefühllos, wie seine eigene hätte sein können: »Tut dir der Arm noch weh?« – Da betraten sie die Diele, und erst dann ging ihm auf, daß er erwartet hatte, sie noch mit offenem Haar und im Nachthemd hinter der Haustür zu finden und ihr nach drei Stunden noch ununterbrochenes Gejammer über sich ergehen lassen zu müssen. Statt dessen aber war es nun der Vater, der, bereits von innen brüllend, aus dem Eßzimmer trat und weiterbrüllte, selbst als der Onkel ihm fast ins Gesicht dagegen schrie:

»Charley, Charley, zum Donnerwetter, wart's doch ab!« und erst da kam die Mutter, vollständig angezogen, frisch, betulich und gesammelt, von hinten, von der Küche her, zur Diele vor und sagte, ohne auch nur die Stimme zu heben:

»Charley, geh wieder ins Zimmer und frühstücke zu Ende. Paralee fühlt sich heute nicht ganz wohl, und sie will nicht stundenlang mit der Zubereitung des Mittagessens verbringen«, dann zu ihm – das liebe, unveränderliche, vertraute Gesicht, das er sein Leben lang gekannt hatte und es darum nicht so hätte beschreiben können, daß ein Fremder es wiedererkannt haben würde, und das auch er nach der Beschreibung eines Fremden nicht hätte erkennen können, jetzt aber nur frisch, ruhig, ja sogar ein bißchen unaufmerksam, der Jammerton lediglich Jammerton aus dem alten, gewohnheitsmäßigen Verfallen in die üblichen Redensarten –: »Du hast dein Gesicht nicht gewaschen«, nicht einmal stehenbleibend, um zu sehen, ob er ihr nachkomme, und die Treppe hinauf, ins Badezimmer hinein, gleich selbst den Hahn aufdrehend, ihm die Seife in die Hand drückend, sich mit dem entfalteten Handtuch hinstellend und wartend, auf dem vertrauten Gesicht den ihm so wohlbekannten Ausdruck von Verwunderung, Entrüstung, Ängstlichkeit und unüberwindlicher Mißbilligung, der, solange er lebte, jedesmal darauf gelegen hatte, wenn er irgend etwas getan hatte, was ihn wieder einen Schritt von dem Zustand der Unmündigkeit, von der Kindheit entfernte: als sein Onkel ihm das Shetlandpony geschenkt hatte, das Hürden von achtzehn und vierundzwanzig Zoll nehmen konnte, und als sein Vater ihm das erste richtige Gewehr mit Pulverladung geschenkt hatte, und an dem Nachmittag, als der Reitknecht auf einem Lastwagen Highboy brachte und er das Pferd zum erstenmal bestieg und dieses sich auf die Hinterbeine stellte, sie aufschrie und der Reitknecht ruhig sagte: »Gib ihm nur tüchtig eins über'n Kopf, wenn er das tut. Du willst doch nicht, daß er sich überschlägt und du drunter liegst«, allein die Gesichtsmuskeln fielen einfach von selbst, aus Unachtsamkeit und langer Gewohnheit, in die alte Miene, wie ihre Stimme auch aus Unachtsamkeit und langer Gewohnheit in den längst verbrauchten Jammerton verfiel, denn jetzt enthielt er etwas anderes – eben das, was an dem Nachmittag im

Wagen darin gelegen, als sie gesagt hatte: »Dein Arm tut dir wohl überhaupt nicht mehr weh, wie?« und an dem andern Nachmittag, als sein Vater heimgekommen und gerade Zeuge geworden war, wie er Highboy über den Betonwassertrog auf dem Grundstück springen ließ, während die Mutter, an den Zaun gelehnt, dabeigestanden und zugesehen, der Vater vor Erleichterung und Zorn zugleich getobt, die Mutter aber seelenruhig gesagt hatte: »Warum denn nicht? Der Trog da ist nicht entfernt so hoch wie das klapprige Hürdending, das du ihm angeschafft hast und das nicht einmal zusammengenagelt ist«; so daß er es selbst in der Schlaftrunkenheit wiedererkannte, sich, Gesicht und Hände triefend, zu ihr umwandte und sie voll verwunderter und ungläubiger Empörung anschrie: »Du gehst nicht mit! Du darfst nicht hingehen!« und dann selbst in der Schlaftrunkenheit einsah, wie naiv und einfältig es sei, ihr, bei was es auch sei, mit Großmäuligkeit zu kommen, und so spielte er seinen letzten verzweifelten Trumpf aus: »Wenn du hingehst, dann gehe ich nicht! Hörst du? Ich gehe nicht!«

»Trockne dein Gesicht ab und kämme dein Haar«, sagte sie. »Dann komm herunter und trinke Kaffee.«

Das auch noch. Paralee war anscheinend auch wohlauf, denn der Onkel war in der Diele am Telephon, als er das Eßzimmer betrat und der Vater, noch ehe er sich zu Tisch gesetzt hatte, schon wieder brüllte:

»Zum Donnerwetter, warum hast du mir denn gestern abend nichts gesagt? Kannst du denn nie ...«

»Weil du ihm auch nicht geglaubt haben würdest«, sagte der Onkel, von der Diele zurückkommend. »Du hättest nicht einmal zugehört. Dazu bedurfte es eines alten Weibes und zweier Kinder, um an die Wahrheit zu glauben aus keinem andern Grund, als daß es die Wahrheit war, die Wahrheit, die ein in der Patsche sitzender alter Mann, der Mitleid und Glauben verdiente, jemandem mitteilte, der des Mitgefühls fähig war, auch wenn keiner von diesen ihm wirklich Glauben schenkte. Was du anfänglich auch nicht getan hast«, sagte der Onkel zu ihm. »Wann hast du tatsächlich angefangen, ihm Glauben zu schenken? Als du den Sarg aufmachtest, nicht wahr? Ich möchte das wissen, verstehst du. Vielleicht bin ich noch nicht zu alt, um etwas zu lernen. Also, wann war das?«

»Ich weiß nicht«, sagte er. Denn er wußte es wirklich nicht. Es schien ihm, er habe es die ganze Nacht gewußt. Dann schien es ihm, er habe Lucas eigentlich nie Glauben geschenkt. Dann schien es ihm, es habe sich überhaupt nie ereignet, indes er sich, wiederum ohne körperliche Bewegung, aus dem langen, tiefen Sumpf des Schlafs hochwand, zumindest jedoch jetzt für eine gewisse Zeitspanne, die er jedenfalls gewonnen hatte, um vielleicht für eine Weile gesichert zu sein, wie die kaum hemdknopfgroßen Tabletten, die die Lastwagenchauffeure nehmen, wenn sie Nachtdienst haben, und die genug konzentrierte Wachheit enthalten, daß der Fahrer noch bis zur nächsten Stadt kommen kann; denn seine Mutter war jetzt im Zimmer, frisch und ruhig, stellte die Tasse vor ihn hin, daß sie überschwappte, was sie bei Paralee als ungehörig gerügt haben würde, was, der Kaffee nämlich, die Ursache war, daß weder der Vater noch der Onkel sie angesehen hatten, der Vater im Gegenteil ausrief:

»Kaffee, wieso denn auf einmal, zum Teufel? Ich meinte doch, als du endlich deine Einwilligung gabst, daß Gavin ihm das Pferd kaufte, sei ausgemacht worden, daß er bis zu seinem achtzehnten Lebensjahr keinen Schluck Kaffee verlangen oder bekommen solle?« Die Mutter hörte aber gar nicht zu, mit derselben Hand und derselben halb hinschiebenden, halb hinknallenden Gebärde brachte sie das Rahmkännchen und dann die Zuckerdose in seine Reichweite, trat auch schon den Rückweg in die Küche an, dabei, in nicht eigentlich eiligem und ungeduldigem, nur bestimmtem Ton sagend:

»Trink ihn gleich. Wir sind schon spät dran«; und da sahen sie sie zum erstenmal an: vollständig angekleidet, sogar den Hut auf, in der Beuge des andern Arms den Strohkorb, darin, solange er denken konnte, seine, seines Vaters und seines Onkels Strümpfe und Socken zum Stopfen gelegen hatten, wenn der Onkel auch zunächst nur den Hut bemerkte und einen Augenblick lang in dieselbe entsetzte Überraschung zu fallen schien, die ihn im Badezimmer befallen hatte.

»Maggie!« rief der Onkel aus. »Du darfst das nicht! Charley ...«

»Ich habe das gar nicht vor«, sagte die Mutter, keineswegs stehenbleibend. »Diesmal müßt ihr Männer euch schon ans Graben machen. Ich gehe zum Gefängnis«, da war sie schon in der Küche, und man hörte nur noch ihre Stimme: »Ich lasse Miss Habersham dort nicht mutterseelenallein sitzen und vom ganzen Landkreis anglotzen. Sobald ich mit Paralee das Abendessen besprochen habe, werden wir ...«, die Stimme erstarb nicht, wurde nicht leiser, sie brach ab, hörte glatt auf, denn die Mutter dachte schon gar nicht mehr an die Männer, wenn auch der Vater noch einmal darauf zurückkam:

»Er muß doch in die Schule.«

Aber nicht einmal der Onkel hörte mehr darauf. »Du kannst doch Miss Eunices Lastwagen fahren, nicht?« fragte der Onkel. »Der Unterricht für die Neger fällt heute aus, Aleck Sander braucht also nicht in die Schule und kann daher den Wagen am Gefängnis stehenlassen. Und selbst wenn Schule wäre, so glaube ich nicht, daß Paralee ihn diese Woche auch nur in den Vorgarten gehen läßt.« Da schien der Onkel nun doch den Vater gehört oder zumindest sich entschlossen zu haben, ihm zu antworten: »Apropos, auch kein Unterricht für Weiße, wenn der Junge da nicht auf Lucas gehört hätte, was ich nicht wollte, und auf Miss Habersham, was ich nicht tat. Nun?« sagte der Onkel. »Kannst du solange wach bleiben? Unterwegs kannst du ein Nickerchen machen.«

»Jawohl«, sagte er. Er trank also den Kaffee; die Seife, das Wasser und das feste Abreiben hatten ihm einen genügend klaren Kopf verschafft, daß er wahrzunehmen vermochte, er schmecke ihm nicht und widerstehe ihm, aber doch nicht so sehr, um sich zu dem einfachsten Mittel dagegen aufzuraffen, nämlich ihn nicht zu trinken; er versuchte ihn, nippte daran, tat dann immer mehr Zucker hinein, bis es weder mehr das eine noch das andere war – nicht Kaffee und nicht Zucker –, sondern zu einem widerlichen, chininsüßen Mischmasch aus den übelsten Bestandteilen von beiden wurde, bis der Onkel sagte: »Zum Donnerwetter, laß doch das!« aufstand, in die Küche ging und mit einem Topf abgekochter Milch und einer Suppenschale wiederkam, den Kaffee in die Schale kippte und die heiße Milch dazugoß und sagte: »So. Laß gut sein. Trink das da.« Das tat er denn auch, die Schale mit beiden Händen fassend und alles, wie Wasser aus einer Kürbisflasche, in sich hineinschüttend, fast ohne etwas zu schmecken, während der Vater, immer noch leicht in den Stuhl zurückgelehnt, ihm zusah und drauflosredete, ihn fragte, wie große Angst er eigentlich gehabt und ob er nicht noch größere als Aleck Sander gehabt, ihm aber bloß seine Eitelkeit nicht erlaubt habe, sie vor einem Schwarzen zu zeigen, und er solle doch jetzt die Wahrheit gestehen, daß keiner von ihnen beiden sich getraut haben würde, so nah an das Grab heranzukommen, daß sie die Blumen davon hätten wegnehmen können, wenn Miss Habersham sie nicht dazu angetrieben hätte, und der Onkel dazwischenwarf:

»Aleck Sander hat dir doch da gesagt, das Grab sei bereits von irgendwem in Eile durchstöbert worden, nicht wahr?«

»Jawohl«, sagte er, und der Onkel sagte:

»Weißt du, was ich jetzt denke?«

»Nein«, sagte er.

»Ich bin froh, daß Aleck Sander doch nicht so genau sehen konnte, um den Namen des Mannes auszurufen, der mit einer Last auf dem Maultier den Berg herabkam.« Da entsann er sich: wie sie alle drei daran gedacht, doch keiner von ihnen es ausgesprochen hatte, sondern, unsichtbar füreinander, bloß am unsichtbaren, tintenschwarz gähnenden Schlund der Grube stehengeblieben waren.

»Werft es zu«, sagte Miss Habersham. Sie taten es, die (jetzt fünfmal) aufgelockerte Erde fiel rascher hinunter, als sie heraufgekommen war, trotzdem schien es eine Ewigkeit in dem dünnen Sternenschein, der erfüllt war von dem dauernden Geräusch der vom Wind nicht bewegten Tannen, gleich einem ungeheuren, unablässigen Gesumm nicht des Staunens, sondern der Aufmerksamkeit, Wachsamkeit, Neugier; amoralisch, distanziert, sich nicht einmischend, aber sich auch nichts entgehen lassend.

»Legt die Blumen wieder drauf«, sagte Miss Habersham.

»Das kostet Zeit«, sagte er.

»Legt sie doch wieder drauf«, sagte Miss Habersham. Sie taten es also.

»Ich hole das Pferd«, sagte er. »Sie und Aleck Sander . . .«

»Wir gehen alle zusammen«, sagte Miss Habersham. So sammelten sie also die Werkzeuge auf, auch das Seil (ohne die Lampe noch einmal zu benutzen), da sagte Aleck Sander: »Halt« und tastete im Dunkeln nach dem Brett, das ihm als Schaufel gedient hatte, fand es auch und trug es wieder zur Kirchenwand, um es drunterzuschieben, indessen band er Highboy los und hielt den Steigbügel, aber Miss Habersham sagte: »Nein. Wir werden das Pferd führen. Aleck Sander kann dicht hinter mir und du kannst dicht hinter Aleck Sander gehen und das Pferd führen.«

»Wir kämen schneller vorwärts . . .«, sagte er wieder, und sie konnten ihr Gesicht nicht erkennen, nur die schmale, aufrechte Gestalt, den Schattenriß, den Hut, der bei jeder andern

Frau gar nicht wie ein Hut ausgesehen hätte, aber bei ihr wie bei seiner Großmutter als das genau Richtige wirkte, genau so richtig wie nichts sonst, ihre Stimme wurde nicht laut, war nicht lauter als Atemhauch, als wenn sie nicht einmal die Lippen bewege, als sie flüsterte:

»Es ist das Beste, was ich zu tun weiß. Ich weiß nicht, was sonst getan werden könnte.«

»Vielleicht sollten wir alle in der Mitte gehen«, sagte er laut, zu laut, doppelt so laut, als er beabsichtigt hatte oder auch nur meinte; meilenweit mußte es hinklingen, zumal über eine ganze Landschaft hin, die bereits hoffnungslos aufgeweckt und erregt war durch das nicht zur Ruhe kommende Raunen, durch das, was Paralee und vermutlich auch der alte Ephraim bestimmt wie Lucas ebenfalls die »Zaubersprache« der Tannen nennen würden. Sie wandte ihm jetzt den Blick zu. Er spürte ihn.

»Deiner Mutter werde ich das nie erklären können, aber Aleck Sander hat hier überhaupt nichts zu suchen«, sagte sie. »Ihr zwei haltet euch dicht hinter mir und laßt das Pferd zuletzt gehen«, dann wandte sie sich ab und setzte sich in Marsch, wenngleich er nicht wußte, was das nützen solle, denn für seine Begriffe bedeutete das Wort ›Hinterhalt‹ von der Flanke, der Seite her; so im Gänsemarsch also den Rückweg bergab zu der Stelle, wo Aleck Sander den Wagen ins Gebüsch gefahren hatte; und er dachte: *Wenn ich an seiner Stelle wäre, so würde es hier sein,* und sie dachte das ebenfalls; sie sagte: »Halt.«

»Wie können Sie vor uns stehenbleiben, wenn wir nicht zusammenbleiben?« sagte er. Und diesmal sagte sie nicht einmal: »Ich wüßte nicht, was sonst zu tun wäre«, sondern blieb einfach stehen, so daß Aleck Sander an ihr vorbei ins Gebüsch ging, den Wagen anließ, rückwärts heraussteuerte und dann herumschwenkte, den Kühler hügelabwärts gerichtet, mit laufendem Motor, jedoch ohne Lichter, und sie sagte: »Binde die Zügel hoch und laß das Pferd laufen. Findet es den Heimweg nicht?«

»Hoffentlich ja«, sagte er. Er saß auf.

»Dann binde es an einen Baum«, sagte sie. »Wir kommen wieder und holen es ab, sobald wir mit deinem Onkel und Mr. Hampton gesprochen haben . . .«

»Dann können wir alle ihn die Straße hinunterreiten sehen und vielleicht noch ein Pferd oder Maultier vor ihm her«, sagte

Aleck Sander. Er ließ den Motor anlaufen, stellte ihn dann wieder ab. »Steigen Sie ein. Entweder ist er hier und beobachtet uns, oder er ist nicht hier, und wenn das nicht der Fall ist, dann sind wir gut dran, wenn er aber da ist, dann hat er jetzt schon zu lange gewartet, wenn er uns erst zum Wagen zurückkommen läßt.«

»Dann reitest du dicht hinterm Wagen her«, sagte sie. »Wir werden langsam fahren ...«

»Nein, M'm«, sagte Aleck Sander; er beugte sich heraus. »Reit los; wir werden sowieso auf dich warten müssen, wenn wir in der Stadt sin'.«

Er lenkte also – es bedurfte für ihn keines Drängens – Highboy bergab, ihm nur den Kopf hochhaltend; die Scheinwerfer flammten auf, und der Wagen setzte sich in Bewegung, und als er erst auf flachem Boden war, selbst auf der kurzen Strecke zum Straßendamm, versuchte Highboy bereits zu galoppieren, doch er verhielt ihn und lenkte ihn zum Straßendamm hinauf, indes die Scheinwerfer des auf das flache Terrain herunterkommenden Wagens ausfächerten, dann ließ er Highboy die Kandare lockerer, und dieser fing an auszugreifen, wie immer mit der Trense knirschend, weil er sich stets einbildete, er brauche bloß noch einmal fest zuzubeißen, um sie so weit nach vorn zu kriegen, daß er sie zwischen den Zähnen hatte, galoppierte jetzt, als das Licht der Scheinwerfer ebenfalls auf den Straßendamm hinaufschwenkte, die Hufe in acht hohlen Schlägen auf der Brücke, und er beugte sich vor gegen den dunklen, harten Wind und ließ das Pferd laufen, die Lichter des Wagens während der ganzen halben Meile außer Sicht, bis er das Pferd verhielt und in die langausgreifende, feste Straßengangart fallen ließ und erst fast nach einer weiteren halben Meile der Wagen ihn ein- und dann überholte und das rubinrote Schlußlicht davonzog, immer ferner flimmerte und dann ganz verschwunden war; aber wenigstens war er jetzt aus dem Nadelholz heraus, erlöst von dem gespenstischen, herablauernden Raunen, das unbekümmert und alles gewahrend, zu der ganzen Umwelt sagte: »Schaut her, schaut her«; immer sagten es die Bäume noch irgendwo und hatten es lange genug gesagt, daß der ganze Kreis vier hier, alle Gowries, Ingrums, Workitts und Frasers es nunmehr gehört haben mußten. Also mochte er jetzt nicht daran denken und ließ somit davon ab, darüber nachzudenken, alles im gleichen blitzartigen Moment, da es ihm wieder eingefallen war, schluckte den letzten Schluck aus der Schale hinunter und stellte sie hin, als eben der Vater vom Tisch gewissermaßen hochtauchte, seinen Stuhl zurückschiebend, daß dessen Beine auf dem Fußboden polterten, und sagte:

»Es wird wohl Zeit, daß ich mich an die Arbeit mache. Irgendwer muß ja wohl ein bißchen Brot verdienen hier, während ihr andern Räuber und Gendarm spielt« und aus dem Zimmer ging; und anscheinend hatte der Kaffee das gefördert, was er seinen Denkprozeß nannte oder jedenfalls den Prozeß dessen, was im allgemeinen Denken genannt wird, denn er begriff jetzt auch den Beweggrund des Vaters – die Wut, die die Erleichterung nach dem Geschehnis war und die sich auf irgendeine Weise Luft machen mußte und sich dazu des Zorns bediente, nicht weil er ihm verboten haben würde hinzugehen, sondern weil er gar keine Gelegenheit gehabt hatte, daher die falsch-spöttische, humorverkleidete Anzweifelung seines Muts und des Muts von Aleck Sander, der doch selbst vor einem nächtlicherweise erbrochenen Grab nicht mehr gewankt hatte als vor dem Befehl Miss Habershams, jawohl, die ganze gröbliche Verunglimpfung der ganzen Sache durch ihre Herabwürdigung auf das Niveau von etwas wie einer Hexenverfolgung im Kindergarten, was vermutlich nur die männliche Form der Weigerung darstellte, ebenfalls daran zu glauben, daß er, wie das der Onkel ausdrückte, imstande sei, seine Hosen allein zuzuknöpfen; und damit gab er dem Vater den Laufpaß, da er hörte, daß die Mutter gerade aus der Küche herauskam, und schob ebenfalls seinen Stuhl zurück und stand auf, als ihm plötzlich durch den Kopf ging, mit Kaffee habe es doch mehr Bewandtnis, als er bisher gewußt, doch daß ihn niemand gewarnt habe, der erzeuge Illusionen gleich Kokain und Opium, bemerkte, beobachtete, wie das Lärmen und Rumoren des Vaters aufschwirrte und sich verflüchtigte gleich zerblasenem Rauch oder Nebel, was ihn nicht nur enthüllte, sondern bloßstellte, den Mann, der ihn erzeugt hatte, wenn er auf ihn nicht nur mit ehrlichem Stolz, sondern auch mit Neid zurückblickte von der andern Seite des unüberbrückbaren Abgrunds jener Zeugung her; was unecht war, das war die verleugnende, rhetorische Selbstquälerei des Onkels, der Vater aber nagte an dem echten, bitteren, unheilbaren Knochen all dessen, was nicht mit der Zeit zusammenstimmte, da er zu früh oder zu spät geboren war, selbst mit sechzehn Jahren zu Pferde durch Nacht und Nebel zu sprengen, um den Hals eines unverschämten, der Freunde entbehrenden Niggers zu retten.

Aber er war wenigstens wach. Das hatte der Kaffee immerhin bewirkt. Er hätte es schon noch nötig gehabt, ein bißchen einzunicken, doch jetzt konnte er nicht; er hatte wohl den Wunsch zu schlafen, aber jetzt hätte er dazu gegen seine Wachheit ankämpfen und sie überwinden müssen. Es war jetzt nach acht: einer der Schulautobusse des Landkreises fuhr vorbei, als er sich anschickte, Miss Habershams Wagen vom Trottoirrand wegzufahren, und die Straße würde voll von für Montag allzu frischen Kindern mit Büchern und Frühstückstüten sein, und hinter dem Schulautobus eine ganze Schlange von Privat- und Lastwagen, vom Schlamm und Staub des Landes draußen beschmutzt, in so ständigem, ununterbrochenem Strom, daß der Onkel und die Mutter wohl schon das Gefängnis erreicht hatten, ehe es ihm gelungen war, sich in die Wagenreihe hineinzudrängen, denn am Montag war ja Viehmarkt in den Verkaufsschuppen hinterm Marktplatz, und er sah sie schon, die leeren Privatwagen und Lastautos, in dichtaufgeschlossenen Gliedern nebeneinander am Randstein des Amtshauses aufgefahren, wie Ferkel um einen Futtertrog gedrängt, und die Männer mit ihren Viehtreiberstöcken, die nicht einmal stehenblieben, sondern geradenwegs über den Platz und durch die Seitengassen zu den Schuppen gingen, um, Tabak und unangezündete Zigarren kauend, inmitten des Ammoniakgestanks von Dung und Einreibungsmitteln, des Blökens von Kälbern, des Gestampfs und Geschnaubs von Pferden und Maultieren, der zum Verkauf gestellten gebrauchten Autos, Pflugschare, Flinten, Zuggeschirre, Uhren, von Verschlag zu Verschlag schlendern, während die Frauen (die wenigen vorhandenen, denn Viehmarkttag war, ungleich dem Samstag, ein ausgesprochener Männertag) in den Läden um den großen Platz herum geblieben waren, so daß der Platz, abgesehen von den Privat- und Lastwagen, leer war, bis die Männer um die Mittagszeit zurückkamen, um sie in den Cafés und Restaurants zu treffen.

Worauf er sich diesmal hochriß, nicht in einer Reflexbewegung jetzt, nicht einmal aus dem Schlaf, sondern aus der Illusion, der Hypnose, die er noch von zu Hause mitgebracht hatte, in das helle, grelle Tageslicht, überdies das Lastauto lenkte, das er vor dem gestrigen Abend nicht einmal erkannt haben würde, das seit der verwichenen Nacht jedoch ein unaustilgbares Stück seiner Erinnerung, seines Erlebens, seines Atmens geworden war, ebenso wie das Zischen des Spatens ins Erdreich oder das Scharren eines Metallblatts auf einer Tannenholzkiste immer sein würde, durch eine Scheinleere, darin sich nicht nur die letzte Nacht nicht ereignet hatte, sondern auch kein Samstag gewesen war; und dabei fiel ihm jetzt auf, als habe er es eben erst bemerkt, daß in dem Schulautobus keine Kinder gesessen und daß in dem Strom von Personen- und Lastwagen, die dem Bus folgten und die nun ihm selbst folgten, nachdem er sich schließlich eingeschaltet hatte, von denen doch mindestens ein paar selbst am Viehmarkt-Montag (am Samstag würde die Hälfte der flachen, offenen Wagenkästen gerammelt voll von ihnen gewesen sein, von Männern, Frauen, Kindern in dem billigen, armseligen Putz, den sie für die Stadt anlegten) Neger befördert haben würden, nicht ein einziges schwarzes Gesicht zu sehen gewesen war.

Auch kein auf dem Schulweg befindliches Kind war auf der Straße, obschon er doch, ohne richtig hinzuhören, einem Telephongespräch des Onkels genug entnommen hatte, um zu wissen, daß der Vorsteher angerufen hatte, ob heute Unterricht gehalten werden solle oder nicht, und der Onkel mit Ja geantwortet hatte; und nun, den Platz vor Augen, sah er auch schon drei weitere von den gelben Autobussen, die eigentlich die Landkinder zur Schule in die Stadt hätten bringen sollen, die jedoch deren Besitzer, die Fuhrunternehmer und Fahrer zugleich waren, an Samstagen und Feiertagen zu entgeltlicher Personenbeförderung benutzten, und dann den Platz selbst, die geparkten Personen- und Lastwagen wie immer und wie es sich gehörte, der Platz selbst aber nichts weniger als leer, keinerlei Abzug von Männern nach den Viehverschlägen noch von Frauen in die Läden, so daß er, als er das Lastauto hinter den Wagen des Onkels zum Randstein heranfuhr, dort, wo es sichtbar war, sehen, und dort, wo es nicht sichtbar war, ahnen konnte: ein Geschiebe und Gehäufe von Bewegung, ein einziges dichtes Wogen und Brausen, das den Platz erfüllte, als wenn die Menge auf die Fastnachtszugfahrbahn oder den Fußballplatz strömt, das in die Straße hineinfloß und sich bereits auf der Seite gegenüber dem Gefängnis ballte, bis die Spitze an der Schmiedewerkstatt vorbei war, wo er gestern, sich zu verbergen suchend, gestanden hatte, als ob sie da auf einen vorüberkommenden Festzug wartete (und ungefähr in der Straßenmitte, so daß der nicht abreißende Strom der Personen- und Lastwagen darum herumfahren mußte, ein Klümpchen von einem Dutzend oder auch mehr Leuten, wie das Grüppchen auf der Tribüne bei einer Truppenrevue, in dessen Mittelpunkt er die Amtskappe mit dem Abzeichen des Stadtpolizisten erkannte, der zu dieser Tagesstunde sonst vor dem Schulhaus gestanden haben würde, um den Verkehr aufzuhalten, daß die Schulkinder die Straße überqueren konnten, und er brauchte sich gar nicht erst darauf zu besinnen, daß der Polizist Ingrum hieß, ein Ingrum von Kreis vier, der in die Stadt gekommen war, wie das die abtrünnigen Söhne von Kreis vier hin und wieder taten, um eine Stadttochter zu heiraten und Barbiere, Gerichtsvollzieher oder Nachtwächter zu werden, so wie deutsche Duodezprinzchen von ihren preußischen Sandhügeln herunterkommen, um die Erbinnen europäischer Throne zu ehelichen) – die Männer und die Frauen, aber nicht ein einziges Kind, die verwitterten Bauerngesichter, die sonnverbrannten Hälse und Handrücken, die sauberen, verschossenen lehmfarbenen Hosen und ebensolche Hemden ohne Krawatten und Kattunkleider, auf dem Platz und der Straße sich drängend, als ob die Kaufläden geschlossen und verriegelt wären, nicht einmal noch an der glatten Front des Gefängnisses und zu dem einzelnen Gitterfenster hinaufschauend, das jetzt achtundvierzig Stunden hintereinander leer und auch stumm geblieben war, sondern nur sich sammelnd, sich ballend, noch ohne Erwartung oder Vorfreude, ja sogar ohne Aufmerksamkeit, sondern bloß damit beschäftigt, einstweilen Posto zu fassen wie vor dem Hochgehen des Vorhangs im Theater; und er dachte, so was eben sei es: Feiertag, was einen Tag der Kinder bedeutete, hier aber umgekehrt; und auf einmal erkannte er, daß er vollständig im Irrtum war, es war nicht der Samstag, der nicht eingetreten, sondern die letzte Nacht, die für sie noch nicht geschehen war, daß sie nicht nur nichts von der vergangenen Nacht wußten, sondern daß ihnen niemand, nicht einmal Hampton, davon hätte Mitteilung machen können, weil sie sich geweigert haben würden, ihm Glauben zu schenken; worauf etwas wie ein Häutchen oder ein Schleier, gleich dem, was das Auge eines Huhns überzieht und von dessen Vorhandensein er nicht einmal gewußt hatte, husch!, von seinem eigenen Auge fiel und er sie zum erstenmal sah: die gleichen verwitterten, noch immer fast unaufmerksamen Gesichter und die nämlichen verschossenen, sauberen Baumwollhemden und -hosen und -kleider, doch keine Menschenmenge, die darauf wartete, daß sich der Vorhang über einer Theaterillusion hebe, sondern eher eine, die im Gerichtsgebäude darauf wartete, daß der Gerichtsdiener ausrufe: *»Oyez, oyez, oyez. Der Hohe Gerichtshof«;* nicht einmal ungeduldig, weil der Augenblick noch gar nicht gekommen war, zu Gericht zu sitzen nicht über Lucas Beauchamp, den sie bereits verurteilt hatten, sondern über Kreis vier, daß sie nicht hier waren, um das zu sehen, was sie der Gerechtigkeit Genüge tun nannten, nicht einmal, daß Vergeltung geübt werde, sondern nur, um zu sehen, daß Kreis vier sich seines Standes als weiße Oberschicht nicht unwürdig zeige.

Er hatte also den Wagen zum Stehen gebracht, war ausgestiegen und hatte schon zu laufen angefangen, als er sich selbst Einhalt tat, von etwas wie Würde, wie Stolz erfüllt bei der Erinnerung an die vergangene Nacht, da er der Urheber, gewissermaßen auch Leiter, jedenfalls Teilnehmer des Streichs gewesen war, dessen Wert, geschweige Notwendigkeit keiner der verantwortlichen Älteren auch nur zu erkennen vermocht hatte, aber auch unter einer Anwandlung von Vorsicht bei der Erinnerung an die Worte des Onkels, daß sozusagen ein Nichts genüge, um eine Volksmenge in Bewegung zu bringen, also würde vielleicht ein zum Gefängnis hinlaufender Knabe genügt haben; dann sah er wieder die Myriade von Gesichtern vor sich, die doch so seltsam identisch waren in ihrem Mangel an individueller Identität, ihrem vollkommenen Verzicht auf individuelle Identität zugunsten eines Wir, eines nicht einmal ungeduldigen, nicht einmal zu Eile antreibbaren Wir, in seiner vollkommenen Vergeßlichkeit der eigenen Bedrohlichkeit geradezu festlich wirkend, als ob es nicht durch hundert laufende Kinder in kopflosen Aufruhr zu bringen sei; und dann im selben Gedankenblitz auch umgekehrt: nicht durch hundertmal Hunderte von ihnen aufzuhalten oder abzulenken; und nachdem er die völlige Hoffnungslosigkeit, solange es noch Absicht war, und danach die physische Unabsehbarkeit, wenn es zur Ausführung kam, eingesehen hatte, erkannte er jetzt die Ungeheuerlichkeit dessen, worauf er sich blindlings eingelassen hatte, und daß sein erster instinktiver Impuls – heimzulaufen, dem Pferd Sattel und Zaumzeug überzuwerfen und bis zum letzten Taumeln der Erschöpfung querfeldein zu reiten, dann zu schlafen und erst wieder zurückzukehren, wenn alles vorüber sein mußte – der richtige gewesen sei (doch da er kein Waisenkind war, hatte er nicht einmal diese Fluchtmöglichkeit), denn es schien ihm jetzt, er trage die Verantwortung dafür, daß etwas Anstößiges und Beschämendes aus dem ganzen weißen Unterbau, von den Grundfesten des Landkreises her, an die Sonne, ans Tageslicht gekommen sei, woran auch er teilhaben mußte, da er ihr ebenfalls entstammte, etwas, was sonst nur aus Kreis vier aufgeflackert und hochgeflammt und dann wieder mit der verglimmenden Asche von Lucas' Scheiterhaufen in die Dunkelheit oder zumindest Unsichtbarkeit verschwunden wäre.

Doch jetzt war es zu spät; er konnte sich nicht mehr weigern, nicht mehr ausweichen, davonrennen; die Gefängnistür stand immer noch offen, und ihr gegenüber konnte er jetzt Miss Habersham auf dem Stuhl sitzen sehen, auf dem Will Legate gesessen hatte, zu ihren Füßen auf dem Boden die Pappschachtel und auf dem Schoß ein undefinierbares Kleidungsstück; sie hatte immer noch den Hut auf, und er konnte die ruhige Bewegung ihrer Hand und ihres Ellbogens verfolgen, ja, es schien ihm, als könne er sogar das Blitzen und Flitzen der Nadel in ihrer Hand gewahren, obschon er wußte, daß das auf diese Entfernung unmöglich sei; doch sein Onkel stand im Weg, und so mußte er auf dem Fußweg zum Haus weitergehen; da drehte sich jedoch der Onkel um, kam durch die Tür und ging wieder über die Veranda, und da erblickte er sie auf dem andern Stuhl neben Miss Habersham, sie ebenfalls; hinter ihm fuhr ein Auto an, hielt, und eben suchte sie ohne Hast eine Socke aus dem Korb heraus und ließ das Stopfei hineingleiten, die schon eingefädelte Nadel stak auch vorn an ihrem Kleid, und jetzt konnte er deren Aufblitzen und Schimmern unterscheiden und auch, wohl weil er die Gebärde so gut kannte, die schmale, vertraute Geschmeidigkeit der Hand, die er zeit seines Lebens beobachtet hatte, aber zumindest konnte ihm niemand abstreiten, daß es eine seiner Socken war.

»Wer ist das?« sagte hinter ihm der Sheriff. Er drehte sich um. Der Sheriff saß am Lenkrad seines Wagens, den Hals eingezogen und die Schultern gebeugt, so daß er über die obere Fensterleiste blicken konnte. Der Motor lief noch, und er sah hinten im Wagen zwei Schippen und auch eine Picke, die sie nicht benötigen würden, und auf dem Rücksitz, ruhig und reglos bis auf das ständige Blinken und Blinzeln der Augäpfel, zwei Neger in blauen Pullovern und verschmutzten schwarzgestreiften Hosen, wie sie die zur Straßenreinigung abkommandierten Zuchthäusler trugen.

»Wer wird's wohl sein?« sagte der Onkel ebenfalls hinter ihm; doch diesmal drehte er sich nicht um, hörte auch nicht weiter zu, da plötzlich drei Männer von der Straße her kamen und neben dem Wagen stehenblieben, und als er hinsah, kamen noch fünf oder sechs heran, und im nächsten Augenblick würde wohl die ganze Volksmenge über die Straße zu strömen anfangen; schon hatte ein vorüberfahrendes Auto plötzlich bremsen müssen (und das hinter ihm kommende gleichfalls), zunächst bloß, um niemand zu überfahren, dann aber auch, um den Insassen Gelegenheit zu geben, sich hinauszubeugen und nach dem Auto des Sheriffs zu blicken, wo der erste Mann, der herangekommen war, sich schon gebückt hatte, um hineinzuspähen, mit den braunen Bauernhänden die Rahmenleiste des offenen Fensters packend, das verwitterte braune Gesicht neugierig, argwöhnisch, ungeniert ins Wageninnere steckend, während hinter ihm die geballte Masse seiner Doppelgänger mit Filzhüten und verschwitzten Panamas zuhörte. »Was hast du vor, Hope?« fragte der Mann. »Weißt du nicht, daß du dir eine Anklage vom Gericht zuziehst, wenn du so das Geld des Landkreises verschleuderst? Hast du noch nichts von dem neuen Lynchgesetz gehört, das die Yankees durchgebracht haben? Daß die, wo 'nen Nigger lynchen, sein Grab schaufeln müssen?«

»Er bringt wohl die Schippen hinaus zu Nub Gowrie un' dem seine Jungens, daß sie damit buddeln können«, sagte ein zweiter Mann.

»Na, dann ist's bloß gut, daß Hope sich Gehilfen zum Buddeln mitnimmt«, sagte ein dritter. »Wenn er sich auf jemand namens Gowrie verlassen will, um zu buddeln oder sonst was zu arbeiten, wo man schwitzen muß, dann braucht er die schon.«

»Vielleicht sind's auch keine Arbeiter zum Buddeln«, sagte ein vierter. »Vielleicht sind das die, die von den Gowries bearbeitet werden.« Einer allein lachte schallend auf, die andern lachten nicht mit; mehr als ein Dutzend jedoch drängte sich um den Wagen, um einen raschen, verständnisinnigen Blick ins Wageninnere zu werfen, wo die beiden Neger reglos wie Holzfiguren saßen, vor sich hin ins Leere stierten und keinerlei

Bewegung machten, beim Atmen selbst nicht einmal mehr als ein kaum merkliches Weiten und Zusammenziehen im Weiß der Augäpfel, dann wieder den Sheriff anzusehen mit ungefähr der gleichen Miene, wie er sie von den Gesichtern kannte, die auf das Stillstehen der hinter der Glasscheibe des Spielautomaten rotierenden Nummernbänder warteten.

»Na, nun ist's wohl genug«, sagte der Sheriff. Er streckte den Kopf und einen seiner Riesenarme aus dem Fenster hinaus und schob mit dem Arm die Nächststehenden so mühelos vom Wagen weg, als ob er einen Vorhang aufmache, dann sagte er in etwas, aber nicht viel lauterem Ton: »Willy.« Der Polizist trat näher; er konnte ihn gleich hören:

»Platz da, Jungens. Laßt mich doch mal sehen, was der hohe Herr Sheriff heut früh auf'm Herzen hat.«

»Warum schaffst du nicht die Leute da von der Straße weg, daß die Wagen in die Stadt können?« sagte der Sheriff. »Vielleicht wollen die auch hier rumstehen und das Gefängnis anschauen.«

»Darauf können Sie sich verlassen«, sagte der Polizist. Er drehte sich um, streckte die Hände nach den Nächststehenden aus, ohne einen anzurühren, als wenn er eine Herde Vieh wegscheuche. »Los, Jungens«, sagte er.

Die Leute rührten sich nicht; sie blickten an dem Polizisten vorbei, weiter nach dem Sheriff hin, nicht trotzig, auch keiner eigentlich dreist, sondern ganz duldsam, wohlgelaunt, fast gutmütig.

»Ja, was denn, Sheriff«, sagte eine Stimme, dann eine andere: »Die Straße is' für alle da, nicht wahr, Sheriff? Ihr Stadtleute habt ja wohl nichts dagegen, wenn wir bloß auf der Straße stehen, solange wir hier unser Geld ausgeben, wie?«

»Aber nicht wenn ihr sie andern Leuten versperrt, die auch in die Stadt wollen, um ein bißchen was springen zu lassen«, sagte der Sheriff. »Geht jetzt weiter. Schaff sie von der Straße weg, Willy.«

»Los, weitergehen, Leute«, sagte der Polizist. »Andere Leute wollen auch rankommen, um die Backsteine da anzugaffen.«

Sie setzten sich denn auch in Bewegung, aber immer noch ohne Eile, vom Polizisten über die Straße zurückgetrieben, wie eine Frau eine Hühnerschar über einen Hof scheucht, nur um die Richtung zu bestimmen, nicht das Tempo, und das nicht zu stark, und die Hühner, nicht widerspenstig, nur unberechenbar, ohne Angst vor ihr und nicht einmal aufgeregt, sich vor ihrer flatternden Schürze zurückziehen; auch der zum Stillstand gebrachte Wagen und die Autos hinter ihm setzten sich wieder langsam in Bewegung, ihre Fracht von vorgestreckten Köpfen weiterschleppend; er hörte den Polizisten hinter sich den Fahrern zurufen: »Weiter, weiter. Hinter euch sind noch mehr Wagen . . .«

Der Sheriff blickte wieder den Onkel an. »Wo ist der andere?«

»Was für ein anderer?« fragte der Onkel.

»Der andere Detektiv. Der, der im Dunkel sehen kann.«

»Aleck Sander«, sagte der Onkel. »Willst du den auch dabeihaben?«

»Nein«, sagte der Sheriff. »Ich vermißte ihn nur. Ich war bloß erstaunt, ein einziges menschliches Wesen in diesem Landkreis festzustellen, das genug Geschmack und Verstand hat, heute zu Hause zu bleiben. Bist du bereit? Dann fahren wir los.«

»Schön«, sagte der Onkel. Der Sheriff war ein berüchtigter Fahrer, der einen Wagen in einem Jahr aufbrauchte, wie ein rücksichtsloser Straßenkehrer Besen verschleißt, nicht durch schnelles Fahren, sondern einfach durch die Abnützung; auch jetzt schoß der Wagen geradezu vom Randstein weg und war, ehe er sich's versah, auf und davon. Der Onkel ging zu ihrem Wagen und öffnete den Schlag. »Spring rein«, sagte der Onkel.

Da sagte er, zumindest so weit war es einfach: »Ich fahre nicht mit.«

Der Onkel stutzte, und dann merkte er, wie er ihn betrachtete mit dem ironisch-melancholischen Gesicht, den ironischen Augen, denen, wenn man ihnen Zeit ließ, nicht leicht etwas entging, denen tatsächlich, solange er sie kannte, bis letzte Nacht, nichts entgangen war.

»Aha«, sagte der Onkel. »Miss Habersham ist zwar auch eine Dame, aber das andere weibliche Wesen, das ist deine Sache.«

»Sieh dir doch die Leute an«, sagte er, sich nicht regend, kaum die Lippen bewegend. »Da drüben über die Straße. Auch auf dem Platz, und niemand außer Willy Ingrum und der verdammten Kappe . . .«

»Hast du nicht gehört, wie sie mit Hampton gesprochen haben?« sagte der Onkel.

»O ja«, sagte er. »Sie lachten nicht mal über ihre eigenen Witze. Sie lachten über ihn.«

»Sie haben ihn nicht einmal gehänselt«, sagte der Onkel, »nicht einmal aufgezogen. Sie beobachteten ihn bloß. Sie beobachteten ihn und Kreis vier, um zu sehen, was sich abspielen werde. Die Leute da sind bloß in die Stadt gekommen, um zu sehen, was jeder von ihnen oder beide Teile tun würden.«

»Nein«, sagte er. »Das ist nicht alles.«

»Schön«, sagte der Onkel, jetzt auch ganz sachlich. »Zugegeben. Was also ...?«

»Angenommen ...«, doch der Onkel fiel ihm ins Wort:

»Angenommen, Kreis vier kommt her, nimmt den Stuhl deiner Mutter und den von Miss Habersham hoch und trägt die beiden hinaus in den Vorgarten, damit sie aus dem Weg sind? Lucas ist nicht in der Zelle dort oben. Er ist im Haus von Mr. Hampton, wo er eben jetzt vermutlich in der Küche sitzt und frühstückt. Was hast du denn gemeint, hatte Will Legate dort zu suchen, als er zur Hintertür hereinkam, eine Viertelstunde, nachdem wir dort eingetroffen waren und Sheriff Hampton Bescheid gesagt haben? Aleck Sander hat ihn sogar telephonieren hören.«

»Warum hat's dann Mr. Hampton so eilig?« fragte er, und des Onkels Ton war jetzt ganz sachlich, doch bloß sachlich, weiter nichts:

»Weil die beste Methode für uns, um mit Mutmaßungen und Ableugnungen Schluß zu machen, die ist, daß wir hinausfahren, tun, was uns obliegt, und wieder hierherkommen. Steig ein.«

Siebentes Kapitel

Sie bekamen den Wagen des Sheriffs nicht mehr zu Gesicht, bis sie bei der Kirche anlangten. Schlaf war bei ihm nicht der Grund dafür, obschon er trotz des Kaffeegenusses das wohl hätte annehmen können und auch angenommen hatte. Bis zum Augenblick, da er am Lenkrad des Lastwagens nahe genug an den Marktplatz und die Volksmenge herangekommen war, die die Straßenseite gegenüber dem Gefängnis säumte, hatte er angenommen, er werde, sobald er und der Onkel wieder auf dem Weg zur Kirche sein würden, Kaffee hin, Kaffee her, keine Sekunde mehr gegen den Schlaf ankämpfen, sondern im Gegenteil ihm nachgeben und sich ihm überlassen und so während der neun Meilen Fahrt auf geschotterter und der einen Meile bergauf auf ungeschotterter Straße wenigstens eine halbe Stunde von den acht nachholen, die er in der letzten Nacht und – so schien es ihm jetzt – das Drei- und Vierfache in der vorletzten Nacht, in der Bemühung, sich die Gedanken an Lucas Beauchamp aus dem Kopf zu schlagen, versäumt hatte.

Als sie heute früh kurz vor drei in der Stadt angelangt waren, hätte ihm wohl niemand einreden können, daß er um diese Stunde jetzt, fast neun Uhr, nicht mindestens fünfundeinhalb Stunden, wenn nicht gar die ganzen sechs, nachgeholt haben würde, wenn er bedachte, wie er – und zweifellos auch Miss Habersham und Aleck Sander – gemeint hatte, daß die Angelegenheit erledigt sei, sobald sie mit dem Onkel das Haus des Sheriffs betreten hatten; sie würden durch die Haustür eintreten und den ganzen nächtigen Alptraum von Zweifel, Unentschlossenheit, Schlaflosigkeit, Mühsal und Übermüdung, Schrecken und Staunen, auch (wie er einräumte) etwas Furcht dabei, in die breite, sachverständige, amtlich bestallte Hand des Sheriffs legen, so wie man en passant seinen Hut auf den Tisch in der Diele legt. So war es jedoch nicht gekommen, und er begriff jetzt, daß er das auch gar nicht wirklich erwartet hatte; dieser Gedanke war ihnen überhaupt bloß in den Sinn gekommen, weil sie so völlig zerschlagen, ihre Kräfte nicht so sehr durch Schlaflosigkeit, Übermüdung und Überanstrengung verausgabt, sie vielmehr erschöpft waren durch Schreck, Staunen und Stimmungsumschlag; es hätte dazu nicht der zusammengehäuften Gesichter bedurft, die die glatte Backsteinmauer des Gefängnisses angafften, noch derjenigen, die über die Straße geströmt, ja sie versperrt hatten, indem sie den Wagen des Sheriffs umdrängten, um herauszubekommen, was darin sei, und sich dann darüber hinwegzusetzen mit jenem einzigen, gemeinsamen, gleichzeitigen Blick, ebenso verstehend, unbeirrt, mißtrauisch und unwiderlegbar wie der einer emsigen Mutter, die ihre Beschäftigung einen Moment unterbricht, um die Absichten eines zwar geliebten, aber nicht allzu verläßlichen Kindes zu überwachen und ihnen zuvorzukommen. Wenn er etwas dazu bedurft hätte, so hätte er eben dies gehabt – die Gesichter, die Stimmen, die nicht einmal hänselnd oder spöttisch waren, nur verständnisinnig, scherzhaft und mitleidlos –, unter der ersten Entspannung des Sichgehenlassens sich aufrichtend wie eine Nadel in einer Matratze, so war er denn sogar ebenso hellwach wie der Onkel, der die ganze Nacht oder doch zumindest den größten Teil über geschlafen hatte, die Stadt nun im Rücken, in schneller Fahrt begriffen, auf der sie während der ersten Meile den letzten Personen- und Lastwagen begegneten, dann aber keinen mehr, weil alle, die der Stadt zustrebten, sich bereits auf dieser letzten, rasch zurückzulegenden Meilenstrecke befinden mußten; der ganze weiße Volksteil des Landkreises, der sich das gute Wetter und die bei jeder Witterung guten Straßen zunutze machte – waren es doch ihrer aller Straßen auf Grund der von ihnen bezahlten Steuern und von ihnen abgegebenen Stimmen sowie der Stimmen ihrer Verwandten und Bekannten, die einen Druck auf die Kongreßabgeordneten auszuüben vermochten, welche die Gelder zu deren Bau zu vergeben hatten –, um rasch in die Stadt zu gelangen, die ebenfalls die ihre war, da sie nur auf Grund ihrer Duldung und Unterstützung bestand, um ihr Gefängnis und ihr Gerichtshaus zu beherbergen und zu unterhalten, so daß sie ihre Straßen füllen, ja auch verstopfen und versperren konnten, wenn es ihnen paßte, geduldig, beharrlich und erbarmungslos, eine Menge, die sich nicht hetzen und nicht hemmen ließ, die man nicht auseinanderjagen und über die man sich nicht hinwegsetzen konnte, da der Ermordete wie der Mörder zu ihr gehörte, der Schänder sowohl wie das geschändete Sittengesetz: der Weiße wie die Trauer um die Lücke, die er hinterlassen hatte, und so gehörte ihr das Recht auf Verhängung oder Verhinderung nicht bloß von Gerechtigkeit, sondern auch von Rache.

Sie fuhren jetzt in schnellem Tempo, in schnellerem, als der Onkel früher, wie er sich erinnerte, je gefahren war, die lange Landstraße hinaus, die er in der verwichenen Nacht entlanggeritten war, nun aber bei Tag, in des Morgens lindem, unbeschreiblichem Maienlicht; jetzt vermochte er die weißflammenden Blütenbüschel der Dogwoodsträucher zu sehen, die an den Rainen die alten Gemarkungsgrenzen bezeichneten oder gleich Nonnen in den klosterhofartigen Hainen und Reihen grünender Waldung standen, und das Weiß und Rosa von Pfirsich- und Birnbäumen in den Obstgärten, die er in der Nacht nur gerochen hatte; und allerwärts darüber hinaus und darum herum die beharrliche Ackerkrume – die geometrisch abgezirkelten, furchendurchzogenen Felder, wo der Mais gepflanzt worden war, als die ersten Wildtauben Ende März und dann im April zu kollern begonnen hatten, und die Baumwolle, als Anfang Mai, vor einer Woche, die ersten Ziegenmelker in den Nächten zu schreien angefangen hatten, doch alles leer, bar jedes Lebens und Webens –, die Farmhäuser, von denen kein Rauch aufstieg, da das Morgenessen längst vorüber war und kein Mittagessen bereitet wurde, weil niemand daheim war, um es zu verzehren, die ungestrichenen Negerhütten, wo am Montagmorgen halbnackte Kinder im Staub der Vorgärten ohne Halm und Baum zwischen zerbrochenen Eggenrädern, ausgedienten Autoreifen, leeren Schnupftabakfläschchen und Konservenbüchsen hätten herumkriechen und -krabbeln, wo in den Hinterhöfen verrußte Eisenkessel über Holzfeuern hätten brodeln sollen neben den windschiefen Zäunen von Pflanzgärten und Hühnerhöfen, die beim Dunkelwerden fröhlich bunt mit trocknenden Overalls, Schürzen, Handtüchern und Hemdhosen behängt sein würden; doch jetzt, an diesem Morgen, war das nicht der Fall; die Räder und die Riesenkringel von schlappen Gummireifen, die Flaschen und die Büchsen lagen verstreut und verlassen im Staub seit jener Minute am Samstag nachmittag, als die erste Stimme vom Haus her gerufen hatte, und in den Hinterhöfen hockten die Kessel leer und kalt in der Asche vom letzten Montag, inmitten der leeren Wäscheleinen, und wenn das Auto an den leblosen, menschenleeren Türen vorbeisauste, erhaschte er ein schwaches Glimmen von Herdfeuer und erblickte weiter nichts, sondern ahnte nur zwischen den Schatten das stumme weiße Rollen von Augen; vor allem aber die leeren Felder selbst, deren jedes an diesem Tag, zu dieser Stunde, am zweiten Montag im Mai, eintönig wiederholt das lebende Sinnbild des Landes hätte darbieten müssen – gleichförmig und eintönig wie Meilensteine, die das Zentrum des Landkreises, wie es sich für Meilensteine gehört, mit ihrem äußersten Rand verbanden, eine stilisierte Gruppe von ritualhafter, fast mystischer Bedeutsamkeit: das Tier, der Pflug und der Mensch, zusammengeronnen zu einer Wesenhaftigkeit, eingerammt in die erstarrte Woge ihrer Ackerfurche, gewaltig sich mühend und doch zugleich des Fortschreitens bar, wuchtig, unbeweglich und unbewegbar gleich in Stein gemetzten Ringergruppen, sich abhebend von der Unendlichkeit der Landschaft –, bis er plötzlich (sie waren acht Meilen weit von der Stadt, bereits kamen, blaugrün emporsteigend, die Berghöhen in Sicht) mit einem ungläubigen, fast entsetzten Staunen ausrief, hatte er doch volle achtundvierzig Stunden lang außer Paralee, Aleck Sander und Lucas keinen gesehen:

»Da ist ein Nigger.«

»Ja?« sagte der Onkel. »Wir haben heute den neunten Mai. Unser Landkreis hat noch einhundertvierzigtausend Acres zu bestellen. Irgendwer muß schon daheimbleiben und schaffen«, dabei raste der Wagen aufwärts, so daß er und der Neger hinter dem Pflug einander über den Feldrain und die etwa fünfzig Yards zwischen ihnen Auge in Auge anblickten, ehe der Neger das Gesicht abwandte, das schwarze, von Schweiß glänzende, vor Anstrengung leidenschaftlich erregte, gespannte, gesammelte Gesicht, an dem der Wagen vorbei- und weitersauste, während er sich zuerst aus dem offenen Fenster beugte, um rückwärts zu blicken, dann sich auf dem Sitz umdrehte, um durch das hintere Fenster zurückzuschauen, die Gruppe beobachtend, die rasch, doch ohne zu verschwimmen, kleiner wurde: den Mann, das Maultier und den hölzernen Pflug, der sie zusammenschweißte, wild und einsam, anscheinend unverrückbar und ohne auf der Erde vorwärts zu kommen, erschreckend gegen den leeren Raum gelehnt.

Sie konnten jetzt die Berge sehen, sie waren fast schon daran – den langen Anstieg des ersten nadelholzbestandenen Rückens, der quer vor der einen Hälfte des Horizonts stand, und dahinter eine Ahnung, eine Empfindung von andern, deren Masse nicht so sehr aus der Hochfläche unvermittelt aufzuragen, aufzuspringen, als darüber aufgehangen schien, so wie das nach der Erzählung des Onkels, bis auf die hier vorhandene Schärfe und Färbung, beim schottischen Hochland sei; damals, vor zwei, drei Jahren, als er ihm das erzählte, hatte der Onkel noch gesagt: »Daher kommt es, daß die Leute, die sich da mit Vorliebe angesiedelt haben, und zwar auf kleinen Streifen, die keine acht Scheffel Mais oder fünfzig Pfund Rohbaumwolle je Acre tragen würden, selbst wenn sie nicht zu steil wären, daß ein Maultier einen Pflug darüber hinziehen könnte (aber sie wollen ja gar keine Baumwolle erzeugen, sondern bloß den Mais, aber auch von dem nicht allzuviel, weil es wahrlich keines gar so großen Quantums Mais bedarf, um einen Schnapsbrennapparat von der Größe in Gang zu halten, wie ein einzelner Mann und seine Söhne zu ihrem Vergnügen betreiben wollen), Namen haben wie Gowrie, McCallum, Fraser, Ingrum, was früher Ingraham lautete, und Workitt, was einmal Urquhart war, was aber keiner von denen, die die Namen mit nach Amerika und an den Mississippi brachten, mehr buchstabieren könnte, lauter Leute, die gern raufen, Gott fürchten und an den Teufel glauben ...« Es war, als habe der Onkel seine Gedanken gelesen, da er, noch immer im Fünfundfünfzigmeilentempo die letzte Meile der Kiesstraße fahrend (die Straße begann sich schon bergab zu schrägen, der Weiden- und Zypressensohle des Neunmeilenbachs zu), sprach, das heißt, zum erstenmal aus eigenem Antrieb sprach, seit sie die Stadt verlassen hatten:

»Gowrie, Fraser, Workitt, Ingrum. Aber in den Tälern, an den Flüssen, das weite, reiche, pflügbare Land, wo einer etwas anzubauen vermag, was er offen am hellen Tag verkaufen kann, da sitzen die Leute namens Littlejohn, Greenleaf, Armstead, Millingham, Bookwright« – er brach ab, der Wagen lief, durch sein Eigengewicht den Schwung verstärkend, den Hang hinab; nun konnte er die Brücke sehen, an der Aleck Sander im Dunkeln auf ihn gewartet und unter der Highboy Triebsand gewittert hatte.

»Gleich drüben müssen wir einbiegen«, sagte er.

»Ich weiß schon«, sagte der Onkel. »... und die Menschen mit Namen Sambo, die leben in beiden, die erwählen beide, weil sie beide aushalten, weil sie alles aushalten.« Die Brücke war jetzt dicht vor ihnen, das weiße Geländer kam gähnend auf sie zugerast. »Nicht alle Weißen können Sklaverei aushalten, und anscheinend kann kein Mensch Freiheit aushalten (was nebenbei – unter der Prämisse, daß der Mensch wirklich Frieden und Freiheit begehrt – gerade jetzt die Ursache der Unstimmigkeiten in unseren Beziehungen zu Europa ist, dessen Bevölkerung nicht nur nicht weiß, was Friede ist, sondern – mit Ausnahme der Angelsachsen – auch der Freiheit der Person heftig Furcht und Mißtrauen entgegenbringt; wir geben uns, ohne wirklich darauf zu bauen, der Hoffnung hin, unsere Atombombe werde imstande sein, eine Idee zu verteidigen, die so veraltet ist wie die Arche Noah); wie auf gegenseitige plötzliche Verabredung drängen die Menschen ihre Freiheit den Händen des erstbesten Demagogen auf, der vor ihren Augen ersteht, ja, in Ermangelung eines solchen vernichten sie, verbannen sie sie aus ihrem Gesichtskreis, ihrer Kenntnis, ja aus ihrer Erinnerung, und zwar mit der panikartigen Einmütigkeit einer Gemeinde, die sich zusammentut, um ein Präriefeuer zu ersticken. Doch die mit dem Namen Sambo haben das eine überlebt, und sie werden, wer weiß, vielleicht auch das andere überstehen ... Und wer weiß ...«

Da, schließlich ein Aufschimmern von Sand, ein Blitzen und Glitzern von Wasser; in einem einzigen Schüttern, Poltern, Rattern von Brettern und Bohlen flog das weiße Geländer vorbei, und sie waren am andern Ufer. *Er muß jetzt langsamer fahren*, dachte er, doch der Onkel tat das nicht, kuppelte nur aus, und der Wagen rollte denn auch, von dem noch vorhandenen Schwung getragen, zu schnell, mit Rutschen und Schleifen, um eine scharfe Biegung herum auf die ungeschotterte Straße und, zwischen den Wagenspuren auf und nieder hüpfend, fünfzig Yards weiter, bis die letzte flache Strecke unversehens in die erste sanfte Schrägung überging, der Wagen noch immer im dritten Gang und von der Schwungkraft die Steigung hinaufgetragen; und da erst erkannte er die Radspuren, wo Aleck Sander den Lastwagen von der Straße weg ins Gebüsch gefahren und er mit der Hand auf Highboys Nüstern gespannt dagestanden hatte, während das Pferd oder Maultier, was von beiden immer es gewesen sein mochte, den Berg heruntergekommen war mit der vor dem Reiter liegenden Last, die selbst Aleck Sander mit seinen Augen, wie die einer Eule oder eines Marders oder was sonst bei Nacht auf Raub ausgeht, nicht hatte erspähen können (und er erinnerte sich wieder nicht allein daran, wie der Onkel heute morgen am Tisch, sondern wie er selbst vorige Nacht im Vorgarten gestanden hatte in der Minute, da Aleck Sander von ihm fortging und, ehe er Miss Habersham erkannte, als er tatsächlich gemeint hatte, er werde allein hinausgehen müssen, um das Nötige zu tun, und er sagte jetzt die gleichen Worte zu sich selbst wie am Tisch: *Ich will nicht daran denken*); nun waren sie fast da, eigentlich wirklich schon an Ort und Stelle, der Abstand davon ließ sich nicht mehr nach Meilen messen.

Wenn auch das Stückchen kriechend, ächzte der Wagen jetzt im zweiten Gang gegen den reglosen Aufwurf des eigentlichen Höhenrückens und das starke, ständige Herabströmen des harzigen Nadeldufts empor, wo die Dogwoodsträucher in den langen grünen Schneisen wahrlich aussahen wie Nonnen, auf den letzten Kamm, die Hochfläche hinauf; und nun war es ihm, als sehe er sein ganzes Geburtsland, seine Heimat – die Scholle, das Erdreich, das seine Knochen und die von sechs Generationen seiner Väter hervorgebracht hatte und ihn noch immer formte, nicht bloß zu einem Menschen, sondern zu einem ganz bestimmten Menschen mit nicht bloß den Leidenschaften, Strebungen und Meinungen, sondern den ganz bestimmten Leidenschaften, Hoffnungen, Überzeugungen, Formen des Denkens und Handelns einer ganz bestimmten Gattung und Rasse, ja, noch darüber hinaus, innerhalb der Gattung und Rasse fest umrissen und einzigartig (für die Begriffe der meisten, ja wohl von all denen, die heute morgen in die Stadt hineingeströmt waren, um gegenüber dem Gefängnis auf der Straße zu stehen und den Wagen des Sheriffs zu umdrängen, verflucht einzigartig), da es ihm auch das, was immer es sein mochte, einverleibt, was ihn dazu gezwungen, sich hinzustellen und einen vermaledeiten hochnäsigen Nigger anzuhören, der, selbst wenn er kein Mörder, so doch im Begriff war, das zu empfangen, was er verdiente, eben das, was herauszufordern er einige sechzig Jahre drangegeben hatte –, zu seinen Füßen sich entrollend gleich einer Landkarte in einem einzigen langsamen, lautlosen Ausbruch: nach Osten zu ein grüner Höhenzug nach dem andern, sich übertaumelnd gen Alabama hin, und nach Westen und Süden zu die schachbrettartigen Äcker und die Wälder, übergehend in den blauen, dunstverschleierten Horizont, jenseits dessen zuletzt gleich einer Wolke der lange Wall des Deichs und der große Strom selbst, der nicht lediglich aus nördlicher Richtung daherfloß, sondern ›dem‹ Norden, dem Um- und Ausland entströmte – der Nabelstrang Amerikas, der den Boden, der seine Heimat war, verband mit dem stammverwandten, den vor drei Generationen in Blut von sich zu stoßen mißlungen war; wenn er den Kopf wandte, konnte er den schwarzen Rauchfleck erkennen, der, zehn Meilen entfernt, die Stadt bezeichnete, und nur wenn er gerade vor sich hin blickte, konnte er das weit sich hinstreckende üppige Tiefland sehen, abgegrenzt und eingeteilt in große Grundbesitztümer, die Plantagen (eine davon war die der Edmonds', wo der jetzige Edmonds und Lucas, vom gleichen Großvater abstammend, geboren waren), jede an ihrem eigenen kleinen Wasserlauf (darauf jedoch, wie sich sein Großvater erinnert hatte, sogar Dampfboote gefahren waren), und dann der dichte Streifen des Flußdschungels selbst, und jenseits davon, sich nach Osten, Norden und Westen erstreckend, nicht nur bis dorthin, wo die letzten Landspitzen Rücken an Rücken zur Wasserwüste der beiden Weltmeere und der langen Grenzschranke Kanadas dräuten, sondern bis zum äußersten Rand der Erde selbst, dem Norden, nicht Norden, sondern ›der‹ Norden, Aus- und Umland und nicht bloß ein geographischer Ort, sondern ein emotioneller Begriff, eine Seinsweise, vor der stets und ständig auf der Hut zu sein, sie zwar keineswegs zu fürchten, auch nicht mehr eigentlich zu hassen, sondern ihr nur – ein wenig überdrüssig manchmal, ein wenig mit der Zunge in der Backe – Trotz zu bieten, er mit der Muttermilch eingesogen hatte, hatte er doch vom Säuglingsalter her ein Kindheitsbild mitgebracht, zu dessen Wandlung er an der Schwelle des Mannesalters keinen Anlaß und kein Mittel gefunden hatte und wozu er auch im Greisenalter keinen Grund finden zu werden glaubte; ein gebogener, halbkreisförmiger Wall von geringer Höhe (wer das wirklich wollte, konnte ihn überklettern; er glaubte, daß das jeder Junge bereits möchte), über dessen Rand mit der ganzen weiten Runde ihres eigenen reichen, wimmelnden, niemals verheerten Landes voll lichtfunkelnder Großstädte, unverbrannter Kleinstädte und unverwüsteter Bauernhöfe, die so lange gesichert und so üppig waren, daß man hätte meinen sollen, es bestehe kein Grund mehr zu Neugier, auf ihn und die Seinen zahllose Reihen um Reihen von Gesichtern herabblickten, die seinem eigenen Gesicht glichen und die gleiche Sprache sprachen wie er, sogar manchmal die gleichen Namen führten, die er trug, zwischen denen und ihm samt den Seinen jedoch keinerlei wahre Verwandtschaft mehr bestand und bald auch keinerlei Fühlung mehr bestehen würde, da selbst die Worte, der sie sich beiderseits bedienten, nicht mehr den gleichen Sinn hatten, und bald darauf würde auch das vorbei sein, da sie zu weit voneinander geschieden sein würden, um einander auch nur zu hören; nur die massenhaften, unzählbaren Gesichter schauten herab auf ihn und die Seinen mit abnehmender Erstauntheit, Empörtheit, Enttäuschtheit und, am allersonderbarsten, mit Leichtgläubigkeit, einer willenlosen, fast wehrlosen Fähigkeit und Bereitschaft, alles und jedes in bezug auf den Süden zu glauben, nicht einmal, daß es dazu herabsetzend zu sein brauchte, sondern bloß ausgefallen und befremdend genug; worauf der Onkel in vollkommenem Einklang mit ihm sprach und er wiederum ohne Verwunderung sein Denken nicht unterbrochen, sondern nur den Sattel wechseln sah:

»Das kommt davon, daß allein wir in den Vereinigten Staaten (ich spreche im Augenblick nicht von Sambo, auf den komme ich gleich) ein homogenes Volk bilden. Ich meine, das einzige von irgendwelchem Umfang. Auch der Neu-Engländer hat sich ja ins Landesinnere zurückgezogen vor dem an die Küste gespülten Auswurf Europas, den unser Land als unverwurzelbar in die wurzellosen Städte mit Fabriken, Hochöfen und Gemeindeunterstützungen abgeschoben und darin so dicht und eng zusammengepfercht hat, wie das keine Polizei zuwege gebracht haben würde; aber es gibt deren nicht mehr genug, genau wie es nicht mehr genug Schweizer gibt, die nicht eigentlich ein Volk darstellen, sondern ein reinliches, durchaus zahlungsfähiges kleines Geschäft. Dem, was das Ausland (und wir selbst auch) Fortschritt und Aufklärung nennt, leisten wir nicht genügend Widerstand. Wir verteidigen in Tat und Wahrheit nicht unsere Politik, unsere Überzeugungen oder auch nur unsere Lebensart, sondern bloß unsere Homogenität gegen eine Bundesregierung, der der Rest des Landes aus purer Verzweiflung immer mehr von seiner persönlichen und privaten Freiheit hat zum Opfer bringen müssen, um die Vereinigten Staaten weiter aufrechterhalten zu können. Und wir werden sie natürlich auch fernerhin verteidigen. Wir (ich meine damit, wir alle: Kreis vier, der keinen Schlaf findet, bis er Lucas Beauchamp – oder sonstwen – in Gegenrechnung für Vinson Gowrie mit Tinte von derselben Farbe ausgestrichen hat, und Kreis eins, zwei, drei und fünf, die leidenschaftslos, rein aus Prinzip, dafür Sorge tragen, daß Kreis vier diese Streichung vornimmt) wissen nicht, was das für einen Wert hat. Wir brauchen es nicht zu wissen. Nur wenige von uns wissen, daß allein auf Grund seiner Homogenität etwas von dauerhaftem, bleibendem Wert aus einem oder für ein Volk entsteht: die Literatur, die Kunst, die Wissenschaft, jenes Minimum an Regierung und Polizei, das der Sinn der Freiheit und Unabhängigkeit ist, sowie, wertvoller vielleicht als alles andere, ein Nationalcharakter, der sich in einer Krisis bewährt, der Krisis, der wir uns eines Tages gegenübersehen werden, wenn wir auf einen Feind treffen, der über ebensoviel Menschen und Material verfügt wie wir und der – wer weiß? – sich ebenso zu brüsten und aufzuplustern vermag wie wir.

Darum müssen wir dem Norden Widerstand leisten; nicht nur um uns selbst zu bewahren, noch auch damit wir zwei eins, eine einige Nation bleiben; denn das wird das unausbleibliche Nebenprodukt dessen sein, was wir bewahren, das eben das ist, um deswillen, auf daß es unversehrt bleibe, wir vor drei Generationen einen blutigen Krieg auf unserm eigenen Grund und Boden verloren haben, das Postulat, daß Sambo ein menschliches Wesen ist, das in einem freien Land lebt und daher frei sein muß. Nichts anderes verteidigen wir in Tat und Wahrheit: das Vorrecht, ihn selbst in Freiheit zu setzen, was wir aus dem Grunde tun müssen, weil niemand anders dazu imstande ist, seit der Norden es vor nunmehr einem Jahrhundert dauernd versucht und seit nun fünfundsiebzig Jahren zugegeben hat, daß es ihm nicht gelungen ist. Es wird also an uns sein. Bald wird dies keine Schrecken mehr haben. Es dürfte schon heute keine haben. Es hätte sie nie haben dürfen. Trotzdem war dem am letzten Samstag so und wird es wohl noch hie und da so sein, vielleicht noch einmal, vielleicht noch zweimal. Dann aber nicht mehr; es wird damit zu Ende sein; die Beschämung darüber wird gewiß noch vorhanden sein, doch die ganze Geschichte der Unsterblichkeit des Menschen liegt beschlossen in dem Leiden, das er überstanden hat, in seinem strebenden Bemühen zu den Sternen empor auf der Stufenleiter seiner Bußeleistungen. Eines Tages wird Lucas Beauchamp einen Weißen hinterrücks niederschießen können, ohne sich der Bestrafung durch Lynchstrick oder Benzin mehr auszusetzen als ein Weißer; bald wird er sein Wahlrecht ausüben, wann und wo immer das ein Weißer tun kann, und seine Kinder überall in dieselbe Schule schicken können, in die die der Weißen gehen, wird er überall und ebenso reisen können wie jeder Weiße.

Aber auf nächsten Dienstag wird das nicht der Fall sein. Die Leute im Norden droben jedoch bilden sich ein, es könne schon für nächsten Montag erzwungen werden durch Annahme eines schwarz auf weiß geschriebenen Gesetzesparagraphen mittels Abstimmung, wobei sie bloß vergessen, daß sie, obwohl vor einem langen Vierteljahrhundert Lucas Beauchamps Freiheit als Artikel in unsere Verfassung aufgenommen und Lucas Beauchamps Herr nicht nur in die Knie gezwungen, sondern zehn Jahre lang mit dem Gesicht in den Staub getreten worden ist, auf daß er ihn fresse, sich nach drei Generationen noch vor die Notwendigkeit gestellt sehen, Gesetze zur Befreiung Lucas Beauchamps zu erlassen.

Und was Lucas Beauchamp angeht, den Sambo, auch er ist ein homogenes Menschenwesen, bis auf den Teil von ihm, der Zuflucht sucht in dem, was an der weißen Rasse nicht einmal erstklassig ist, sondern im Zweitklassigen – die gemeine, schludrige, unredliche Musik, das gemeine, katzengoldne, deckungslose, überwertete Geld, das glitzernde Prunkgebäude der Reklame, das sich über dem Nichts erhebt gleich einem Kartenhaus über einem Abgrund, und der ganze lärmende Wirbel der Politikasterei, die bei uns früher ein minderes Nationalgewerbe war und nun unser Nationalzeitvertreib für die Ewigmittelmäßigen ist, das ganze schwindelhafte Getue und Getümmel, erzeugt von Leuten, die bewußt zehren und sich bereichern an unserer Nationalleidenschaft für das Mittelmäßige, die sogar das Erstklassige hinnehmen, wenn es bloß verfälscht und verdorben ist, bevor es uns vorgesetzt wird, uns, die wir das einzige Volk auf Erden sind, das sich öffentlich damit brüstet, zweitklassig, das heißt halbgebildet zu sein. Diesen Sambo meine ich nicht. Den andern, den sonstigen Sambo meine ich, der eine höhere Homogenität aufweist, als wir sie haben, und der das dadurch bewiesen hat, daß er seine Wurzeln in ein Land zu senken vermochte, von dem er, um Platz dafür zu finden, tatsächlich Weiße verdrängen mußte; weil er Geduld hatte, selbst dann, wenn er keine Hoffnung hatte, lange Sicht, selbst wenn kein Ende abzusehen war, nicht allein den Willen, sondern den Wunsch auszuharren, weil er die paar schlichten alten Dinge liebte, die ihm niemand wegnehmen wollte: nicht ein Auto, nicht auffallende Kleidung, nicht sein Bild in der Zeitung, sondern ein bißchen Musik (seine eigene), eine Herdstätte, nicht sein Kind, sondern jedes Kind, einen Gott, einen

Himmel, mit dem ein Mensch jederzeit etwas anfangen kann, ohne damit bis zu seinem Sterbebett warten zu müssen, ein Stückchen Erdreich, darauf sein Schweiß zwischen die selbstgesteckten Schößlinge und die selbstgesäten Feldfrüchte tropfen kann. Wir – er und wir – wir sollten uns verbünden, sollten ihm den Rest von wirtschaftlichen, politischen und kulturellen Privilegien, auf die er ein Anrecht hat, im Austausch drangeben gegen seine Fähigkeit, zu warten, auszuharren, zu überleben. Dann hätten wir die Oberhand, wir zusammen würden die Vereinigten Staaten beherrschen, würden eine Front darstellen, die nicht nur nicht zu überwinden, sondern nicht einmal zu bedrohen wäre durch eine Volksmasse, die nichts mehr zusammenhält als die wahnwitzige Gier nach Geld, die tiefe Angst vor einem nationalen Versagen, die sie voreinander hinter dem lauten Lippendienst vor einer Flagge verbergen.«

Nun waren sie an Ort und Stelle, gar nicht viel später als der Sheriff. Denn obschon dessen Wagen bereits abseits der Straße in dem Wäldchen gegenüber der Kirche untergebracht war, stand der Sheriff noch daneben, und einer von den Negern reichte gerade die Picken hinten aus dem Wagen heraus dem andern Sträfling, der schon mit den beiden Spaten dastand. Der Onkel fuhr daneben und hielt an, und nun konnte er die Kirche eigentlich zum erstenmal bei hellem Tag sehen, und dabei hatte er doch sein ganzes Leben lang zehn Meilen davon gewohnt und mußte mindestens halb so oft an ihr vorbeigekommen sein und sie gewahrt haben. Doch er konnte sich nicht erinnern, sie schon einmal richtig angesehen zu haben: die turmlose Bretterbude, nicht länger als eine der einräumigen Blockhütten, darin die Bergbewohner hausten, ohne Anstrich, dabei (merkwürdigerweise) nicht schäbig, ja nicht einmal vernachlässigt oder schadhaft, denn er erkannte Stellen an den alten Wänden und zwischen den Schindeln, wo mit wilder, fast schamloser Eile frische rohe Bretter und Fetzen und Reste von Dachpappe aufgenagelt und eingeflickt waren; sie kauerte nicht, duckte sich nicht, hockte nicht einmal da, sondern stand zwischen den Stämmen der hohen, starken, dauerhaften Tannen, einsam, doch nicht verlassen, unzugänglich und unabhängig, von niemandem etwas fordernd, keinem entgegenkommend, und er gedachte der hohen, schlanken Kirchtürme, die ›Friede‹ sagten, und der untersetzten, einfach sachlichen Glockenstuben, die sagten: ›Bereue‹, auch einer, die sagte:

›Hüte dich‹, diese hier aber sagte bloß: ›Verbrenne‹. Er und der Onkel stiegen aus; der Sheriff und die beiden Neger mit dem Gerät waren bereits innerhalb der Einfriedigung; er und der Onkel folgten durch das herunterbaumelnde Pförtchen in dem niedrigen, von Geißblatt und kleinen duftlosen rosa und weißen Kletterrosen überwucherten Drahtzaun, und nun erblickte er auch den Friedhof zum erstenmal, worin er nicht nur ein Grab geschändet, sondern zur Aufdeckung eines Verbrechens ein anderes hatte auffliegen lassen: ein Geviert eingezäunten Erdreichs, weniger groß als Gartengrundstücke, die er kannte, das im September vermutlich erstickt und fast undurchdringlich, ja wohl kaum sichtbar war vor wucherndem Beifuß, Jacobs- und Labkraut und aus dem regel- und ordnungslos – aufs Geratewohl wie in ein Hauptbuch gelegte Buchzeichen oder in einen Brotlaib gesteckte Zahnstocher, und alle leicht überhängend, als hätten sie ihre eigene erstarrte Lotrichtung übernommen von den biegsamen, ruhelosen, nie ganz senkrechten Tannen – Platten aus billigem grauem Granit ragten, dünn wie Schindeln, von der gleichen verwitterten Färbung wie die tünchelose Kirche, als seien sie mit Äxten aus deren Seitenwänden herausgehackt (dareingemetzt ohne Spruch bloße Namen und Daten, als ob selbst die trauernden Hinterbliebenen von denen, die hier lagen, nichts weiter mehr erinnert hätte, als daß sie am Leben gewesen und gestorben waren) und als hätten weder der Zerfall noch die Zeit veranlaßt, die beschädigten Wände mit rohen, neuen, ungehobelten, ungestrichenen Brettern auszuflicken, sondern lediglich die Erfordernisse der Sterblichkeitsziffer und der Fluch allen Fleisches.

Er und der Onkel wanden sich zwischen ihnen durch zu der Stelle, wo bereits der Sheriff und die beiden Neger an dem frischen rohen Erdhügel standen, den nun er, der ihn geschändet hatte, zum erstenmal richtig vor sich sah. Doch sie hatten noch nicht zu graben angefangen.

Der Sheriff hatte sich dagegen sogar umgedreht und sah ihnen, dem Onkel und ihm, entgegen, als sie jetzt herantraten und ebenfalls stehenblieben.

»Was nun?« sagte der Onkel.

Der Sheriff aber sprach mit seiner milden, gewichtigen Stimme zu ihm: »Ich nehme an, du, Miss Eunice und dein Sekretär, ihr seid heut nacht sehr vorsichtig gewesen, um euch nicht bei eurem Geschäft ertappen zu lassen, wie?«

Der Onkel antwortete: »Das ist ja wohl kaum etwas, wobei man Zuschauer haben möchte, nicht wahr?«

Der Sheriff aber blickte immer noch ihn an. »Warum haben sie dann die Blumen nicht wieder hingelegt, wo sie waren?«

Da sah er die auch: den künstlichen Kranz, dieses widerwärtige, vertrackte Machwerk aus Draht und Bindfaden, lackierten Blättern und präparierten Blüten, das irgendwer vom Blumenladen aus der Stadt mitgebracht oder hatte schicken lassen, und die drei mit Baumwollfäden zusammengebundenen Sträuße verwelkter Garten- und Feldblumen, von denen Aleck Sander in der Nacht geäußert hatte, sie sähen aus wie an oder auf das Grab geschmissen, und die, wie er sich entsann, Aleck Sander und er beiseite geräumt und dann, nach Auffüllung des Lochs, wieder hingelegt hatten; er konnte sich erinnern, daß Miss Habersham ihnen das zweimal gesagt, selbst nachdem er noch eingewandt hatte, es sei unnötig und nur Zeitverschwendung; er meinte sich sogar daran erinnern zu können, daß Miss Habersham mitgeholfen habe, die Blumen wieder hinzulegen; oder vielleicht erinnerte er sich doch nicht, daß sie sie überhaupt wieder hingelegt hatten, sondern meinte das bloß, weil das augenscheinlich nicht geschehen war, da sie jetzt zu einem unentwirrbaren Haufen zusammengeworfen danebenlagen, und anscheinend war er oder Aleck Sander auf den Kranz getreten, wenn es auch wirklich jetzt nicht mehr darauf ankam, wie der Onkel denn auch gerade sagte:

»Laß das jetzt gut sein. Fangen wir mal an. Selbst wenn wir hier fertig und auf dem Rückweg nach der Stadt sind, fängt die Sache erst an.«

»Also los, Jungens«, sagte der Sheriff zu den Negern. »Macht euch dran. Wir wollen schauen, daß wir hier wegkommen ...«; und, kein Laut war zu hören, nichts, was ihn gewarnt hätte, er blickte bloß hoch und um sich, gleich dem Onkel und dem Sheriff, und da sah er einen Mann herankommen, nicht die Straße herunter, sondern um die Kirche herum, gleichwie zwischen den hohen, windbewegten Tannen selbst hervor, einen Mann mit einem breitkrempigen hellen Hut und einem reinlichen, verschossenen blauen Hemd, dessen leerer linker Ärmel säuberlich zusammengelegt und mittels einer Sicherheitsnadel an der Schulter festgesteckt war, auf einer kleinen, schmucken, falben Stute, in deren Augen man zuviel Weiß sah, und hinter ihm, zusammen auf einem ungesattelten schwarzen

Maultier mit einem Scheuerstreifen vom Seil am Hals, zwei jüngere Männer, und, diesen folgend (aber sich sorgfältig von den Hufen des Maultiers fernhaltend), zwei magere Trigg-Jagdhunde; in scharfem Trab näherten sie sich durch das Wäldchen der Gatterpforte, wo der Mann die Stute haltmachen ließ, sich leicht und flink mit der einzigen Hand aus dem Sattel schwang, die Zügel über den Hals der Stute legte und in leichtem, drahtigem, fast federndem Geschwindschritt durch das Pförtchen auf sie zukam, ein kleiner, dürrer, alter Mann mit Augen so fahl wie die des Sheriffs und einem roten, wetterharten Gesicht, aus dem die Nase wie ein gekrümmter Adlerschnabel vorsprang, und sofort mit hoher, dünner, kräftiger, gar nicht brüchiger Stimme sagte:

»Was geht denn hier vor, Schörf?«

»Ich bin dabei, das Grab öffnen zu lassen, Mr. Gowrie«, sagte der Sheriff.

»Nein, Schörf«, sagte der andere, ohne die geringste Veränderung der Stimme, nicht in angreifendem, keineswegs, nur im sachlichen Ton einer Feststellung: »Das Grab da nicht.«

»Jawohl, Mr. Gowrie«, sagte der Sheriff. »Ich lasse es öffnen.«

Ohne Hast, ohne täppisches Herumtasten, nein, geradezu bedächtig, knöpfte der Alte mit seiner einzigen Hand zwei Knöpfe seines Hemds auf, schob die Hand darunter, buckelte die Hüfte leicht hoch, daß sie sich der Hand entgegenhob, zog eine schwere, nickelbeschlagene Pistole hervor und schob sie, noch immer ganz ohne Hast, aber auch ohne zu stocken, in die linke Achselhöhle, mit dem Armstumpf den Kolben gegen den Körper klemmend, indes die einzige Hand wieder das Hemd zuknöpfte, dann nahm er die Pistole wieder in die Hand und hielt sie, ohne auf irgend etwas zu zielen, vor sich hin.

Doch lange vorher schon hatte er den Sheriff sich von der Stelle rühren sehen, und zwar mit wahrhaft unglaublicher Geschwindigkeit, nicht auf den Alten zu, sondern um das Kopfende des Grabs herum, schon im Sprung, noch ehe die beiden Neger zum Davonlaufen kehrtgemacht hatten, so daß sie, als sie nun herumfuhren, mit aller Wucht gegen den Sheriff wie gegen eine Felswand anzurennen, ja etwas zurückzuprallen schienen, ehe der Sheriff sie, mit jeder Hand einen, packte wie zwei kleine Buben und in der nächsten Sekunde alle beide mit einer Hand zappeln zu lassen schien wie zwei Stoffpuppen, sich dabei so drehend, daß sein Körper sich zwischen ihnen und dem kleinen, gelenkigen Alten mit seiner Pistole befand, und in seinem milden, geradezu maulfaulen Ton sagte:

»Laßt das. Das Schlimmste, was einem Nigger passieren könnte, wäre, heute in der Gegend hier in Sträflingshosen herumzulaufen, das wißt ihr ja wohl?«

»Stimmt, Jungens«, sagte der Alte mit seiner hohen, modulationslosen Stimme. »Ich tu euch nichts. Ich hab hier mit dem Schörf zu reden. Das Grab von mei'm Jungen nicht, Schörf.«

»Schick sie zum Wagen zurück«, flüsterte der Onkel rasch. Doch der Sheriff gab darauf keine Antwort; er blickte weiter den Alten an und sagte:

»Ihr Junge ist nicht in dem Grab da, Mr. Gowrie.« Und während er die beiden beobachtete, ging ihm alles mögliche durch den Kopf, was der Alte hätte äußern können: die Überraschung, die Ungläubigkeit, die Empörung vielleicht, sogar das laute Denken: *Wie kommen Sie dazu, zu wissen, daß mein Junge nicht hier liegt?* und das Folgern auf Grund von Nachdenken, wobei er vielleicht dem Sinn nach die Worte gebraucht haben würde, die der Sheriff vor sechs Stunden zu dem Onkel gesprochen hatte: *Du würdest mir das nicht erzählen, wenn du nicht wüßtest, daß etwas dran ist*; wie er so beobachtete, ja sich in den Alten versetzte, der all das beiseite schob, da dachte er plötzlich mit Staunen: *Sieh da, er hat Kummer* und mußte daran denken, daß er jetzt zweimal innerhalb von zwei Jahren Kummer erlebt, wo er keinen erwartet oder im geringsten vermutet hätte, an Stellen, wo ein Herz, das zu brechen vermochte, sozusagen nichts zu suchen hatte: einmal bei einem alten Nigger, dem es zugestoßen war, daß er sein altes Niggerweib überlebte, und nun bei einem bösartigen, lästermäuligen, gottlosen Greis, dem es zugestoßen war, einen seiner sechs faulen, nichtsnutzigen, bösartigen, mehr oder minder gesetzlosen und, weit mehr als bloß mehr oder minder, wertlosen Söhne zu verlieren, von denen bloß ein einziger jemals irgend etwas Nützliches für sein Gemeinwesen und seine Gattung ausgerichtet hatte, und auch das nur durch das letzte, verzweifelte Auskunftsmittel, daß er durch Mord daraus verschwand; da schlug gleich wieder die hohe, nasale Stimme an sein Ohr, die fest, ohne zu stocken, modulationslos, wie im Gesprächston sagte:

»So, dann hoff ich bloß, Sie nennen mir nicht den Namen von dem Kerl, der nachgewiesen hat, daß mein Junge nicht hier liegt, Schörf. Ich hoff bloß, den erwähnen Sie nicht . . .«, und kleine, böse, fahle Augen starrten in kleine, harte, fahle Augen, und der Sheriff sagte mit immer noch sanfter, aber jetzt unergründlicher Stimme:

»Nein, Mr. Gowrie. Es ist nicht leer«; und später, hinterher, erkannte er, daß das eben der Moment gewesen war, an dem er zu verstehen glaubte, vielleicht nicht, wieso Lucas überhaupt lebend in die Stadt gelangt war, denn der Grund dafür lag auf der Hand: es war in jenem Augenblick zufällig außer dem Toten kein Gowrie zugegen gewesen, sondern wenigstens, wieso der Alte mit zweien seiner Söhne gerade aus dem Wald hinter der Kirche herausgeritten kam, als er, der Sheriff und der Onkel zum Grab gelangt waren, bestimmt aber, wieso Lucas nach fast achtundvierzig Stunden noch am Leben war. »Der da drunten liegt, ist Jake Montgomery«, sagte der Sheriff.

Der Alte drehte sich augenblicklich um, nicht eilig, nicht einmal rasch, sondern nur leicht, als ob sein kleines, fleischloses Knochengerüst der Luft keinen Widerstand und den Bewegungsmuskeln kein Gewicht biete, und rief zum Zaun hin, wo die zwei jüngeren Leute noch immer, ebensowenig voneinander unterscheidbar und ebenso regungslos wie zwei Gliederpuppen in einem Kleiderladen, auf dem Maultier saßen und keinerlei Anstalten zum Absteigen gemacht hatten, bis der Alte sie nun anrief: »Hierher, Jungens.«

»Lassen Sie's gut sein«, sagte der Sheriff. »Wir machen das schon.« Er wandte sich zu den beiden Negern um. »Los jetzt. Nehmt die Spaten . . .«

»Ich hab dir doch gesagt«, flüsterte der Onkel wieder rasch, »du sollst sie zum Wagen zurückschicken.«

»Richtig, Herr Anwalt ... Anwalt Stevens, nicht wahr?« sagte der Alte. »Schauen Sie, daß die zwei hier wegkommen. Das hier ist unsere Sache. Wir werden das schon besorgen.«

»Es ist jetzt meine Sache, Mr. Gowrie«, sagte der Sheriff.

Ganz ruhig, ohne Hast, hob der Alte die Pistole, indem er den Ellbogen beugte, bis sie in die richtige Höhe kam, dabei den Daumen hoch über den Hahn krümmend, diesen so spannend, daß die Pistole, schon gespannt oder doch fast, in die richtige Lage kam, wenn auch nicht genau eingestellt auf einen Zielpunkt in der Höhe der leeren Gürtelschlaufen an des Sheriffs Hose. »Schauen Sie, daß die hier wegkommen, Schörf«, sagte der Alte.

»Na gut«, sagte der Sheriff, ohne sich zu rühren. »Ihr zwei geht zum Wagen zurück.«

»Noch weiter«, sagte der Alte. »Schicken Sie sie in die Stadt zurück.«

»Es sind Sträflinge, Mr. Gowrie«, sagte der Sheriff. »Das geht nicht.« Er rührte sich nicht. »Geht zurück zum Wagen und steigt ein«, sagte er zu den Negern. Diese tummelten sich, gingen aber nicht zum Pförtchen, sondern direkt auf die Einfriedigung zu, machten sich schleunigst davon, Füße und Knie in den schmutzigen gestreiften Hosenbeinen ganz hochhebend, so daß sie im Laufschritt an dem gegenüberliegenden Zaun ankamen, und erst als sie, halb steigend, halb springend, darüber waren, schlugen sie die andere Richtung, nach den beiden Wagen zu, ein, so daß sie, bis sie beim Wagen des Sheriffs anlangten, nur ja auch nicht für eine Sekunde den zwei Weißen auf dem Maultier näher kamen, als sie beim Fortgehen vom Grab gewesen waren; und nun betrachtete er die zwei auf dem Maultier, die da ganz gleich saßen wie zwei Stecknadeln in einem Briefchen, die genau gleichen Gesichter auch genauso wettergebräunt, das eine wie das andere, mürrisch, reizbar und stumm, bis der Alte ihnen wieder zurief:

»Los, Jungens«, da stiegen sie ab wie ein Mann, so gleichzeitig wie ein wohleinstudiertes Paar in einer Revue, und stiegen, wiederum wie ein Mann, mit demselben linken Bein über den Zaun, sich um das Pförtchen gar nicht scherend: die Gowrie-Zwillinge, vollkommen gleich sogar hinsichtlich Kleidung und Schuhwerk, nur mit dem Unterschied, daß der eine ein Khakihemd und der andere einen ärmellosen Pullover anhatte; um die Dreißig, einen Kopf größer als der Vater, aber mit des Vaters fahlen Augen und auch dessen Nase, nur daß diese bei ihnen eher einem Habichts- als einem Adlerschnabel glich; kamen, ohne Wort, ohne Blick für irgend jemand aus ihren öden, verschlossenen, humorlosen Gesichtern, heran, bis der Alte mit der Pistole (er sah, daß der Hahn nun jedenfalls unten war) auf die beiden Spaten deutete und sagte, fast mit einem muntern Klang jetzt in seiner hohen Stimme:

»Packt an, Jungens. Die gehör'n dem Landkreis; wenn wir einen davon kaputt machen, dann geht das niemand was an als das Gericht«; und nun arbeiteten sie drauflos mit derselben vollkommenen, geradezu ballettmäßigen Übereinstimmung, die Zwillingsbrüder, die sich jetzt an den beiden entgegengesetzten

Enden des Erdaufwurfs befanden, die zwei nächstjüngeren Söhne vor Vinson, dem Verstorbenen, der vierte und fünfte von den sechs Söhnen – der älteste, Forrest, der sich nicht nur der Gewalt seines jähzornigen Tyrannen von Vater entwunden, sondern sogar geheiratet hatte und nun schon zwanzig Jahre Leiter einer Baumwollplantage im Delta über Vicksburg war; dann der zweitälteste, Crawford, der am 2. November 1918 zum Militär eingezogen worden und am 10. (mit einem Pech und einer Ahnungslosigkeit, die, wie der Onkel sagte, keinem Menschen unterlaufen dürfe, ein Gesichtspunkt, den anscheinend auch seine Häscher bei der Bundesarmee berücksichtigt hatten, denn er brauchte bloß ein Jahr im Gefängnis von Leavenworth zu sitzen) desertiert war und fast anderthalb Jahre lang in allen möglichen Höhlen und Schächten des Gebirges im Umkreis von fünfzehn Meilen vom Bundesgerichtshaus in Jefferson gehaust hatte, ehe er schließlich doch dingfest gemacht wurde nach einer einem regelrechten Gefecht ähnlich sehenden Schießerei (bei der jedoch zu seinem Glück niemand ernstlich verletzt wurde), während der er einige dreißig Stunden lang in seiner Höhle ausgehalten hatte, bewaffnet mit (worin, wie der Onkel sagte, eine gewisse Folgerichtigkeit und Schicklichkeit lag: ein Deserteur aus der amerikanischen Armee, der seine Freiheit von der amerikanischen Regierung mittels einer Waffe verteidigte, die von dem Feind, gegen den zu kämpfen er sich weigerte, erbeutet war) einer Pistole, die einer der jungen McCallums einem in Gefangenschaft geratenen deutschen Offizier abgenommen und bald nach seiner Heimkehr dem Crawford gegen ein Pärchen Gowriescher Fuchsjagdhunde abgelassen hatte, und er saß sein Jahr ab und kam wieder heim, und das nächste, was man in der Stadt von ihm hörte, war, daß er angeblich in Memphis sei, dort erstens Alkohol von New Orleans flußaufwärts verschiebe, zweitens von den Arbeitgebern einer Fabrik angestellter Privatpolizist während eines Streiks sei, doch wie dem auch gewesen sein mochte, auf einmal war er wieder daheim beim Vater, wo man nicht viel von ihm merkte, bis die Stadt vor einigen Jahren wieder von ihm zu hören bekam, und zwar, daß er sich nun einigermaßen fest niedergelassen habe und ein bißchen Holz- und Viehhandel betreibe, ja auch ein kleines Stück Land bestelle; und der dritte, Byran, der die eigentliche Kraft, Macht, das zusammenhaltende Element, oder wie immer man es nennen mochte, in oder hinter der Familienfarm war, die sie alle ernährte; danach Vardaman und Bilbo, die Zwillinge, die ihre Nächte damit verbrachten, vor schwelenden Baumstämmen und -stümpfen zu hocken, während die Hunde Füchsen nachspürten, und ihre Tage, auf der Vorderveranda flach ausgestreckt auf den kahlen Brettern zu liegen, bis die Nacht einbrach und es wieder an der Zeit war, die Hunde auf die Fährte zu setzen; und schließlich der letzte, Vinson, der schon als Kind Hang und Begabung für Handel und Geld gezeigt hatte, so daß er jetzt, wenn auch mit erst achtundzwanzig Jahren verstorben, nicht nur, wie es hieß, mehrere kleine Parzellen Ackerland in verschiedenen Teilen des Landkreises besaß, sondern auch der erste Gowrie war, der seinen Namen unter einen Scheck schreiben konnte, der von jeder Bank eingelöst wurde –, die Zwillinge also, erst bis zu den Knien, dann bis zur Hüfte in der Grube, arbeiteten mit ingrimmigem, finsterem Eifer wie die Roboter in absoluter Parallelität, so daß die beiden Spaten geradezu in der nämlichen Sekunde auf die Bretterkiste aufzuklirren schienen, und auch dann noch sich miteinander verständigend ohne Laut, ohne Gebärde, ohne physische Hilfsmittel gleich Vögeln oder Tieren: der eine von ihnen ließ nun, einfach in Fortsetzung des Schwungs, mit dem er die Erde wegschleuderte, den Spaten fahren, kam dann selbst mühelos über den Rand der Grube herausgeflogen und stellte sich zu den andern, während der Bruder den Sargdeckel von den letzten Erdresten säuberte, dann seinerseits den Spaten, ohne hinzusehen, über den Rand hinauswarf, darauf – wie er selbst in der Nacht vorher getan hatte – mit den Füßen die letzten Erdschollen vom Deckelrand wegtrat und, auf einem Bein stehend, den Deckel hochhob und umlegte, so daß sie alle vom Rand des Grabes her an ihm vorbei in die Kiste hineinschauen konnten.

Sie war leer. Es war überhaupt nichts darin, bis dann mit einem zischelnden, pladdernden Geräusch ein dünnes Rinnsal Erde von oben hineinrieselte.

Achtes Kapitel

Es sollte ihm unvergeßlich bleiben: wie sie zu fünft am Rand der Grube über dem leeren Sarg standen, dann, mit einer ebenso geschmeidigen und flüssigen Bewegung wie sein Zwillingsbruder, der zweite Gowrie aus dem Grab heraufgesprungen kam, sich vorbeugte und mit einer Miene vertiefter, angewiderter, ja leicht empörter Besorgnis die Lehmklümpchen von den Enden der Hosenbeine wegzuwischen und abzuklopfen begann, indes der erste Zwillingsbruder, als der zweite sich bückte, sich rührte, in einer blinden, unbeeilten, unablenkbaren, gleichsam heimkehrenden Art und Weise schnurstracks auf ihn zuging wie ein zu einem andern gehöriger Maschinenteil, etwa der Reitstock einer Drehbank, der auf der gleichen unverrückbaren Welle zum Spindelstock hinläuft, sich ebenfalls bückte und die Erde hinten von den Hosen des Bruders zu wischen und zu klopfen anfing; und diesmal rutschte wohl eine Spatenlast Erde über den schräg hochgestellten Deckel hinunter und polternd in die leere Kiste hinein, laut genug oder jedenfalls mit genug Masse und Schwere, um ein schwaches hohles Echo hervorzurufen.

»Jetzt hat er zwei«, sagte der Onkel.

»Ja«, sagte der Sheriff. »Wo?«

»Der Teufel hol die zwei«, sagte der alte Gowrie. »Wo ist mein Junge, Schörf?«

»Den werden wir jetzt suchen, Mr. Gowrie«, sagte der Sheriff. »War gescheit von Ihnen, die Spürhunde da mitzubringen. Stecken Sie die Pistole weg, lassen Sie Ihre Jungens die Hunde an die Leine nehmen und festhalten, bis wir alles wieder in Ordnung gebracht haben.«

»Zerbrechen Sie sich bloß nicht den Kopf über die Pistole, und über die Hunde auch nicht«, sagte der alte Gowrie. »Die spüren alles auf und kriegen alles, was je gelaufen oder gegangen ist. Aber mein Junge und der Jake Montgomery – wenn es überhaupt Jake Montgomery war, der im Sarg meines Sohnes gefunden worden ist – können nicht von hier weggegangen sein, ohne eine Fährte zu hinterlassen.«

Der Sheriff sagte: »Jetzt mal still, Mr. Gowrie.« Der Alte blickte zu dem Sheriff hoch. Er zitterte nicht; er zeigte keine

Spannung, keine Verblüffung, kein Erstaunen, nichts von all dem. Da er ihn betrachtete, mußte er an eines der kalten, hellblauen, tropfenförmigen, scheinbar hitzelosen Flämmchen denken, die sich, auf noch weniger als Zehenspitzen tanzend, über Gasflammen im Gleichgewicht halten.

»Schön«, sagte der Alte. »Ich bin schon still. Aber nun machen Sie sich mal dran. Sie sind ja derjenige, der über alles Bescheid zu wissen scheint, der mir um sechs Uhr heut früh zum Morgenessen die Nachricht hat zukommen lassen, ich solle Sie hier treffen. Nun machen Sie sich mal dran.«

»Das wer'n wir jetzt schon tun«, sagte der Sheriff. »Wir werden jetzt zunächst mal feststellen, wo wir die Sache anpacken müssen.« Er drehte sich um zu dem Onkel und sagte in seinem milden, besonnenen, fast schüchternen Ton: »Es ist jetzt, sagen wir, etwa elf Uhr nachts. Du hast ein Maultier oder eventuell auch ein Pferd, jedenfalls etwas, was laufen und eine doppelte Last tragen kann, und zwar außer dir einen Toten überm Sattel. Und du hast nicht viel Zeit, will sagen: du hast keine Minute zu verlieren. Es ist zwar jetzt elf Uhr, wenn die meisten Menschen im Bett sind, und dabei Sonntagnacht, wo die Leute am andern Tag früh aufstehen müssen, um jetzt mitten in der Baumwollanbausaison die neue Woche anzufangen, viel Mondschein ist auch nicht, und selbst für den Fall, daß noch allerhand Leute herumlaufen, bist du in einer einsamen Landgegend, wo es eigentlich so gut wie ausgeschlossen ist, daß du jemand begegnest. Aber du hast immer noch einen Toten mit einem Kugelloch im Rücken bei dir, und selbst wenn's jetzt erst elf ist, über kurz oder lang bricht doch mal der Tag an. Nun also ... Was würdest du da anfangen?«

Sie blickten, starrten einander an, das heißt: der Onkel starrte – das allzu magere, knochige, aufgeweckte Gesicht, die hellen, gespannten, flinken Augen, gegenüber aber das breitflächige, verschlafene Gesicht des Sheriffs, aus dem die Augen nicht starrten, scheinbar nicht einmal blickten, sondern fast schläfrig blinzelten, die beiden wortlos durch all das hindurch aufs Ziel lossteuernd. »Natürlich«, sagte der Onkel, »wieder in die Erde damit. Und nicht weit weg, da, wie du richtig gesagt hast, über kurz oder lang der Tag anbricht, wenn's auch erst elf ist. Zumal da er doch noch Zeit gehabt hat, zurückzukommen und noch einmal von vorn anzufangen, ganz allein, ohne jede Hilfe beim Schaufeln. Und bedenk auch das: die Notwendigkeit, die furchtbare Notwendigkeit, nicht nur das Ganze noch einmal tun zu müssen, sondern es noch einmal tun zu müssen aus dem Grund, den er dafür hatte; stell dir vor, daß er alles getan hatte, was man von ihm verlangen oder erwarten, ja auch nur träumen konnte, daß er es werde tun müssen; er fühlte sich so sicher, wie er nur erhoffen konnte – um dann wieder gehemmt zu werden durch einen Laut, ein Geräusch, oder vielleicht rannte er auch zufällig auf den geparkten Lastwagen, oder vielleicht war das gerade sein Glück, sein guter Stern, was immer für ein Gott, Flaschengeist oder Schutzengel für eine kleine Weile sich eines Mörders annehmen mag, ihn beschützt und bewahrt hat, bis die übrigen Parzen Zeit gehabt haben, ihm den Strick zu drehen und zu knoten, wie dem auch sei, sich gezwungen zu sehen, zu kriechen, das Maultier oder Pferd oder was es war an einen Baum zu binden, auf dem Bauch wieder heraufzukriechen, um sich hinzulegen (wer weiß, vielleicht gerade da drüben hinterm Zaun?) und zuzusehen, wie ein vorwitziges altes Weib und zwei Kinder, die seit zwei Stunden bereits zehn Meilen von hier in ihren Betten hätten liegen müssen, den ganzen mit rasender Mühe sorgfältig aufgeführten Bau zerstörten, das Werk nicht nur seines Lebens, sondern auch seines Todes zunichte machten ...« Der Onkel hielt inne, und nun sah er die hellen, geradezu strahlenden Augen auf sich herabblitzen: »Und du. Du konntest auch keine Ahnung davon haben, daß Miss Habersham mit dir gehen würde, ehe du nach Hause kamst. Und ohne sie hättest du doch in keiner Weise hoffen können, daß Aleck Sander mit dir allein gehen würde. Wenn du also wirklich irgendwie die Absicht gehabt hast, allein hierherzukommen und das Grab aufzuwühlen, dann sag mir ja nicht ...«

»Laß das jetzt auf sich beruhen«, sagte der Sheriff. »Also schön. Irgendwo im Boden. Aber in was für einer Art Boden? Was für eine Erde läßt sich durch einen Menschen, der Eile und zwar eine Schaufel hat, aber ganz allein ist, am leichtesten und schnellsten aufwerfen? In was für einer Bodenart kann man eine Leiche wohl eins-zwei-drei verschwinden lassen, selbst wenn man nur ein Taschenmesser bei sich hat?«

»In Sand«, sagte der Onkel, unverzüglich einfallend, fast gleichgültig, fast unaufmerksam. »Im Bachbett. Sie haben dir doch erzählt, daß sie ihn heute früh um drei Uhr haben dorthin gehen sehen. Worauf warten wir denn noch?«

»Schön«, sagte der Sheriff. »Gehen wir also.« Dann zu ihm: »Zeig uns genau wo . . .«

»Nur hat Aleck Sander gesagt, es könne vielleicht auch kein Maultier gewesen sein«, sagte er.

»Na schön«, sagte der Sheriff. »Dann also ein Pferd. Zeig uns genau die Stelle, wo . . .«

Auch das sollte ihm im Gedächtnis bleiben: wie der Alte die Pistole wieder mit dem Kolben nach vorn rasch in seine Achselhöhle steckte und sie mit dem Armstumpf darin festgeklemmt hielt, während die einzige Hand das Hemd aufknöpfte, dann die Pistole aus der Achselhöhle nahm und sie unters Hemd schob, dann das Hemd wieder zuknöpfte, der Alte darauf, rascher noch, lebhafter als die beiden halb so alten Söhne, sich umwandte, bereits vor allen andern wieder über den Zaun sprang, zu der Stute ging, Zügel und Sattelknopf gleichzeitig mit der einen Hand packte und sich aufs Pferd schwang; dann die beiden Autos im zweiten Gang, um bei dem steilen Gefälle ihr Gewicht abzubremsen, den Abhang hinunterfuhren, bis er sagte: »Hier«, wo die Geleisspuren des Lastwagens die Schleife von der Straße ab ins Gebüsch machten und dann wieder auf die Straße kamen, und der Onkel anhielt; wie er dann den ungestümen einarmigen Alten auf der falben Stute von der Straße ab auf der andern Seite, die schon zum Bach abfiel, in den Wald hineinsprengen sah, dann die zwei Jagdhunde hinter ihm die Uferböschung hinauf und ihnen nach das Maultier samt den zwei einander aufs Haar gleichenden Söhnen mit ihren hölzernen Gesichtern; wie er und der Onkel dann aus dem Wagen stiegen, hinter dem, Stoßdämpfer an Stoßdämpfer, der des Sheriffs hielt, während er die Stute zum Bach hinunter durchs Gehölz brechen und schließlich des Alten hohe, nasale Stimme den Hunden zuschreien hörte:

»Hei! Hei! Such den Jungen! Faß, faß, Ring!« und dann den Onkel:

»Fessel sie mit den Handschellen ans Lenkrad«, und dann den Sheriff:

»Nein. Wir brauchen die Spaten«, und er hatte ebenfalls die Böschung erklommen, dabei nach seitwärts und hinunter auf das Krachen und Rufen lauschend, dann waren der Onkel, der Sheriff und die zwei Neger mit den Spaten neben ihm. Obwohl der Bach die große Landstraße im rechten Winkel gerade da kreuzte, wo die ungeschotterte Straße abzweigte, war es fast eine Viertelmeile von der Stelle, wo sie standen, oder genauer: gingen, und obschon sie den alten Gowrie immer noch die Hunde anfeuern und das Krachen und Knacken der Stute und des Maultiers im Dickicht darunter hören konnten, ging der Sheriff nicht in der Richtung der Geräusche, sondern bog dem Hügelzug entlang ein, schritt einige Minuten lang fast parallel mit der Straße hin und fing erst an, schräg davon abzugehen, als sie auf die von Schneidegras, Lorbeergebüsch und Weidengestrüpp dicht überwucherte Niederung zwischen Hang und Bach hinausgelangten; dann darüber weg, der Sheriff voran, bis er stillstand, hinabblickte, darauf den Kopf wandte und ihm, der er mit dem Onkel herankam, entgegenblickte.

»Dein Sekretär hat beim erstenmal recht gehabt«, sagte der Sheriff. »Es war ein Maultier.«

»Doch kein schwarzes mit einer Scheuerwunde vom Seil?« sagte der Onkel. »Das sicher nicht. Selbst ein Mörder ist nicht so kraß und arrogant extrovertiert.«

»O ja«, sagte der Sheriff. »Das macht ja ihre Gefährlichkeit aus, warum wir sie vernichten oder einsperren müssen«, und da er hinunterblickte, gewahrte er sie ebenfalls: die schmalen, zierlichen, fast wie gedrechselten Hufspuren des Maultiers, die eigentlich in gar keinem Verhältnis zu der Größe des Tieres standen, tief in den feuchten Schlamm eingedrückt, zu tief für ein Maultier, das nur einen, wenn auch noch so schweren Menschen trug, die Abdrücke mit Wasser angefüllt, über deren einen sogar, als er eine Minute lang hinschaute, ein Wassertierchen hinhuschte und einen winzigen, fadendünnen Strich von zerlöstem Schlamm zurückließ; und da sie nun die Fährte gefunden hatten und darauf standen, konnten sie auch den eigentlichen Fußpfad durch den zertretenen, bis in Schulterhöhe gehenden Pflanzenwuchs erkennen, in der Schwebe gehalten gleich einer Ackerfurche oder der gefrorenen Kielspur eines Boots, pfeilgerade über den Marschboden schneidend, bis er im Dschungel verschwand, der den Bach säumte. Sie folgten ihm, schritten ihn entlang, auf die zwei Spurenreihen tretend, die nicht vorwärts und rückwärts, sondern beide in der gleichen Richtung liefen, der Abdruck des einen Hufs manchmal genau auf den vorigen gesetzt, und der Sheriff, immer an der Spitze, fing wieder zu sprechen an, mit lauter Stimme, aber ohne einen Blick nach rückwärts, als ob er – wie er anfangs dachte – mit sich selbst rede:

»Zurückgekommen ist er nicht diesen Weg. Das erstemal hatte er keine Zeit. Da stieg er stracks wieder den Berg hinauf, ohne sich an Dickicht und Dunkelheit zu kehren. Das war, als er etwas hörte, gleichviel was es war, was er da hörte.« Da merkte er, an wen der Sheriff seine Worte richtete: »Vielleicht hat dein Sekretär da oben gepfiffen oder sonstwas. Bei Nacht und Nebel auf einem Kirchhof ...«

Dann blieben sie am Ufer des Baches selbst stehen, einem breiten Graben, einem Kanal, durch den zur Zeit der Winter- und Frühjahrsregenfälle ein Wildbach rauschte, doch wo jetzt nur ein dünnes Rinnsal floß, kaum einen Zoll tief und, von Strudel zu Strudel auf dem ausgebleichten Sand, kaum einen Meter breit – und eben als der Onkel sagte: »Sicher hat der Dummkopf ...« da sagte der Sheriff, der schon vielleicht zehn Meter am Ufer weitergegangen war:

»Hier ist es«, und sie gingen zu ihm hin, und er erkannte, wo das Maultier, an ein junges Stämmchen angebunden, gestanden hatte, und dann, da wo der Mann selbst am Ufer entlanggepatscht war, die Spuren tiefer eingedrückt, als ein noch so schwerer Mann sie hinterlassen haben konnte, und da ging es ihm durch den Kopf: die Angst, die Verzweiflung, die Hast in der pechschwarzen Finsternis und die Dornbüsche und das wahnwitzige, unwiderrufliche Hinfliehen der Sekunden, mit einer Last beschwert, die zu schleppen dem Menschen nicht bestimmt ist; dann vernahm er ein Knistern und Tappen im Unterholz weiter weg am Ufer, und dann die Stute, und dann rief der alte Gowrie, und darauf wieder ein Krachen, das das herankommende Maultier sein mußte, und dann war schlechterdings die Hölle losgelassen: Geschrei und Geschimpf des Alten, Gejaul der Hunde, der dumpfe Laut eines Männerstiefels gegen die Rippen eines Hundes; doch sie vermochten darum nicht schneller vorwärts zu kommen, mit Tappen und Krachen sich den Weg bahnend durch die an ihnen zerrenden und sich festhakenden Dornen und Ranken, bis sie hinabzuschauen vermochten in den Graben und auf den niedrigen Aufwurf frischer, dünnschichtiger Erde, darin die beiden Hunde, vom alten Gowrie mit Fußtritten und Flüchen überschüttet, bereits wühlten, und dann waren sie alle, außer den beiden Negern, unten im Bachgraben.

»Halten Sie ein, Mr. Gowrie«, sagte der Sheriff, »das ist nicht Vinson.« Der Alte jedoch schien ihn nicht zu hören. Er schien sich überhaupt nicht mehr bewußt zu sein, daß noch andere Menschen zugegen waren; er schien nicht einmal mehr zu wissen, warum er den Hunden Fußtritte versetzte, daß er sie nur hatte von dem Erdhaufen wegtreiben wollen; er humpelte und hüpfte ihnen weiter nach auf einem Bein, während er das andere hochgestreckt hielt, um nach ihnen noch zu treten, als sie schon von dem Erdhaufen abgelassen hatten und sich nur noch an ihm vorbeizudrücken und sich aus dem Graben heraus in Sicherheit zu bringen versuchten, bis der Sheriff den immer weiter mit Fußtritten und Schimpfworten hinter ihnen Hertobenden beim Arm ergriff und festhielt.

»Schaut euch doch die Erde an«, sagte der Sheriff. »Seht ihr denn nicht? Er nahm sich kaum die Zeit, sie einzugraben. Das war die zweite, als er Eile hatte, als es schon fast Tag war und er sie schleunigst verstecken mußte«, und nun konnten sie es alle sehen: den niedrigen, frisch aufgeworfenen Erdhaufen, dicht unter der Uferböschung, und am Uferrand darüber die wüsten, wirren Spatenspuren, als habe der Betreffende, den Spaten wie eine Axt schwingend, mit der Kante des Blatts auf das Ufer eingehackt (und wieder mußte er denken: die Verzweiflung, die drängende Hast, das rasende Handgemenge mit der trägen Masse, dem unerträglichen Beharrungsvermögen der Erde selbst), bis er endlich genug davon losgebrochen und hinuntergeworfen hatte, um das zu verbergen, was er zu verbergen trachtete.

Diesmal brauchten sie nicht einmal mehr die Spaten. Die Leiche war kaum zugedeckt; die Hunde hatten sie bereits halb freigelegt, und er erkannte jetzt richtig die wahre Gewalt der Eile und Verzweiflung, den wahnwitzigen, verzweifelten Bankrott an Zeitkapital, von dem nicht einmal mehr genügend blieb, um die Beweise seiner Verzweiflung und die Ursache seiner Eile zu verwischen; es war nach zwei Uhr gewesen, als er und Aleck Sander, sie sogar zu zweit in fieberhaftem Tempo arbeitend, das Grab wieder zugeworfen hatten, so daß um die Zeit, als der Mörder, der nicht nur auf sich allein angewiesen war, sondern seit dem gestrigen Sonnenuntergang schon einmal sechs Fuß Erde ausgehoben und wieder zurückgeschüttet hatte, die zweite Leiche ausgegraben und ein zweites Mal das Grab wieder zugeworfen hatte, der Tag bereits angebrochen war, vielleicht sogar schon geraume Zeit, so daß die Sonne selbst ihm nachschaute, als er das zweitemal bergab zum Bach und darüber ritt; daß der Morgen bereits ihm zuschaute, als er die Leiche über den Uferrand hinunterwarf, dann von diesem mit wilden Hieben gerade so viel loshackte, daß die Leiche wenigstens einstweilen nicht mehr zu sehen war, erfüllt von der wahnwitzigen Verzweiflung wie etwa eine Frau, die ihren Frisiermantel über den von ihrem Liebhaber bei ihr vergessenen Handschuh wirft – so lag er da (der Leichnam), mit dem Gesicht nach unten und nur die Rückseite des zertrümmerten Schädels sichtbar, bis der Alte sich bückte und mit seiner einzigen Hand den steifen Körper herumriß, daß er auf den Rücken zu liegen kam.

»Tja«, sagte der alte Gowrie mit seiner hohen, scharfen, weithin tragenden Stimme: »Es ist der Montgomery, der Teufel soll mich holen, wenn er's nicht ist« und erhob sich wieder dürr und schnellend wie eine losgelassene Uhrfeder, kreischte, schrie dabei wieder den Hunden zu: »Hei, Burschen! Sucht Vinson!«

Und dann der Onkel, ebenfalls schreiend, um sich verständlich zu machen: »Halt, Mr. Gowrie, halt!« dann zum Sheriff: »So dämlich hat er sich angestellt, bloß weil die Zeit drängte, nicht weil er ein Dummkopf ist. Ich kann gar nicht glauben, daß zweimal ...« und sah sich mit blitzenden Augen um. Seine Blicke blieben an den Zwillingen hängen. Er sagte scharf: »Wo ist der Triebsand?«

»Was?« fragte einer der Zwillinge.

»Der Triebsand«, sagte der Onkel. »Das Triebsandbett in dem Bach hier. Wo ist das?«

»Triebsand?« fragte der alte Gowrie. »Verflucht und zugenäht, Herr Anwalt. Einen Menschen in Triebsand stecken? Meinen Jungen in Triebsand?«

»Seien Sie still, Mr. Gowrie«, sagte der Sheriff. Dann zu dem einen jungen Gowrie: »Also? Wo?«

Doch er kam mit der Antwort zuvor. Er hatte das schon ein paar Sekunden vorher tun wollen. Nun tat er es also und sagte: »Das ist bei der Brücke«; dann – er wußte nicht, warum, es war ja auch unwichtig –: »Diesmal war es nicht Aleck Sander. Es war Highboy.«

»*Unter* der Straßenbrücke«, verbesserte der eine Zwillingsbruder. »Wo's schon immer gewesen ist.«

»Aha«, sagte der Sheriff. »Wer war denn gleich Highboy?« Er wollte gerade darauf antworten, da schien der Alte auf einmal auch seine Stute vergessen zu haben, er fuhr herum und lief schon, ehe einer von ihnen, auch er selbst, sich rührte, lief mit ein paar weitausgreifenden Schritten dorthin, wo der grundlose Sand sein mußte, während sie ihm nachsahen, bevor er abbog und sich mit der gleichen katzenhaften Behendigkeit, mit der er seine Stute bestieg, mit der einen Hand die steile Uferböschung hinaufkrallte und, trampelnd und krachend, ihren Blicken entschwand, ehe noch einer von den übrigen, außer den Negern, die es noch gar nicht verlassen hatten, auch nur oben auf dem Ufer war.

»Springt!« rief der Sheriff den Zwillingen zu. »Fangt ihn ein!« Aber die taten nichts dergleichen. So trampelten und krachten sie alle hinter ihm drein, einer der Zwillinge vorneweg, dann die übrigen und die zwei Neger, kreuz und quer durch Dorngebüsch und Unterholz, weiter wieder den Bach entlang und aus dem Dschungel heraus auf den gerodeten staatseigenen Streifen unterhalb der Straße an der Brücke; er erkannte die Rutschspuren der Hufe, wo Highboy beinahe bis zum Wasser hinunterkommen und dann nicht mehr weiterzubringen gewesen war, die Strömung, das Wasser an der gegenüberliegenden Betonverkleidung hochgedrängt, als schmales Band hinfließend, dessen diesseitiger Rand ohne sichtbare Abgrenzung in eine breite Fläche nassen Sandes überging mit einer Oberfläche so glatt, harmlos, ebenmäßig wie Milch; er stapfte, sprang über eine lange Weidenstange, die über dem Uferrand lag und drei, vier Fuß weit nach oben mit einer dünnen patinaähnlichen Schicht von getrocknetem Sand überzogen war, so als wenn man einen Stock in einen Eimer oder Bottich mit Tünche steckt, und eben als der Sheriff ausrief: »Packt ihn, ihr!« sah er den Alten mit den Füßen voran vom Ufer abspringen und ohne Aufspritzen oder sonst eine Störung stracks weitergehen, nicht durch die trügerisch weiche Oberfläche, sondern daran vorbei, als sei er nicht in etwas hineingesprungen, sondern am Rand eines Felsens oder Fenstersimses vorbei, und dann, halb verschwunden, ebenso plötzlich, ohne Schreck oder Ruck, stehenbleiben, einfach festgebannt, regungslos, als wenn ihm die Beine durch einen einzigen Sensenhieb von den Lenden weggeschlagen wären und sein Rumpf aufrecht auf dem weichen, grundlosen, milchigen Sand säße.

»Schon gut, Jungens!« schrie der alte Gowrie schneidend, schallend. »Hier ist er. Ich stehe auf ihm.«

Und der eine Zwillingsbruder nahm den Zügelstrick von dem Maultier und den Sattelgurt von der Stute, und die Neger hackten, die Spaten als Äxte benutzend, Weidenzweige ab, während die übrigen anderes Reisig und Astwerk und was sie sonst noch fassen, finden oder losreißen konnten, heranschleiften und nun die Zwillinge und die zwei Neger, die ausgezogenen Schuhe am Uferrand stehenlassend, ebenfalls in den Sand hinunterstiegen; und immerzu kam von den Bergen her das unablässig starke Raunen der Tannen, doch sonst noch kein Laut, wiewohl er angestrengt nach beiden Richtungen die Straße entlanghorchte, nicht um der Würde des Todes willen, denn der Tod hat keine Würde, sondern doch wenigstens um seiner Schicklichkeit willen, ein klein wenig zumindest jener Schicklichkeit, die jedes Menschen unveräußerliches Recht sein sollte, bis die sterbliche Hülle, die er zurückläßt, vor Lächerlichkeit und Beschämung geborgen werden kann. Nun tauchte, mit den Füßen voran, der Körper empor, wie an einem Galgen hoch- und herausgezogen aus dem unergründlichen Sog mittels der Hubkraft des primitiven Flaschenzugs, dann sich gänzlich aus dem Sand lösend mit einem schwachen, schmatzenden Blubbern wie der Laut von Lippen im Schlaf etwa, und auf der glatten, trügerischen Oberfläche nichts, ein leichtes Gekräusel, Gerunzel, schon schwindend, dann verschwunden wie das letzte Verschweben eines schwachen, geheimnisvollen Lächelns; und nun lag er am Ufer, während sie alle darum herum und darüber standen und er noch schärfer als bisher, jetzt geradezu mit des Mörders eigener wahnwitziger Gespanntheit, die Landstraße nach beiden Richtungen hin abhorchte, doch noch immer nichts laut wurde; nur seine eigene Stimme hörte, erkannte er, anscheinend längst nachdem alle andern sie vernommen hatten, indes er den Alten betrachtete, der bis zur Hüfte mit derselben dünnen Patina von Sand überzogen war wie die Stange, hinabblickend auf die Leiche, deren Gesicht verzerrt und die Oberlippe darin, den leblosen Porzellanglanz und das blutlose rosa Zahnfleisch des falschen Gebisses bloßlegend, hochgezogen war:

»Herrje, Onkel Gavin, herrje, Onkel Gavin, bringen wir ihn doch von der Straße weg, wenigstens doch wieder in den Wald . . .«

»Ruhig Blut«, sagte der Onkel, »sie sind jetzt alle vorbei. Sie sind jetzt schon alle in der Stadt«; und er sah wieder zu, wie der Alte sich vorbeugte und mit seiner einen Hand täppisch den in Augen, Nasenlöchern und Mund klebenden Sand wegzustreichen begann, und die Hand wirkte dabei so sonderbar steif, die doch so gelenkig und lebendig für Gewalttat gebildet gewesen war, für die Knöpfe am Hemd und für Kolben und Abzug der Pistole, und dann fuhr die Hand wieder zurück und begann, an der Hintertasche herumzusuchen, aber schon hatte der Onkel ein Taschentuch herausgezogen und hingestreckt, doch damit kam er auch zu spät, denn der Alte, jetzt hingekniet, zerrte seinen Hemdzipfel heraus und, sich tief bückend, um ihn daran heranzubringen, wischte damit das tote Gesicht ab oder dran herum, versuchte dann, noch immer gebückt, den feuchten Sand davon wegzublasen, als habe er vergessen, daß der noch feucht war. Schließlich stand der Alte wieder auf und sagte mit seiner hohen, nasalen Stimme, in der jedoch noch immer keinerlei Modulation war:

»Na, Schörf?«

»Es war nicht Lucas Beauchamp, Mr. Gowrie«, sagte der Sheriff. »Jake Montgomery war gestern bei Vinsons Begräbnis. Und während Vinson beerdigt wurde, war Lucas Beauchamp in meinem Gefängnis in der Stadt eingesperrt.«

»Ich red nicht von Jake Montgomery, Schörf«, sagte der alte Gowrie.

»Ich auch nicht, Mr. Gowrie«, sagte der Sheriff. »Denn es war auch nicht Lucas Beauchamps alter einundvierziger Colt, mit dem Vinson erschossen wurde.«

Und indes er zusah, dachte er: *Nein! Nein! Sage es nicht! Frage nicht!*, und eine Zeitlang meinte er, der Alte werde es nicht tun, wie er vor dem Sheriff stand, diesen jedoch nicht anblickend, denn die runzligen Lider hatten sich gesenkt und verdeckten die Augen, doch nur so, wie das geschieht, wenn man auf die eigenen Füße hinunterschaut, und so konnte man nicht genau sagen, ob der Alte sie geschlossen hatte oder nur auf das hinunterblickte, was zwischen ihm und dem Sheriff auf dem Boden lag. Doch er hatte sich geirrt: die Lider gingen wieder hoch, und die harten fahlen Augen des Alten richteten sich wieder auf den Sheriff; und wieder würden neunhundert von neunhundertundeinem Menschen den Klang seiner Stimme für durchaus heiter gehalten haben:

»Womit ist Vinson denn erschossen worden, Schörf?«

»Mit einer deutschen Luger-Pistole, Mr. Gowrie«, sagte der Sheriff. »Mit so einer wie die, die Buddy McCallum im Jahre

1919 aus Frankreich mit heimgebracht und in jenem Sommer gegen ein Paar Jagdhunde eingetauscht hat.«

Und nun dachte er, dabei müßten sich wohl die Augenlider wieder senken, aber wiederum hatte er sich geirrt; nur bis der Alte flink und drahtig kehrtmachte und, bereits im Gehen und schon wieder herrisch und laut, nicht weil er zu Widerspruch oder Einwand nicht gewillt, sondern weil ihm solcherlei überhaupt nicht vorstellbar war, sagte:

»Also gut, Söhne. Laden wir unsern Jungen aufs Maultier und bringen wir ihn heim.«

Neuntes Kapitel

Und um zwei Uhr des gleichen Nachmittags im Auto des Onkels hinter dem Lastwagen (auch so einem offenen Lieferwagen mit einem Lattenverschlag für Viehtransport; sie – der Sheriff – hatten ihn requiriert, der eine Gowrie-Zwilling hatte gewußt, daß der Wagen auf einem verlassenen Hinterhof des zwei Meilen entfernt liegenden Hauses, wo auch das Telephon war, stehe – und er erinnerte sich, daß er sich darüber gewundert hatte, wieso der Wagen da stehe und wie die, die ihn da stehengelassen hatten, in die Stadt gekommen seien –, und der Gowrie hatte die Zündung mit einer Tischgabel angedreht, die er selbst nach den Angaben des Gowrie aus der unverschlossenen Küche geholt hatte, als der Onkel ins Haus ging, um den Leichenbeschauer anzurufen, und der Gowrie lenkte ihn auch), andauernd heftig blinzelnd, nicht so sehr wegen des Sonnenscheins, als wegen etwas, was unter seinen Lidern brannte und kratzte wie Glassplitterchen (was gewiß auch Staubkörner sein konnten, ja eigentlich sein mußten nach einigen zwanzig Meilen Fahrt auf Sand- und Kiesstraßen an einem einzigen Vormittag, gewöhnlicher Staub würde allerdings, nicht so wie es dieser hier tat, dem Feuchtwerden durch das Blinzeln widerstanden haben), kam es ihm vor, als drängten sich auf der andern Straßenseite gegenüber dem Gefängnis nicht bloß die Landbevölkerung des Landkreises, nicht nur Kreis eins, zwei, drei und fünf in ihren verschossenen krawattenlosen Khaki-, Drillich- und bedruckten Kattunkleidern, sondern auch die Einwohner der Stadt – nicht bloß die Gesichter, die er am Samstagnachmittag vor dem Friseurladen und dem Spielsalon und dann am Sonntagvormittag vor dem Friseurladen und wieder am Sonntagmittag, als der Sheriff mit Lucas hier vorgefahren war, aus den staubigen Kreis-vier-Wagen hatte steigen sehen, sondern die andern, die, außer den Ärzten, Anwälten und Geistlichen, nicht bloß die Stadtbevölkerung, sondern ›die Stadt‹ darstellten: Kaufleute, Baumwollaufkäufer und Autohändler sowie die jüngeren Leute, die Angestellten in den Ladengeschäften, Baumwollkontoren und Versteigerungshallen und die Mechaniker in den Garagen und Tankstellen, jetzt auf dem Rückweg vom Mittagessen zur Arbeit –, die, ohne auch nur abzuwarten, bis der Wagen des Sheriffs nahe genug war, um ihn erkennen zu können, bereits kehrtgemacht und angefangen hatten, nach dem Marktplatz zurückzuströmen, gleich dem Umkehren der Flut nach der Ebbe, schon in Bewegung, als der Wagen des Sheriffs, dann der Lastwagen, dann der Onkel in die Seitengasse neben dem Gefängnis einbogen, die zu der Laderampe an der Hintertür des Leichenbestatters führte, wo der Leichenbeschauer auf sie wartete, dergestalt, daß die Menge sich über den dazwischenliegenden Häuserblock hinaus nicht nur parallel mit ihnen vorwärts bewegte, sondern sie bereits überholte und das Haus des Leichenbestatters zuerst erreichen mußte; und auf einmal dann und ehe er sich noch auf dem Sitz umwenden konnte, um zurückzublicken, wurde ihm bewußt, daß auch in der Seitengasse hinter ihnen etwas gebrodelt hatte und nun in einem Augenblick, in der nächsten Sekunde gegen sie anbrausen, über sie herfallen und sie nacheinander schnappen würde: den Wagen des Onkels, dann den Lastwagen und schließlich den des Sheriffs wie drei Verschläge voll Hühner vor sich herschwemmen und am Ende zu einem einzigen unentwirrbaren, form- und wertlos gewordenen Gerümpel verknäuelt die Rampe hinauf dem Leichenbeschauer vor die Füße spülen würde; ohne daß er sich vom Fleck gerührt hatte, war es ihm, als beuge er sich schon zum Fenster hinaus oder klammere sich etwa wahrhaftig an das weichende Trittbrett und schreie dabei, von etwas wie unerträglicher, ungläubiger Empörung erfüllt, nach rückwärts ihnen zu:

»Ihr Dummköpfe, seht ihr denn nicht, daß ihr zu spät kommt, daß ihr noch einmal von vorn anfangen müßt, um einen neuen Grund zu finden?« Und dann, sich umwendend und ein paar Sekunden durch das hintere Fenster zurückblickend, sah er es tatsächlich: nicht Gesichter, sondern *ein* Gesicht, nicht eine Masse oder gar ein Mosaik von Gesichtern, sondern ein Übergesicht; nicht einmal voller Gier und Unersättlichkeit, sondern nur von Erregung erfüllt, empfindungslos, jeglichen Gedankens, ja jeglicher Leidenschaft bar: eine Fratze ohne Ausdruck, ohne Inhalt, ohne Vergangenheit, gleich derjenigen, die plötzlich, nach Sekunden oder erst Minuten angestrengten, ja wahnwitzigen Draufstarrens, aus dem harmlosen Nebeneinander von Bäumen, Wolken und Landschaft auf den Vexierbildern der Seifenreklamen oder auf dem abgeschlagenen Kopf in einer Reportageaufnahme von Balkan- oder Chinagreueln in

Erscheinung tritt: ohne Würde, nicht einmal grauenerregend, nur halslos, muskelschlaff und wie schlafend, Auge in Auge vor ihm aufgehangen, dicht hinter der Scheibe des Rückfensters, doch im selben Moment ungeheuerlich auf ihn zurasend, so daß er tatsächlich zurückfuhr und er auch schon zu denken begonnen hatte: *In der nächsten Sekunde geschieht es*, als es, husch!, verschwunden war, nicht nur das Übergesicht, sondern die Gesichter, die Gasse hinter ihnen leer, überhaupt nichts und niemand darin und in der Straße jenseits der leer klaffenden Mündung kaum ein Dutzend Leute, die dastanden und die Gasse hinunter ihnen nachschauten und, noch während er hinsah, ebenfalls umdrehten und sich wieder anschickten, zum Platz zurückzugehen.

Er stutzte nur einen Moment lang. *Sie sind alle zur Vorderseite herumgegangen*, dachte er rasch und ganz ruhig, während er nur mit einiger Schwierigkeit (er nahm wahr, daß der Wagen angehalten hatte) die Hand zum Türgriff bringen konnte und sowohl den Wagen des Sheriffs wie den Lastwagen, ebenfalls haltend, bemerkte an der Rampe, wo vier oder fünf Männer eine Bahre zu der geöffneten rückwärtigen Klappe des Lastwagens hinaufhoben, und gleichzeitig hörte er die Stimme des Onkels von hinten:

»Jetzt gehen wir heim und stecken dich ins Bett, bevor deine Mutter einen Doktor holt und uns beiden eine Spritze verabreichen läßt«; da hatte er endlich den Türgriff gefunden und stieg, ein bißchen, aber doch nur einmal, stolpernd, aus, dann, obschon er keineswegs rannte, die Absätze hart auf dem Beton klappernd, die Beine krampfig steif, ja wohl von einem Muskelkater befallen durch das Aufundabstapfen in Bachbetten, gar nicht zu reden von der mit Aufwühlen und Zuwerfen von Gräbern verbrachten Nacht; doch wenigstens machte die Erschütterung ihm den Kopf etwas frei, oder vielleicht kam es auch vom Luftzug der Vorwärtsbewegung, jedenfalls würde er wenigstens einen klaren Kopf haben, wenn es galt, Sinnestäuschungen ins Auge zu sehen; den Durchgang zwischen dem Geschäft des Leichenbestatters und dem Nachbarhaus hinauf, doch natürlich bereits zu spät, das Übergesicht war jetzt in einem einzigen, letzten, vorstürzenden und hochsteigenden Schwall längst über den Platz und das Trottoir, in einem einzigen letzten Krachen gegen, dann glatt durch die Spiegelscheibe, das kleine Messingschild des ›Landesverbands der Beerdigungsinstitute‹ und die vereinzelte schäbige, verkümmerte Palme in ihrem braunen Tonkübel in Splitter und Scherben trampelnd und die verschossene lila Portiere in Fetzen reißend, die die letzte schwache Schutzschranke vor den Resten dessen bildete, was noch übrig war von Jake Montgomerys einstigem Anteil an der Würde des Menschengeschlechts.

Dann wieder aus dem Durchgang hinaus aufs Trottoir, den Marktplatz, und er blieb stockstill stehen, das erstemal, wie es ihm dünkte, seit er und der Onkel vom Abendbrottisch aufgestanden und aus dem Haus gegangen waren vor einer Woche oder einem Monat oder einem Jahr oder wann immer es gewesen sein mochte, daß jener letzte Sonntagabend gewesen war. Denn diesmal bedurfte es für ihn nicht einmal des huschenden Aufblitzens. Sie waren ja da, die Nasen an die Scheibe gedrückt, aber es waren ihrer nicht genug, um das Trottoir zu versperren, geschweige, sich zu einem Übergesicht zu ballen; hier auch noch kein Dutzend Menschen und die Mehrzahl davon Buben, die um diese Stunde eigentlich hätten in der Schule sein müssen, nicht ein einziges Bauerngesicht, ja nicht ein einziger wirklicher Mann dazwischen, denn selbst die andern vier oder fünf waren die zu Männergröße aufgeschossenen Halbwüchsigen im Übergangsalter, die immer dabei waren, wenn der epileptische alte ›Onkel Schweinsauge‹ Mosby aus dem Armenhaus mit Schaum vorm Mund in die Gosse fiel oder wenn es Willy Ingrum schließlich gelang, das Bein oder die Lenden eines Hundes anzuschießen, der ihm durch den Telephonanruf irgendeines Weibsbilds als tollwütig gemeldet worden war; und so stand er, mühsam mit den schmerzenden, feuchtigkeitslosen Augenlidern blinzelnd, am Eingang des Durchgangs, den der Onkel schweren Schritts hinter ihm heraufgetappt kam; der Marktplatz zwar nicht leer, weil doch noch zu viele Menschen da waren, aber sich leerend, die Khaki-, Drillich- und bedruckten Kattunkleider hinein- und darüber hinwegströmend zu den geparkten Personen- und Lastautos, sich an deren Türen ballend und drängend, während einer nach dem andern auf die Wagensitze, -böden und -böcke klomm, und schon winselten Anlasser, knatterten Zündungen, sprangen Motoren an oder versagten, kratzten und knirschten Gangschaltungen, während noch immer Fahrgäste auf sie zuhasteten und nun nicht einer, sondern fünf, sechs auf einmal vom Randstein rückwärts gelenkt, dann gewendet und aufgerichtet wurden, während noch immer Leute ihnen nachliefen, hinaufkletterten, und dann hätte er beim besten Willen, wenn er es überhaupt versucht haben würde, mit Zählen nicht mehr nachkommen können, während er, neben dem Onkel stehend, zusah, wie sie sich nach den vier Himmelsrichtungen in die vier Hauptausfallstraßen hinein zu vier Strömen verdichteten, bereits in raschem Tempo, ehe sie noch den Marktplatz hinter sich gelassen hatten, die Gesichter darin einen letzten Augenblick noch nicht mehr rückwärts-, sondern hinausschauend, ohne etwas Bestimmtes ins Auge zu fassen, nur eben noch einmal hinausschauend, gar nicht lange und dann nicht wieder, geschwind im Profil vorbeihuschend und scheinbar sich viel rascher dahinbewegend als das Gefährt, das sie trug, mit den Gesichtern bereits außerhalb, längst ehe sie außer Sicht waren, und doppelt so weit gar vom Wagen; da stand auf einmal, ohne an ihn hinzustreifen, seine Mutter da, die offenbar vom Gefängnis her ebenfalls durch den Durchgang gekommen war, gerade da vorbei, wo wahrscheinlich noch mit ›Ho‹ und ›Ruck‹ Montgomery von dem Lastwagen heruntergeschafft wurde, aber der Onkel hatte ihm ja gesagt, sie hielten alles aus, vorausgesetzt, daß sie sich stets das Recht vorbehielten, zu leugnen, daß es sichtbar sei, und sie sagte zu dem Onkel:

»Wo ist der Wagen?« machte dann, ohne auch nur auf eine Antwort zu warten, kehrt und schritt wieder in den Durchgang hinein – ihnen den schlanken, aufrechten, straffen Rücken zukehrend und mit den Absätzen klappernd und knallend auf dem Beton, wie sie das daheim tat, wenn er, Aleck Sander, der Vater und der Onkel, alle vier, gut daran taten, eine Zeitlang hübsch leise aufzutreten –, wieder an der Rampe vorbei, wo jetzt nur noch das leere Auto des Sheriffs und der leere Lastwagen standen, zu dem Seitengäßchen, wo sie bereits den Wagenschlag geöffnet hatte, als er und der Onkel hinkamen und sie alle wieder an der Mündung des Gäßchens vorbeiziehen sahen: die Personen- und Lastwagen, die Gesichter unverrückbar im Profil, nicht erstaunt, nicht verstört, sondern nur von unwiderruflicher Abneigung erfüllt, an der Einmündung der Gasse vorüberschießend, so ständig, so ununterbrochen und in solcher Anzahl, daß es war, als wenn die Prima des Gymnasiums oder etwa eine wandernde Schauspieltruppe, die überall nur für einen Abend bleibt, die Schlacht am Berge San Juan aufführte und man dabei das gedämpfte, verworrene Gemurmel hinter der Szene nicht hörte, sondern man gar nicht darauf zu hören brauchte, um zu sehen, wie die marschierenden oder attackierenden Truppen, sobald sie an der Seitenkulisse waren, mit flatternden Rockschößen, Mützen und künstlichen Bandagen in einen wilden, strauchelnden Laufschritt fielen und hinter der wellenschlagenden, mit Schlachtgetümmel, Heldenmut und Tod bemalten Leinwand einschwenkten, um wieder mit ihrer eigenen Nachhut aufzuschließen und in heldenhaft strammer Haltung wieder an den Rampenlichtern vorbeizudefilieren.

»Wir wollen zuerst Miss Habersham heimbringen«, sagte er.

»Steig ein«, sagte die Mutter, und dann ging's mit einer einzigen Linksbiegung in die Straße hinter dem Gefängnis hinein, und er konnte sie immer noch hören, und dann, wiederum links abbiegend, in die nächste Querstraße hinein, und da waren sie wieder, auch über diese Vorderbühne ununterbrochen und lückenlos vorbeifliegend, die Gesichter starr im Profil über dem langen, knirschenden Geräusch von Zement und Gummi, und wenn er am Morgen zwei, drei Minuten gebraucht hatte, um Gelegenheit zu finden, sich mit dem Gemüsewagen in den Strom einzuschalten und in der Richtung, in der er floß, mitzukommen, so mußte der Onkel jetzt wohl fünf oder sechs Minuten warten, bis er eine Lücke fand, um quer hindurch und zum Gefängnis hinüberzukommen.

»Los doch«, sagte die Mutter. »Schau doch, daß sie dich dazwischenlassen«, und da verstand er, daß sie überhaupt nicht zum Gefängnis fuhren; er sagte:

»Miss Habersham ...«

»Wie soll ich das anfangen?« sagte der Onkel. »Einfach die Augen zudrücken und fest auf das Gaspedal treten?« Und so tat er denn wohl auch, denn nun befanden sie sich auf einmal im Strom drin, bogen mit ihm ein in Richtung auf ihr Haus zu, was schon recht war, aber das Hineinkommen hatte ihm keine Sorge gemacht, sondern das Wiederherauskommen, ehe der wahnwitzige Wirrwarr dieser Flucht, oder wenn man es lieber so nennen will: dieser Evakuierung, sie mit hinausschwemmte in die anbrechende Nacht, um sie schließlich nach Stunden und meilenweit außerhalb, erhitzt, verdurstet und zerschlagen, außer Atem, irgendwo am letzten, auf den Landkarten nur ungenau wiedergegebenen Außenrand des Landkreises auszuspeien, von wo sie zu Fuß den Rückweg durch die Nacht würden antreten müssen; und er sagte noch einmal:

»Miss Habersham . . .«

»Die hat ihren Gemüsewagen«, sagte der Onkel. »Denkst du daran nicht?« Dabei tat er seit fünf Minuten ständig nichts anderes, hatte ja auch dreimal versucht, es auszusprechen: Miss Habersham auf ihrem Lastwagen, ihr Haus keine halbe Meile davon, und der einzige Umstand, der sie davon fernhielt, doch wohl der, daß sie nicht hingelangen konnte, daß das Haus auf der einen und der Wagen auf der andern Seite der undurchdringlichen Schranke der Stoßdämpfer an Stoßdämpfer hinbrausenden Personen- und Lastautos lag und infolgedessen für eine altjüngferliche Dame auf einem alt gekauften Gemüsehändlerkarren beinahe so unerreichbar war, als wenn es in der Mongolei oder auf dem Monde liege; wie sie da nur auf sich selbst angewiesen, mutterseelenallein, einsam und verlassen, aufrecht und schmächtig unter dem geradlinigen, altertümlichen, ja sozusagen sichtlich aussterbenden Hut, den Fuß auf dem Gaspedal, der Motor laufend, der Gang eingeschaltet, auf dem Lastwagen saß, wartete, aufpaßte und doch nichts weiter wollte als durchkommen, es hinter sich kriegen, damit sie die ausgebesserten Kleidungsstücke wegräumen, die Hühner füttern, zu Abend essen und, nach sechsunddreißig Stunden dauernd auf den Beinen, was für eine Siebzigjährige schlimmer sein mußte als hundert für einen Sechzehnjährigen, endlich ein bißchen Ruhe finden konnte, immer wartend und aufpassend auf diesen schwindelerregenden, verschwimmenden, im Profil abrollenden Zug, eine Zeitlang, geraume Zeit lang, gewiß, aber doch nicht für immer und ewig, denn sie war eine zielbewußte, lebenskundige Dame, die auch gestern abend nicht lange gefackelt hatte, bis sie sich darüber im klaren war, daß das Mittel, einen Leichnam aus dem Grab zu holen, darin bestand, daß man hinging und ihn ausgrub, und die auch jetzt nicht lange brauchte, um einzusehen, daß, zumal bei bereits den Westhimmel hinabrollender Sonne, das Mittel, um ein Verkehrshindernis herumzukommen, darin bestand, daß man eben darum herumfuhr, den Lastwagen also nun parallel neben dem Hindernis und in dessen Richtung laufen ließ, auch jetzt noch mutterseelenallein, einsam und verlassen, nur ein bißchen nervös, vielleicht bloß, weil sie merkte, daß sie bereits etwas schneller fuhr, als es ihre Gewohnheit und ihr Wunsch war, schneller tatsächlich, als sie früher je gefahren war, und trotzdem mit dem Strom nicht Schritt, sondern sich bloß daneben halten konnte, denn der hatte jetzt ein recht rasches Tempo angenommen, war zu einem nicht enden wollenden, im Profil vorbeirollenden Sausen geworden, und nun erkannte, sie werde, wenn sich endlich eine Lücke zeige, nicht genügend Geschicklichkeit, Kraft, Schnelligkeit oder Geistesgegenwart, ja womöglich einfach nicht den nötigen Mut aufbringen; und dann würde sie immer schneller fahren, dabei immer so angestrengt bemüht, mit dem einen Auge aufzupassen, daß sie die Lücke nicht übersehe, und mit dem andern Auge auf den Weg achtzugeben, daß sie erst hinterher merkte, die Straßenbiegung, die sie eingeschlagen hatte, führe nicht nach Süden, sondern nunmehr nach Osten, und sich so nicht nur ihr Haus rasch und vollständig hinter ihr verflüchtigte, sondern auch Jefferson, weil sie oder es sich nicht in einer einzigen Richtung aus der Stadt hinausbewegte, sondern auf allen nur möglichen, über alle Hauptstraßen, die vom Gefängnis, vom Leichenbestatter, von Lucas Beauchamp und den Überresten Vinson Gowries und Jake Montgomerys wegführten, gleich dem entsetzten Auseinanderstieben von Wasserkäfern auf einem Weiher, wenn man einen Stein hineinwirft; so mußte sie nun völlig verzweifelt sein, da der Abstand zwischen ihr und ihrem Haus sich reißend vergrößerte und eine weitere Nacht anbrach, daß sie nun all ihren Mut zusammenraffte, um jede sich bietende Lücke oder Spalte auszunutzen, indes der alte klapprige Gemüsekarren kaum den Boden streifte neben dem undurchdringlichen, im Profil gesehen, verschwommenen Gesause, immer dichter nebenherfahrend, immer näher herankriechend, bis das Unvermeidliche eintrat: eine Unachtsamkeit des Auges, ein Zittern der Hand oder ein unwillkürliches Zwinkern des Lids über dem vom Aufpassen überanstrengten Blick oder vielleicht auch nur ein rein topographisches Moment, ein Stein, eine Erdscholle im Weg, so unverklagbar wie Gott, wie dem auch sei, zu nah auf einmal und dann zu spät – der Karren wurde geschnappt, hineingerissen in den Wildbach von Kugellagern, Gummi und noch nicht abgezahltem Stahlblech, holterdiepolter weitergeschleudert, sie, die Hände noch immer um das unnütz gewordene Lenkrad geklammert und den Fuß auf das machtlos gewordene Gaspedal gepreßt, mutterseelenallein durch das lange, friedliche Hinkriechen des Spätnachmittags, hinein in das malvenfarbene, windstille Gewölbe der Dämmerung, jetzt immer rascher einem einzigen letzten Crescendo gerade noch diesseits der Landkreisgrenze zu, wo das ganze Gehäufe, zersprengt, sich in seine Bestandteile auflösen würde, um sich in alle Querstraßen und Feldwege zu verkrümeln wie Kaninchen oder Ratten, die sich endlich ihrem Bau näherten, der Gemüsewagen dann immer langsamer und schließlich ein bißchen quer auf der Straße stehenbleiben würde, etwa da, wohin ihn der Schwung seiner eigenen Schwere gerade hingespien hatte, denn jetzt war sie in Sicherheit, im Landkreis Crossman, und konnte wieder südwärts am Rand von Yoknapatawpha entlangschwenken und, nachdem sie die Scheinwerfer angedreht hatte, nun, so schnell sie sich traute, die an der Grenze hinstreifenden, wegweiserlosen Feldpfade entlangfahren; nun, bei völliger Nacht und jetzt doch im Landkreis Mott, konnte sie sogar zuletzt nach Westen umbiegen und aufpassen, wo sich die Möglichkeit dazu bot, nach Norden einzubiegen, und, um die neunte und zehnte Stunde, einen Vorstoß machen, den wegweiserlosen Straßen entlang, die nächst der imaginären Linie hinliefen, jenseits der in der Ferne die dahinrasenden Scheinwerfer aufblitzten und hinschossen, um in ihren Höhlen und Schlupfwinkeln unterzutauchen; dann war bald der Landkreis Okatoba und die Mitternacht da, und sie konnte gewiß nach Norden umbiegen, heimwärts zum Landkreis Yoknapatawpha, bleich und erschöpft, einsam, aber unerschrocken, inmitten von Grillen, Laubfröschen, Leuchtkäfern, Käuzchen und Ziegenmelkern sowie von Bluthunden, die heulend aus den schlafenden Häusern heraussprangen, und zu guter Letzt auch noch ein Mann im Nachthemd und unverschnürten Schuhen, der mit einer Laterne herbeistürzte:

Wo wollen Sie hin, meine Dame?

Ich will nach Jefferson.

Jefferson liegt hinter Ihnen, meine Dame.

Ich weiß. Ich mußte einen Umweg machen, um einen hochmütigen, unleidlichen alten Nigger herum, der den ganzen Landkreis in Aufruhr versetzt hat, weil er meinte, er habe einen Weißen umgebracht – als er plötzlich merkte, daß er lachen müsse, fast rechtzeitig es merkte, doch nicht rechtzeitig genug, um es zurückzuhalten, doch immerhin rechtzeitig genug, um es ziemlich rasch unterdrücken zu können, eigentlich mehr von Überraschung erfüllt als von sonst etwas, bis die Mutter barsch sagte:

»Hupe doch. Damit sie den Weg freigeben.« Und er merkte, daß es gar kein Lachen war oder jedenfalls nicht bloß Lachen, das heißt: es hörte sich an wie Lachen, aber es war noch etwas anderes dabei, und es fühlte sich schwerer an, schien mehr Mühe zu haben, herauszukommen, und je schwerer es sich anfühlte und anhörte, um so weniger und weniger schien er sich dessen entsinnen zu können, worüber er gelacht hatte, und plötzlich war sein Gesicht naß, nicht von einem Strom, sondern von einem Ausbruch, einem Springquell von Wasser; wie dem auch sein mochte, da saß er, ein klotziger Menschenklumpen, der zweitgrößte von ihnen dreien, seine Mutter mehr überragend als der Onkel ihn, bald siebzehn Jahre alt und fast schon ein Mann, doch da sie, zu dritt in dem Wagen, so gedrängt saßen, konnte er nichts dagegen machen, daß er eine Frauenschulter an seiner Schulter und ihre schmale Hand auf seinem Knie spürte und dasaß wie ein verprügeltes Kind, ehe er auch nur ein ausreichendes Warnungszeichen erhalten hatte, um es gleich zu unterdrücken.

»Sie sind davongelaufen«, sagte er.

»Mach doch, daß du rauskommst, verdammt noch mal«, sagte die Mutter. »Fahr doch um sie rum«, was der Onkel denn auch tat, und zwar auf der falschen Straßenseite und in fast so schnellem Tempo, wie er heute früh zum Kirchhof hinausgefahren war, sich dabei bemühend, den Sheriff im Auge zu behalten; und die Mutter hatte das nicht gesagt aus der Überlegung heraus, daß, da alle schon in der Stadt waren und ihr möglichstes taten, wieder hinauszukommen, auf dieser Straßenseite keiner zum Marktplatz kommen werde, sondern einfach bloß, weil, wenn noch jemand im Wagen war, auch wenn sie ihn nicht lenkte, das schon genügte, wobei ihm einfiel, daß sie schon einmal in einem Wagen zusammen gesessen hätten mit dem Onkel am Steuer und der gesagt hatte:

»Na, wie soll ich denn das anfangen? Einfach beide Augen zudrücken und fest auf das Gaspedal treten?« und die Mutter gesagt hatte:

»Wieviel Zusammenstöße zwischen zwei von Frauen gelenkten Autos hast du schon erlebt?« und der Onkel darauf:

»Na ja, das saß. Vielleicht kommt das daher, daß das Auto der einen Frau noch in dem Laden ist, in den am Tag vorher ein Mann mit ihm hineingerannt ist.« Dann sah er sie nicht mehr, sondern hörte nur noch das lange, schleifende Knirschen ohne Anfang und Ende, das keine Reifenspur und keine Reibung auf dem Pflaster hinterließ, gleich dem Geräusch von

Rohseide, und zum Glück war das Haus auch auf eben der falschen Straßenseite, den Laut trug er mit sich in den Vorgarten hinein, und nun konnte er etwas gegen das Lachen tun, indem er sich einen Augenblick Zeit nahm, um das zu ermitteln, das ihn, was es auch gewesen sein mochte, anscheinend dazu veranlaßt hatte, und es dadurch ans Tageslicht kam, in dem selbst er erkennen konnte, daß es gar nicht so komisch war; ungefähr zehntausend Meilen davon entfernt, komisch zu sein, um seine Mutter zum Fluchen zu bringen; er sagte:

»Sie sind davongelaufen«; und er wußte sofort, daß das falsch war, fast zu spät, selbst während er dastand und sich selbst zusah, während er rasch durch den Vorgarten ging, bis er stehenblieb und seinen Arm nur wegzog, nicht losriß, und sagte: »Hör mal, ich bin ja nicht lahm. Ich bin bloß müde. Ich gehe jetzt auf mein Zimmer und lege mich etwas nieder«, und dann zum Onkel: »Dann bin ich schon wieder ganz in Ordnung. Komm in etwa einer Viertelstunde hinauf und ruf mich«, und ging diesmal weiter und nahm es mit sich ins Haus, ja mit in sein Zimmer hinein, wo er es sogar durch die zugezogenen Jalousien und das rote Zucken hinter den Augenlidern hören konnte, bis er unter der Hand seiner Mutter hochfuhr auf einen Ellbogen, wieder zum Onkel nur über das Fußende des Bettes hinüber:

»Eine Viertelstunde. Du gehst nicht ohne mich hin? Versprichst du das?«

»Gewiß«, sagte der Onkel. »Ich gehe nicht ohne dich. Ich . . .«

»Willst du dich gefälligst zum Teufel scheren, Gavin«, sagte die Mutter, dann zu ihm: »Leg dich nieder«; er legte sich hin, und da war es noch immer, selbst durch, selbst gegen die Hand, die schmale, kühle Handfläche, doch zu trocken, zu rauh, vielleicht sogar zu kühl, das trockene, heiße, kribblige Gefühl seines Schädels besser als das Gefühl der daraufliegenden Hand, weil er zumindest daran jetzt gewöhnt war, es lange genug erlebt hatte, selbst wenn er den Kopf herumrollte, wobei soviel Möglichkeit bestand, dieser einen schmalen, unvertreibbaren Handfläche zu entrinnen wie die Stirn unter einem Muttermal wegzurollen, und es war nun auch nicht ein Gesicht, denn ihre Rücken waren ihm zugedreht, sondern die Rückseite eines Kopfes, die zusammengesetzte Rückseite, die eine einzige Rückseite eines einziges Haupts, eine einzige zerbrechliche, mit einer breiigen Masse gefüllte Hirnschale, wehrlos und unbeschützbar wie ein Ei, doch furchtbar in ihrer abgekarteten Einhelligkeit, die nicht auf ihn zu-, sondern von ihm wegraste.

»Sie sind davongelaufen«, sagte er. »Sie haben ihrem Gewissen die Ausgabe von baren zehn Cents erspart dadurch, daß sie ihm nicht ein Päckchen Tabak zu kaufen brauchten, um zu beweisen, daß sie ihm verziehen haben.«

»Ja«, sagte die Mutter. »Nun laß aber mal davon ab«, was etwa so war, als wenn man einem Menschen, der gerade noch mit einer Hand an einer Felskante hängt, sagte, nun aber mal festzuhalten; wünschte er doch gerade jetzt nichts sehnlicher als die Möglichkeit, davon abzukommen und dem Nichts des Schlafs das wenige zu überlassen, was ihm noch vom Nichts geblieben war, der er in der vorigen Nacht hatte einschlafen wollen und auch gekonnt hätte, aber keine Zeit dazu hatte, und nun mehr denn je das Bedürfnis hatte einzuschlafen und alle Zeit der Welt dazu hatte während der nächsten fünfzehn Minuten (oder der nächsten fünfzehn Tage oder fünfzehn Jahre, sofern irgendwer wußte, denn kein Mensch konnte etwas anderes tun, als sich der Hoffnung hinzugeben, Crawford Gowrie werde sich entschließen, in die Stadt zu kommen, den Sheriff aufzusuchen und zu sagen: Also gut, ich war es; denn er hatte ja nichts weiter in Händen als daß Lucas behauptete, Vinson Gowrie sei nicht mit einem einundvierziger Colt, jedenfalls nicht mit seinem, erschossen worden, und daß Buddy McCallum sagte oder nicht sagte: Jawohl, ich habe vor fünfundzwanzig Jahren Crawford Gowrie eine deutsche Pistole in Tausch gegeben; nicht einmal Vinson Gowrie, daß man zu dessen Besichtigung jemand von der Memphiser Polizei kommen lassen konnte, um festzustellen, was für ein Geschoß den Tod herbeigeführt hatte, denn der Sheriff hatte ja zugelassen, daß der alte Gowrie ihn mit heimnahm, um den Triebsand abzuwaschen und ihn morgen wieder zu beerdigen, wo dann morgen nacht diesmal Hampton und der Onkel hingehen und ihn ausgraben konnten), nur hatte er vergessen, wie; oder vielleicht war es eben das, und er traute sich nicht, das wenige, was ihm geblieben war, dem Nichts zu überantworten; es war ja nichts: kein nachhaltiger Kummer, kein Mitleid, ja nicht einmal Beschämung, keine Rechtfertigung der ewigen Sehnsucht des Menschen durch den Menschen zum Menschen mittels der Katharsis von Mitleid und Scham, statt dessen nur ein Greis, dessen

Kummer nicht einmal ein Bestandteil seines Ich, sondern lediglich eine Begleiterscheinung seines erschlagenen Sohnes war, der einen fremden Leichnam auf den Rücken herumriß, nicht um dessen einzigen stummen, anklagenden Schrei, weder nach Mitleid noch nach Rache, sondern nach Gerechtigkeit, zu beschwichtigen, sondern bloß, um sicherzugehen, daß es der falsche sei, und der munter und schamlos laut ausrief: »Tja, es ist der Montgomery, der Teufel soll mich holen, wenn er's nicht ist«, sowie ein Übergesicht; hatte er doch nicht mehr erwartet, daß Lucas hochgeschultert auf einer Woge von Bußfertigkeit aus seiner Zelle herausgetragen und für den Moment seiner Rechtfertigung und seines Triumphes auf den Sockel, sagen wir einmal, des Konföderiertendenkmals (oder besser noch auf den Balkon des Postamts unter die Stange mit der Landesflagge) postiert würde, als er dergleichen für sich, Aleck Sander und Miss Habersham erwartet hatte, der (er selbst) das nicht nur nicht gewollt hatte, sondern es auch nicht hätte annehmen können, da dies die Gesamtheit dessen, was er an seinem Teil vollbracht hatte und was anonym bleiben mußte, weil es sonst wertlos war, null und nichtig gemacht haben würde; der er gewiß den Wunsch gehabt hatte, ebenfalls seinen Stempel auf den Menschen seiner Zeit zu hinterlassen, aber nur das, nicht mehr als das, irgendeine Spur von seinen Erdentagen, jedoch in Demut, auch in Demut wartend, wünschend, nicht einmal wirklich hoffend, nichts (was natürlich alles war) außer seiner einzigen anonymen Möglichkeit, auch etwas Leidenschaftliches, Tapferes, Sittenstrenges zu vollbringen, nicht nur innerhalb der unvergänglichen Geschichte der Menschheit, sondern eingehend in sie, würdig einer Stelle darin (wer weiß, der Strenge des sittlichen Pathos der Geschichte auch nur ein anonymes Jota hinzufügend), aus Dankbarkeit für das Geschenk seiner Zeit, nur den Wunsch dazu, nicht einmal wirklich Hoffnung darauf hegend, bereit, sich damit abzufinden, daß er sie versäumt hatte, weil er dessen nicht würdig war, doch dies hatte er gewiß nicht erwartet: nicht ein Leben vor dem Tod bewahrt, nicht einmal einen Tod vor Schmach und Schande bewahrt, ja nicht einmal die Aufhebung eines Urteilsspruchs, sondern lediglich das mißmutige Verfallenlassen eines Datums; Schändlichkeit nicht in Scham versetzt durch ihre eigene schamvolle Austilgung. Erhabenheit und Bescheidenheit nicht mit Bescheidenheit und Stolz erinnert noch der Stolz auf Mut und Leidenschaft, noch auf Mitleid, noch der Stolz, die Sittenstrenge und der Kummer, sondern die Sittenstrenge selbst erniedrigt durch das, was sie errungen, Mut und Leidenschaft besudelt durch das, womit sie den Kampf aufzunehmen gehabt hatten; ein Gesicht, das zusammengesetzte Übergesicht seiner angestammten Gattung, seiner angestammten Heimat, seines Volks, seines Bluts, seinesgleichen, mit denen zusammen würdig befunden zu werden, eine einzige, einmütig zusammenhaltende, undurchbrechbare Front gegen den dunklen Abgrund, die Nacht, zu bilden seine Freude, sein Stolz und seine Hoffnung gewesen war – ein Gesicht, ungeheuerlich, gierlos, alles verschlingend und nicht einmal nicht unersättlich, nicht vereitelt noch durchkreuzt, nicht harrend noch wartend, noch gar geduldig zu sein bedürfend, da das Gestern, das Heute und das Morgen sind Ist: unteilbar, Eins-und-Dasselbe (auch hierüber der Onkel, auch dies vor zwei, drei oder vier Jahren vorwegnehmend, wie der Onkel das auch mit allem andern gemacht hatte, was sich ihm, je mehr er selbst zum Manne wurde, als wahr erwiesen hatte: »Alles ist *jetzt*, siehst du. Das Gestern ist erst morgen vorüber, und das Morgen hat vor zehntausend Jahren begonnen. Für jeden vierzehnjährigen Jungen aus den Südstaaten ist nicht einst, sondern wann immer er will der Augenblick, da es, an dem bewußten Julinachmittag des Jahres 1863, noch nicht zwei Uhr geschlagen hat, die Brigaden sind hinter dem Lattenzaun in Stellung, die Geschütze stehen gerichtet und schußfertig im Wald, die Fahnen sind schon entrollt, und Pickett selbst mit seinen langen geölten Locken, den Hut vermutlich in der einen und den Degen in der andern Hand, blickt zur Anhöhe hinauf in Erwartung von Longstreets Befehl, alles hängt noch in der Schwebe, es hat sich noch nicht ereignet, es hat noch nicht einmal begonnen, sondern es ist immer noch Zeit, daß es nicht seinen Anfang nimmt angesichts dieser Stellung und dieser Umstände, die mehr Männer als Garnett, Kemper, Armstead und Wilcox ernst dreinblicken ließen, doch es nimmt seinen Anfang, das wissen wir alle, wir sind schon zu weit gegangen, haben schon zuviel aufs Spiel gesetzt, und in diesem Moment bedarf es nicht einmal eines vierzehnjährigen Jungen, um zu denken: *Diesmal. Vielleicht diesmal,* mit all dem vielen, was zu verlieren, und all dem vielen, was zu gewinnen ist: Pennsylvanien, Maryland, die Welt, die goldene Kuppel Washingtons selbst, um das verzweifelte Hasardspiel, den vor zwei

Jahren getanen Würfelwurf mit verzweifeltem, unwahrscheinlichem Sieg zu krönen; oder für jeden, der jemals auch nur unter einem zusammengenähten Segel auf einem winzigen Boot gefahren ist, der Augenblick im Jahre 1492, als ein Mensch dachte: *Das ist es;* der unbedingte Grenzrand, jenseits dessen es kein Zurück mehr gibt, jetzt umkehren und heimwärts steuern oder unbeirrbar weiterfahren und entweder Land finden oder über den brausenden Rand der Welt in die Tiefe stürzen. Ein Stimmchen, das einer feinsinnigen, gefühlvollen Poetin meiner Jugendzeit, sagte einmal: *Mit den Blättern geht auch der ausgeschüttete Tee dahin, und jeden Tag verlischt eine Abendröte,* eine jener dichterischen Übertreibungen, die, wie so oft, die Wahrheit widerspiegelt, jedoch auf den Kopf gestellt und verkehrt herum, da die mit dem Spiegel hantierende törichte Person vor lauter Eifer vergessen hat, daß auch die Rückseite aus Glas besteht; denn wenn sie das nur täten, statt dessen aber ist sowohl die gestrige Abendröte wie der gestrige Tee unzertrennlich von dem ausgeschütteten, unzerstörbaren, nicht mehr aufgießbaren Bodensatz, der durch die endlosen Gänge des Morgen gewirbelt wird in die Schuhe hinein, darin wir gehen, ja in die Laken, zwischen denen wir schlafen – oder zu schlafen versuchen – müssen; denn man entrinnt nichts, man entflieht nichts; der Verfolger ist es, der den Lauf bestimmt, und die morgige Nacht ist nichts als ein langes schlafloses Ringen mit den gestrigen Unterlassungssünden und Gewissensbissen«), sie, die nicht einmal einen Tod, ja nicht einmal einen Tod für Lucas übersehen hatten, sondern nur Lucas, Lucas in zehntausend Sambo-Verkörperungen, die, unachtsam und nicht einmal wahrgenommen, durch die Öffnung schlüpften wie Mäuse durch den Kopfschlitz einer Guillotine, bis in dem einen einzigen unbeachteten Moment das unbeachtete, vernunftlose, sorglose Beil fällt; morgen oder mindestens morgen oder höchstens morgen und diesmal dazwischenzutreten, wo Engel keine weißen und schwarzen sechzehnjährigen Buben fürchten und keine weiße alte Jungfer, die auf Achtzig geht; die davonliefen, flohen, nicht einmal um Lucas zu verleugnen, sondern bloß um ihm nicht durch den Drugstoreboten eine Büchse Tabak hinaufschicken zu brauchen, keineswegs zu sagen, daß es ihnen leid tue, doch so brauchten sie auch nicht laut auszusprechen, daß sie unrecht gehabt hatten; und stieß sich vom Felsrand ab in einem einzigen langen Hoch- und Höhertauchen, sich langsam hineinbewegend, es bereits hörend, jetzt nur das allerschwächst Schwingende hörend, darauf horchend, sich noch nicht regend noch gar die Augen öffnend, während er noch einen Moment lang liegenblieb und darauf lauschte, und dann machte er die Augen auf, und da stand der Schattenriß des Onkels, sich abhebend vom Licht, hinter dem Fußende des Bettes, inmitten jener äußersten, jener vollkommenen, jener absoluten Stille, darin jetzt nichts mehr war als das Atmen der Finsternis und die Laubfrösche und Käfer: keine Flucht, keine Abkehr und in diesem Augenblick nicht einmal mehr ein Drängen irgendwo im Zimmer oder draußen, weder über noch unter, noch vor, noch hinter den Lauten der Myriaden winziger Tiere und das tiefe, weite Ein- und Ausatmen der Sommernacht.

»Es ist vorbei«, sagte er.

»Ja«, sagte der Onkel. »Sie schlafen jetzt wohl alle schon in ihren Betten. Sie sind heimgekehrt, um zu melken und sogar vorm Dunkelwerden noch Zeit zu finden, für das morgige Frühstück Holz zu hacken.«

Das war einmal das eine, wiewohl er sich noch immer nicht regte. »Sie sind davongelaufen«, sagte er.

»Nein«, sagte der Onkel. »Es war mehr als das.«

»Sie sind davongelaufen«, sagte er. »Sie waren an dem Punkt angelangt, wo ihnen nichts anderes mehr übrigblieb, als zu bekennen, daß sie unrecht gehabt hatten. Darum liefen sie heim.«

»Zumindest haben sie sich in Bewegung gesetzt«, sagte der Onkel; das war das zweite; dabei hatte er nicht einmal das erste Stichwort gebraucht, da nicht nur der Drang, das Bedürfnis, die Notwendigkeit, sich wieder zu bewegen oder genauer: nicht wirklich jede Bewegung einzustellen in dem Augenblick vor vier, fünf oder sechs Stunden oder vor wie lange immer, als er tatsächlich gemeint hatte, er werde sich nur für eine Viertelstunde hinlegen (und das beiläufig wußte, was eine Viertelstunde ist, ob er es anscheinend wußte oder nicht), nicht zurückgekehrt, sondern nirgends gewesen war, von wo es hätte zurückkehren können, weil es immer noch da und die ganze Zeit über vorhanden gewesen, auch nicht eine Sekunde weggeblieben war, sich verflüchtigt hatte nicht einmal hinter den bizarren Phantasmagorien, deren zusammengewürfeltes Krethi und Plethi ihn noch verwirrte, mit oder zwischen denen er näher an fünfzehn Stunden denn fünfzehn Minuten vergeudet hatte; es war noch da oder zumindest sein nicht zu Ende gekommener Teil daran, der nicht einmal ein winziger, sondern eher ein ganzkleinwinziger von dem des Onkels und des Sheriffs war an der Unbeendbarkeit von Lucas Beauchamp und Crawford Gowrie, da, soweit sie wußten, bevor er am Morgen die Spur verlor, keiner von ihnen wußte, was sie als nächsten Schritt tun sollten, sogar noch ehe Hampton auf das Geringfügige an Beweismitteln, das sie besaßen, verzichtet hatte, indem er es dem alten einarmigen Pistolen-Gowrie wiedergegeben hatte, von dem es diesmal nicht einmal zwei kleine Buben und eine alte Jungfer wieder herausbekommen konnten; das Bedürfnis, nicht etwas zu Ende zu bringen, sondern bloß in Gang zu halten, nicht einmal da zu bleiben, wo sie waren, sondern nur verzweifelt damit Schritt zu halten, als wenn man in einer Tretmühle laufen müßte, nicht weil man dort sein wollte, wo die Tretmühle war, sondern einfach um nicht noch im rasenden Rückwärtslauf holterdiepolter vom ganzen Schauplatz weg aus dem Gesichtskreis geschleudert zu werden und nicht statisch auf den Moment zu warten, um wieder in ihn einzuströmen und ihn zu Bewegung hochzusprengen, sondern eher schon in nicht endender Bewegung wie das endlose Band der Tretmühle, weniger als den Bruchteil eines Zolls über der äußersten Spitze seiner Nase und Brust, wo der erste volle Atemzug ihn in dessen zuschnappenden Umkreis bringen würde, während er selbst darunter lag wie ein Landstreicher, der, unter einem dahinrasenden Zug zwischen den Schienen eingekeilt, nur so lange sicher ist, als er keine Bewegung macht.

Er bewegte sich also; er sagte: »Uhr« und schwang die Beine über den Bettrand. »Wieviel Uhr ist es? Ich sagte: eine Viertelstunde. Du hast versprochen . . .«

»Es ist erst halb zehn«, sagte der Onkel. »Vollauf Zeit für dich, dich zu duschen und zu Abend zu essen. Sie werden nicht fortgehen, bevor wir hinkommen.«

»Sie?« sagte er, stellte sich auf seine nackten Füße (er hatte nur Schuhe und Strümpfe ausgezogen) und griff gleich nach den Pantoffeln. »Du warst wieder in der Stadt. Bevor wir hinkommen? Gehen wir denn nicht mit ihnen?«

»Nein«, sagte der Onkel. »Wir zwei werden Miss Habersham zurückhalten müssen. Sie will uns in der Kanzlei treffen. Also tummel dich; sie wartet wohl schon auf uns.«

»Ja«, sagte er. Doch er machte schon mit der andern Hand

Hemd und Gürtel auf, auch die Hosen, bereit, mit einer einzigen Bewegung alles auf einmal abzustreifen. Und diesmal mußte er lachen. Es war alles in Ordnung. Man konnte es nicht einmal hören. »Darum also«, sagte er. »Ihre Frauen brauchen also kein Holz zu hacken im Dunkeln beim Schein der von schlaftrunkenen Kindern gehaltenen Laternen.«

»Nein«, sagte der Onkel. »Sie liefen nicht von Lucas fort. Ihn hatten sie vergessen ...«

»Eben das sage ich ja«, sagte er. »Sie machten nicht einmal halt, um ihm eine Büchse Tabak zu schicken und zu sagen: ›Ist schon gut, Alter, Irren ist menschlich, und wir werden dir das nicht nachtragen.‹«

»Hast du das gewollt gehabt?« sagte der Onkel. »Die Büchse Tabak? Wäre das genügend gewesen? Gewiß nicht. Was der eine Grund war, daß Lucas zu guter Letzt seine Büchse Tabak bekommt; sie werden darauf bestehen; sie müssen. Er wird, solange er hier in der Gegend lebt, Abschlagszahlungen darauf erhalten, ob es ihm recht ist oder nicht, und zwar nicht nur Lucas, sondern ›der‹ Lucas, ›der‹ Sambo; denn was einen Menschen dazu bringt, sich bei Nacht schlaflos im Bett herumzuwälzen, das ist nicht so sehr, daß er einen Mitmenschen gekränkt hat, sondern daß er unrecht gehabt hat; die Kränkung an sich (wenn er sie nicht mit dem zu rechtfertigen vermag, was er Logik nennt) kann er auslöschen, indem er das Opfer und die Zeugen vernichtet, doch es bleibt sein Irrtum, und das ist eine der Katzen, die er, wie man so sagt, lieber im Fettnäpfchen krepieren läßt. Lucas wird also seinen Tabak kriegen. Er wird natürlich gar keinen wollen, wird sich dagegen sträuben. Aber er wird ihn kriegen, und so werden wir just hier im Landkreis Yoknapatawpha erleben, wie das uralte orientalische Verhältnis zwischen dem Retter und dem Leben, das er gerettet hat, auf den Kopf gestellt wird: Lucas Beauchamp, einst der Sklave jedweden weißen Mannes, in dessen Gesichtskreis er geriet, jetzt der Despot über das Gewissen aller Weißen des Landkreises. Und sie – Kreis eins, zwei, drei und fünf – wissen das ebenfalls, warum also jetzt Zeit daran wenden, ihm eine Zehncentsbüchse Tabak zu schicken, wenn sie doch noch den Rest ihrer Lebenstage damit verbringen müssen? So haben sie sich ihn einstweilen aus dem Kopf geschlagen. Sie liefen nicht vor ihm davon, sondern vor Crawford Gowrie; nicht einmal voller Entsetzen, aber in vollkommener Einhelligkeit wiesen sie ein Du-sollst-nicht und -solltest-nicht von sich, das sich unversehens zu einem Du-darfst-nicht gewandelt hat. *Du sollst nicht töten*, siehst du – kein Akkusativ, anklagelos, kalt, eine simple, sittliche Vorschrift; in der verschollenen Ferne unserer namenlosen Vorfahren haben wir sie übernommen, haben sie so lange besessen, gehegt und gepflegt, ihren Klang lebendig und die Worte an sich unverändert erhalten, haben so lange mit ihr gewirtschaftet, daß jetzt alle Ecken abgegriffen und abgeschliffen sind; wir können damit ruhig im Bett schlafen; wir haben selbst unsere Gegengifte dafür zusammengebraut, so wie die vorausschauende Hausfrau auf dem Küchenbord neben dem Rattengift eine Senflösung oder Eiweiß greifbar stehen hat; so vertraut wie Großpapas Gesicht, so unkenntlich wie Großpapas Gesicht unterm Turban eines indischen Fürsten, so abstrakt geworden wie Großpapas Blähungen beim Abendessen am Familientisch; selbst wenn sie zusammenbricht und das vergossene Blut scharf und grell vor unsern Augen steht, dann haben wir immer noch die Vorschrift, immer noch unversehrt, immer noch wahr: *Wir sollen nicht töten*, und das nächstemal werden wir es vielleicht auch nicht tun. Doch: *Du sollst nicht töten deiner Mutter Kind.* Diesmal ist das auf die offene Straße heruntergekommen, um am hellichten Tag neben einem herzugehen, nicht wahr?«

»Es ist also etwas anderes, wenn ein Haufe von Gowries und Workitts Lucas Beauchamp für etwas, was er nicht einmal getan hat, mittels angezündeten Benzins umbringt, als wenn ein Gowrie seinen Bruder ermordet.«

»Jawohl«, sagte der Onkel.

»Das kann man doch nicht sagen«, meinte er.

»O ja«, sagte der Onkel. »*Du sollst nicht töten* als Sittengesetz, und selbst wenn du es tust, so bleibt es als solches unbemakelt und unversehrt bestehen: *Du sollst nicht töten*, und, wer weiß, das nächstemal wirst du es vielleicht nicht tun. Aber: *Gowrie darf Gowries Bruder nicht töten*, dabei gibt es kein Vielleicht, kein nächstes Mal, ob Gowrie Gowrie tötet, weil es kein erstes Mal geben darf. Und nicht nur für Gowrie gilt das, sondern für alle: auch für Stevens und Mallison und Edmonds und McCaslin; wenn wir nicht an dem Glauben festhalten, daß der Punkt, an dem Gowrie, Ingrum, Stevens oder Mallison das Blut eines Gowrie, Ingrum, Stevens oder Mallison vergießen, nicht nur nicht kommen soll, sondern nicht kommen darf und nicht kommen *kann*, wie wollen wir je hoffen, den Punkt zu erreichen, wo es heißt: *Du sollst überhaupt nicht töten*, wo Lucas Beauchamps Leben gesichert ist, nicht obwohl, sondern weil er Lucas Beauchamp ist?«

»Sie sind also davongelaufen, um Crawford Gowrie nicht lynchen zu müssen?« sagte er.

»Sie würden Crawford Gowrie nicht gelyncht haben«, sagte der Onkel. »Es waren ihrer zu viele. Erinnerst du dich nicht: sie ballten sich sowohl auf der Straße vor dem Gefängnis als auch auf dem Platz den ganzen Vormittag über, solange sie noch des Glaubens waren, Lucas habe Vinson Gowrie hinterrücks erschossen, ohne ihm das geringste anzutun?«

»Sie warteten darauf, daß Kreis vier in die Stadt komme und das übernehme.«

»Eben, genau das sage ich ja ... einstweilen mal angenommen, daß das stimmt. Der Teil von Kreis vier, der aus Gowries und Workitts und den vier, fünf andern besteht, die auch einem Gowrie oder Workitt keinen Priem Tabak gegeben hätten und nur hergekommen wären, um Blut zu sehen, der ist klein genug, um einen Pöbelhaufen hervorzubringen. Nicht aber alle zusammen, weil es einen ganz bestimmten ziffernmäßigen Punkt gibt, an dem ein Pöbelhaufe sich selbst aufhebt und vernichtet, wohl darum, weil er auf die Dauer zu groß geworden ist für Dunkelheit, die Höhle, in der er gezeugt wurde, nicht mehr groß genug ist, um ihn vor dem Licht zu bergen, und er so schließlich, ob er will oder nicht, sich selbst anschauen muß, oder vielleicht, weil der Gehalt an Blut in einem einzigen Menschenkörper nicht mehr genügt, so wie eine Erdnuß vielleicht einen Elefanten kitzelt, aber nicht zwei oder zehn. Oder vielleicht auch darum, weil der Mensch, wenn er in den Pöbelhaufen eingegangen ist, dann in die Masse übergeht, die den Haufen aufhebt durch Aufsaugung, Verdauung, Umsetzung, dann, zu umfangreich selbst für Masse geworden, wieder Mensch und zugänglich wird für Mitleid, Gerechtigkeit, Gewissen, sei es auch nur aus der Erinnerung heraus an ein langes, mit Schmerzen verbundenes Streben danach oder doch nach dem Etwas eines einzigen, heiter-reinen, allen gemeinsamen Lichts.«

»Der Mensch ist also immer rechtschaffen?« fragte er.

»Nein«, sagte der Onkel. »Er versucht es zu sein, solange ihn die, die ihn zu ihren eigenen Macht- und Auftriebszwecken mißbrauchen, in Ruhe lassen. Mitleid, Gerechtigkeit und Gewissen ebenfalls – der Glaube an etwas Höheres als die Göttlichkeit des Individuums (die wir in Amerika zu einer Nationalreligion der Eingeweide herabgewürdigt haben, bei der der Mensch seiner Seele keine Pflicht schuldet, weil er der Seele samt der Pflichtschuld gegen sie ledig gesprochen wurde und statt dessen bei der Geburt ein für allemal als feststehendes Erbrecht den unveräußerlichen Anspruch auf ein Weib, einen Wagen, ein Radio und eine Alterspension mitbekommen hat), nämlich an die Göttlichkeit seiner Kontinuität als Mensch; bedenke, wie leicht es für sie gewesen wäre, sich mit Crawford Gowrie zu befassen: kein rasch im Finstern draufgehender, dauernd über die Schulter blickender Pöbelhaufe, sondern eine unteilbare öffentliche Meinung, die Erdnuß verschwindend unter der ganzen einmütig dahintrampelnden Herde, von der kaum ein einziger Elefant wirklich merkte, daß die Erdnuß tatsächlich da lag, da ja das Hauptmotiv für einen Pöbelhaufen darin besteht, daß die einzelne rote Hand, die tatsächlich den Faden gepackt hat, in der unangreifbaren Brudergemeinschaft der Namenlosigkeit für immer verschwinden kann, wobei in diesem Fall der betreffende einzelne nicht mehr Veranlassung dazu gehabt haben würde, hinterher nachts keinen Schlaf zu finden, als ein bezahlter Scharfrichter. Sie wollten Crawford Gowrie nicht vernichten. Sie stießen ihn von sich. Hätten sie ihn gelyncht, so würden sie ihm bloß das Leben genommen haben. Das, was sie wirklich taten, war schlimmer: sie nahmen ihm, soweit sie das irgend vermochten, sein Bürgerrecht innerhalb der Menschheit.«

Er regte sich noch nicht. »Du bist ein Advokat.« Dann sagte er: »Sie liefen nicht vor Crawford Gowrie noch vor Lucas Beauchamp weg. Sie liefen vor sich selbst davon. Sie liefen heim, um ihre Köpfe vor der eigenen Schande unter der Bettdecke zu verbergen.«

»Genau richtig«, sagte der Onkel. »Das habe ich doch die ganze Zeit gesagt. Es waren ihrer zu viele. Diesmal war ihre Zahl groß genug, daß sie imstande waren, vor der eigenen Schande davonzulaufen, daß sie die einzige Alternative, die dem Pöbelhaufen geblieben wäre, unerträglich fanden, dem Pöbelhaufen, der auf Grund seiner Kleinheit und dessen, was er für sein Gedecktsein und seinen Zusammenhalt hielt und was er als seinen völligen Mangel an gegenseitigem Vertrauen kannte, die rasche, glatte Alternative gewählt haben würde, das Bewußtsein der Schande durch die Vernichtung des Zeugen dafür auszutilgen. Also, wie du das ausdrückst, liefen sie davon.«

»Und überließen es dir und Mr. Hampton, das Ausgespiene aufzuputzen, was nicht einmal die Hunde tun. Wenn auch Mr. Hampton ein bezahlter Hund ist und man dich, wie mir scheint, wohl auch als solchen bezeichnen kann. Denn vergiß auch Jefferson nicht«, sagte er. »Das hat sich auch recht schnell aus dem Staube gemacht. Einige Stadtleute konnten das allerdings nicht, weil der Nachmittag erst halb herum war und sie deshalb die Geschäfte noch nicht schließen und heimlaufen konnten; es bestand ja immer noch die Möglichkeit, daß einer dem andern für ein paar Cents Ware hätte aufhängen können.«

»Ich sagte ja, Stevens und Mallison ebenfalls«, sagte der Onkel.

»Stevens nicht«, sagte er. »Und Hampton auch nicht. Denn irgendwer mußte es doch zu Ende führen, irgend jemand mit genügend widerstandsfähigem Magen, um den Fußboden aufzuwischen. Der Sheriff, um den Mörder zu fassen (oder es zu versuchen, zu erhoffen oder was immer ihr zu tun gedenkt), und ein Anwalt, um die Lyncher zu verteidigen.«

»Kein Mensch hat jemanden gelyncht, daß er verteidigt werden müßte.«

»Gut denn«, sagte er. »Dann entschuldige sie.«

»Das auch nicht«, sagte der Onkel. »Ich verteidige Lucas Beauchamp. Ich verteidige Sambo gegen den Norden, den Osten und den Westen, gegen die Ausländer, die ihn um Jahrzehnte zurückwerfen wollen nicht nur ins Unrecht, sondern auch in Leid, Qual und Gewalt, indem sie uns Gesetze aufzwingen, die auf der Vorstellung beruhen, daß die Ungerechtigkeit des Menschen gegen den Menschen durch Polizei über Nacht abgeschafft werden kann. Sambo wird es natürlich über sich ergehen lassen; es sind seiner noch nicht genügend, um etwas anderes zu tun. Und er wird es aushalten, es verwinden und überleben, weil er eben Sambo ist und die Fähigkeit dazu hat; er wird uns dabei sogar besiegen, weil er auszuhalten und zu überleben vermag, aber er wird um Jahrzehnte zurückgeworfen werden, und möglicherweise lohnt es sich dann gar nicht mehr, das zu besitzen, wozu er am Leben geblieben ist, denn dann haben wir, entzweit, wie wir sind, vielleicht schon Amerika eingebüßt.«

»Aber du entschuldigst es immer noch.«

»Nein«, sagte der Onkel. »Ich sage nur, daß das Unrecht auf unserer Seite ist, der Seite des Südens. Wir müssen es selbst sühnen und abschaffen, allein, ohne Hilfe und sogar unter (dankendem) Verzicht auf Ratschläge. Das sind wir Lucas schuldig, ob er es wünscht oder nicht (und das will Lucas keinesfalls), nicht wegen seiner Vergangenheit, da ein Mensch oder auch eine Rasse, falls sie überhaupt etwas taugen, die Vergangenheit überleben kann, sogar ohne ihr entrinnen zu brauchen, und nicht auf Grund der hochsinnigen, recht häufig nur allzu rhetorischen Rhetorik der Menschlichkeit, sondern aus dem einfachen, unanzweifelbaren, praktischen Grund seiner Zukunft, jener Fähigkeit, zu überleben, zu verwinden, auszuhalten und dabei standfest zu bleiben.«

»Also gut«, sagte er wieder. »Du bist immer noch ein Advokat, und sie sind immer noch davongelaufen. Vielleicht haben sie vorgehabt, es Lucas aufwischen zu lassen, da er ja einer Rasse von Bodenwischern entstammt. Lucas und Hampton und dir, da Hampton etwas für sein Gehalt tun muß und du von ihnen als Gehaltsempfänger gewählt bist. Haben sie daran gedacht, euch zu sagen, wie das zu machen ist, wie Crawford Gowrie dazu geködert werden soll, in die Stadt zu kommen und zu sagen: *Also gut, Kinder, ich passe. Verteilt die Karten neu.* Oder waren sie zu sehr in Anspruch genommen ... mit ... mit ...«

Ruhig sagte der Onkel: »Selbstgerecht zu sein?«

Jetzt stockte er vollends. Doch nur eine Sekunde lang. Er sagte: »Sie sind davongelaufen«, ruhig, einen Strich unter alles ziehend, nicht einmal verächtlich, das hinter ihm dreinflatternde Hemd und gleichzeitig die Hosen fallen lassend und nur noch mit kurzen Unterhosen bekleidet, barfuß daraus hervortretend. »Es ist übrigens alles in Ordnung. Ich habe das alles durchgeträumt, sie ebenfalls weggeträumt; laß sie im Bett bleiben oder ihre Kühe melken oder Holz hacken, bevor es dunkel wird oder auch danach mit oder ohne Laternenschein. Denn sie waren der Traum nicht; ich ging bloß an ihnen vorbei, um zu dem Traum zu gelangen ...«, er sprach jetzt sehr rasch, sehr viel rascher, als er wahrhaben wollte, bevor es zu spät sein würde: »Es war etwas ... jemand ... etwas davon, daß es vielleicht zuviel war, das von uns zu verlangen, zuviel für Menschen, die erst sechzehn sind oder auf Achtzig oder Neunzig gehen, oder wieviel sie auf dem Buckel hat, und dann erwiderte ich frischweg das, was du mir von den englischen Jungen erzählt hast, die, nicht viel älter als ich, im Jahre 1918 in Frankreich Truppen führten und Erkundungsflugzeuge steuerten – du entsinnst dich, wie du gesagt hast, 1918 habe es geschienen, als ob das ganze britische Offizierskorps nur noch aus Subalternen von siebzehn und einäugigen oder einarmigen Obersten von dreiundzwanzig bestehe? –« dann unterbrach er sich, denn schließlich hatte er doch ganz scharf das Warnzeichen verspürt, nicht als ob er plötzlich die Worte, die er zu sagen im Begriff war, voraushörte, sondern als ob er plötzlich nicht das, was er bereits gesagt, entdeckt habe, sondern das, worauf es hinauslaufe, was die Worte, die er bereits gesprochen, ihn zu sagen zwingen würden, um sie zum Einhalten zu bringen; zu spät jedoch, so wie man beim Bergabfahren plötzlich auf die Fußbremse tritt und zu seinem Entsetzen bemerkt, daß die Bremsstange gebrochen ist, ». . . nur war da noch etwas anderes . . . ich versuchte . . .«, und dann tat er den Worten Einhalt, da er nun doch das heiße, schwere Blut den Hals hinauf ins Gesicht brennen fühlte und nicht einmal wußte, wo er hinschauen solle, nicht weil er zunächst einmal fast nackt dastand, sondern weil weder Kleidung noch Miene, noch Sprechen einen Rauchvorhang vor die hellen, ernsten Augen des Onkels legen konnte. »Ja?« sagte der Onkel. Dann sagte der Onkel: »Ja, es gibt Dinge, die man nie zu dulden imstande sein darf. Es gibt Dinge, deren Duldung zu verweigern man nie aufhören darf. Ungerechtigkeit, Kränkung, Entehrung und Schande. Gleichviel wie jung man noch ist oder wie alt man schon geworden ist. Nicht um Geld und gute Worte noch für die Photographie in der Zeitung, noch um des Bankkontos willen. Nur sich weigern, sie zu dulden. Verstanden?«

»Wer, ich?« sagte er, nun schon, ohne auch nur die Pantoffeln anzuziehen, durch das Zimmer gehend. »Seit meinem zwölften Lebensjahr bin ich kein Anfänger-Pfadfinder mehr.«

»Natürlich nicht«, sagte der Onkel. »Aber bedaure es nur; schäme dich dessen nicht.«

Zehntes Kapitel

Vielleicht kam es mit vom Essen, das er nicht einmal unterbrach, während er ohne viel Interesse oder Neugierde auszurechnen versuchte, wieviel Tage es her sei, daß er sich zum Essen an einen Tisch gesetzt hatte und ihm dann noch beim selben Bissen einfiel, daß noch nicht ein einziger Tag vergangen sei, seit er, wenn auch noch im Halbschlaf, beim Sheriff um drei Uhr morgens ein tüchtiges Frühstück zu sich genommen hatte; sich dabei erinnernd, daß der Onkel (am Tisch gegenübersitzend und Kaffee trinkend) gesagt hatte, der Mensch esse sich nicht eigentlich durch die Welt hindurch, sondern vermittels der Tätigkeit des Essens, und wohl nur damit, trete er tatsächlich in die Welt ein, gehe er in die Welt ein, nicht hindurch also, sondern hinein, indem er sich in die wimmelnde Geballtheit der Welt einfresse wie eine Motte in den Wollstoff durch den physischen Akt des Kauens und Schluckens der Substanz von dessen Schuß und Kette und so die ganze Geschichte der Menschheit zu einem Teil seiner selbst und seines Gedächtnisses mache, sie umsetze oder gar vielleicht durch den Kauprozeß aufgebe, preisgebe, verschlinge, um das hochmütige, eitelhoffärtige winzige Etwas, das er sein Gedächtnis, sein Selbst, sein Ich nennt, einzuschmelzen in die wimmelnde anonyme Geballtheit der Welt, unter der das vergängliche Gestein auskühlt und zu Staub zerwirbelt, nicht einmal bemerkt und erinnert, da es kein Gestern gab und kein Morgen überhaupt vorhanden war, somit vielleicht nur ein asketisches Lebenfristen von Eicheln und Quellwasser in einer Höhle wirklich zu Hoffart und Hochmut befähige; vielleicht müsse man in einer Höhle von Eicheln und Quellwasser leben, unerschütterlich versunken in die Betrachtung der eigenen Hoffart, Selbstgerechtigkeit und Hochmütigkeit, um sich auf jener hohen, unduldsamen Stufe seiner Anbetung zu behaupten, die keinen Kompromiß gestattet. Dabei aß er ruhig weiter und auch ziemlich viel und, wie er sogar nunmehr wußte, zu schnell, da er das schon sechzehn Jahre hörte, und legte die Serviette hin und stand auf, und dann kam noch ein letztes Gequengel der Mutter (und er mußte denken, daß Frauen wahrhaftig nichts anderes aushalten können als Unglück, Armut und physischen Schmerz, daß sie am

Morgen, als er sich an einem Ort befand, wo er mit sechzehn Jahren nichts zu suchen und nichts zu schaffen hatte, und etwas tat, was ihm selbst mit zweimal sechzehn Jahren auszuführen nicht zukam – mit dem Sheriff im Land herumzukarriolen und Leichen von Ermordeten aus einer Grube herauszuwühlen –, hundertmal weniger lärmhaft und tausendmal schätzbarer gewesen sei als der Vater, jetzt aber – da er nichts im Sinn hatte, als mit dem Onkel in die Stadt zu gehen und eine Stunde etwa eben in einer Kanzlei zu sitzen, in der er wohl ein Viertel seines bisherigen Daseins verbracht hatte – sowohl Lucas Beauchamp wie Crawford Gowrie vollkommen aus der Welt geschafft hatte und unverdrossen zu dem Tag vor fünfzehn Jahren zurückging, da sie sich zum erstenmal darauf versteift hatte, ihm einzureden, er könne seine Hosen nicht zuknöpfen): »Aber kann denn Miss Habersham nicht herkommen und hier warten?«

»Das kann sie«, sagte der Onkel. »Ich bin überzeugt, sie ist imstande, das Haus zu finden.«

»Du weißt, was ich meine«, sagte sie. »Warum läßt du sie nicht hierherkommen? Bis zwölf Uhr nachts in einer Kanzlei herumzusitzen ist nicht das richtige für eine Dame.«

»Die vorige Nacht Jake Montgomery auszubuddeln war auch nicht das richtige«, sagte der Onkel. »Aber diesmal werden wir doch vielleicht dieser dauernden Beeinträchtigung ihrer Damenhaftigkeit durch Lucas Beauchamp einen Riegel vorschieben. Komm, Chick«; und so ging er endlich aus dem Haus, nicht aus dem Haus in es hinein, denn er hatte es aus dem Haus mit herausgebracht, da er es an einer bestimmten Stelle zwischen seiner Stube und der Haustür nicht erworben noch gar einfach betreten, noch auch tatsächlich wiedergewonnen, sondern eher seine Abirrung von ihm gebüßt hatte, wiederum der Aufnahme darin würdig geworden war, da es sein eigen oder vielmehr er dessen eigen war, also mußte es vom Essen gekommen sein, und so schritten er und der Onkel die gleiche Straße dahin, fast genau wie sie sie vor noch nicht zweiundzwanzig Stunden geschritten waren, die damals leer war vor etwas wie entsetzt zurückschaudernder Bestürztheit; denn jetzt war sie keineswegs leer, gewiß öde und leer von Bewegung, von Laterne zu Laterne so bar von Leben hinlaufend wie eine ausgestorbene Straße durch eine verlassene Stadt, aber nicht wirklich verlassen, nicht wirklich zurückgezogen, sondern nur

Platz machend für die, die es besser machen konnten, für die, die es recht machen konnten, denen nicht dazwischenzutreten oder in den Weg zu kommen oder gar Vorschläge zu machen oder gar (danke sehr) Ratschläge zu erteilen, die es recht und auf ihre schlichte Weise machen würden, da es ja ihr eigenes Leid, ihre eigene Scham und ihre eigene Sühne war. Er lachte jetzt wieder, doch es war in Ordnung, und dachte: *Denn sie haben ja immer mich und Aleck Sander und Miss Habersham, ganz zu schweigen von Onkel Gavin und einem vereidigten, bestallten Sheriff*, als er plötzlich erkannte, daß dies ebenfalls dazu gehörte – dieses leidenschaftliche Verlangen, daß sie vollkommen seien, weil sie seinesgleichen waren und er ihresgleichen war, diese wütende Unduldsamkeit gegen das geringste Tüpfelchen oder Tüttelchen, das zu absoluter Vollkommenheit fehlte, dieses wütende, fast triebhafte Losstürzen und Beispringen zu ihrer Verteidigung gegen wen und wo es auch sei, auf daß er sie selbst ohne Erbarmen schinden könne, da sie doch die Seinen waren, und er wollte nichts weiter, als mit ihnen unveränderlich und unerschütterlich standzuhalten: eine einzige Scham, wenn denn Scham sein mußte, eine einzige Sühne, da Sühne gewiß sein mußte, doch vor allem ein einziges Unveränderliches, Dauerhaftes, Unerschütterbares: ein Volk, ein Herz, ein Land –, so daß er plötzlich sagte: »Sieh ...« und stockte, aber wie stets bedurfte es keines weiteren Worts.

»Ja?« sagte der Onkel, dann, als er nicht weitersprach: »Aha, ich verstehe. Es ist nicht an dem, daß sie recht hatten, sondern daß du unrecht hattest.«

»Es war schlimmer mit mir«, sagte er. »Ich war selbstgerecht.«

»Ist schon recht, selbstgerecht zu sein«, sagte der Onkel. »Vielleicht hattest du recht, und sie hatten unrecht. Bloß höre nicht auf.«

»Womit aufhören?« fragte er.

»Sogar prahlen und sich brüsten ist auch ganz recht«, sagte der Onkel. »Höre bloß nicht auf.«

»Womit aufhören?« fragte er wieder. Doch er wußte es jetzt; er sagte:

»Ist es nicht an der Zeit, daß du auch aufhörst, ein Anfänger-Pfadfinder zu sein?«

»Das ist nicht anfängerisch«, sagte der Onkel. »Das ist der dritte Grad. Wie nennt ihr den doch?«

»Adler-Pfadfinder«, sagte er.

»Adler-Pfadfinder«, sagte der Onkel. »Anfänger, das ist: nicht annehmen; Adler, das ist: nicht aufhören. Verstehst du? Nein, das ist falsch. Gib dir keine Mühe zu verstehen. Gib dir nicht einmal Mühe, es zu behalten. Nur hör nicht auf.«

»Nein«, sagte er. »Wir brauchen uns jetzt den Kopf nicht wegen des Aufhörens zu zerbrechen. Worüber wir uns, wie mir scheint, jetzt den Kopf zerbrechen müssen, das ist, wohin wir gehen und wie wir vorgehen.«

»Ja, du«, sagte der Onkel. »Vor einer Viertelstunde hast du mir selbst gesagt – entsinnst du dich nicht? –, darüber, was für einen Köder Mr. Hampton und Lucas benutzen würden, um Crawford Gowrie dahin zu bekommen, wo Mr. Hampton seiner habhaft werden kann. Sie werden Lucas benutzen ...«

Und er sollte sich erinnern, wie er und der Onkel im Durchgang neben dem Gefängnis bei dem Wagen des Sheriffs standen und Lucas und den Sheriff zur Seitentür des Gefängnisses heraus und durch den dunklen Vorgarten auf sich zukommen sahen. Es war tatsächlich ganz dunkel, da der Lichtschein der Straßenlaterne an der Ecke nicht so weit reichte, auch war kein Laut zu hören; erst kurz nach zehn Uhr und überdies in der Montagnacht, doch von der dunklen Schale des Himmels überwölbt wie in einem luftleeren Raum, gleich dem alten Brautbukett unterm Glassturz, die Stadt, der Platz, die mehr als ausgestorben waren: aufgegeben; denn er war hingegangen, um ihn anzusehen, war, ohne innezuhalten, von dem Onkel weggegangen, der an der Ecke des Durchgangs stehenblieb und ihm nachrief:

»Wo gehst du hin?« doch er gab keine Antwort, ging am letzten stummen, leeren Häuserblock entlang, seine Schritte in der hohlen Stille bewußt ohne Heimlichkeit hallen lassend, unbeeilt und einsam, aber in keiner Weise verlassen, sondern mit der Empfindung, dem Gefühl nicht des Besitzergreifens, sondern des Besitzens, des Zur-Verweserschaft-Bestelltseins, dabei voller Demut, er selbst ohne Macht, doch zumindest das Gefäß einer Macht, gleich dem Schauspieler, der von den Kulissen oder vielleicht von einem leeren Balkon aus hinsieht auf die wartende, zwar noch unbelebte, aber schon dekorierte, wenn auch menschenleere Bühne, auf der er jedoch gleich darauf als unbedingter Anziehungspunkt des letzten Aktes einherschreiten und agieren wird, er selbst an sich nichts und das Stück vielleicht auch kein Weltschlager, doch zumindest an ihm, es zu vollenden, es abzurunden, es unversehrt, unangreifbar, vollkommen zum Abschluß zu führen; so also hin auf den dunklen, leeren Platz und blieb stehen, sobald er ohne Mühe das ganze unbelebte dunkle Geviert überblicken konnte, in dessen gesamtem Umkreis sich nur ein einziges Licht zeigte, und zwar in dem Café, das wegen der Überlandlastautos die ganze Nacht offenhielt und dessen (des Cafés) wirklicher Zweck, wie manche Leute sagten, der Grund dafür, daß die Stadt die Bewilligung dazu erteilt hatte, der war, Willy Ingrums nächtliches Gegenstück wachzuhalten, dem die Stadt zwar in einer Seitengasse ein kleines Loch als Amtszimmer mit einem Ofen und einem Telephon eingerichtet hatte, wo er sich aber nicht gern aufhielt, sondern statt dessen sich im Café herumtrieb, wo er mit jemand reden und natürlich auch angerufen werden konnte; da es aber manchen Leuten, zumal älteren Damen, nicht behagte, den Polizisten in einem Nachtbums mit Groschenmusik an den Apparat rufen zu lassen, so hatte man das Amtstelephon mit einer großen Einbruchsalarmglocke verbunden, die außen an der Mauer angebracht war und so laut schallte, daß der Schankkellner oder ein Lastwagenchauffeur im Café sie hören und ihm mitteilen konnte, wenn sie läutete; sowie die zwei erleuchteten Fenster (und erst dachte er, Miss Habersham habe den Onkel wirklich dazu überredet, ihr den Schlüssel zur Kanzlei zu geben, dann dachte er, das sei nicht der Fall, der Onkel habe sie überredet, die Schlüssel zu nehmen, denn sie wäre ebensogut in ihrem geparkten Gemüsewagen sitzen geblieben, bis sie kamen, und fügte dann hinzu: Wenn sie gewartet hätte, denn das war doch sicher nicht der Fall; und tatsächlich war es so gewesen, daß der Onkel sie in die Kanzlei eingeschlossen hatte, um dem Sheriff und Lucas Zeit zu lassen, aus der Stadt hinauszukommen), doch da die Lampen in einer Anwaltskanzlei jederzeit brennen durften, vergaßen der Anwalt oder der Portier, sie beim Fortgehen abzudrehen, und das Café war eine öffentliche Einrichtung wie das Elektrizitätswerk, die zählten nicht, und selbst das Café war nur erleuchtet (von seinem Standort aus konnte er nicht ins Innere sehen, aber hören hätte er gekonnt, und er dachte bei sich, die vorschriftsmäßige Abstellung des Musikautomaten für zwölf Stunden sei wohl die erste vom Nachtpolizisten vorgenommene Amtshandlung gewesen außer dem allstündlichen

Eindrücken des Knopfs der Kontrolluhr an der Hintertür der Bank, seit der Panik mit dem tollwütigen Hund im vorigen August), und er dachte an die sonstigen normalen Montagnächte, wenn kein lautes Gebrüll von Blut- und Rachedurst, von Rassen- und Familiensolidarität von Kreis vier (oder ebenso von Kreis eins, zwei, drei oder fünf oder gar aus dem Umkreis der kultivierten Säulenhallen im Stil des vorigen Jahrhunderts) dahergerast war, um zwischen den alten Backsteinen und den alten Bäumen und den dorischen Kapitellen zu rasseln und widerzuhallen und sie für eine Nacht jedenfalls in Schrecken zu versetzen; an einem Montagabend um zehn Uhr würde sonst zwar die erste Vorstellung im Kino schon seit vierzig oder fünfzig Minuten zu Ende sein, aber ein paar Besucher, die zu spät gekommen waren, würden noch auf dem Heimweg sein, und die jungen Männer, die nach dem Kino die ganze Zeit, Coca-Cola trinkend und Nickelstücke in den Musikautomaten werfend, im Drugstore gesessen hatten, ebenfalls, ohne Eile und Zeitsinn dahinschlendernd, ohne Ziel auch, da ja die Maiennacht als solche ihr Ziel war, das sie, durch sie spazierend, mit sich führten, und (Viehmarkttag!) auch ein paar verspätete Personen- und Lastautos, deren Insassen ebenfalls in der Stadt geblieben waren, um noch das Kino, Verwandte oder Bekannte zu besuchen und mit ihnen zu Abend zu essen, und jetzt das letzte Auseinanderstreben nachtwärts, schlafwärts, morgenwärts, über das dunkle, meilenweite Land hin; und es fiel ihm dabei ein, wie er erst in der vorigen Nacht gemeint hatte, es sei ebenfalls leer, bis er Zeit gehabt hatte, einen Augenblick lang zu lauschen, und gemerkt hatte, daß es keineswegs leer war: eine Sonntagnacht, doch von tieferer als Sonntagsstille, jener Art Stille wahrlich, die keiner Nacht zukam und schon gar nicht einer Sonntagnacht, die eine Sonntagnacht nur gewesen, weil der Kalender schon eingeteilt war, als der Sheriff Lucas ins Gefängnis führte, eine Leere, die man Leere nennen mochte, falls man das stumme, leblose Gelände vor einer aufmarschierten Armee frei und leer oder den Vorraum eines Pulvermagazins friedlich oder die Ablaufrinne unter den Schleusen eines Staudamms still nennt, eine Empfindung nicht des Wartens, sondern des Anwachsens nicht von Leuten – Frauen, Greisen und Kindern –, sondern von Männern, nicht so sehr ingrimmig als ernst und nicht so sehr gespannt als still, die ruhig dasaßen und nicht einmal viel sprachen in rückwärts gelegenen Räumen

– nicht nur in den Badezellen und Klosetts hinterm Friseurladen und dem Schuppen hinterm Spielsalon, darin die Kisten mit alkoholfreien Getränken aufgestapelt sind und die leeren Whiskyflaschen am Boden herumliegen, sondern in den Lagerräumen von Kaufhäusern und den Garagen und hinter den herabgelassenen Jalousien der Büros, sogar in denen, deren Eigentümer, ja die Kaufhaus- und Garagenbesitzer, sie nur zur Ausübung eines freien Berufs, aber nicht für Handel und Gewerbe hergaben –, nicht darauf warteten, daß ein Ereignis, ein Augenblick rechtzeitig zu ihnen komme, sondern auf einen rechtzeitigen Augenblick, da sie selbst in fast willenloser Einmütigkeit das Ereignis schaffen, dabei den Vorsitz führen, ja bei einem Moment den Vorsitz führen, ja mithelfen würden, der nicht sechs, zwölf oder fünfzehn Stunden zu spät kam, sondern nur einfach die Fortsetzung desjenigen war, in dem die Kugel Vinson Gowrie getroffen und keine Zeit dazwischen gelegen hatte, und somit war Lucas in jeder Hinsicht bereits tot, da er eben in dem Moment gestorben war, als er sein Leben verwirkt hatte, und ihnen lag es nur ob, bei seinem Autodafé den Vorsitz zu führen und nun heute abend sich zu erinnern, da morgen alles vorbei sein würde, morgen der Marktplatz natürlich wieder wach und belebt sein würde, ein weiterer Tag, und er würde den Katzenjammer abschütteln, noch einer, und er würde sogar das Schamgefühl abschütteln, so daß am Samstag der ganze Landkreis in einem einzigen lückenlosen, einhelligen Einschnappen, Pulsschlag und Gemurmel sogar ableugnen würde, daß es jemals einen Moment gegeben habe, in dem er sich geirrt haben könnte; so daß er sich nicht einmal ins Gedächtnis zurückrufen brauchte, daß die Stadt nicht ausgestorben oder gar verlassen, sondern bloß zurückgezogen war, damit der schlichten Tat Raum gebend, die auf ihre eigene schlichte Weise vollbracht werden mußte ohne Hilfe, ohne Einmischung oder gar (danke schön) Ratschlag: drei Dilettanten, eine weiße alte Jungfer, ein weißer Junge und ein schwarzer, um Lucas' Möchtegern-Mörder zu entlarven, Lucas selbst und der Landkreissheriff, um ihn dingfest zu machen, und so, ein letztes Mal sich erinnernd: der Onkel, während er noch vor einer halben Stunde, die beiden Zipfel des aufgeknöpften Hemdes mit den Händen festhaltend, barfuß auf dem Teppich stand und als sie vor elf Stunden die letzte Kuppe des Hügels zur Kirche emporklommen und weiterhin sonst wohl tausendmal, seit er groß genug war, um zuzuhören, zu verstehen und zu behalten:

nicht nur Lucas noch selbst die Einheit der Vereinigten Staaten, sondern die Vereinigten Staaten vor den Ausländern im Norden, Osten und Westen zu beschützen, die (sagen wir einmal so) mit den höchsten Beweggründen und besten Absichten, in einer Zeit, da kein Volk eine Aufspaltung riskieren kann, sie aufzuspalten versuchen durch Anwendung von Bundesgesetzen und Einsetzung von Bundespolizei zur Aufhebung der schandbaren Lage von Lucas; mag unter tausend aufs Geratewohl herausgegriffenen Südstaatlern nicht ein einziger sein, den dieser Zustand wirklich bekümmert oder der sich auch nur wirklich darum kümmert, trotzdem ist auch immer einer vorhanden, der Lucas, gleichgültig aus welchem Anlaß, lynchen würde, doch nicht ein einziger von diesen neunhundertneunundneuzig samt jenem erstgenannten, der das Tausend wieder voll macht, würde zaudern, den Ausländer, der hierherkäme, um mit Gewalt einzugreifen oder ihn zu bestrafen, mit Gewalt zurückzuweisen (und einer würde immer der Lyncher sein); ihr sagt (mit Hohnlachen): man muß Sambo gut kennen, um mit so ruhiger Anmaßung seine Passivität vorauszusetzen, und ich erwidere darauf: ich kenne ihn gar nicht, und meiner Meinung nach kennt kein Weißer ihn überhaupt, dagegen kenne ich die Weißen der Südstaaten gut, nicht bloß die neunhundertneunundneunzig, sondern auch den andern einen, denn auch der ist unsresgleichen, ja überdies gibt es diesen einen andern nicht nur im Süden, ihr werdet nicht Norden, Osten, Westen und Sambo verbündet sehen gegen eine Handvoll Weißer im Süden, sondern ein papiernes Bündnis von Theoretikern und Fanatikern und Leuten mit privatem und persönlichem Rachebedürfnis samt einer Anzahl anderer auf Grund der Annahme einer genügenden Anzahl physikalischer Meilen, um sich prinzipielle Gegnerschaft leisten zu können, und vielleicht den geeinigten Süden an Zahl übertreffend, die, gewollt oder ungewollt sich rekrutieren aus euren eigenen rückwärtigen Gebieten, nicht bloß eurem Hinterland, sondern den schönen Großstädten, auf deren Kultur ihr so stolz seid, euren Chicagos, Detroits und Los Angeles' und wo sonst noch ungebildete Menschen wohnen, die Angst haben vor jeder Hautfarbe oder Nasenform, die anders ist als die ihre, und die jede Gelegenheit beim Schopf packen, die ganze von ihren Vorfahren her aufgestaute Masse von Abscheu, Verachtung und Angst vor Indianern, Chinesen, Mexikanern, Kariben und Juden an Sambo auszulassen, ihr werdet uns dazu zwingen, den einen aus dem Zufallstausend und die neunhundertneunundneunzig aus dem zweiten, die Lucas' schändliche Lage bedauern und sie verbessern würden, es getan haben, zu tun im Begriff sind und noch tun werden, bis (vielleicht nicht morgen) diese Lage abgeschafft ist, nicht vielleicht um sie zu vergessen, sondern ihrer zumindest mit weniger Schmerz und Bitterkeit zu gedenken, da ihm Gerechtigkeit eher von uns überlassen als uns entrissen und ihm aufgezwungen wurde, beides mittels Bajonetten, nolens volens in ein Bündnis mit denjenigen, mit denen wir keinerlei Blutsverwandtschaft haben, zum Schutz eines Prinzips, das wir selbst betrauern und verabscheuen; wir sind in der Lage des Deutschen nach 1933, dem keine andere Wahl blieb, als entweder Nazi oder Jude zu sein, oder des jetzigen Russen (übrigens ebenfalls Europäer), der nicht einmal diese Wahl hat, sondern entweder Kommunist oder tot sein muß, nur müssen wir es tun, wir allein, ohne Hilfe oder Einmischung oder gar (danke schön) Ratschlag, da nur wir es können, wenn Lucas' Gleichberechtigung mehr sein soll als ihre eigene Gefangene innerhalb einer uneinnehmbaren Barrikade der direkten Erben des Sieges von 1861–1865, der wohl mehr dazu beigetragen hat als selbst John Brown, Lucas' Freiheit so auf den toten Punkt zu bringen, daß sie hundert Jahre nach Lees Kapitulation immer noch auf der Stelle zu treten scheint; und wenn einer sagte: Lucas darf nicht auf jenes Morgen warten, weil dieses Morgen nie kommen wird, weil ihr nicht nur nicht könnt, sondern nicht wollt, dann können wir nur wiederholen: dann sollt ihr nicht, und zu euch sagen: kommt her und seht uns zu, ehe ihr einen Entschluß faßt, und ihr antwortet: nein, danke, es riecht schon schlecht genug von hier aus, und wir sagen: ihr werdet euch doch einen Hund, den ihr stubenrein machen wollt, zumindest ansehen, ein Volk, das uneins ist in einer Zeit, da die Geschichte uns wiederum beweist, daß die Vorstufe zur Auflösung die Aufspaltung ist, und ihr sagt: wenigstens verrecken wir im Namen der Menschheit, und wir antworten: wenn alles niedergestreckt ist außer jenem persönlichem Fürwort und jenem Verbum, um welchen Preis wäre dann Lucas' Menschentum erkauft? –

und machte kehrt und lief den kurzen, leblosen, leeren

Häuserblock zurück bis zur Ecke, von wo der Onkel, ohne zu warten, weitergegangen war, und dann auch die Seitengassen hinauf, wo das Auto des Sheriffs stand, und die beiden sahen den Sheriff und Lucas durch den dunklen Vorgarten auf sich zukommen, wobei Lucas etwa fünf Fuß hinterherging, nicht schnell, sondern nur beeifert, nicht heimlich noch verstohlen, sondern genau wie zwei Männer, die einfach etwas Bestimmtes zu tun haben, nicht eigentlich spät dran sind, aber keine Zeit zum Trödeln haben, durch das Pförtchen zum Auto, dessen hintere Tür der Sheriff öffnete und sagte:

»Spring rein«, und Lucas stieg ein, der Sheriff machte die Tür zu und die vordere auf und kroch brummend in den Wagen, der, als er sich niedersetzte, auf seine Federn und Felgen zusammensank, drehte die Zündung an und trat auf den Anlasser, indes der Onkel am Fenster stand, dessen Leiste er jetzt mit beiden Händen festhielt, als habe er plötzlich nachträglich den Einfall oder die Hoffnung, den Wagen stillhalten zu können, bevor dieser sich in Bewegung setzte, und das sagte, was ihm selbst seit dreißig oder vierzig Minuten durch den Kopf gegangen war:

»Nimm noch jemand mit.«

»Das tu ich ja«, sagte der Sheriff. »Übrigens meinte ich, das hätten wir am Nachmittag schon dreimal erledigt.«

»Das ist immer nur einer, gleichviel wie oft du Lucas zählst«, sagte der Onkel.

»Geben Sie mir meinen Revolver«, sagte Lucas, »dann braucht niemand nicht zu zählen. Ich mach das schon«; und er überlegte, wie oft der Sheriff wohl jetzt Lucas schon gesagt habe, er solle den Mund halten, weshalb der Sheriff es jetzt nicht mehr sagte, dann tat er es aber plötzlich doch, indem er sich langsam, schwerfällig, brummend auf dem Vordersitz zu Lucas umdrehte und in seinem klagenden, tief aufschnaufenden Ton sagte:

»Nach all dem Schlamassel, in das du am Samstag dadurch geraten bist, daß du, den Revolver in der Tasche, mit einem Gowrie im gleichen Luftumkreis von zehn Fuß gestanden hast, willst du sie wieder in die Hand nehmen und dich mit einem zweiten einlassen. Jetzt sei gefälligst still und bleib still. Und sobald wir an die Whiteleaf-Brücke herankommen, legst du dich auf den Boden, drückst dich hinter mich gegen den Sitz und verhältst dich mäuschenstill. Hast du mich verstanden?«

»Ich hab verstanden«, sagte Lucas. »Aber wenn ich bloß meinen Revolver hätt ...«, doch der Sheriff hatte sich bereits wieder zum Onkel umgedreht:

»Gleichviel wie oft du Crawford Gowrie zählst, er bleibt auch immer nur einer«, und dann fuhr er in seinem sanften, seufzenden, widerstrebenden Ton fort, womit er jedoch die Gedanken des Onkels beantwortete, ehe dieser sie aussprechen konnte: »Wen würde er denn dazu kriegen«, und er bedachte das ebenfalls, wobei er sich an den langen knirschenden Gummi-auf-Zement-Lauf der rasenden Personen- und Lastwagen erinnerte, die sich, in entsetzensvoller, unwiderruflicher Abkehr, Hals über Kopf, nach allen Windrichtungen hin zerstreuten, um in den entlegensten, auf keiner Landkarte verzeichneten, sicheren Schlupfwinkeln des Landkreises, außer jener kleinen, Caledonia-Kirchhof geheißenen Insel in Kreis vier, Zuflucht zu suchen, in der alten, gewohnten, verwohnten Heimstatt, wo die Frauen und älteren Töchter und Kinder melken und fürs morgige Frühstück Holz hacken konnten, während die ganz Kleinen die Laternen hielten und die Männer und älteren Söhne, nachdem sie die Maultiere zur Stärkung für die morgige Pflugarbeit gefüttert hatten, auf den Vorderveranden saßen und bis in die Dämmerung hinein aufs Nachtessen warteten; die Ziegenmelker; Nacht; Schlaf; und dies sah er geradezu vor sich (vorausgesetzt, daß selbst die Verblendung eines Mörders so weit ging, Crawford Gowrie wieder in die Reichweite und den Umkreis jenes Armstumpfs zu bringen, was er – da Crawford ja auch ein Gowrie war – in Übereinstimmung hier mit dem Sheriff, nicht glaubte, und er verstand jetzt, wieso Lucas am Samstagnachmittag überhaupt aus dem Fraserschen Laden, geschweige am Gefängnis aus dem Wagen des Sheriffs, lebend herausgekommen war: daß die Gowries selbst gewußt hatten, er habe die Tat nicht begangen, sich also nur Zeit gelassen und darauf gewartet hatten, daß er von anderer Seite, etwa von Jefferson, auf die Straße hinausgeschleppt würde, bis er – in einem Aufblitzen von etwas wie Scham – sich daran erinnerte, wie das blaue Hemd sich hinabgebeugt und die steife, täppische einzige Hand versucht hatte, den nassen Sand von dem leblosen Gesicht zu wischen, und er verstand, daß, was für Gedanken auch dem wüsten Alten morgen in den Kopf kommen mochten, er nichts gegen Lucas im Sinn hatte, da darin nichts Raum fand als sein Sohn): Nacht, das Eßzimmer vielleicht und wieder einmal sieben männliche Gowries beisammen in dem seit zwanzig Jahren frauenlosen Haus, denn Forrest war gestern zum Begräbnis von Vicksburg heraufgekommen und war vermutlich noch an dem Morgen dagewesen, als der Sheriff dem alten Gowrie die Meldung hatte zugehen lassen, ihn bei der Kirche zu treffen, eine brennende Lampe mitten auf dem Tisch zwischen den verschmierten Zuckerschalen und Sirupkannen und Ketchup, Salz und Pfeffer, noch in den etikettierten Behältern, in denen sie vom Bord des Kramladens gekommen waren, und der Alte oben an der Schmalseite sitzend und den einzigen Arm auf den Tisch gelegt, die Hand über der großen Pistole, Recht, Spruch, Sühne und Vollstreckung in einem verkündend an dem Gowrie, der sich mit seines Bruders Blut eigenhändig aus der Gowrie-Gemeinschaft ausgestrichen hatte, dann die dunkle Straße, der Lastwagen (diesmal kein requirierter, da Vinson einen neuen großen, starken Wagen mit Verdeck zum Holz- und Viehtransport besessen hatte), am Lenkrad wohl wieder derselbe Zwillingsbruder, der Leichnam selbst mittels der schweren Holztransportketten wie ein Baumstamm lose an dem Laufwerk befestigt, in raschem Tempo hinaus aus dem Caledonia-Kirchhof, hinaus aus Kreis vier in die stumme, finstere, wartende Stadt hinein, immer noch in rascher Fahrt die stille Straße hinauf, über den Marktplatz bis zum Haus des Sheriffs und die Leiche kopfüber auf des Sheriffs Veranda geschmissen, und der Lastwagen wohl gar wartend, während der andere Zwillingsbruder Gowrie an der Tür schellte. »Zerbrich dir nicht den Kopf wegen Crawford«, sagte der Sheriff. »Der hat nichts gegen mich. Der stimmt für mich. Was dem augenblicklich im Kopf herumgeht, das ist, daß er noch zusätzlich Menschen umbringen muß wie Jake Montgomery, wo er doch eigentlich nichts anderes gewollt hat, als Vinson an der Entdeckung zu hindern, daß er ihm und Onkel Sudley Workitt Holz gestohlen hat. Selbst wenn er aufs Trittbrett springt, ehe ich Zeit finde zu merken, was da vorgeht, so braucht er immerhin ein, zwei Minuten, um die Tür aufzumachen, daß er genau sehen kann, wo Lucas ist – falls Lucas bis dahin sich richtig und genau an das hält, was ich ihm gesagt habe, was er, wie ich bestimmt zu seinem Besten hoffe, auch tut.«

»Ich werd schon«, sagte Lucas. »Aber wenn ich bloß meinen . . .«

»Ja«, sagte der Onkel in seinem bitteren Tonfall. »Falls er dort ist.«

Der Sheriff seufzte auf. »Du hast doch die Botschaft geschickt.«

»Soweit ich eine zustande brachte«, sagte der Onkel. »Immerhin habe ich es zustande gebracht. Eine Botschaft, die das Zusammentreffen zwischen einem Mörder und einem Polizisten ausmacht, von der derjenige, der sie dem Mörder schließlich zustellt, nicht einmal weiß, daß sie für den Mörder bestimmt war, von der der Mörder selbst nicht nur glaubt, es sei nicht beabsichtigt gewesen, daß er sie erhält, aber daß es doch seine Richtigkeit damit hat.«

»Nun«, sagte der Sheriff, »entweder bekommt er sie, oder er bekommt sie nicht, und entweder schenkt er ihr Glauben oder nicht, und entweder wartet er drunten im Whiteleaf-Grund oder nicht, und wenn er nicht da ist, dann fahren Lucas und ich zur Landstraße weiter und kehren in die Stadt zurück.« Er ließ den Motor anlaufen, dann stellte er ihn wieder ab; er drehte erst die Lichter an. »Aber er wird schon dort sein. Ich habe auch eine Botschaft geschickt.«

»Schön«, sagte der Onkel. »Wozu das, Herr Superklug?«

»Ich habe den Bürgermeister veranlaßt, Willy Ingrum für heute abend freizugeben, damit er hinausgehen und noch einmal bei Vinson wachen kann, und bevor er abfuhr, teilte ich ihm unterm Siegel der Verschwiegenheit mit, ich würde Lucas heute abend über den alten Abschneideweg am Whiteleaf nach Hollymount bringen, damit er morgen beim Untersuchungsverfahren über Jake Montgomery aussagen kann, und habe Willy daran erinnert, daß die Aufschüttungsarbeiten am Whiteleaf noch nicht fertig sind und Autos daher im Schritt fahren müssen, und ihm noch einmal eingeschärft, zu niemandem etwas darüber verlauten zu lassen.«

»Aha«, sagte der Onkel, die Wagentür noch nicht ganz loslassend. »Gleichviel wer zu seinen Lebzeiten auf Jake Montgomery hätte Ansprüche erheben können, jetzt gehört er zum Landkreis Yoknapatawpha. Aber schließlich«, setzte er, die Tür jetzt loslassend, aufgeräumter hinzu, »wir sind ja hinter einem Mörder her, nicht hinter einem Anwalt. Na also, warum fährst du nicht los?«

»Ja«, sagte der Sheriff, »geh du in deine Kanzlei und gib auf Miss Eunice acht. Willy ist ihr womöglich auf der Straße begegnet, und wenn das der Fall ist, so ist sie imstande und kommt uns mit ihrem Gemüsewagen auf der Whiteleaf-Brücke zuvor.«

Dann auf den Marktplatz, um ihn diesmal diagonal zu überqueren, dorthin, wo, leer, mit dem Kühler am ebenfalls leeren Randstein, der Gemüsewagen stand, und dann das lange, dumpfe Knarren und Poltern des Treppenhauses hinauf zur offenen Kanzleitür, und während er durch diese eintrat, dachte er ohne Überraschung, daß sie wahrscheinlich die einzige ihm bekannte Frau sei, die den geliehenen Schlüssel aus dem Schloß gezogen haben würde, sobald sie die fremde Tür aufgeschlossen hatte, und dann den Schlüssel nicht auf der erstbesten glatten Fläche, an der sie vorbeikam, liegenlassen, sondern ihn wieder zurückstecken würde in das Réticule oder die Tasche oder wo immer sie ihn hingesteckt hatte, als er ihr übergeben worden war, und sie würde auch nicht auf dem Sessel hinterm Tisch sitzen, und so war es auch, sondern kerzengerade aufrecht, mit dem Hut auf, doch in einem andern Kleid, das genauso aussah wie das, das sie in der vorigen Nacht angehabt hatte, und auf dem Schoß die gleiche Handtasche mit den Achtzehndollarhandschuhen oben am Bügel eingeklemmt und die Dreißigdollarschuhe mit den flachen Absätzen nebeneinander auf den Fußboden gepflanzt vor den härtesten, gradrückigsten Stuhl im Zimmer, dem neben der Tür, auf den sich sonst wirklich niemand setzte, mochte die Kanzlei noch so voll sein, und sie stand erst auf, um zu dem Klubsessel hinterm Tisch zu gehen, nachdem der Onkel ihr gut zwei Minuten lang zugeredet hatte, und erklärte schließlich, es könne wohl jetzt zwei oder drei Stunden sein, denn das goldene Ührchen an der Brosche auf ihrem Busen stand offen, als sie eintraten, und sie schien zu meinen, jetzt müsse der Sheriff mit Crawford Gowrie eigentlich nicht nur schon wieder da, sondern wohl schon mit ihm auf dem Weg zum Zuchthaus sein; dann er auf seinem üblichen Stuhl neben dem Wasserkühler, und schließlich zündete auch der Onkel ein Streichholz an und hielt es an die Maiskolbenpfeife, wobei er, nicht neben durch den Rauch hindurch, sondern in ihn hinein, weitersprach:

»... und das kam so, weil wir allerhand darüber ja schon wußten, ganz abgesehen von dem, was Lucas uns schließlich mitteilte, wobei er sich in acht nahm wie ein Raubvogel oder ein internationaler Spion, sich auch nur das kleinste Wörtchen entschlüpfen zu lassen, das sein Verhalten auch nur erklären, geschweige ihn retten würde, daß Vinson und Crawford Teilhaber waren und das Holz vom alten Sudley Workitt kauften, der ein Vetter zweiten oder vierten Grads oder ein Onkel oder sonst Gott weiß was von Mrs. Gowrie war, das heißt: sie hatten sich mit dem alten Sudley auf einen Preis pro Quadratfuß geeinigt – zahlbar nach Verkauf des Holzes, doch erst wenn der letzte Stamm gesägt war und Crawford und Vinson abgeliefert und ihr Geld bekommen hatten, worauf sie dann den alten Sudley auszahlen sollten –, hatten eine Schneidemühle gemietet und Arbeiter zum Fällen, Sägen und Aufstapeln des Holzes angestellt, und zwar dies in der nächsten Nähe, nicht weiter entfernt als eine Meile, von Sudleys Haus, unter der Bedingung, daß kein Ast davon weggenommen werden dürfe, bis alles gesägt war. Nur – freilich wissen wir über diesen Punkt noch nicht richtig Bescheid, bis Hampton Crawford dingfest gemacht hat, aber es muß so sein, wozu sonst in aller Welt hättet ihr drei Jake Montgomery aus Vinsons Grab ausgebuddelt, und jedes Mal, wenn ich mir diesen Punkt überlege und daran denke, wie ihr drei da vom Hügel heruntergekommen seid genau an der Stelle, wo zwei von euch ihn gehört und einer von euch ihn sogar vorbeireiten gesehen hat, den Mann, der, bereits mit einem Ermordeten vor sich auf dem Maultier, sich zu einer so plötzlichen und notgedrungenen Abänderung seines Vorhabens gezwungen sah, daß, als Hampton und ich sechs Stunden danach hinkamen, in dem Grab überhaupt keine Leiche mehr war . . .«

»Aber er tat es nicht«, sagte Miss Habersham.

»Was?« sagte der Onkel. ». . . Wo war ich denn? Ach ja . . . Nur Lucas Beauchamp hörte etwas, als er eines Nachts spazierenging, trat näher und sah oder ging auch vielleicht gerade vorbei und sah, oder vielleicht war er von vornherein in dieser Absicht spazierengegangen oder in dieser Nacht gerade dorthin, sah also einen Lastwagen, ob er ihn nun erkannt hat oder nicht, der im Dunkeln mit dem bewußten Holz beladen wurde, das, wie die ganze Gegend wußte, nicht von der Stelle gerückt werden durfte, bis die Schneidemühle selbst den Betrieb einstellte und abzog, was erst in einiger Zeit der Fall sein konnte; und Lucas sah und hörte da zu und ging vielleicht in den Landkreis Crossman nach Glasgow und Hollymount hinüber, um genau herauszubekommen nicht nur, wer es war, der jede oder fast jede Nacht einen Teil Holz wegschaffte, nicht viel auf einmal, sondern nur gerade soviel, daß jemand, der nicht alle Tage hinkam, das Fehlen nicht bemerken konnte (und der einzige Mensch, der alle Tage dort oder auch nur daran, jedenfalls in diesem Grad, interessiert war, war Crawford für sich selbst und in Vertretung seines Bruders und seines Onkels, denen die Stämme und das daraus gewonnene Holz gehörten und die deshalb damit nach Gutdünken verfahren konnten, von denen aber jener den ganzen Tag über in der Umgegend den verschiedenen Eisen nachlief, die er außerdem im Feuer hatte, und dieser ein nicht nur gichtbrüchiger, sondern überdies auch halbblinder Greis war, der überhaupt nichts hätte gewahren, selbst wenn er so weit von seinem Hause hätte weggehen können, außerdem noch die Arbeiter von der Sägemühle, die auf Tagelohn angestellt waren und, selbst wenn sie etwas gemerkt, sich nicht darum gekümmert hätten, was in der Nacht vorging, solange sie bloß alle Samstag ihren Lohn ausgezahlt bekamen), sondern auch, was er damit anfinge, womöglich sogar betreffs Jake Montgomerys Wind bekam, obschon, daß Lucas über Jake Bescheid wußte, einen Unterschied höchstens insofern machte, als Jake dadurch, daß er sich umbringen und in Vinsons Grab bringen ließ, wahrscheinlich Lucas das Leben rettete. Aber selbst als Hope mir erzählte, daß er in der Küche an jenem Morgen, als Will Legate Lucas vom Gefängnis herbrachte und wir Sie heimfuhren, soviel doch endlich aus Lucas herausgebracht habe, bildete das nur eine teilweise Erklärung, denn ich sagte immer noch, was ich vom ersten Moment heute früh an gesagt habe, als ihr drei mich aufwecktet und Chick mir von dem erzählte, was Lucas ihm über den Revolver mitgeteilt habe: aber warum Vinson? Wieso mußte Crawford Vinson umbringen, um den Zeugen seines Diebstahls aus dem Weg zu räumen? Das, das hätte doch klappen sollen, da Lucas eigentlich hätte sterben müssen, sobald der erste Weiße seiner ansichtig wurde, wie er da, den Rock hinten hochgebeult vom Kolben des Revolvers, bei der Leiche Vinsons stand; aber wozu schlug er dazu den Weg ein, den ausgefallenen Umweg des Brudermords? Da wir also etwas wahrlich genügend Schwerwiegendes mit Lucas zu besprechen hatten, ging ich am Nachmittag in Hamptons Haus und dort direkt in die Küche, und am Tisch saß Hamptons Köchin auf der einen und Lucas auf der andern Seite, und der aß Gemüse und Maisbrot, und zwar nicht von einem Teller, sondern gleich aus dem Kochtopf heraus, und ich sagte:

›Du ließest dich also von ihm erwischen ... ich meine nicht Crawford ...‹, und er sagte:

›Nein. Ich mein auch Vinson. Nur war es schon zu spät, das Lastauto war schon fertig beladen und rasch auf und davon gefahren mit kein Licht brennen und kein Garnix, un' er sagte: Wem sein Wagen is' das? Un' ich sagte gar nix.‹

›Schön‹, sagte ich, ›und dann?‹

›Das ist alles‹, sagte Lucas. ›Nix.‹

›Hatte er keinen Revolver bei sich?‹

›Weiß ich nicht‹, sagte Lucas. ›Er hatte einen Prügel‹, und ich sagte:

›Na schön. Weiter!‹ und er sagte:

›Weiter nix. Er stand bloß 'ne Minute mit dem hochgehobenen Prügel da un' sagte: Sag mir, wem sein Wagen das war, un' ich sagte gar nix, un' da ließ er den Prügel sinken, drehte sich um, un' hab ihn nicht mehr gesehn.‹

›Du holtest also deinen Revolver‹, sagte ich, ›und gingst ...‹, und er sagte:

›Das brauchte ich nicht. Er kam zu mir, Crawford mein ich diesmal, kam den Abend drauf zu mir ins Haus un' wollt mir Geld zahlen, daß ich ihm sag, wem sein Lastauto es gewesen wär, 'n Haufen Geld, fünfzig Dollar, er zeigte es mir, un' ich sagte, ich wär mir noch nicht klar darüber, wem sein Wagen es war, un' er sagte, er wolle mir das Geld jedenfalls dalassen, bis ich mir klargeworden wär, un' ich sagte, ich wär mir schon klar darüber, was ich tun würde, ich würde bis morgen – das war Freitag abend – auf den Nachweis warten, daß Mr. Workitt und Vinson ihren Anteil von dem Geld für das fehlende Holz bekommen hätten.‹

›Ja?‹ sagte ich. ›Und was dann?‹

›Dann würd ich hingehn un' Mr. Workitt sagen, er tät gut daran ...‹

›Sag das noch einmal‹, sagte ich. ›Langsam.‹

›Un' Mr. Workitt sagen, er tät gut daran, seine Bretter zu zählen.‹

›Also, du, der Neger, du wärst hingegangen zu dem Weißen, um ihm mitzuteilen, seiner Nichte Söhne bestöhlen ihn, zu einem Weißen aus Kreis vier auch noch. Weißt du nicht, was dir da passiert wäre?‹

›Ich kam gar nicht dazu‹, sagte er. ›Denn am Tag drauf – Samst'g – bekam ich die Botschaft ...‹, und da hätte ich natürlich Bescheid wissen müssen, denn offenbar wußte Gowrie davon; seine Botschaft konnte ja nicht gelautet haben:

Habe gestohlenen Betrag ersetzt und hätte gern deine persönliche Billigung, bring deinen Revolver mit und vertragen wir uns wieder ... oder so ähnlich, so daß ich sagte:

›Aber wieso den Revolver?‹ und er sagte:

›Es war doch Samst'g‹, und ich sagte:

›Jawohl, der neunte. Aber wieso den Revolver?‹ und dann begriff ich; ich sagte: ›Du steckst den Revolver zu dir, wenn du dich am Samstag fein machst, so wie das früher der alte Carothers tat, der sie dir geschenkt hat‹, und er sagte:

›Mir verkauft hat‹, und ich sagte:

›Na schön, fahr fort‹, und er sagte:

›... bekam ich die Botschaft, ich soll ihn im Kramladen treffen, bloß ...‹, und da zündete der Onkel wieder ein Streichholz an, zog an seiner Pfeife und paffte, wobei er weitersprach, durch das Pfeifenrohr hindurchsprach, mit dem Rauch zusammen, als ob man die Worte selbst sich daraus bilden sähe: »Bloß kam er gar nicht hin bis zum Laden, denn Crawford wartete, auf einem Baumstumpf sitzend, im Wald auf ihn, kaum daß Lucas richtig von zu Hause fortgegangen war, und jetzt kam Crawford gleich auf den Revolver zu sprechen, ehe Lucas noch ›Guten Tag‹ oder ›Waren Vinson und Mr. Workitt zufrieden, daß sie das Geld bekamen?‹ oder sonst etwas äußern konnte, indem er sagte: ›Selbst wenn das Ding noch schießt, triffst du doch sicher nichts damit‹, und wie es dann ausging, können Sie sich denken: Lucas sagte, Crawford habe schließlich um einen halben Dollar gewettet, daß Lucas den Baumstumpf nicht auf fünfzehn Fuß Entfernung treffe, Lucas traf ihn jedoch, und Crawford gab ihm den halben Dollar, und dann gingen sie zusammen die zwei Meilen bis zum Kramladen, wo Crawford Lucas warten hieß: Mr. Workitt schicke die Quittung für seinen Anteil am fehlenden Holz in den Laden, und er, Crawford, wolle hineingehen und sie holen, damit Lucas sich mit eigenen Augen überzeugen könne, und ich sagte:

›Und da ist dir immer noch kein Verdacht gekommen?‹ und er sagte:

›Nein. Er schimpfte so echt mit mir.‹ Und das Ende vom Lied können Sie sich wohl vorstellen, ist gar nicht nötig, einen

Streit zwischen Vinson und Crawford nachweisen zu wollen oder sich den Kopf darüber zu zerbrechen, um sich auszudenken, was Crawford sagte und tat, daß Vinson im Laden wartete, und ihn dann auf dem Weg vor sich hergehen ließ, denn das allein genügt: ›Schon gut. Ich hab ihn. Wenn er nicht sagen will, wessen Lastwagen es war, dann werden wir es aus ihm herausprügeln‹, denn darauf kommt es ja auch nicht an; genug an dem, das nächste, was Lucas sah, war, wie Vinson den Fußweg vom Kramladen daherkam, ziemlich eilig, sagte Lucas, wahrscheinlich meinte er damit ungeduldig, verwirrt und verärgert, hauptsächlich wohl verärgert, und tat wahrscheinlich genau das, was Lucas tat: darauf warten, daß der andere sich äußere und erkläre, mit dem Unterschied, daß Vinson, laut Lucas, das Abwarten aufgab und noch im Gehen soweit kam zu sagen: ›Du hast dich also anders besonnen ...‹, als er, sagt Lucas, über etwas strauchelte und eine Art tiefen Bückling bis zur Erde machte und Lucas sich alsbald erinnerte, den Schuß gehört zu haben, und erkannte, daß das, worüber Vinson gestrauchelt, sein Bruder Crawford war, und dann, sagte Lucas, waren auch schon die andern da, ehe er noch Zeit gehabt hatte, sie durch das Gehölz heranlaufen zu hören, und ich sagte:

›Ich nehme an, du merktest dann gleich, daß du drauf und dran warst, recht übel über Vinson, den alten Skipworth und Adam Fraser zu straucheln, oder nicht ...‹, aber wenigstens sagte ich nicht: ›Warum hast du denn nicht erklärt?‹ und so brauchte Lucas wenigstens nicht zu fragen: ›Wem und was erklären?‹ und somit war für ihn alles in Ordnung – ich meine natürlich nicht Lucas, ich meine Crawford, kein alltäglicher Pechvogel der ...«, und da war es wieder, und nun wußte er, was es war, Miss Habersham hatte etwas getan, er wußte nicht, was, keinen Laut von sich gegeben, sich auch nicht geregt, nicht einmal daß sie irgendwie stiller geworden wäre, aber etwas war mit ihr vorgegangen, nicht ihr von außen nach innen zugestoßen, sondern von innen nach außen, als ob sie nicht nur davon nicht überrascht worden sei, sondern es angeordnet, ermächtigt habe, allein sie hatte sich überhaupt nicht gerührt, nicht einmal um einen Atemzug mehr als gewöhnlich zu tun, und der Onkel hatte nicht einmal das bemerkt, »vielmehr eigens und einzig auserwählt und erkoren unter den Menschen von den Göttern selbst, nicht um es sich selbst zu beweisen, denn sie hatten daran nie gezweifelt, sondern dem Menschen durch diesen seinen niedrigsten Generalnenner, daß er eine Seele habe, und schließlich dazu getrieben, seinen Bruder zu erschlagen . . .«

»Er hat ihn in Triebsand gesteckt«, sagte Miss Habersham.

»Ja«, sagte der Onkel. »Gräßlich, nicht! . . . Einfach durch das Mißgeschick, daß ein alter Neger kein Schlafwandler war, dann, nachdem er sich mittels eines Plans, eines Verfahrens, so einfach und wasserdicht in seiner biologischen und geographischen Psychologie, daß es der Chick hier ein Kinderspiel nennen würde, aus der Affäre gezogen hatte, dadurch einen Strich durch die Rechnung gemacht zu bekommen, daß ein Junge, von dessen Dasein auf Erden er überhaupt keine Ahnung gehabt hatte, vor vier Jahren im Beisein eben dieses unnachtwandlerischen Negers in einen Bach gefallen war, denn über diesen Punkt wissen wir auch nicht richtig Bescheid, und bei Jake Montgomerys jetziger Verfassung werden wir darüber nie Genaues erfahren, worauf es allerdings auch nicht ankommt, da der Umstand bestehen bleibt, aus welch anderem Grund er sich in Vinsons Grab befunden haben soll, als daß Jake Montgomery, als er das Holz von Crawford kaufte (wir haben das durch ein Telephongespräch mit dem endgültigen Abnehmer des Holzes in Memphis heute nachmittag festgestellt), auch wußte, woher es stammte, denn daß er das wußte, würde zu Jakes Veranlagung und Charakter gepaßt und gewiß auch eine Rolle für seinen Vermittlerprofit gespielt haben, und darum brauchte Jake, als Vinson, Crawfords Sozius, plötzlich im Wald hinter Frasers Kramladen in den Tod strauchelte, keine Kristallkugel, um das ebenfalls herauszulesen, und somit, wenn das eine Mutmaßung ist, dann holen Sie daraus soviel wie möglich heraus oder geben Sie mir und Mr. Hampton eine bessere, dann werden wir sie dagegen eintauschen; Jake wußte von Buddy McCallums seinerzeitigem Kriegsbeutestück auch, und ich möchte um Crawfords willen annehmen . . .« – und da war es wieder, und wieder kein äußerliches Anzeichen, doch jetzt sah und empfand oder verspürte (oder wie immer es auch kam) der Onkel es ebenfalls, er stockte, und eine Sekunde lang schien es, als wolle er sprechen, aber in der nächsten Sekunde hatte er es schon vergessen und fuhr wieder fort –: ». . . daß Jake vielleicht den Preis für sein Schweigen angegeben, den Betrag oder eine Anzahlung darauf einkassiert hat, vielleicht immer dabei mit der Absicht, Crawford des Mordes zu bezichtigen, vielleicht alle seine Verbindungen spielen ließ, um noch mehr Geld herauszukriegen, oder vielleicht hatte er etwas gegen Crawford und wollte sich rächen, oder vielleicht unterschied er so peinlich, daß er bei Mord eine Grenze zog, und grub Vinson nur aus, um ihn auf das Maultier zu laden und ihn zum Sheriff zu bringen; aber wie dem auch sei, in der Nacht nach der Beerdigung grub irgendeiner, der einen triftigen Grund dafür hatte, Vinson aus, und das muß Jake gewesen sein, und irgend jemand, der nicht nur nicht wollte, daß Vinson ausgegraben werde, sondern einen triftigen Grund dafür hatte, denjenigen zu beobachten, der einen triftigen Grund haben könne, Vinson auszugraben, wußte, daß er ausgegraben worden war in der Zeitspanne von – es war gegen zehn, sagten Sie doch, als Sie und Aleck Sander Ihren Lastwagen unterstellten, und es war am selben Abend um sieben dunkel genug, um Gräber zu erbrechen, es bleiben somit drei Stunden; und das meine ich eben mit Bezug auf Crawford«, sagte der Onkel, und diesmal merkte er, daß der Onkel sogar innehielt, erwartete es, es kam aber noch immer kein Laut, keine Bewegung, der Hut blieb unverrutscht, und ebenso genau blieb die säuberlich abgezirkelte Lage der eingeklemmten Handschuhe, der Handtasche auf dem Schoß, die Schuhe blieben fest und reglos nebeneinandergepflanzt, als wenn sie sie in einen mit Kreide auf den Boden gezeichneten Umriß gestellt hätte; ». . . und lauerte da im hohen Unkraut hinterm Zaun und sah sich nicht nur um den Betrag seiner Erpressung betrogen, sondern vor sich die ganze Qual und Spannung, alles noch einmal durchmachen zu müssen – ganz zu schweigen von der körperlichen Anstrengung für ihn, der er, da bereits ein Mensch wußte, daß die Leiche einer Untersuchung durch erfahrene Polizisten nicht standhalten werde, nicht wissen konnte, wie viele andere noch etwas wissen oder ahnen mochten –, die Leiche also jetzt gleich aus dem Grab herauskommen mußte, wenn er hierbei wenigstens noch Hilfe hatte, ob der Helfer es nun wußte oder nicht, er darum vermutlich abwartete, bis Jake die Leiche herausgeholt hatte und sich anschickte, sie dem Maultier aufzuladen (das, wie wir übrigens auch festgestellt haben, das Pflugmaultier der Gowries war, das nämliche, das die Zwillinge heute früh geritten haben; Jake borgte es sich am Spätnachmittag des Sonntag aus, und Sie haben wohl schon erraten, von welchem Gowrie er es borgte, nämlich von Crawford), und er würde jetzt die Pistole zu gebrauchen keinesfalls mehr riskiert haben, als er es getan haben würde, wenn er gekonnt hätte, hätte er doch wohl dem Jake lieber noch einmal die Erpressungssumme ausbezahlt für die Berechtigung, das zu benutzen, was immer es war, mit dem er Jake den Schädel einschlug, legte ihn in den Sarg und warf das Grab wieder zu – und hier tritt sie wieder auf, die entsetzliche Bedrängnis, die Einsamkeit, die Pariahaftigkeit dessen, der nicht nur aller Menschen Abscheu und Abkehr gegen sich, sondern auch anzukämpfen hat gegen die natürliche Trägheit der Erdmasse und das furchtbare, achtlos-flüchtige, rasende Rinnen der Zeit, doch selbst nach schließlicher Meisterung sogar dieser gegen ihn verbündeten Momente, nach anständiger Wiederherrichtung des Grabs bis zu den beiseite geschobenen Blumen, ja, nach sicherer Verwischung der Spuren seines ursprünglichen Verbrechens« – und da wäre es wieder gewesen, aber diesmal unterbrach sich der Onkel nicht –, »sich schließlich wieder aufzurichten und zum erstenmal wieder tief Luft zu holen seit dem Augenblick, da Jake, Daumen und Zeigefinger aneinanderreibend, zu ihm gekommen war – und dann etwas, was es auch gewesen sein mochte, zu hören, das ihn veranlaßte, wieder bergauf zu stürzen, dann zu kriechen, sich zu verkriechen, um abermals keuchend dazuliegen, diesmal aber nicht bloß von Wut und Schreck erfüllt, sondern von fast ungläubigem Nichtwahrhabenwollen, daß einem einzigen Menschen allein soviel Mißgeschick widerfahren könne, da er zusehen mußte, wie ihr drei nicht nur sein Werk zum zweitenmal zunichte machtet, sondern das noch überbotet, indem ihr jetzt nicht nur Jake Montgomery aufdecktet, sondern auch das Grab wieder zuschüttetet und sogar die Blumen wieder drauflegtet, wo er, der doch nicht sich dem aussetzen konnte, daß sein Bruder Vinson in dem Grab dort gefunden wurde, schon gar nicht Jake Montgomery darin auffinden lassen durfte, wenn (was er gewußt haben muß) Hampton am nächsten Tag hinkommen würde«; und diesmal hielt er inne, damit sie es aussprechen konnte, was sie denn auch tat:

»Er hat seinen Bruder in Triebsand versenkt.«

»Jaja«, sagte der Onkel. »Der Moment kann für jeden einmal kommen, daß er einfach nicht mehr weiß, was er mit seinem Bruder, Ehemann, Onkel, Vetter oder seiner Schwiegermutter anfangen soll, als ihn oder sie aus dem Weg zu räumen. Aber dann versenkt man den oder die Betreffende nicht in Triebsand. So meinen Sie das doch wohl?«

»Er hat ihn in Triebsand versenkt«, sagte sie in ruhigem, unerbittlich abschließendem Ton, wobei sich an ihr nichts rührte und regte als die sprechenden Lippen, bis sie die Hand hob, die an den Busen geheftete Uhr aufklappte und einen Blick darauf warf:

»Sie sind noch nicht im Whiteleaf-Grund angelangt«, sagte der Onkel. »Aber keine Angst, er wird dort sein, meine Botschaft dürfte ihn wohl erreicht haben, aber kein Mensch in diesem Landkreis kann ja wohl dem entgehen, etwas zu erfahren, was Willy Ingrum unterm Siegel der Verschwiegenheit anvertraut worden ist; denn er kann ja nichts anderes tun, sehen Sie, denn Mörder sind Hasardspieler, und wie der nicht gewerbsmäßige Spieler, so vertraut auch der nicht gewerbsmäßige Mörder nicht zuerst auf sein Glück, sondern verläßt sich auf den Ausnahmefall, der sich auf die Dauer einstellen muß, wie er meint; aber abgesehen davon, angenommen, er wußte bereits, daß er verloren sei und nichts, was Lucas oder sonstwer in Sachen Jake Montgomery aussagen mochte, ihm noch etwas anhaben könne und daß seine einzige kleine Chance darin bestehe, außer Landes zu gehen, oder, angenommen, er wußte sogar, daß diese Hoffnung eitel sei, war überzeugt, daß er im Begriff stand, die letzten paar Heller dessen durchzubringen, was er noch als Freiheit bezeichnen konnte, nehmen wir an, daß ihm sogar schwante, daß die Sonne des nächsten Tages ihn nicht mehr bescheinen werde – was würden Sie in erster Linie zu tun begehren als letzte Betätigung und Bestätigung Ihrer unvergänglichen Grundkräfte, ehe Sie die Heimat oder gar womöglich die Welt für immer verließen, wenn Sie Gowrie hießen, Ihr Blut, Denken, Tun zeit Ihres Lebens das eines Gowrie gewesen wäre und Sie wüßten oder auch nur glaubten oder auch nur hofften, daß sich an einem bestimmten Moment in einem durch ein einsames mitternachtsdunkles Bachbett in langsamer Fahrt herankriechendes Auto Grund und Ursache all Ihrer Qual, Enttäuschung, Erbitterung, Sorge, Schmach und Schande, Ihres unersetzlichen Verlusts befinden werde, und zwar nicht einmal in Gestalt eines Weißen, sondern eines Niggers, und Sie noch die Pistole mit mindestens einer der zehn alten Originalpatronen hätten? . . .

Aber keine Angst«, setzte er rasch hinzu, »machen Sie sich keine Sorge um Mr. Hampton. Der wird wahrscheinlich nicht einmal seine Pistole ziehen, ich weiß eigentlich gar nicht sicher, ob er eine bei sich hat, denn er hat ja eine so eigene Art, die ihn in alle Lebenslagen begleitet, vielleicht nicht Friedfertigkeit, vielleicht nicht eine Schwächung der Urtriebe, doch zumindest eine zeitweilige Hemmung rohen und gewalttätigen Benehmens zu bewirken, bloß indem er sich langsam bewegt und schwer atmet. Während seiner vorletzten oder vorvorletzten Amtszeit in den zwanziger Jahren hat sich folgendes zugetragen: eine gewisse Dame aus dem Franzosenwinkel, ich will keine Namen nennen, die mit einer andern Dame in Fehde lag, die – die Fehde – (wie wir erfuhren) sich wegen einer Geschichte bei einer kirchlichen Wohltätigkeitsveranstaltung mit Abendessen über die Prämiierung einer Torte entsponnen hatte, deren – der zweiten Dame – Ehemann die Schnapsbrennerei gehört, welche seit Jahren den Franzosenwinkel mit Whisky versorgte, woran kein Mensch Anstoß nahm, bis die erste Dame an Mr. Hampton das schriftliche Ersuchen richtete, hinzugehen, den Brennapparat zu zerschlagen und den Schnapsfabrikanten zu verhaften, dann nach einer Woche oder zehn Tagen selbst in die Stadt kam und ihm mitteilte, falls er das nicht ausführte, werde sie dem Gouverneur des Staates und dem Präsidenten in Washington Meldung machen. Hope begab sich also nunmehr hin, sie hatte ihm nicht nur genaue Angaben gemacht, sondern, sagte er, es führte ein Fußweg hin, der stellenweise knietief ausgetreten war vom Gewicht der seit Jahren darüber hingeschleppten pfropfenvollen Gallonenkrüge, so daß er ihn auch ohne die mitgenommene Taschenlampe hätte einschlagen und verfolgen können, und selbstverständlich befand sich da die Brennerei, an einem so reizenden Fleckchen, wie sich nur wünschen ließ, schön heimelig und wohlgeschützt, aber doch leicht zugänglich, und unter dem Kessel brannte ein Feuer, von einem Neger unterhalten, der natürlich keine Ahnung hatte, wem das alles gehörte oder wer es betrieb, noch sonst von irgend etwas, sogar ehe er Hamptons Gestalt richtig erkannt und schließlich sogar das Sheriffabzeichen gesehen hatte, der bot ihm, erzählte Hampton, zunächst etwas zu trinken an und holte darauf eine Kürbisflasche voll Bachwasser, richtete ihm dann einen bequemen Sitz an einem Baumstamm her, schürte das Feuer hoch, damit er seine nassen Füße trocknen lassen könne, während er auf die Rückkehr des Besitzers wartete, alles ganz gemütlich, versicherte Hampton, so saßen die zwei denn in der Finsternis am Feuer und unterhielten sich über dies und das, und der Neger fragte ihn von Zeit zu

Zeit, ob er nicht noch eine Kürbisflasche voll Wasser wolle, bis, erzählte Hampton, die Spottdrossel einen so verflixten Lärm machte, daß er die Augen aufschlug, eine Zeitlang gegen die Sonne anblinzelte, bis es ihm gelang, den Blick auf einen bestimmten Punkt einzustellen, und da saß die Spottdrossel nicht drei Fuß entfernt auf einem Ast über ihm, und ehe die zwei dann den Destillierapparat aufluden, um ihn wegzubringen, hatte jemand aus dem nächsten Haus eine Bettdecke geholt und sie über ihn gebreitet, auch ein Kissen unter seinen Kopf geschoben, und, sagte Hope, er habe bemerkt, daß es sogar frisch bezogen war, als er es und die Decke ins Kaufhaus Varner brachte, damit sie dem unbekannten Eigentümer mit Dank zurückerstattet würden, und kam in die Stadt zurück. Und bei einer andern Gelegenheit ...«

»Ich mache mir keine Sorge«, sagte Miss Habersham.

»Natürlich nicht«, sagte der Onkel. »Denn ich kenne Hope Hampton ...«

»Ja«, sagte Miss Habersham. »Ich kenne Lucas Beauchamp.«

»Aha«, sagte der Onkel. Dann sagte er: »Jawohl.« Darauf sagte er: »Natürlich.« Schließlich sagte er: »Chick soll mal den Kessel einschalten, dann können wir eine Tasse Kaffee trinken, solange wir warten, was halten Sie davon?«

»Das wäre nett«, sagte Miss Habersham.

Elftes Kapitel

Schließlich stand er sogar auf, ging zu einem der nach vorn gelegenen Fenster und schaute auf den Marktplatz hinunter, denn wenn der Montag der Tag für Vieh- und anderen Handel, so war der Samstag ausgesprochen der Tag für Radio und Auto; am Montag waren weit überwiegend Männer da, sie kamen in die Stadt, parkten ihre Personen- und Lastwagen um den Marktplatz herum, gingen geradenwegs zu den Versteigerungsschuppen und blieben dort, bis sie wieder zur Hauptmahlzeit zum Platz zurückgingen, begaben sich dann wieder in die Schuppen, bis es Zeit war, wieder zu den Personen- und Lastwagen zurückzukommen, sie zu besteigen und heimzufahren, ehe es ganz Nacht war. Nicht so jedoch am Samstag; da waren Männer, Frauen, auch Kinder da, Greise und Säuglinge sowie die jungen Pärchen, die sich für die morgige Hochzeit in den Kirchen auf dem Land draußen ihre Heiratspapiere ausstellen ließen; man besorgte seinen Vorrat an Kolonialwaren für die nächste Woche, auch Delikatessen wie Bananen, Fünfundzwanzigcentssardinen und in den Fabriken hergestellte Kekse und Torten, Kleider, Strümpfe, Viehfutter, Düngemittel, Pflugzubehör, was für einen Teil von ihnen wenig und für einen andern Teil so gut wie gar keine Zeit in Anspruch nahm, so daß manche der Wagen überhaupt nicht dauernd am selben Standplatz blieben, und binnen einer Stunde hatten sich zahlreiche andere zu ihnen gesellt, die in langem Zug und wegen ihrer dichten Folge häufig im zweiten Gang um den Marktplatz fuhren, dann hinaus bis zum Ende der von Bäumen eingefaßten Wohnstraßen, um hier wieder umzudrehen, zurückzukehren und wiederum dauernd im Kreis um den Marktplatz zu fahren, als wenn sie den weiten Weg von den entfernten Weilern und Kreuzwegkaufläden und abgelegenen Farmen der Umgegend einzig und allein hergekommen wären um der Freude an dem vielfältigen Kommen und Gehen willen, an dem belebten Treiben, an dem gegenseitigen Wiedererkennen, an der zephirweichen Glätte der gepflasterten Haupt- und Seitenstraßen selbst sowohl wie an dem Anblick der schmucken frisch gestrichenen Häuschen inmitten ihrer winzigen, wohlgepflegten Vorgärten mit den Blumenrabatten und sonstiger Ausschmückung, die sich im Laufe der letzten paar Jahre so aneinandergereiht hatten wie Sardinen und Bananen, weshalb die Radioapparate mittels ihrer übersteuerten Lautsprecher stärker denn je spielen mußten, damit man sie über dem Geknatter der Auspuffrohre, dem Knirschen der Reifen, dem Kratzen der Schaltungen und dem dauernden Getute der Hupen hörte, so daß man, lange bevor man noch auf den Marktplatz kam, nicht nur nicht mehr unterscheiden konnte, wo der eine Apparat anfing und der andere aufhörte, sondern man sich nicht einmal mehr die Mühe zu geben brauchte, heraushören zu wollen, was jeder einzelne spielte oder anpries.

Aber der heutige schien ein ganz besonderer Samstag zu sein, so daß sich bald auch der Onkel bewogen fühlte, vom Schreibtisch aufzustehen und ans andere Fenster zu treten, wodurch es sich ergab, daß sie beide Lucas erkannten, ehe er noch bei der Kanzlei angelangt, was noch nicht der Fall war; er stand (wie er meinte) allein am Fenster und schaute hinunter auf den Platz, der stärker vollgepfropft und verstopft war, als er ihn je gesehen hatte – die helle, durchsonnte, fast heiße Luft geschwängert mit dem Duft der blühenden Robinien im Vorgarten des Gerichtsgebäudes, die Trottoirs voll von einer dicht geballten, sich langsam bewegenden Masse schwarzer und weißer Menschen, die wie auf Verabredung in die Stadt gekommen waren, um sich mit Zinsen schadlos zu halten – und ihn dadurch nicht nur aus der Bilanz, sondern aus dem Gedächtnis zu streichen – für jenen andern Samstag vor erst sieben Tagen, um den sie gebracht worden waren durch einen alten Neger, der sich in eine Lage hineinmanövriert hatte, daß sie hatten annehmen müssen, er habe einen Weißen ermordet – jener Samstag, Sonntag und Montag vor erst einer Woche, die es vielleicht gar nicht gegeben hatte, da nichts davon zurückgeblieben war: Vinson und sein Bruder Crawford (in einem Selbstmördergrab, und Fremde mochten wohl noch wochenlang fragen, was für eine Sorte von Gefängnis und Sheriff der Landkreis Yoknapatawpha habe, wo ein wegen Mordes Inhaftierter eine Luger-Pistole bei sich behalten durfte, selbst wenn bloß noch ein Schuß drin war, was dem Frager ebenso viele Wochen lang kein Mensch im Landkreis Yoknapatawpha zu beantworten imstande gewesen wäre) nebeneinander nächst dem Grabstein ihrer Mutter auf dem Caledonia-Kirchhof und Jake Montgomery drüben im Landkreis Crossman, wo wohl jemand die Auslieferung seiner

Leiche aus demselben Grund verlangt hatte, wie dies von anderer Seite mit der Crawfords geschehen war. Miss Habersham saß jetzt auf ihrem eigenen Vorplatz und stopfte Strümpfe, bis es Zeit war, die Hühner zu füttern, und Aleck Sander, in knalligem Sonntagshemd und weiten Swingboyhosen, auch mit einer Handvoll Erdnüsse oder Bananen, trieb sich auf dem Marktplatz herum; und er stand am Fenster und blickte hinunter auf das dichte Menschengewühl, das keine Eile hatte und sich auch nicht zur Eile antreiben ließ, und auf das geschäftige, sozusagen allgegenwärtige Aufblitzen und -glitzern von Willy Ingrums Mützenabzeichen, hauptsächlich aber auf das Gewoge und Getöse, die Radios und die Autos, die Groschengrammophone im Drugstore, im Spielsalon, im Café und die brüllenden Lautsprecher, die außen an den Mauern angebracht waren, nicht nur vor dem Schallplatten- und Notengeschäft, sondern auch vor dem Army-and-Navy-Kaufhaus, und (für den Fall, daß sie doch einmal versagten) ein Mann auf einer Bank im Gerichtshausgarten, der in ein anderes Megaphon mit einem auf dem Verdeck eines Autos aufmontierten Schalltrichter, so groß wie eine Haubitze, hineinsprach, gar nicht zu reden von den Apparaten, die in den Mietwohnungen und Villen plärrten, wo die Hausfrauen und Dienstmädchen Betten machten und fegten und das Mittagessen rüsteten, so daß bis zum letzten Außenrand des Weichbilds ja kein Mann, Weib oder Kind, Bürger, Gast oder Fremder der Gefahr von auch nur einer Minute Stille ausgesetzt war; und die Autos, denn genaugenommen vermochte er den Platz überhaupt nicht zu sehen, und Kühlerhauben, die sich in einer Doppelreihe im Schneckentempo um den Platz herumbewegten, umgeben von einem scharfriechenden unsichtbaren Dunstkreis von Kohlenoxydgas, Hupengekreisch, hin und wieder einem Rattern von aneinanderprallenden Stoßdämpfern, eines nach dem andern langsam in die Straßen hineinkriechend, die vom Platz wegführten, während die andere, umgekehrt gerichtete Reihe ebenso langsam eines nach dem andern auf den Platz kroch, so dicht und langsam zu einem einzigen ineinandergefügten Mosaik verkeilt, mit einer Bewegung so unmerklich, daß sie kaum diese Bezeichnung verdiente und daß man auf den Wagendächern quer über den Platz hätte spazieren können, ja bis zum Stadtrand, oder gar zu Pferd, etwa auf Highboy, für den der Fünf- oder Sechs-Fuß-Sprung von einem Wagendach zum andern über die dazwischenliegenden Kühlerhauben hinweg nichts gewesen wäre, oder angenommen, die mehr oder weniger unbewegten Wagendächer wären mit einer durchlaufenden glatten Bretterfläche belegt gewesen wie eine Brücke und nicht Highboy, sondern ein Pferd mit regelmäßiger Gangart oder ein Pferd mit einer einzigen Gangart, einem ausgreifenden Paßgang, sieben Fuß hoch in die Luft wie ein Vogel und in schnellem Flug wie ein Falke oder ein Adler und mit einem Gefühl in der Magengrube, als ob eine ganze Siphonflasche heißen Sodawassers darin explodiert wäre, stellte er sich den prächtigen, den herrlichen, den wahrhaft grandiosen Lärm vor, den ein Pferd machen würde, das in beliebiger Richtung über eine zwei Meilen lange Brücke von lockeren Bohlen hinsprengt, da sagte der Onkel am andern Fenster auf einmal:

»Die wahre Liebe des Amerikaners gehört nur seinem Auto; weder seine Frau, sein Kind noch sein Vaterland, ja nicht einmal sein Bankkonto, kommt an erster Stelle (tatsächlich liebt er sein Bankkonto nicht annähernd so sehr, wie das Ausländer gern meinen; denn er gibt sein Geld fast ganz oder auch gänzlich aus für sozusagen alles mögliche, wenn es bloß wertlos genug ist), sondern sein Kraftfahrzeug. Denn das Automobil ist unser nationales Sexualsymbol geworden. Wir haben von nichts einen wirklichen Genuß, zu dem wir nicht eine Hintergasse weit hinfahren müssen. Dabei verbietet unser ganzes Milieu, unsere ganze Erziehung und Schulbildung das Verdeckte und Verstohlene. Darum müssen wir uns heute von unserer Frau scheiden lassen, um unsere Geliebte von dem Odium der Mätresse zu befreien, um uns morgen wieder von unserer Frau scheiden zu lassen, um von unserer Geliebten und so fort. Infolgedessen ist die amerikanische Frau frigid und aerotisch geworden: sie hat ihre Libido auf das Auto projiziert, nicht nur weil dessen glitzerndes Äußere, seine technischen Spielereien und seine Beweglichkeit ihrer Eitelkeit schmeicheln und ihrer Unfähigkeit (auf Grund der ihr vom Landesverband der Detailgeschäftsinhaber diktierten Kleidung), zu Fuß zu gehen, entgegenkommt, sondern weil es ihren Körper nicht entstellt, ihre Frisur nicht zerrauft, sie nicht völlig in Schweiß und Unordnung bringt. Um daher überhaupt noch etwas von ihr in seinen Besitz und unter seine Botmäßigkeit zu bringen, hat sich der amerikanische Mann eben des Autos bemächtigen müssen. Mag er deshalb in einer Mietskaserne in einem Loch hausen, er muß, er wird darum auf jeden Fall nicht nur einen Wagen besitzen, sondern alljährlich gegen einen neuen von ursprünglicher Jungfräulichkeit umtauschen, wird ihn keinem Menschen leihen, keine andere Hand an das letzte Geheimnis, an die stets ebenso keusche wie lustbetonte Intimität seiner Hand- und Fußhebel rühren lassen und weiß dabei gar nicht, wo er damit hinfahren soll, und wenn er es wüßte, würde er nirgendwohin fahren, wo ein Kratzerchen oder Fleckchen der Schönheit des Wagens etwas anhaben könnte, und verbringt den ganzen Sonntagmorgen damit, ihn zu waschen und zu putzen und glänzend zu reiben, weil er damit den Leib der Frau liebkost, die ihm seit geraumer Zeit schon ihr Bett verweigert.«

»Das ist nicht wahr«, sagte er.

»Ich bin über fünfzig Jahre alt«, sagte der Onkel, »und die mittleren fünfzehn davon habe ich damit verbracht, unter Frauenröcke zu greifen. Ich habe die Erfahrung gemacht, daß die wenigsten für Liebe oder auch Erotik Interesse hatten. Sie wollten geheiratet werden.«

»Ich glaube es noch immer nicht«, sagte er.

»Hast Recht«, sagte der Onkel. »Glaub's nicht. Und selbst wenn du mal über fünfzig bist, dann weigere dich immer noch, es zu glauben.«

Da aber sahen sie, wahrscheinlich im gleichen Moment, Lucas über den Platz kommen, den Hut mit der aufgestülpten Krempe und das dünne, grelle Flimmern des schief herunterhängenden goldenen Zahnstochers, und er sagte:

»Wo ist der deiner Ansicht nach die ganze Zeit über gewesen? Ich hatte ihn gar nicht mehr gesehen. Sicher hat er ihn damals an dem Nachmittag bei sich gehabt, es war doch ein Samstag, an dem er nicht nur seinen schwarzen Anzug an-, sondern sogar den Revolver dabeihatte? Bestimmt ist er auch nicht ohne Zahnstocher von daheim fortgegangen.«

»Habe ich dir das nicht erzählt?« sagte der Onkel. »Das war das erste, was er tat, als Mr. Hampton ins Haus von Skipworth kam, der Lucas mit Handschellen an den Bettpfosten gefesselt hatte, daß er Hampton den Zahnstocher übergab und ihn bat, ihn aufzuheben, bis er ihn wieder verlange.«

»Ach«, sagte er. »Er kommt herauf.«

»Ja«, sagte der Onkel. »Um seinen Triumph auszukosten. Oh, er ist ein Gentleman«, fügte er rasch hinzu, »er wird mir nicht ins Gesicht sagen, daß ich unrecht hatte; er wird mich bloß fragen, wieviel er für Anwaltsgebühr schuldet.«

Dann, er auf dem Stuhl neben dem Wasserkühler und der

Onkel am Tisch sitzend, vernahmen sie das lange, hohle Poltern und Krachen der Treppe, dann Lucas' regelmäßige, doch unbeeilte Schritte; und dann trat Lucas ein, ohne Krawatte, ja sogar ohne Kragen diesmal, wenn auch mit dem Kragenknopf, aber eine altmodische weiße Weste, die nicht eigentlich schmutzig war, sondern nur Flecke hatte, unter dem schwarzen Rock und darüber die abgewetzte goldene Schleife der langen Uhrkette – mit dem nämlichen Gesicht, das er zum erstenmal gesehen hatte, als er an jenem Morgen vor vier Jahren triefend aus dem eisigen Bach herausgeklettert war, unverändert, dem Gesicht, dem inzwischen nichts etwas hatte anhaben können, nicht einmal das Alter, im Begriff, den Zahnstocher in eine der oberen Westentaschen zu stecken, als er eben zur Tür hereintrat und, für alle Anwesenden bestimmt, sagte:

»Meine – Herren«, dann zu ihm: »Junger Mann ...«, mehr förmlich und unzugänglich als freundlich; dabei fast heiter geradezu, und nahm den verwegen aufgestülpten Hut ab: »Du bist in letzter Zeit in keinen Bach mehr gefallen, wie?«

»Stimmt«, sagte er. »Ich hebe mir das auf, bis wieder mehr Eis in deinem ist.«

»Du bist jederzeit willkommen, brauchst nicht erst auf'n Frost zu warten.«

»Nimm Platz, Lucas«, sagte der Onkel. Aber Lucas hatte sich schon von selbst dazu angeschickt, indem er sich auf den harten Stuhl neben der Tür setzte, den sich außer Miss Habersham kein Mensch sonst aussuchte, die Arme leicht in die Hüften gestemmt wie beim Photographen, den Hut mit der Krempe nach unten auf den Unterarm gelegt, sah die beiden wieder an und sagte abermals:

»Meine – Herren.«

»Du bist zwar nicht hergekommen, daß ich dir mitteile, was du tun sollst, aber ich werde es dir trotzdem sagen«, sagte der Onkel. Lucas blinzelte einmal rasch. Er sah den Onkel an:

»Nein, deshalb eigentlich nicht.« Dann sagte er aufgeräumt: »Aber ich bin immer gern bereit, guten Rat anzuhören.«

»Besuche Miss Habersham«, sagte der Onkel.

Lucas blickte den Onkel an. Jetzt blinzelte er zweimal. »Ich bin kein Mensch, der gern Besuche macht«, sagte er.

»Du warst auch kein Mensch, der gern gehenkt wurde«, sagte der Onkel. »Aber du brauchst mir nicht zu erzählen, wie nahe du dran warst.«

»Nein«, sagte Lucas. »Das brauch ich wohl nicht. Was soll ich ihr denn sagen?«

»Das kannst du ja doch nicht«, sagte der Onkel. »Du weißt nicht, wie man ›Danke schön‹ sagt. Ich habe das schon in Ordnung gebracht. Bringe ihr ein paar Blumen.«

»Blumen«, sagte Lucas. »Seit Molly tot ist, habe ich so gut wie keine Blumen mehr.«

»Das auch«, sagte der Onkel. »Ich werde daheim anrufen. Meine Schwester wird dir einen Strauß zurechtmachen. Chick fährt dich mit meinem Wagen hin und bringt dich dann hinaus an Miss Habershams Pförtchen.«

»Unbesorgt«, sagte Lucas. »Wenn ich die Blumen hab, kann ich zu Fuß gehn.«

»Und kannst dabei die Blumen wegwerfen«, sagte der Onkel. »Aber ich weiß, du wirst das eine nicht tun, und ich nehme an, du wirst das andere nicht tun, wenn du mit Chick im Wagen sitzt.«

»Na«, sagte Lucas, »wenn Sie sich gar nicht anders zufriedengeben ...« Und als er zur Stadt zurückkam und, nachdem er mit Müh und Not drei Häuserblöcke entfernt einen Platz zum Parken gefunden hatte, wieder die Treppe hinaufstieg, rieb der Onkel gerade ein Zündholz an, brachte es an den Pfeifenkopf und sprach dabei in den Rauch hinein: »Du und Booker T. Washington, nein, das ist falsch, du und Miss Habersham und Aleck Sander und Sheriff Hampton und Booker T. Washington, weil er nur tat, was unbedingt von ihm zu erwarten war, so daß für ihn eigentlich kein Anlaß vorlag, es zu tun, während ihr nicht nur tatet, was von euch keineswegs zu erwarten war, sondern etwas, wogegen ganz Jefferson und der ganze Landkreis Yoknapatawpha, wenn sie rechtzeitig davon erfahren hätten, dieses eine Mal zu tatkräftiger Einheit zusammengeschlossen, aufgestanden wären, um euch daran zu hindern, und an das sie sich noch heute in einem Jahr – falls überhaupt – mit Mißbilligung und Abscheu erinnern werden, nicht deshalb, weil ihr Leichenschändung getrieben, noch weil ihr eurer Farbe Schmach angetan hättet, denn über beides wären sie im einzelnen hinweggegangen, sondern weil ihr das Grab eines Weißen geschändet habt, um einen Nigger zu retten, somit alle Veranlassung dazu hattet. Hör nur nicht auf«; und er:

»Du meinst doch nicht, daß, bloß weil es Samstagnachmittag ist, einer mit einer auf sie gerichteten Pistole hinterm Jasminstrauch von Miss Habersham liegt, um Lucas aufzulauern, wenn er die Haustreppe hinaufgeht. Übrigens hatte Lucas heute seinen Revolver nicht mit, und außer Crawford Gowrie ...«; und der Onkel darauf:

»Warum nicht, was draußen auf dem Caledonia-Kirchhof in der Erde liegt, war vorigen Samstag nur eine oder zwei Sekunden lang Crawford Gowrie, und Lucas Beauchamp wird seine Hautfarbe noch in zehntausend Situationen bringen, denen ein Klügerer zehntausendmal ausgewichen und ein Hellfarbiger entronnen sein würde, nachdem das, was am letzten Samstag eine oder zwei Sekunden lang Lucas Beauchamp war, ebenfalls auf seinem Caledonia-Kirchhof in der Erde liegt, denn derjenige Landkreis Yoknapatawpha, der dir, Aleck Sander und Miss Habersham in der vergangenen Sonntagnacht in den Arm gefallen wäre, hat tatsächlich recht, das Leben von Lucas, das Atmen, Essen und Schlafen hat keine Bedeutung, ebensowenig wie deines und meines, sondern sein unanfechtbares Recht darauf in Frieden und Sicherheit, und tatsächlich wäre diese Erde viel wohnlicher, wenn ein gut Teil weniger Beauchamps, Stevens' und Mallisons aller Hautfarben darauf herumliefen, wenn es bloß eine schmerzlose Methode gäbe zur Wegschaffung nicht der plumpen, raumverschlingenden Kadaver, was allenfalls noch ginge, sondern der Erinnerung, was nicht geht, das untilgbare Erinnern daran, Bewußtsein davon, einmal am Leben gewesen zu sein, das immerdar, noch nach zehntausend Jahren, fortlebt in zehntausend Erinnerungen an Unrecht und Leiden, es sind unserer zu viele, nicht wegen des Raums, den wir einnehmen, sondern weil wir bereit sind, Freiheit um jeden Schleuderpreis auszuverkaufen um dessentwillen, was wir unsere eigene nennen, die eine durch Verfassungsstatut festgelegte Erlaubnis ist, daß jedermann seiner persönlichen Vorstellung von Glück und Zufriedenheit nachstreben darf ohne Ansehung von Leid und Kosten, selbst der Kreuzigung eines Menschen, dessen Nase oder Hautfarbe uns nicht gefällt, und selbst mit denen läßt sich fertig werden, wenn nur die paar andern vorhanden sind, welche daran glauben, daß ein Menschenleben seinen Wert hat schon allein deshalb, weil es ein Recht auf Weiteratmen hat, gleichviel welche Farbe die Haut hat, die seine Lungenflügel ausdehnen, oder wie die Nase aussieht, die die Luft einzieht, und willens sind, besagtes Recht um jeden Preis zu verteidigen, dazu bedarf es nicht vieler, in der letzten

Samstagnacht genügten deren drei, ja, einer kann genügend sein, und wenn genug einzelne willens sind, mehr als nur betrübt und beschämt zu sein, so wird Lucas nicht länger Gefahr laufen, daß er ungewarnt gerettet zu werden braucht«; und er:

»Keine drei wohl in der Nacht damals. Einer und zwei Halbe, das würde genauer stimmen«; und der Onkel:

»Ich sagte schon, es ist durchaus in Ordnung, darauf stolz zu sein. Sogar, sich deswegen in die Brust zu werfen. Nur hör nicht auf« ... und er trat zum Tisch hin, legte den Hut darauf und zog aus der Brusttasche des Jacketts einen ledernen, wie altes Silber mit Patina überzogenen Geldbeutel mit Schnappverschluß, so groß wie Miss Habershams Handtasche, und sagte:

»Ich nehme an, Sie haben eine kleine Rechnung zu meinen Lasten.«

»Wofür?« sagte der Onkel.

»Für die Vertretung meines Falles«, sagte Lucas. »Geben Sie mir an, wie hoch sich Ihre Gebühren in vernünftigen Grenzen belaufen. Ich möcht das begleichen.«

»Mir hast du nichts zu zahlen«, sagte der Onkel. »Ich habe gar nichts getan.«

»Ich hab Sie holen lassen«, sagte Lucas. »Ich hab Sie bevollmächtigt. Was bin ich Ihnen schuldig?«

»Nichts«, sagte der Onkel. »Ich glaubte dir ja nicht. Der Junge da ist daran schuld, daß du heute frei herumläufst.«

Nun blickte Lucas ihn an, den Beutel in der einen Hand und die andere Hand am Schnappschloß, um es aufzudrücken – das immer gleiche Gesicht, dem nicht nur nichts etwas hatte anhaben können, sondern das sich glattweg geweigert hatte, es nur anzunehmen; jetzt machte er den Beutel auf: »Schön. Dann bezahle ich ihn.«

»Dann werde ich euch beide verhaften lassen«, sagte der Onkel. »Dich wegen Bestechung eines Minderjährigen und ihn wegen unbefugter Ausübung von Anwaltsfunktionen.«

Lucas wandte den Blick wieder dem Onkel zu; er beobachtete die beiden, die einander anstarrten. Dann blinzelte Lucas wieder zweimal. »Schön«, sagte er. »Dann zahle ich die Auslagen. Geben Sie mir Ihre Auslagen innerhalb vernünftiger Grenzen an und lassen Sie uns die Sache erledigen.«

»Auslagen?« sagte der Onkel. »Jawohl, eine Auslage hatte ich, nämlich als ich am vorigen Dienstag hier saß und mich abmühte, all das Zeug, das du mir schließlich erzählt hast, so gut zu Papier zu bringen, daß Mr. Hampton eine genügend logische Begründung daraus herauszulesen vermochte, dich aus der Haft zu entlassen, und je mehr ich mich abmühte, um so schlechter wurde es, und je schlechter es wurde, um so schlechter wurde mir, und als ich wieder zur Besinnung kam, stak mein Füllfederhalter hier unten mit der Spitze im Fußboden wie ein Pfeil. Das Papier ist natürlich Eigentum des Landkreises, aber der Halter gehört mir, und es kostet mich zwei Dollar, eine neue Feder hineinmachen zu lassen. Du schuldest mir zwei Dollar.«

»Zwei Dollar?« sagte Lucas und blinzelte wieder zweimal. Worauf er noch zweimal blinzelte. »Nur zwei Dollar?« Jetzt blinzelte er nur einmal, dann veranstaltete er etwas mit seinem Atem: kein Seufzen, bloß ein Ausatmen, indes er Daumen und Zeigefinger in den Beutel steckte: »Das klingt nicht hoch, aber ich bin ein Landmann, und Sie sind ein Rechtsmann, un' ob Sie Ihr Geschäft verstehen oder nicht, ist's ja wohl nicht mein Paar Stiefel, wie's im Lied heißt, Ihnen belernen zu wollen«, und damit zog er aus dem Beutel einen abgegriffenen, zu einem Bällchen, nicht größer als eine vertrocknete Olive, geknüllten Schein heraus, entfaltete ihn erst so weit, daß er die Ziffer lesen konnte, dann ganz und legte ihn auf den Schreibtisch, darauf holte er aus dem Beutel ein Halbdollarstück hervor und legte es auf den Schreibtisch und zählte dann, die Münzen eine nach der andern aus dem Beutel ziehend, vier Zehncentstücke und zwei Fünfer auf, zählte danach alles noch einmal mit dem Zeigefinger ab, indem er ein Stück nach dem andern etwa einen halben Zoll zur Seite schob, unter dem Schnurrbart die Lippen bewegend, den Beutel offen in der Hand, dann nahm er zwei von den Zehnern und einen Fünfer und legte sie in die den offenen Beutel haltende Hand, holte aus dem Beutel einen Vierteldollar, legte ihn auf den Schreibtisch, überschaute mit einem raschen Blick eine Sekunde lang die Geldstücke, legte dann die zwei Zehner und den Fünfer wieder auf den Tisch, nahm das Halbdollarstück davon weg und steckte es wieder in den Beutel.

»Das sind nur fünfundsiebzig Cents«, sagte der Onkel.

»Gemach«, sagte Lucas, nahm den Vierteldollar vom Tisch weg, ließ ihn wieder in den Beutel fallen und machte diesen wieder zu, und er, der Lucas zusah, merkte, daß der Beutel mindestens zwei, ja wohl noch mehr, verschiedene Abteilungen hatte, und sah, wie sich nun unter Lucas' Fingern ein zweites Fach, in das man fast bis zum Ellbogen hineinlangen konnte, auftat, und eine ganze Weile stand Lucas da und schaute hinunter, genau wie einer in einen Brunnen auf sein Spiegelbild hinabschaut, dann holte er aus dieser Abteilung einen verschmutzten, verschnürten, dickgeschwollenen Tabaksbeutel aus Stoff heraus, der mit einem dumpfen, schweren Klirren auf die Tischplatte aufschlug.

»Das macht grade soviel aus«, sagte er. »Ein halber Dollar in Centstücken. Ich hatte vor, sie zur Bank zu bringen, aber Sie erspar'n mir damit den Weg. Wolln Sie sie zählen?«

»Jawohl«, sagte der Onkel. »Aber du hast zu zahlen. Du hast zu zählen.«

»Es sind fünfzig«, sagte Lucas.

»Geschäft ist Geschäft«, sagte der Onkel. So schnürte Lucas also den Sack auf, schüttete die Centstücke auf den Schreibtisch und zählte sie, indem er, laut zählend, jedes einzelne mit dem Zeigefinger zu dem ersten Häufchen von Zehnern und Fünfern schob, dann ließ er das Schloß des Beutels wieder zuschnappen und steckte diesen in die innere Brusttasche, und mit der andern Hand schob er den ganzen Münzenhaufen und den zerknitterten Schein über den Tisch hin, bis es am Löschblatt nicht mehr weiterging, nahm ein buntes Negerschneuztuch aus der Seitentasche des Jacketts, wischte sich die Hände ab, steckte das Schneuztuch wieder ein und blieb dann wieder unzugänglich und ruhig stehen, keinen von ihnen anblickend, während das ständige Geplärr der Radios und das langgezogene Geblök der Autohupen und das ganze übrige Getöse des Landkreis-Samstags durch den hellen Nachmittag heraufdrang.

»Was nun?« fragte der Onkel. »Auf was wartest du noch?«

»Auf meine Quittung«, sagte Lucas.

William Faulkner im Diogenes Verlag

Brandstifter
Erzählungen

Eine Rose für Emily
Erzählungen

Rotes Laub
Erzählungen

Sieg im Gebirge
Erzählungen

Schwarze Musik
Erzählungen

Die Freistatt
Roman

Die Unbesiegten
Roman

Als ich im Sterben lag
Roman

Schall und Wahn
Roman

Go down, Moses
Chronik einer Familie

Der große Wald
Vier Jagdgeschichten

Griff in den Staub
Roman

Der Springer greift an
Kriminalgeschichten

Soldatenlohn
Roman

Moskitos
Roman

Wendemarke
Roman

Wilde Palmen und Der Strom
Doppelroman

Requiem für eine Nonne
Roman in Szenen

Die Spitzbuben
Roman

Eine Legende
Roman

Das Dorf
Roman

Die Stadt
Roman

Das Haus
Roman

New Orleans
Skizzen und Erzählungen

Frankie und Johnny
Uncollected Stories

Meistererzählungen

Briefe
Nach der von Joseph Blotner edierten amerikanischen Erstausgabe von 1977

Über William Faulkner
Aufsätze und Rezensionen von Malcolm Cowley bis Siegfried Lenz. Essays und Zeichnungen von sowie ein Interview mit William Faulkner. Chronik und Bibliographie.

Stephen B. Oates
William Faulkner
Sein Leben. Sein Werk. Mit vielen Fotos, Werkverzeichnis, Chronologie und Register

25 Jahre Diogenes Taschenbuch

25 Bücher aus 25 Jahren
in einmaligen Auflagen zum einmaligen Preis